复婚规则

RULE

马广源 著

中国友谊出版公司

图书在版编目（CIP）数据

复婚前规则 / 马广源著 . -- 北京：中国友谊出版公司，2017.6

ISBN 978-7-5057-4083-9

Ⅰ . ①复… Ⅱ . ①马… Ⅲ . ①长篇小说 - 中国 - 当代 Ⅳ . ① I247.5

中国版本图书馆 CIP 数据核字 (2017) 第 153371 号

书名 复婚前规则
著者 马广源
出版 中国友谊出版公司
发行 中国友谊出版公司
经销 新华书店
印刷 北京中科印刷有限公司
规格 880×1230 毫米　32 开
12.25 印张　350 千字
版次 2018 年 1 月第 1 版
印次 2018 年 1 月第 1 次印刷
书号 ISBN 978-7-5057-4083-9
定价 39.80 元
地址 北京市朝阳区西坝河南里 17 号楼
邮编 100028
电话 （010）64668676

这是一本全方位讲透夫妻感情方方面面的小说。

婚姻绑不住人心，

当婚姻启动伤害模式的时候，

一定是彼此心灵的自由受到了干扰。

离婚一段时间后，重新找回各自的自由，再换个舒服的模式相处，

这就是复婚前的规则。

目录 contents

第一章 离婚

正午的太阳好似一个大火炉，将整个江州大地炙烤得通红。

某区的婚姻登记所门前，一名年轻貌美的女子，踩着高跟鞋，一身 OL（职业女性）套装，鼻梁上架着一副墨镜，正在讲电话。

她的语气淡定且不容置疑：“你跟他说，这不是钱的问题，他如果稍微有点常识就该知道，我们威驰汽车，是从来不怕在广告上花钱的。我要的是创意，创意，他明白吗？不要拿垃圾来浪费我的时间！”

女子脸色严峻，目光如炬。这名女子就是袁胜男，她实在是被对方气到了，以至于有点咄咄逼人。

就在这个时候，电话的提示音响了起来。

袁胜男看了一眼电话，来电屏幕显示：不靠谱。

袁胜男下意识皱了一下眉，冷声道：“茜茜，你等会儿，我接个电话。”

她这时在婚姻登记处的门口已经站了很长时间，炙热的阳光下，她只感觉整个人都要被烤干水分，有些呼吸不顺。

所以，她此刻心情非常不好。

电话刚接通，她语气十分恶劣地说道：“你到哪儿了？你这人到底靠谱不靠谱？约好的是几点？这种日子你也能迟到？我跟没跟你说过我是请假来的！”

高速路上，一名俊逸非凡的男子挂着蓝牙耳机正在开车，帕萨特穿插在车流间，有条不紊，一阵技巧高超的闪转腾挪，远远地甩开其他车辆，终于在车流中杀出一条血路。

听到女子清冷的声音，男子的薄唇微微抿紧，明显不悦。此刻他副驾驶座的手机上正显示着袁胜男的照片以及“典狱长”三个字。

“我说你说话能不能讲点道理？那堵车是我能控制的吗？我给你打电话就是怕你着急。”男子同样冷声道。

“那你现在在哪儿？”

“快了！”

“什么叫‘快了’？快了是多快？几分几秒？”

“不是，袁胜男，你能不能别跟我一说话就是命令句？”

“李中原，你到底还有多久？”

“三分钟，我找车位呢！”李中原看到了前面的停车场，不耐烦地说。

“你赶紧的吧！我告诉你，我的时间很宝贵！”语毕，袁胜男突然挂断了电话。

“……”

你时间宝贵，老子时间就不宝贵了？李中原心里怨气陡生，满脸不快，仿佛谁敲诈了他一笔巨款似的。

李中原定了定心神，对着电话狠狠地道：“老子再忍你最后一回。”

他微瞥一眼副驾驶上的户口本，心情顿时好了不少。

李中原把车拐进了停车场，四下张望车位，终于看到正前方有一个空位。

此刻，前边一辆红色宝马也准备停进去，李中原这时已经计算了方位、速度……一系列可能的因素，万事俱备只欠东风，车子一个加速，完美漂移进车位。

宝马车里的女孩儿刚准备倒车，后视镜里看到车位里已然停了辆帕萨特。

“嗨！”车里的女孩气得够呛。

这人怎么停车的嘛，明明车位是她先看中的，可却被对方抢先占了，心里气恼得不行。

此时李中原已经得意扬扬地熄火下车了。

女孩摇下车窗，气冲冲地说：“大哥，你几个意思啊，那是我的车位好吗？瞄半天了！”

李中原闻言，左右环顾了下，突然伸手往侧方向一指，嬉皮笑脸道：“妹妹，要搁平时哥绝对让你，今儿哥确实有急事，你看，前边不还有一位子吗！”

女孩儿这时也冲那边看了一眼，略显得有些羞惭，小声地说：“我不会侧方位停车……”

李中原闻言乐了：“我说呢，没事，我帮你，你听我指挥。”

时间一分一秒过去。

婚姻登记所门前。

袁胜男又等了一会儿，不时抬手看腕上的表，脸色愈发冰冷。

岂有此理，三分钟……这都几个三分钟了！

这人永远这样！不靠谱！

袁胜男忍不住走到路边张望，目光掠过不远处的停车场，停住了。

停车场内，俊逸的男子正黏糊在一个软妹子的身后，看似热络得很。

袁胜男玉面寒霜，此刻怎一个“冷”字了得。

李中原还不知道袁胜男已经看到他，十分耐心地指挥着妹子倒车。

“我去！”袁胜男气不打一处来。

此刻，开宝马的萌妹子顺利倒进车位，十分开心，小脸上挂满了笑，走下车来。

她娇滴滴地道：“谢谢帅哥！”

“不谢，今儿心情好！”李中原亦笑着回道。

“那……拜拜了！”

“嗯，慢走！”

宝马萌妹子走远了，李中原倍儿殷勤，跟人微笑挥手。直到人家走没影了，他才笑着转身，却意外撞进一双怒火中烧的目光里。

李中原先是一愣，下意识地想要说几句，却在看到女子满脸寒霜的表情时住了嘴。

袁胜男却看都没看他一眼，转头就走，李中原摸了摸鼻子，也只好跟了上去。

瞧瞧，这就是要发脾气的前兆了，凭借这么多年的斗争经验，他深知这个女人的脾性，一言不合，就有大打出手的迹象。

此刻气氛已经比较尴尬，李中原欲开口解释几句：“那个，我……”

只是，他话没有说完，就被女子粗暴地打断。“我跟这儿等你二十多分钟，你倒好，迟到了自己不知道吗？还有闲心帮人家停车，你怎么心那么大呢？”

“我就帮人停个车……”李中原踌躇了下，但终于还是做了解释。

“有看车的呢，用得着你吗？你说的三分钟，这几个三分钟了？”袁胜男连珠炮似的轰道。

“你有病吧？我说的‘三分钟’是个概念。照你那意思我要两分到了我还得路边晃悠一分钟再过来见你呗？”李中原见女子这样的语气，心里仅有的一点愧疚也没了，薄唇微勾，戏谑道。

“李中原，我发现你这人太能狡辩了！是你迟到了，你还有理了？

你就是个不靠谱的人！”袁胜男看李中原那吊儿郎当的样儿，气不打一处来，所以直接人身攻击。

“袁胜男，我受够你了！没见过你这种一天到晚把过日子当军训的人，我受够了！立刻、马上离！”李中原被惹急了，也发怒道。

“可不是离嘛！要不干吗来了！赶紧吧，以为我留恋你这一天吊儿郎当的痞子样儿！”袁胜男冷笑着扫了李中原一眼。

“袁胜男，你真的……你不适合找老公，你就适合找个奴隶。”李中原气急败坏地说。

袁胜男不甘落后反唇相讥：“你快得了吧，你……见过你这么嚣张的奴隶吗？”

两人边走边吵着，谁也不让谁。

走到婚姻登记处门口，却遇到了刚才倒车的萌妹子挽着男朋友站在二人面前。

“哎，帅哥，你也是来登记结婚的啊？”女孩儿看见李中原，眼前一亮，异常兴奋地说。

“妹子，你啥眼神啊？看不出来我跟她有不共戴天的仇恨吗？”李中原撇唇冷笑道。

“哼，彼此彼此！”袁胜男毫不示弱回道。

女孩儿闻言傻眼了：“你俩，不会是来……”

“不错，我是来离婚的！”女孩儿还没说完，李中原接着说。

“那你刚才还有心情……”女孩小心翼翼地说道，末了还看了一眼跟前的两人。

俊男美女，很是惹眼啊，怎么就离了呢？女孩满腹狐疑。

“我就是因为马上要脱离她的魔爪了，我心里痛快！”李中原得意扬扬地说道，双眼都在冒光。

袁胜男冷冷扫了一眼身边的男子，突然低喝了一声：“你死不死啊！”

女孩儿还想说什么，她身边的男友看情况不对，想要把女孩拽走。

女孩儿边回头还忍不住说：“帅哥，你俩其实挺般配的……”

“你哪儿那么多话？”她身边男友忍不住数落了一句。

女孩一边跟男友走，一边解释道：“那哥哥人特好……”

一对儿终于离开了，两人的谈话还断断续续地传来。

袁胜男听到了女孩的话，红唇微抿，目光晦涩难辨，终是忍不住讥嘲道：“哼，对别人你都特好。”

“你甭说那没用的，这婚还离不离了？”李中原语气不耐。

袁胜男目光一顿，突然扬起手里的结婚证：“废话，要不干吗来啦？”

两人到了办事处，袁胜男拿出户口本、身份证、照片往办事员面前一放。

“麻烦您快点儿。”袁胜男面无表情地对办事员说。

这时她突然发现身边的男子还没有拿出材料。

“赶紧给人拿户口本、身份证啊！”袁胜男连珠炮似的说道。

李中原此刻正拿出身份证、户口本、照片，统统往桌上一搁，语气不悦地说道：“你跟我说话能不能有正常人的语速？”

“我现在多一分钟都不想再和你有任何关系！”袁胜男冷冷地道。

“你以为我乐意啊？”李中原不屑地说。

登记处的办事人员早已习以为常，惯常来办离婚的夫妻，哪个不是吵吵闹闹的。

办事员面无表情地拿过两人的户口本、身份证和照片，开始一一核对。

他手里拿着结婚证，问：“李中原？”

“是我。”李中原赶紧回答。

办事员又看了一眼袁胜男的身份证，问："袁胜男？"

"对！"袁胜男干脆利落地答道。

办事员审视着两人的结婚照，突然摇了摇头，有些觉得可惜，重又抬头看了看两人，问道："你们，这满打满算，结婚才三年，这就要离啊？"

"大姐，您不知道，我们是包办婚姻，合不来！"李中原抢先说道，末了还做出一副委屈的模样。

袁胜男听到李中原说这话，狠狠瞪了他一眼。

"您看，她又凶我了，在家里不是恶言相向就是拳打脚踢的，这日子可怎么过哟。"李中原趁势添油加醋地道。

没想到却惹来办事员扑哧一笑。

"包办婚姻？这年月哪有包办婚姻啊？说的都是气话吧？我看啊，你俩这架势，还能吵嘴，说明感情还没破裂，要不，再好好考虑考虑？"

"大姐，我们俩不是小孩儿，不会没考虑好就奔您这儿来，真过不下去了，您就赶紧给办了吧。"袁胜男先是瞪了一眼身边的男子，也抢先一回道。

李中原一听袁胜男这话，赶紧搭腔："就是，都老大不小了，不会拿着结婚、离婚当儿戏，您赶紧给办了！从结婚那天我就盼着今天呢，都盼三年了。"

袁胜男突然气哼哼地一拳砸在桌子上，玉面绯红，吼道："我从没结婚就盼着了！"

李中原看袁胜男这个举动，赶紧喊办事员看，嘴里嚷嚷个不休："怎么着？你还想家暴不成？"

袁胜男怒瞪着眼前的男子，一字一句地道："你这种人就欠揍！"

办事员看着两人情况不对，深恐出什么事，连忙说："别别别，干吗呀这是，是谁婚内出轨了？”

“男没小三、女没出轨，我们俩就是过不到一块去。”李中原掉过头去，生闷气。

“那何必呢？要不你们到隔壁再冷静冷静？”办事员继续劝说。她这也是没办法啊，这年月，办离婚手续的比结婚那边的还多，她也就是尽自己本分这么劝一劝，这离婚率一直这么飙升也不是个办法。

“哎哟，您就别劝啦，我俩真是性格不合，麻烦您赶紧给办了吧，您也看见了，我们纯属八字不合、属性相冲、星座失调，再过下去，不是他发疯，就是我崩溃。”袁胜男有条不紊冷静地分析道。

办事员一脸无可奈何，最后说：“唉，就是说，彻底想清楚啦，肯定不会后悔啦？”

李中原听了这话，赶紧连连点头，恨不得立刻领证走人。

“我娶她我才后悔呢！”

袁胜男也毫不示弱地接着说：“我跟他这辈子只能是仇人！”

“好好好，唉，结婚证拿过来吧。”办事员看着两人决心已定，也不想再劝。

袁胜男和李中原同时把结婚证递过去，办事员收了结婚证，拿剪子剪毁……一系列程序弄完后，接着拿出离婚证，分别贴好照片，压了钢印，最后把离婚证交到二人手里。

李中原和袁胜男这会儿倒是不吵了，拿着手里的证，很有默契地各自沉默地走出登记处。

烈日当空下，李中原举起手里的离婚证，对着太阳照了照。

他禁不住感叹了一声道：“唉，要说如今这结婚、离婚还真是简单！咔，一个章，七块钱，两人就是合法夫妻啦；咔，又一个章，七块钱，两人就形同陌路啦。前前后后，十几块钱的事儿！”说着将离婚证和其他的证件一块揣进兜里。

“心情不错吧？”袁胜男在一边突然冷笑着问。

“嗯，有种四九年的感觉！”李中原确是一脸平静地说。

袁胜男歪头看李中原，目光里有一丝犹疑：“四九年什么感觉？”

“解放啦！”李中原笑眯眯地说。

“我也算松口气！”袁胜男也是心情很好地道。“好歹夫妻一场，临了临了，我请你吃顿饭吧？”

“最后的晚餐？”李中原一脸揶揄道，“庆祝咱俩奔向新生活啊！”

袁胜男没理会他的调侃，她低头看了看表：“中午吃饭来不及了，晚上吧！”

“差点忘了，袁总是天塌了也不能耽误上班！”

袁胜男侧过头，就看到李中原一脸不屑的表情，她突然微微一笑。

“是啊，感情没啦，事业上再不挽回点儿，也忒失败了吧？”

“咱俩感情的失败，绝不是主观因素。”

袁胜男听到李中原这么说，美丽的小脸上突然犯起愁来：“这句话我同意。我说，咱俩先斩后奏了，我爸妈还有你爸妈那边，回头怎么说啊？”

“千万不能莽撞。我爸要是知道了，拿枪崩了我的可能性也是有的。”李中原也是一脸紧张地点头道。

“还说呢，我妈早起来电话说，我爸那心脏病要做手术，我也是不敢告诉他们啊！”袁胜男这时才想起这茬儿。

“哎，我说，离婚这事可是你提的啊。你别回头倒打一耙，什么屎盆子都扣我脑袋上，这黑锅我肯定不背！”

“那你也不能让我一人背啊！是，离婚是我提的……可那也是你逼的呀！谁让你把我逼到忍无可忍的份儿上了？！”袁胜男说着说着嗓门就大了许多。

“咱俩谁忍谁啊？唉，算了，现在说这也没啥意义了。”李中原无奈叹息了一声道。

“对，就赶紧商量一下吧，接下来怎么办！”

听了袁胜男的话，李中原抬头四顾了下。

“那边有一咖啡厅，咱俩过去坐坐？”他试探地说道。

他也很想尽快解决眼前这点破事，虽说婚已经离了，但未来跟家里父母抗争的日子也不知何时是个头，还是一样样来解决吧。

袁胜男却没有马上动作，她低头再一次看了看腕上的表。

李中原一看她这个模样，深知她又要变卦，于是急了：“哎，工作重要，还是咱俩的命重要？”

“我下午一点的会，不能超过 20 分钟啊！”袁胜男一脸愁云惨雾。话说，她也爱惜自己的命好吗，两人走进了咖啡馆，找了个位置坐下。

咖啡馆此时人不是很多，倒是很清静，是个谈话的好地儿。

袁胜男一坐下，也不点单，立刻拿出手机打了一个电话。

“茜茜啊，我下午可能迟到十分钟。”

袁胜男说这句话的时候，声音温柔平和，脸上的表情也不像刚才那般紧绷绷的。

李中原看到这一幕，微微撇嘴，心里默默地想：如果袁胜男在家里能有此刻万分之一的温柔，他们也不至于走到如今这个地步。

寥寥几句后，袁胜男挂了电话，抬起头时，脸上又不自觉恢复了冷淡的神色。

“怎么跟家里说？”袁胜男淡淡地道。

这句话的意思本来是商量的语气，但从她嘴里说出来，却带了点命令的意味。

李中原心里又开始不是个滋味。

“你先说，你那户口本怎么弄来的？”李中原故意挑眉说道。

“我，我骗我爸说身份证丢了，得补办。”袁胜男的脸色微微有点不自然，声音明显低了下去。

“你爸真好糊弄。”李中原哼哼道。

袁胜男白了他一眼，这个男人，一天不挖苦人就不能活了吗？

“那你怎么跟你爸说的？”

听了她的问话，李中原得意地一笑，跷起了二郎腿。

“我说要给孩子办准生证，我爸一听，派他司机连夜开车给我送来的。”

袁胜男听了李中原说的理由，哭笑不得，他这招有点损人不利己。

于是骂道：“你损不损啊你？咱俩都离婚了，回头你爸问起来，怎么找补？”

这时服务生端来了两杯咖啡，李中原接了咖啡喝了一口，然后优哉游哉地道：“反正一个雷也是顶，俩雷也是扛。”

袁胜男听了，扫了一眼他得意的表情，联想到自己以前被这个人欺瞒了那么多次。

她不屑地道：“李中原你永远这样，做事没计划、满嘴没实话，你连对自己家人都这样，更何况是对我……”

李中原闻言，放下了一双大长腿，双目微瞪：“你再人身攻击，我就走了啊！”

“算了，反正我们都这样了，我也不想再说什么，你看，下面我们该怎么办？”袁胜男吐出一口气道。

此刻因为正在协商解决办法，她语气微微放缓了一些，只是她自己不知道罢了。

李中原感觉受到了重视，心里觉得挺爽，但脸上却并不表露出来，他故意思考了几十秒钟，然后脸色郑重地道：“我是这么想的，首先，户口本上的婚姻状态先不能改；其次，两边的老人必须得瞒着。”

袁胜男听完李中原说完这句话，立刻说：“其次这句是废话，就你爸那脾气，知道你抛弃了我，一准拿枪崩了你！”

“我可没抛弃你啊！咱俩那叫协议离婚！”李中原也不甘示弱反唇相讥。

“唉！你爸那边还不是最严重的！我爸这边才麻烦呢，过几天他就要来北京做心脏搭桥手术了，要是让他知道我离婚了……”袁胜男说完这句话，默默地叹了口气。

她细白的双手轻搭在桌沿上，心里想着，李中原那边还好说，但是离婚这件事情让自个爸爸知道了，还不知道会捅出什么大娄子。想到这里，她脸上不禁露出一丝难过的表情。

李中原看袁胜男的表情，就知道她在担心自己父亲的身体。对于那位老人，他确是真心地尊敬，心里也闪过了一丝难受。

他想了下，然后道：“所以啊，你爸手术前，这事必须瞒住所有人。”

袁胜男愣了一下，想了想，瞒着所有人岂不是还是要住在一起？

思及此，袁胜男有些急了：“你什么意思？我可不想再跟你住在一起了，就你那各种生活习惯，我真的……我忍受不了。”

“哎呀，就跟我多能忍你似的！”李中原也一脸嫌弃地说。

“唉，想想也可笑，咱俩这婚结的，纯属是哄他们玩儿。”袁胜男脸上露出一丝讥笑道。

“就是，要不是你老爸当年越南战场上救过我老爸一命，就不会有那该死的盟约……咱俩也不至于闹到今天这一步啊！”李中原猛点头附和道。

这一刻，两人倒是前所未有地意见保持一致了。

袁胜男突然若有所思地点了点头：“对啊！哎，你说我爸当年要没救你爸，是不就没你了？”

“你这话什么意思？”李中原听了她这话怎么都觉得别扭，她这是咒谁呢……

袁胜男此刻才反应过来，真心觉得不对了，赶紧笑了下，道;“哎呀，就瞎感慨呗。”

李中原突然打量了一番袁胜男，心生感慨：“夫人啊，呃，前夫人，听你前老公一句劝，以后再找男人，千万别搞得家里跟集中营似的，就你那德行，什么样儿的男人他都得越狱。”

袁胜男一听，这脸色就不好看了，之前心里仅有的一点愧疚也荡然无存。她立刻起了身，一张小脸绷得紧紧的，总算还意识到这是在高雅的咖啡厅，才没有咆哮出声。

她低吼了一声：“你说不说正事，不说我走了。”

“许你感慨两句，就不许我唠叨一声？你永远是这么霸道！”李中原却丝毫不觉得有什么不对，反倒继续激道。

说完之后，看到女人急红了眼要发飙的迹象，便立刻改口：“得，说正经的，我是这么想的，反正老人家来北京的时间也都不长。我爸最多是过来老战友联谊;你爸呢，住不了几天就住院了。咱俩这样，谁家的老人来，另一方要配合好，在老人面前假装恩爱夫妻，糊弄两天，离婚的事儿，想办法慢慢渗透。”

“我觉得不能老这么糊弄下去，咱得有个期限。”袁胜男说这话的时候，表情还没怎么缓和，语气冷淡。

“你啥意思？”

李中原也有点生气了，这女人什么意思啊，难不成以为他还想赖着她不成?

“你不想恢复单身，赶紧奔向新生活啊？”袁胜男突然说。

李中原琢磨了刚刚袁胜男说的话，觉得有道理，于是点头道：“你准备定多长期限？”

“那怎么也得我爸做完手术吧！”

那敢情好，老爷子很快就要来做手术了！李中原心里这么想。

“就这么定了！”

袁胜男默默地叹了口气，感叹问题总算圆满解决了。

突然又想起住的问题，于是问李中原：“那，现在他们也没来，咱俩怎么住啊？”

“咱不是一个小区里有两套房子吗！大的三居归你；小的两居我暂时住。”

“算你还是个男人！”袁胜男听了，点了点头说。

她原本还想着，李中原会把大三居的房子留给自己，小两居给她呢。现在这么一说，倒觉得是她冤枉人了。

李中原一看袁胜男的表情，就知道她肯定曲解了自己的意思，赶忙解释说：“我说的是暂时的啊！”

“什么意思？”袁胜男一脸疑问，这个房子给了就是给了，难道还有暂时这一说法？

“我意思是说，咱俩来个公平竞争，我也不占你的便宜，你也不会吃亏，这样，谁先把离婚的事儿端给父母，得到了谅解，谁就占那套大的！”

袁胜男听了男子的话，一脸不屑道：“李中原，我还真是高看你了，都这个时候了，你怎么还要讨价还价呢？你是不是男人啊？”

“那你要这样，反正我害怕，我就不说了，你自己想招对付你爸妈和我爸妈！”李中原两手一摊道。

他反正对自家老头那是真没辙，既然老头中意这个媳妇，就让袁胜男自己去摆平吧，他无所谓。

“李中原，婚可已经离了……”袁胜男咬牙切齿一字一句地道。

“那我无所谓，大不了再复回来！”李中原一脸“死猪不怕开水烫”的模样。

袁胜男看着这男人一副吊儿郎当的样子，实在是气得不行，这些年她在李中原这个厚脸皮面前，很多时候都被气得够呛。凭什么，现在离婚了，她还要受这个男人的气，真是岂有此理！

袁胜男怒瞪过去，大吼了一句：“李中原，你不是男人！”

这个声音不大不小，音量刚好让咖啡厅里的人能听到。闻言，人们全都好奇地看了过来。

李中原一看，不好！

虽然他被袁胜男吼惯了的，但在大庭广众之下，他可丢不起这个脸。

便连忙道：“赶紧定这事，下午不开会啦？”

袁胜男也不多废话，直接站起身，毅然道：“行，我同意啦！李中原，我很庆幸，及时看透了你的嘴脸！”

然后她从包里掏出五十块钱，冷声道：“咖啡钱。”

“一杯咖啡我还请得起！”李中原一脸受伤的表情。

这女人也太小看他李中原了吧，虽说夫妻情分已不在，但至少是朋友啊，即便不是朋友，他也不能让女人买单啊。

袁胜男却是一脸坚决地道：“得了，从今以后我跟你，一是一、二是二！”

“那晚饭也是AA制了？”李中原懵了一下，没想到这个女人分得这么清楚彻底，便试探地问道。

“必需的！”

“哪儿吃啊？”

“你定地方吧！”

袁胜男说完，头也不回地走了。

李中原看着女子高挑的身影毅然离去，又想了一会，手突然伸向怀里，拿出钱包。

他看着皮夹里的全家福——老爷子李龙生一身军装，表情严肃；

老妈邱月梅乐呵呵地挽着父亲和自己。

李中原不禁感慨道："唉，爸，瞧你当初硬塞给我的媳妇……你觉得她哪儿像女人？"

李中原走进办公室，正看见自己的妻舅袁奋对着微信说话，袁奋这小子经常是不速之客，打着四处撮合资源的幌子，也不干啥正事，整天就知道泡妞，经常惹一屁股情债，李中原对他有点不屑。

袁奋看见李中原走进来，立刻对着微信说："行啦，我要开会啦，晚上再聊！"

李中原不禁白了袁奋一眼："你现在真是这瞎话张嘴就来啊！"

"只怪我魅力太大，现在这小姑娘，你不说开会，她跟你聊个没完没了啊！"袁奋一脸嬉皮笑脸地道。

"你不吹牛能死吗？找我有事？"李中原问。

袁奋觍着一张苦脸，突然就苦苦哀求道："姐夫，亲姐夫，救命啊。"

李中原看着袁奋这副假惺惺哭爹喊娘的模样，想起袁奋以前做的那些事，心里已然有数："又招惹哪家姑娘了。"

袁奋本来不好意思说，结果听见李中原说了出来，一拍大腿："嘿哟，要不说你是我姐夫呢！"

"你又干吗了？又许诺让人家上哪个戏，完了没上成，是吧？"李中原就知道肯定又是这些破事，脸上倒是没露出什么惊愕的表情，一脸淡定地道。

袁奋郁闷地点点头："嗯！"

"你得手没有？"李中原转过身，突然问到了正题上。

这个小舅子，是他从小看到大的，要说他不去招惹人家姑娘，除非太阳从西边出来。

果然，一听他这话，袁奋的表情立刻变得十分为难。

"姐夫，是她上赶着的，你说我是个正常的男人吧。"

李中原听了这话，顺手抄起一个东西扔过来，袁奋手忙脚乱地接住。

他嘴里还不忘嚷嚷道：“哎呀，姐夫，你这是要谋杀我们老袁家的命根子啊……”

李中原闻言，连白眼都懒得翻了，哭笑不得道：“我打死你个正常的男人，你要是个男人，就别一出事儿跑我这儿猫着来啊！我又没有路子让人家姑娘上戏！”

袁奋一听这话，立刻又凑上前，道：“关键的问题不在这儿，姐夫，戏没上成不是大事。可是这女的哭着喊着非得让我娶她。”

李中原听到袁奋说这话，实在是觉得匪夷所思，气极而笑道；“谁这么不长眼啊？那你就娶了呗，你要是不愿意娶，你把话说清楚啊。”“我是想说来着……关键是那个萧萧她有四个哥哥，人家放话了，我要是敢不娶，她那四个哥哥一人卸我一条腿！”袁奋哭丧着脸说。

“那你还得倒欠两条啊！”李中原冷笑着说。

“哥，这时候你就别取笑我了。”

“我绝对没取笑！我觉得你活该，卸腿是吧，人呢？我给他们磨刀。”

袁奋立刻装哭音：“姐夫，你真的见死不救？姐夫，最后一次，你要不管我，我就给我姐打电话。”

袁奋一边气愤地说着作势就要去翻李中原的包。

李中原心里一紧，这小子！

他的包里可还有一个紧要的东西啊！

那可是他重获自由的铁证，却不能给袁奋这小子看到了，否则他跟袁胜男两人都要有麻烦。

“你干吗？”李中原故意眼一瞪，问小舅子。

“我拿你手机给我姐打电话啊！”袁奋无辜地说。

“你自己没手机啊？”

“我的敢开吗？一开手机就是萧萧他们一家子的电话轮番轰炸！”袁奋缩了缩脖子，后怕地说。

李中原趁此机会，赶紧夺过来自己的包，拉上包的拉锁。

他强装镇定地道：“别瞎翻，你姐都没翻过我的包。”

袁奋立刻哀求：“姐夫，你就再帮我一次吧，你可是我亲姐夫啊。”

“我说你小子，一天到晚惹风流债！”李中原不赞同地摇了摇头，叹息一声。

袁奋却没有一点自觉，反倒是为自己辩解道：“我也没想到她有四个哥哥啊，我以后注意，再惹小姑娘，先问有没有哥，有几个哥哥。”

李中原听了袁奋的话，气得摘下 U 形颈枕朝袁奋丢过去。

他怎么就摊上这么一个不着调的小舅子啊！

袁胜男跟袁奋，这姐弟俩到底是不是一个娘肚子里爬出来的，怎么性格差异这么大？

这时，护士妙妙突然推门跑进来：“李大夫，外面有个女孩儿带着三条大汉打上门来了。”

“是萧萧！”袁奋惊骇极了，指着门口的方向，大叫一声。

李中原走过来，“啪”的一声打在了袁奋的后脑勺上：“你把我这儿的地址告诉他们了？”

“她前儿说想洗牙，我给过她你名片。”袁奋怯怯地回答了一声，两手赶紧抱着头。

李中原一脸恨铁不成钢地说：“袁奋啊，我真是服了你了。”说着往外走去。

袁奋看见李中原走了出去，他赶紧四顾想找个藏身之所，最后藏在椅子后头抻脑袋看：“姐夫，你千万要顶住啊。”

李中原走到门诊接待处，一个打扮很潮的女子和三个彪形大汉正矗立在那里。

三个彪形大汉不仅体型彪悍，连长相也跟身边的妖艳女子截然不同。

这四兄妹也不是一个娘胎里出来的吧？李中原暗暗腹诽。

此刻，小叶正拦着他们，一个劲地解释："他今天真没来……"

李中原心里有些发怵，但却没办法，谁让袁奋那小子跟他的关系……

他慢慢走到这伙人面前，尽量语气平静地问："你们找谁？"

染着一头黄毛的萧萧嘴里嚼着口香糖，看到李中原，眼前一亮："你就是袁奋的姐夫？"

李中原正待点头，萧萧身边的彪形大汉之一，突然上前一步大吼了一句："你赶紧让袁奋出来，是死是活，给我们句痛快话。"

李中原这辈子除了他老爹，还没给人这样吼过，心里自是不乐意，但想到是袁奋那小子亏欠人家在先，他也只好按捺下心里的不快。

"是这样的，我的确是袁奋的姐夫，但袁奋他不在我这儿，你们有什么事儿就跟我说吧。"

这时萧萧身边另一个彪形大汉也往前一步，逼近李中原，两只铜铃眼瞪得老大："跟你说，你做得了主吗？"

"你们不说，我怎么知道做不做得了这个主啊。"李中原无奈地道。

"好，我要跟袁奋结婚。"一旁萧萧挺了挺鼓鼓的胸部，宣告道。

这……李中原纠结了，不带一上来就闹这出的啊！

"说好了让我上戏的，结果戏没上成，便宜占了，占了便宜还不想娶我，有这么办事的吗？"萧萧说着眼睛都红了，小嘴喋喋不休地抱怨说。

袁奋这小子……这事办得的确不地道……

"还跟他废什么话，搜！"萧萧身边的彪形大汉听不下去了，怒吼道。

三个彪形大汉上前，其中一个就要推开李中原直接闯进去。

“有话好好说，这儿可是医院……”李中原以身挡住，嘴里不住急声道。

这个时候他只能希望自己能拖延一点时间，让袁奋那小子可以顺利地偷溜出去。

另一边，袁奋也没有辜负姐夫的期望，他见外面有了不小的动静，紧张地轻轻打开后门，猫着腰跑了出来。

结果前面突然出现一双大脚，袁奋抬头一看，妈呀，萧萧的四哥正挡住了去路。

萧四哥看着袁奋，巨人般的脸上狞笑着：“小子，你打算往哪儿跑啊？”

袁奋顿时一脸苦相，猫儿般叫了声：“哥！”

萧萧的四哥押着袁奋走到大家面前：“大哥、二哥、三哥、妹妹，这小子要开溜，被我逮了个正着！”

“笨死你得了！”李中原一见，心里着急，嘴上骂道。

萧萧有哥哥撑腰，转眼就变脸了，骂骂咧咧道：“袁奋，你忘了你刚认识我的时候都是怎么说的了？那会儿为了追我，恨不得给老娘提鞋、打洗脚水，这会儿倒好，连面都不想见了是吧？”

骂着骂着，女人又哭哭啼啼起来。

哥哥们一看妹妹哭了，围着袁奋气愤地说：“今天非废了你不可！”

“姐夫……救命啊！”袁奋把求救的目光看向唯一能救自己的人。

李中原见状赶紧上前护着小舅子，此刻他心里已经有了计策。

其实就在刚才彪形大汉押着袁奋出现的时候，他脑子里已经千回百转了好几个方案。

“几位，几位……冲动是魔鬼，咱们就商量商量领证结婚的事儿。

不过，有些事我得说在前头，真不是我们家人想占谁的便宜。其实，我这小舅子有羊角风，尤其是情绪激动的时候，就更容易犯这个病。就是因为这，一直没敢给他找对象，这回好了，既然萧萧不在乎他有羊角风，死心塌地想嫁给他，袁奋啊，你小子算有福啦，以后你下半辈子有人照顾，姐夫也就安心啦。”

袁奋一听李中原说这话，倒也聪明，立即配合，马上倒地嘴歪眼斜、口吐白沫……

众人一见，都傻眼了。

“他之前可没跟我说他有羊角风啊！”萧萧蛮横地跺脚，一脸焦急地说。

“这么恶心人的病，谁好意思说啊？”李中原一派淡定。

目前的局势，一切尽在他掌握中。

语毕，李中原蹲下使劲地掐袁奋的人中，为了表演到位，他这一次是下了狠手的，另外心里确实也气小舅子总胡来。

袁奋心里那个痛啊、恨啊，面儿上还得忍着疼，表情看起来十分滑稽。

而此刻，萧萧和四个哥哥都没有回过神来，全愣在当场。

李中原见状趁热打铁道：“其实啊，我们袁奋也很喜欢萧萧。他不愿意结婚，一是不想连累萧萧，二是也不想让萧萧看到自己发病的样子。行啦，现在都挑明了，你们要是没意见，咱们就早点见家长，也算替我岳父岳母解决一件大事儿。”

袁奋装作缓过神来，擦掉嘴角的白沫，连忙爬过去抱着萧萧的腿，嘴里大喊道：“老婆，咱明儿就去领证啊，老婆，我离不开你啊，你千万不能嫌弃我的病就不要我了啊……”

不得不说，袁奋也是唱作俱佳的一枚人才。他这么一闹腾，萧萧跟四个哥哥就开始不淡定了。

萧萧的腿被袁奋抱住，吓得大叫：“你快放开我！你那病传染不传染啊？”

四个哥哥见妹妹吓得花容失色，也急了，赶紧过来扒拉开袁奋，架着萧萧就跑了。

前前后后不过十来分钟，事情完美解决了！

李中原松口气的同时也暗暗佩服自己的机智。

袁奋从地上爬起来，抱怨道：“姐夫，你刚才还真掐啊？疼死我了。”

“不真掐，你不长记性，一天到晚不着调。爱军，袁奋，咱能不能脚踏实地干点儿事儿？姐夫也帮不了你几次了！”

袁奋听了这话，开始观察李中原的脸色，小心翼翼地道：“你和我姐又吵架了？”

“这跟你姐有什么关系啊？”李中原一时嘴快，此刻后悔死了，深恐这小子看出什么端倪来，故有些心虚地说。

“难道是你得绝症了？”袁奋见姐夫表情不像有假，突然语出惊人道。

“我抽你！袁奋，真不是姐夫说你，你再这么一天到晚不着调，四处装拍戏的骗小姑娘，你真离死不远了。得了，事过了我约你姐吃饭，不能迟到，你姐最烦人迟到！”

“那你俩好好二人世界吧，姐夫，今天的事儿你别告诉我姐啊。”袁奋嬉皮笑脸的，慢悠悠晃出了李中原的办公室。

得，这小子，他劳心劳力帮了这么大的忙，居然谢谢都不说一声就跑了……

李中原一看时间不早了，边摇头也走出了办公室。

分手饭要是再迟到，袁胜男绝对会把我大卸八块。李中原越想越害怕，立刻踩离合挂挡油门，车急蹿出去。

街边的拐角处，一个长相清丽的女子着一袭白纱，脸上化着淡妆，气质优雅地站在街边。她两眼含泪望向天际的火烧云，脸上的神情似真似幻。

“即使在另一个世界里，我依然爱你，只有这种方式才能让你永远记住我，这辈子做不了夫妻，下辈子吧，永别了，我的爱。”

女子自言自语完，款步走下街边的台阶，径自走向街道中心。她的目光却不知落在什么地方，整个人有些神情恍惚。

李中原的车正好飞驰而来。

他只来得及看到前方突然出现一个白影，来不及反应，本能惊呼：“啊——！”

立刻一个急刹车。

白衣女子在他车前转了三圈，一个美丽的45度弧线，随后以标准的芭蕾舞姿势倒下去，倒卧在他的车前。

李中原惊出一脑袋冷汗，心扑通跳个不停，他赶紧熄火，下车。嘴里嘟囔着：“怎么这么倒霉？”

李中原快步奔到白衣女子身边，发现她倒地的地方离自己的车还有一步的距离呢。

这时几个人已经围了过来。

“喂，撞着你没有啊？醒醒，快醒醒……”李中原赶紧蹲下身来，试探性地推了推女子的身体。

没有反应！

这时围观的人群也在议论纷纷，李中原有些心急，看了一眼女子昏迷不醒的模样，心里一咯噔：这个女人不会……

他突然一把抱起地上的白衣女子，直接朝自己的车子走去。

刚将女子放进车里，他突然发现女子的长睫颤动了下。

“哎哟，姑娘，我到底撞着你没有啊，这是什么事儿啊？”李中原见白衣女子还是没有清醒的迹象，只好关上车门，准备赶紧开车去医院。

这个白衣女子叫韩雯雯，就在刚才，其实韩雯雯清醒了一下，迷迷糊糊间她好似看到一个高大的男人抱着自己。他的体温炙热烫人，他身上的气味很好闻，让她很安心，所以她又放心地睡了过去。

李中原把韩雯雯送进自己所在的医院，跟着几个护士推着担架车往手术室跑。

这时他的好友林一龙和郭悦闻讯跑来。

他们一个是医院的妇产科医生，一个是护士长。而且非常巧合的是，林一龙还是郭悦的老公。

“中原，什么情况？”林一龙率先问道。

“是你撞的人？”郭悦则直奔主题道。

“我也不知道，她突然冒出来，然后就晕我车跟前了……”李中原到现在对刚发生的状况都有些摸不着头脑。

“算了，别问了，还是先救人要紧吧……”郭悦挡住了老公欲再追问的动作。

韩雯雯被郭悦等人推进急诊室，急诊室上面的灯亮起来……

看着急诊室的红灯，李中原揪了一把冷汗，只希望这个女子不要有事才好啊！

过了一会，护士长郭悦返身从急诊室里出来，把李中原拉一边，表情有些着急：“中原，你跟我和一龙没必要藏着掖着，人要真是你撞的，咱想办法解决。要真是晕倒在你车跟前的，那咱也有办法解决，你就只管说实话。”

“你看她身上有外伤吗？她真是自己晕我车前面的！”李中原很肯定地回答，就只差对天发誓了。

他怎么都没想到自己就那么倒霉啊！

“悦悦是担心这女孩是碰瓷的……”林一龙担心好友误会，赶紧解释道。

“你说我怎么这么倒霉啊？”李中原郁闷地说了一句，低下头，突然发现他的右手此刻挽着白衣女子的小挎包。

“中原，你赶紧看看包里有没有联系方式什么的……”郭悦提醒道。

李中原本也想这么做，他打开挎包，发现一只手机静静地躺在里面。

“算了，我还是先联系她家人吧。”李中原翻着韩雯雯的手机，看到了最后一个联系人阿莲。

已经到了约定的时间，袁胜男到了饭店门口，发现饭店前面正在排号。

袁胜男探头看了看四周，没有发现李中原的影子。

突然，挎包里的手机响了。

袁胜男看了一眼来电显示：袁奋。

她接起了电话。

“姐，你和我姐夫没事吧？”袁奋熟悉的声音透过手机在耳边响起。

“干吗忽然问这个？”袁胜男惊讶了下，然后突然反应过来，连忙问道，“你不会又去烦李中原了吧？”

“没有，我就是……下午介绍个朋友去他那儿看牙！”

“你别老一有事就找李中原，他现在已经不是……”袁胜男下意识皱了下眉头，突然又住了嘴。

“不是什么？”袁奋在电话那端追问道。

“反正你别老麻烦人家了！”

袁奋听了袁胜男的话，乐了：“姐，你俩真吵架啦？”

这时，服务员把一个号放到袁胜男手里，转身要走。

袁胜男叫住服务员："46号？小姐，这我得等多久啊？"

"这个我也不好说。"语毕，服务员转身走人。

"行了，你有事没事？没事我挂了。"袁胜男说完，看电话那端袁奋没再说什么，便挂了电话。

她低头看了看手里的号，心里暗暗地吐槽：跟李中原吃个饭就没有不费劲儿的。

袁胜男看了看表，整六点，可这个该死的男人却没有来！

袁胜男在饭店门口徘徊了几下，又拿出手机给李中原打电话，电话通了却没有人接听。

这时服务员喊号了："46号，小桌两位。"

袁胜男看看自己手里的号——6号。

服务员又接着喊："46号？有人没？最后一遍，47号！"

袁胜男气得把号码扔进了垃圾桶，大骂道："太过分了，分手饭都迟到。李中原，你就是我的灾星，我再信你一句，我是猪！"

李中原还在手术室外紧张地候着，他的手机不知道什么时候调了静音，他也没顾上看，也忘了跟另外一个女人有约的事情。

突然，手术室灯灭了。

郭悦率先出来，身后是几个护士推着担架。

李中原赶紧迎过去问："怎么样？"

郭悦看了一眼好友脸上的焦虑，笑着摇了摇头。

"放心吧，没外伤。"

李中原听了郭悦的话，松了一大口气。

走进病房，此刻担架上的白衣女子躺在病床上，已然清醒，正睁着一双明亮的眸子看着自己。

他连忙问道："姑娘，到底是不是我撞的你啊？"

韩雯雯听了这话，却忽然伸出手来一把抓住李中原的胳膊，哭道：“你干吗要救我啊……你怎么不让我死了呢……”

李中原听女子说出这句话，有些摸不着头脑，这姑娘，不会是脑壳被撞坏了吧？

“不是，姑娘。你到底怎么了？”

这时，一个打扮邋遢的女子匆匆赶到医院，她进门看到好友韩雯雯正抓着一个男子痛苦不已。

她几个快步过去，不由分说举起挎包就砸向男子。

女子边砸边大喊道：“雯雯，这种男人你还为他哭什么，打死得了，打死他为民除害了。”

李中原此刻只顾得上左挡右闪，根本没机会开口解释。

病床上的韩雯雯也惊愕地睁大眼，她刚清醒过来，不明白好友怎么会突然出现，然后又出手打人。

“干什么？住手，这是医院。”郭悦刚走开一会儿，回来就看到李中原被一个女子殴打。

她正奇怪平日里从不吃亏的好友这会怎么不还手时，一时也顾不上许多，赶紧喝道。

韩雯雯此刻也缓过神来，赶紧喊了一句：“阿莲……不是他，他是救我的人。”

叫阿莲的女子此刻也有些累了，这才住手，又上上下下仔细地打量了男子一眼，突然似神经质般的大笑：“是这样啊，我砸错人了！”

李中原没有理会女子的道歉，他正低头查看伤情呢，这姑娘，个子不大，力气倒不小，这手臂肯定瘀青了。

没承想，突然手臂被人拉住。

“不好意思啊。”阿莲拉着他的手臂，突然说了一句。

“没问明白情况你就抡包打人啊？”郭悦在一边看不过眼，生气地道。

阿莲看了一眼郭悦，又扫了一眼沉默不语的男子，心里暗道：我打的又不是你，人正主儿都没发话呢，你急什么？

李中原和郭悦对视了一眼。

郭悦悄悄附耳道："我怎么看这俩人神神道道的？"

李中原轻轻点头。

他此刻觉得怎么都好，只要这个白衣女子没有受伤，跟他没关系，就解脱了。

"雯雯，你为那样的男人自杀，太不值了。"阿莲一脸痛惜对好友说。

李中原听见阿莲说这句话，这才明白过来，嚷道："你是自杀啊？"

韩雯雯脸色黯然，然后带着哭音道："我没有活下去的理由了。"

"姑娘，这我就得说你两句了，你这自杀方式可有点儿缺德啊。这谁要是真撞了你，这辈子能好过啊？你要死，怎么还得拉上别人啊。"

韩雯雯突然大哭起来："我不想活了，不想活了……"

阿莲一脸不赞同道："喂，你是救了她，可她现在都这样了，你就别说她了。"

"那我就先走了，护士长是我朋友，我会打招呼，让她帮忙照顾一下，你们有什么要求也可以跟她说。"李中原说完这话就要往外走。

阿莲突然起身拦住李中原道："你看我朋友都这样了，我看你也挺会说话，你好人做到底，帮我劝劝她。"

"你不是在这儿吗？"李中原有些不耐烦了。

"这类俗事我没有你会说，我是个诗人，世俗的事儿吧，我不太喜欢掺和。"

李中原听阿莲说她是个诗人，禁不住乐了："那你就给她创作首诗安抚安抚呗。"

“一看你就不懂，诗，那得有特定的环境和感觉啊，这种环境哪行？”阿莲撇了撇嘴，极认真地道。

李中原看韩雯雯很可怜，觉得阿莲说的话也有道理，正犹豫着。

韩雯雯突然叹了一口气，低声道：“唉，你们都走吧，我一个人静静！”

女子声音悠悠响起的时候，李中原禁不住侧目看去。

此刻，韩雯雯的侧脸微微偏向窗外，一丝碎发垂落两鬓，长长的扇睫卷翘着，仿佛一幅美人落泪图。

李中原心念一动：她要是再想不开自杀呢，那他多多少少也要担点责任吧……

思及此，李中原走近一步，尽量温和地说话，慢慢开导她。

“那个他是谁啊？”

韩雯雯并不答话，只是看着窗外。

“其实事情很简单，我们雯雯很单纯，遇人不淑。谈了一年多的对象，才发现对方有家室。”阿莲在一旁解释说。

“意思就是她被‘小三’了？”李中原低声问。

然后看到病床上女子身体瑟缩了下，心里有点不好意思，这是人家的伤疤，他没事去揭开做什么？

“太不值得了，你还这么年轻，天涯何处无绿植，千万不能因为一个渣男寻死觅活呀！”李中原赶紧劝慰着道。

“我还有机会吗？我是个感情的失败者，以后我还敢爱谁啊。”韩雯雯悲伤地道。

看到女子这副对人生失去希望的颓丧模样，李中原一冲动，突然拉开包，把离婚证亮了出来。

“你看，感情失败的又不是你一个！照你那意思，过不下去的就都得跟你一样去死啊？那我是不是从民政局出来就该钻车轱辘底下去啊。”

“啊？”

李中原刚说完这句话，就听到身后传来两个惊讶的声音。

他一回头，就看到好友郭悦、林一龙正在身后齐整整地站着。

得，都知道了！李中原郁闷地闭了闭眼睛。

真是好事不出门，坏事传千里啊，而且这个坏事还是他亲自传的……

看到好友一脸愕然的表情，李中原忽然很诗意地说：“世间满眼无奈人……这天下，感情失败者多了去了。”

安抚了病房里的白衣女子，李中原刚从病房里出来，就发现林一龙和郭悦等在门外。

“你离婚啦？”林一龙头一个追问道。

“快跟我们说说你怎么回事儿？”郭悦也关心地问。

李中原警惕地看了看四周，郁闷地说：“你俩想让全世界都听见？”

“是谁先提的？你俩胆儿也忒大了吧？你家老爷子能同意？”林一龙好奇地问。

“袁胜男呢？这么大的事怎么也不告诉我一声？”郭悦接着林一龙的话说。

“就是袁胜男先提出来的……”李中原话才说到一半，突然意识到了什么，“坏了！”

赶紧打开手机，手机上有无数个袁胜男的未接来电……

李中原倒吸一口凉气心里想着：完了，完了……

“到底怎么了？”身边林一龙在追问。

李中原顾不上回答好友的问话，赶紧回拨了电话。

第二章 误会

黑色轿车上，袁胜男刚要发动车子，突然电话铃声响了。

李中原！

袁胜男两眼欲喷火，摁下电话就是一通怒吼："李中原，你就是个混蛋！"

李中原被女子的话震得耳朵疼，于是把电话拿远了些："对不起啊，那个，我碰上个急诊，我……"

谁知道袁胜男根本不想听他解释："你太没诚意了，平时你迟到、放我鸽子也就算了，吃分手饭你还迟到，你是不是人啊你？你害我大晚上跟个二百五似的等在饭店门口，姓李的，别再让我看见你！"

袁胜男说完就挂了电话。

郭悦和林一龙都凑到手机边去听，李中原挨了一顿骂，倒也不生气，反正都习惯了。

他转脸对俩好友道："你们说，就这样的脾气，我俩怎么能过到一块儿去？"

"走，哥们儿陪你喝一杯去。"林一龙有些同情地拍了拍李中原的肩膀。

三人到了吃饭的地方，叫了一大堆烤串，几个凉菜，几瓶啤酒。

李中原先开口说："我跟你俩说，我离婚这事必须得保密。"

末了指着郭悦说："尤其是你。"

"知道啦，你又没付宣传费，我干吗满世界给你散去……"郭悦笑着说。

"既然都离了，干吗还藏着掖着？"林一龙不解地问道。

"我也是没办法，老爷子太看重我和胜男的婚姻了，当初定娃娃亲的时候，老爷子就发了誓愿，和袁家永世修好。我长大以后，知道家里给定了娃娃亲，我也反抗过，结果我爸差点拿枪崩了我。"李中原摇头苦笑。

"那你还离婚？这不是忤逆吗？要是被你们家老爷子知道了，一样得'枪毙'你！"林一龙说这话的时候有些幸灾乐祸。

"但凡能过下去，我也不会离。和袁胜男过日子，就等于蹲集中营。我如果再跟她过下去，不是她死就是我亡。"

"离了婚，总不能从此耍单吧。要再婚，这事就瞒不过去。"林一龙一针见血指出事情的本质。

李中原摇了摇头，道"我和袁胜男商量好了，先瞒着，慢慢渗透。最起码等她爸过了心脏手术这关再说。"

三人吃吃喝喝，时间不知不觉过去了。

李中原正对着瓶吹呢，电话来了，一看是家里，他的表情有点慌。

"喂？"李中原再不想听，还是把电话放在耳边，乖乖地接电话。

"中原，我听说你和胜男又吵架了，废话我不想多说，我就说三点，第一，道歉；第二，反省；第三，以后让着点儿胜男！不然小心你的脑袋！"

电话那端他父亲李龙生跟背台词一般，语速又急又快，根本不给儿子留说话的余地，语毕啪地挂了电话。

李中原的耳朵被震了一下子，还没来得及说话呢，电话就挂断了。

"哎哟，我这个亲爹啊，你们看看，这种情况，离婚的事儿我敢说吗？”

电话虽然没有开扬声器，但因为李老爷子声音实在太大，林一龙和郭悦听得清清楚楚，都忍不住乐。

夜深人静。李中原回了小居室，走进门，开了灯，却没亮。他摸着走到洗手间，开了灯，屋内总算有了点亮光。

再出来屋里，一摸桌子，一手的灰尘，他颓然地倒在沙发上，叹了一口气。

突然手机又响了，掏出来一看，来电显示：老妈。

李中原接起电话：“喂，妈！”

李中原的妈妈邱月梅拿着手机小心翼翼地说话，一看就是背着李龙生打的这个电话。

“儿子，我往家打电话咋没人接呢？”

“哦，胜男出差了！”李中原敷衍道。

“那你咋也没回家？”邱月梅小心地问。

李中原站起身来，走到卧室，一边收拾床铺，一边随口道：“我住小房子这边呢！”

“为啥？你就别瞒妈了，你和胜男吵架闹分居呢，是不是？”

李中原支支吾吾：“也不是……妈。”

“行啦，胜男那脾气我知道……你呢，也一向不太让着她。中原，这事你还是听你爸爸的话，让着点儿你媳妇吧，谁让咱李家欠他们袁家的呢。”

“妈，您觉得我和袁胜男，真适合当夫妻吗？”

“咋突然说这话？我告诉你，你俩这婚是你爸和她爸结的盟约。你俩要不好好过，俩老头儿指定不能答应！那咱俩家可有的闹了！”邱月梅在电话那端语重心长地教诲儿子。

许久，李中原挂了电话，又是一声长叹。

李中原这会儿也没心思整理床铺了，坐下来想了下，决定还是去大房子看看。

敲门声响起，袁胜男穿着睡衣走到门边，扒着猫眼看。

李中原？这么晚他来做什么？

打开门，袁胜男脸色很难看。

“那个，下午的事……”李中原正要解释。

袁胜男不耐烦地说：“你有事没事？”

李中原看她这个态度，想好的话突然憋住了，怎么也说不出口，最后憋出一句：“两居室那儿没有刮胡刀，我要刮胡刀。”

“等着！”

李中原刚要进门，袁胜男砰地关上门，差点没把他高挺的鼻梁给压坏。

李中原气得直咬牙，却苦于进不了屋，只能在门外生闷气。

一会儿，门打开了，刮胡刀被丢到李中原的手里，袁胜男面无表情，又要关门。

李中原赶紧用手挡住，两个人扳着门较劲。

“晚饭的事儿你听我解释……”

“我懒得听，你赶紧滚蛋。”袁胜男死命关门。

结果……李中原的手指给夹住了……

“啊——！”

一声惨叫后，袁胜男吓了一跳，赶紧松手。

医院里，李中原一脸痛苦地举着流血的手，郭悦拿棉球蘸酒精擦着他手上的血迹。

“动一下，看看骨头有事没？”郭悦问。

李中原使劲忍着疼，轻轻活动手指。

看到好友手没事，郭悦松了口气：“万幸骨头没事！怎么吵成这样？”

李中原看着自己手上的瘀伤，担心地问：“我这手不会废了吧？”

“没那么严重，最多一礼拜就好了！”

李中原咬牙：“袁胜男绝对心理变态，她这是婚内对我没家暴成，她心里不平衡啊。她离了离了，还要给我留点纪念啊……”

郭悦听了在一边抿嘴笑。

李中原又抬起手看了看：“她这是要断我的财路啊……”

这时袁胜男正站在清创室外等李中原。

林一龙穿着便装跑来，看到袁胜男，紧跑几步过来：“胜男，中原没事吧？”

袁胜男看见林一龙，有些不好意思：“哎，一龙，大半夜的怎么把你也惊动了？”

“没事没事，我正好下夜班，怎么样，伤得重吗？”

“就挤了下手，李中原就爱夸张，你还不知道他？”袁胜男一脸不屑道。

林一龙看着她的态度，为好友打抱不平：“夸不夸张的，胜男，你这动手的习惯，也的确不太好！”

袁胜男闻言，小脸微微冷下来，道：“他自找的！”

“今天晚饭的事儿你真误会中原了，他本来是按时赴约的，结果碰见个女的为情自杀，摔他车前边了。”林一龙为好友解释道。

袁胜男不相信地挑了挑眉毛：“有这么巧的事儿？”

“中原这人吧，平时嘻嘻哈哈的，但轻重缓急他心里有数。这种事得救啊，等到把人送医院来，救醒了，和你约好的时间也过了。”

袁胜男听林一龙这么一说，心里有点后悔：“那还真算我冤枉他了。关键是，他平时一贯不靠谱，所以今天我就以为他是为了报复，耍我玩儿呢，那女孩没事吧？”

“没事了，中原给劝好了。”

这时，李中原从急诊室出来。

他看了一眼林一龙：“噩耗都传到你那儿去啦！”

“骨头没事吧？”林一龙有些担心地问。

李中原斜眼看袁胜男，故意道：“再使点劲就废了！”

“你敢不敢再夸张点儿？大男人那么娇气！”袁胜男不满地说。

“废话！你当你砸核桃呐？”李中原火气上来了。

袁胜男不理会他的话，看郭悦跟着出来，便走过去。

“他伤着骨头没？”

“没事，没伤到骨头，”郭悦靠近袁胜男，小声说，“你也是，何必呢？”

袁胜男此刻也有些不好意思，但回头看着李中原横眉怒目那样，心里又不舒服了。

她从郭悦手里接过缴费单子：“诊疗费和药费算我的，我去交费。”

李中原故意大声说：“被暴力侵犯的心灵创伤是拿钱换不来的！”

袁胜男脚步顿了顿，却没有回头反击，径自走了。

林一龙推了一下李中原：“少说两句吧，你是不是想那只手也残废？”

李中原举起包着的手，委屈地说：“你说明天我怎么给人看病啊？”

病房里，韩雯雯躺在病床上，瞪着两只眼睛看着窗外夜空中的星星。

她实在睡不着，便起了床，拿出小镜子照照，觉得妆容还说得过去，便想出去走走。

谁料一拐弯，便看见坐在长椅上的李中原，有些疲累地靠在墙上，长腿随意交叠着，姿态很是惬意。

韩雯雯看着看着就羞红了脸，多好看的男人啊！

她注意到男子的头在一直往下点，顿时感动得泪光点点："难道他一直为我守候到现在？"

韩雯雯想了下，来到李中原身边，轻声道："你快回家吧，没必要在这里守着我，我没事的。"

李中原蓦地睁开眼睛，有些分不清状况："谁？你跟谁说话呢？"

"是我！"韩雯雯温柔地看着他道。

李中原揉了下眼睛，稍微清醒了些，歪头打量韩雯雯。

韩雯雯露出一个温柔的微笑。

"是你呀，你怎么大半夜不睡觉，跑出来瞎溜达？"

"我不出来，怎么知道你一直没走啊？"韩雯雯含着笑害羞地道。

"没有，我……"李中原觉得韩雯雯误会了，想要解释。

韩雯雯立刻伸出一指放在小嘴上："嘘，你不用解释，我都懂！"言毕，又含情脉脉地看着眼前的男子，柔情似水，简直能腻死人。

此刻，袁胜男拿着缴费单、李中原的医保卡还有开的药回来了。

她远远就看见李中原和一个女孩靠在一起亲热地说话，女孩还用能腻死人的柔情眼神看着他。

到了跟前，见二人还没发现自己，袁胜男冷笑一下："要不说我服你呢，我交个费的时间，你都能跟女孩儿搭上话！"

"说什么呢？这就是那位为情所困、摔我车前的那位韩小姐。"李中原可不受这冤枉，没好气地回道。

"哦，是你啊？"袁胜男打量着眼前的女子，气质温婉可人，眼神柔情似水，是李中原会喜欢的那种类型。

韩雯雯也在上下打量袁胜男："你是——李大夫的姐姐？"

袁胜男听了这话，心中很是不爽，说道："你什么眼神啊？我比他还小两岁呢！"

"对不起，恕我眼拙，可能您这身衣服略显成熟吧！"韩雯雯无辜地说。

袁胜男看她故作姿态的模样，脾气就上来了：“咳，我说你这人……”

李中原看袁胜男要炸毛了，赶紧起来打圆场：“韩小姐是家时尚网站的编辑！”

“李中原，看来你今儿日子过得挺嗨皮啊？”袁胜男把矛头转向了他。

“为情所困、差点自杀，你跟她计较什么啊？”李中原赶紧附耳过来低声说。

袁胜男闻言，冷着脸把账单、药等东西塞到李中原怀里，然后狠狠瞪了罪魁祸首一眼，转身走了。

李中原被瞪了一眼，也没生气，抬起受伤的手摆了摆：“晚上开车慢点，别老开斗气车！”

韩雯雯一眼看见了李中原的手，尖叫：“哎呀！”

李中原给她吓得打了个激灵：“怎么啦？”

韩雯雯一脸心疼地道：“你的手怎么了？”

“哦，没事，就是被门挤了一下。”

韩雯雯迟疑地看着袁胜男离开的方向：“是她挤的吗？疼不疼啊？那个姐姐是谁啊？”

“她是我老，哦，不对，现在应该叫前妻了。”李中原解释道。

韩雯雯闻言放心了，故意拖了个长音：“哦，怪不得呢！”

“怪不得什么？”李中原疑惑道。

韩雯雯一脸意味深长的表情：“我觉得她配不上你。”

“是吗？”李中原想了下，也赞同地点头，“这话太正确了！”

深夜三点，李中原才回家。倒水的时候，抬手看着夹伤的手指，回忆起袁胜男和韩雯雯对他受伤的不同反应。

袁胜男：你别那么娇气！

韩雯雯：疼不疼啊？

李中原坐在沙发上，叹了口气。

夜深了，韩雯雯躺在病床上，怎么也睡不着，回想着白天李中原救自己时的浪漫剧情。

想着这些，眼泪不自觉落下，她拿纸巾擦掉眼泪，又笑了。

脑海里浮现出李中原抱着自己时又帅又酷的样子，这剧情，太浪漫了。

韩雯雯忽然想起什么，在小包里一通乱翻，找到一张名片。名片上写着：中原牙科诊所，李中原（主治医师）。

她马上拿着名片，打开手机上网，点击百度，输入李中原的名字。一阵快速浏览后，韩雯雯脸露欣喜：哇，牙科大夫可以媲美韩剧里的高富帅耶！

这个高富帅迟早会是属于她的！思及此，韩雯雯的脸上露出一丝得意的笑容。

第二天早上，李中原被一阵门铃声吵醒，睡眼惺忪地开了门。

袁胜男拎着两大袋子东西站在门口。

李中原看见女子突然出现在自己门口，吓了一跳："干吗？"

袁胜男懒得理他，把袋子里的东西往外拿："赶紧地，这些搁冰箱！"

李中原一脸提防的表情："你有事啊？"

袁胜男没理会他的询问，她快速地放好东西，啪地关上冰箱门，才淡淡地道："看你是病号，买点儿东西给你。一是对昨天的误会表示歉意，毕竟让你挂了彩；二是这小房子那么长时间没人住，你刚住进来，肯定缺不少东西，现在你手又不方便。"

李中原可一点不感激，他抬起手，一脸理所当然道："那你看我这样儿，你东西是没少买，我也做不了啊。”

袁胜男没好气地白了男子一眼，二话没说进了厨房，开始洗菜、和面。

李中原心里乐得不行，站在厨房门口偷着瞅袁胜男：“午饭我得吃我爱吃的，我是病号！”

袁胜男不搭理他，继续做饭。

此刻，韩雯雯拎着两大袋子东西也从超市出来，把东西放在路边，拿出手机，调出李中原的电话号码。

打出去然后不等接通就按掉，她想了下，又调出林一龙的电话拨了出去。

“喂，林大夫！”

“你是？”

“我是韩雯雯，我想问下李中原李大夫家住址！”

“这……你是有什么事么？”林一龙谨慎地问了一句。

“林大夫，李大夫救了我，我觉得表示一下，麻烦你把他家地址告诉我好吗？”

“这不好吧？”林一龙犹豫着。

韩雯雯听了，坦然道，“他之前给过我地址的，说出院后身体如果不适就去找他。只是我现在不记得把地址弄哪里去了。其实，我找他也没事，去了，把东西给他放下就走。”

“好吧，我把地址发给你。”林一龙听她说得诚恳，便妥协了。

“谢谢！”韩雯雯挂了电话，嘴角露出胜利的笑容。

袁胜男做好了豆角焖面，端着饭碗放到李中原面前，淡淡道：“豆角焖面，你的最爱。”

李中原也确实饿了，一脸欣喜地拿起筷子就吃，嘴里还不忘损道：“你这人厨艺稀松，唯一拿得出手的就是这个了。对了，昨晚你怎么不接电话啊？”

“失眠了，不把电话线拔了不敢睡。行了，饭也伺候到嘴边儿了，就不用我喂了吧？我撤了。”袁胜男说完转身要走。

李中原一口面吞下，赶紧道：“哎，我妈要是打你手机，你千万说你昨儿出差了啊！”

“昨晚你妈往我那儿打电话来的？”

“要不我怎么知道你没接电话啊？大晚上家里没人接电话，弄得我妈好一顿审我。”

“这俩老太太还真是有心灵感应啊。”袁胜男念叨了一句。

李中原抬头：“不会吧？你妈也打过来了？”

两人心里各自盘算着，害怕离婚的事被家里的老人知道，不知道该怎么面对。

默默对视了一会，袁胜男先打破了沉静。

“我得赶紧去趟公司。”

“大礼拜六的还不休息啊？”

“嗯，约了个广告商！哎，借用一下你的洗手间。”袁胜男说完，进了洗手间。

李中原则低头继续吃面。

突然门铃响了，李中原端着面起身开门，看见韩雯雯拎着两大袋子东西站在门前。

他一愣，还没说话，韩雯雯却先开口了：“欧巴。”

李中原一阵错愕，但看到她两眼湿润惹人爱怜的模样，赶紧把嘴里的面条咽了下去：“是你啊？”

“你手还疼吗？”韩雯雯一脸关心地问。

李中原摇了摇头：“不怎么疼了，难为你还特意来看我，快进来，进来坐吧。”

韩雯雯边走进门边道："我给你打一早上电话你都没接，我还以为再也找不到你了。"

"我这小屋信号不好！"李中原有点不好意思地回答。

韩雯雯进屋就四处瞄着，终于看到了目标。结果打开冰箱门，里面已经被袁胜男刚刚拿来的东西给塞满了。

"来就来吧，还带东西干吗？"李中原看韩雯雯往冰箱里塞东西，觉得更不好意思了。

"你手伤了不方便，你看，我给你买的都是即食的营养食品，你饿了不用做，直接吃就行。"韩雯雯一脸自来熟，微笑也恰到好处。

李中原有点适应不了这种状况，恰巧这时袁胜男从洗手间出来，韩雯雯因为背对着袁胜男的方位，所以没有看到身后有人。

袁胜男看到这种情景也没说话，似笑非笑地看着李中原。

韩雯雯似乎整个心思都扑在李中原身上："李大夫，这些吃的都是我仔细挑选过的，纯天然健康绿色食品。你别老吃面条什么的，太没营养。你自己打理一个诊所，工作一定特别忙。又刚离了婚，肯定没有人照顾你。手还受了伤，一个男人身边没人照顾哪行？你救了我，我应该报答你，反正我工作也不忙，以后啊，你这家里大大小小的事儿，你尽管说话就是。"

韩雯雯说完，又笑着看了一眼男人，却发现男子的目光并没有看自己，而是艰涩地看着她的身后。

韩雯雯回头也看见袁胜男了，面上不禁一红。

袁胜男此刻高冷地笑了一下："难怪了……李中原你真行。"

语毕，她拿起包说："你们继续，我就不跟这儿妨碍二位啦！"

"你别话里话外挤对人啊！我身正不怕影子歪！"李中原有些气愤地说。

他明明什么亏心事都没有做，这个女人凭什么一脸鄙夷地看着自己。

袁胜男却没有说话，直接拎起包摔门离开。

李中原也被袁胜男的态度气得够呛，坐在餐桌旁，觉得这个女人真是越来越莫名其妙。

韩雯雯看到袁胜男出现时心里本来是紧张了一下，但此刻看到两人剑拔弩张的状态，心里暗喜不已。

韩雯雯很懂得见机行事，在李中原的家里，开始帮忙收拾桌子，边收拾边不好意思地说："李医生，刚才的事儿都怪我，不该说那些话让她误会了你。"

"没你的事儿，袁胜男就那脾气。"李中原无奈地说。

韩雯雯抬头看了李中原一眼，又接着道："李哥，其实，我看得出来，你之前可能有点'妻管严'，她在人前也挺不给你面子的。"

李中原听了这话就更郁闷了，没想到连这个才见过两次面的陌生人都看出他在袁胜男那里遭受的不平等待遇了。

韩雯雯看出李中原自尊心受损的样子，又接着劝慰："对于人和人之间的关系啊，我的感觉还是比较准的，李哥，你们离婚了，以后再找女朋友，就记着一个原则，找个崇拜你、喜欢你、看你哪儿都好、什么都听你的女孩子。换句话讲，你应该感谢你前妻，她要是不离开，你怎么还会有再次选择的机会呢？"

"这个……"李中原突然抬眼看了一眼正在收拾家务的女子。

韩雯雯此刻微微垂着头，一头青丝披在脑后，秀外慧中正是她此刻的真实写照。

不可否认，李中原脑海里中意的女孩子正是这种类型，只是对象是韩雯雯，他又笑着摇了摇头。

这才见过两次面而已，他这是怎么了？

"李哥，我请你吃饭吧？"韩雯雯突然抬头说，正对上男子探寻的目光，她微微一笑。

李中原被对方捉了个正着，有些不好意思，听此一言，赶紧道，“那怎么好意思？该是我请你吃饭才对，你大老远儿的赶过来看我。”

“谁请不都一样嘛！”韩雯雯温柔地笑了笑。

李中原和韩雯雯一起出了家门，找了个地方吃饭。

李中原也不知道自己是怎么了，或许是因为生袁胜男的气，或许是因为韩雯雯特别善解人意，在饭桌上开始跟她讲起自己失败的婚姻来。

李中原吃饭的时候，韩雯雯多数时间就是看着他吃，很少动筷子。

“我和袁胜男这段婚姻是包办的……”李中原突然叹息一声。

韩雯雯听了李中原的话非常吃惊。

李中原却没看眼前的女子，自顾自说道：“我们家情况跟别人家不一样。你这个岁数恐怕不知道老山前线、越南战场那些事吧？”

韩雯雯摇了摇头，娇滴滴地说：“李哥，我不知道，但是很感兴趣，你就给我讲讲呗。”

“我爸和胜男她爸啊，是战友，两人一起上前线。战场上，胜男她爸，也就是我岳父，前岳父，救了我爸的命。我爸感激救命之恩，两个人就在战场上许下誓言，将来有了儿女一定要结为儿女亲家。我和胜男是自小一起长大的，但压根不合适，你刚才也看见了，她那性格，她不是我的菜，我也不是她的菜。”

韩雯雯点点头赞同道：“嗯，胜男姐脾气是挺大的，那你俩结婚之后呢？”

“我俩那婚姻，不能说天天打吧，也差不多，三天一小吵，五天一大闹。现在的人都讲究家庭生活品质，可她袁胜男就是个女军阀啊，把家里弄得跟集中营似的。东西放在这儿你绝不能给她改地方。约会，说好几点干吗，你必须得整点到，迟到一秒，她就翻脸。你说这哪儿是过日子？我娶的是媳妇，又不是监狱长。”

韩雯雯听李中原说完，一脸同情，眼神也柔得滴出水来：“哥，你真不容易，说得我都心疼了。算了，再痛苦也都是过去式了，别再想着以前的事儿了，往后看，你现在自由了！”

韩雯雯看李中原心情不好，继续劝慰道：“你们慢慢就会疏远的，等她找到新的老公，她都没时间跟你过不去。哥，你也会有新的女朋友的。”

韩雯雯看李中原的双眼含情脉脉，玉面粉霞一片，李中原的心也不由跟着酥麻了一下。

“其实你是个挺懂事的女孩，袁胜男虎叉叉的就从来没这么温柔地劝解过我，她除了简单就是粗暴，男人就该找个温柔的老婆，这才有女人的样子嘛，你这样的就挺好，温言细语的，有个淑女的样子，你之前那个混蛋男朋友抛弃你，纯粹是瞎了。”

韩雯雯听了李中原的话，十分开心，但她不想表露得很明显，只看着李中原温柔地笑。

军区大院里，袁胜男的母亲张兰英跟李中原的母亲邱月梅在聊天。

邱月梅提起两个孩子可能吵架吵得厉害。

两人决定都瞒着自家老头，自行商量对策，看能不能弥补孩子们的这场过失。

张兰英决定让袁奋去打探一下李中原和袁胜男的情况，邱月梅点头称是。

张兰英回到家就立刻打电话给袁奋。

袁奋这时睡得正香，不料被电话吵醒，很是不高兴，但听到老妈委托自己去看一下姐姐姐夫的生活状况，便又开始生龙活虎了。

从老妈那里趁机敲诈了一笔后，袁奋挂了电话，也没心思再睡了，赶紧一骨碌爬起来，套上衣服就出了门。

袁胜男开车到了公司，利索地下车关上车门，按了锁车疾步往公司大门走去。

身后突然响起一声熟悉的声音：“姐姐大人，留步。”

袁胜男停住脚步回头看，袁奋正打着哈欠走来。

袁胜男十分惊讶：“咦？ 12 点之前能看见你也算是奇迹了！”

袁奋又打了一个哈欠，一副懒洋洋的神情：“姐，我找你有事。”

“你一宿没睡啊你！”袁胜男看见袁奋哈欠连天，不快地道。

“不是，我是没睡醒，还不都是因为你。”袁奋郁闷地说。

袁胜男一听这话，警惕心顿起，赶紧说：“借钱没有，代还信用卡免谈，车更不可能借给你！”

“你把我当什么人了？”袁奋一脸受伤的表情：“没关系，英雄从来都寂寞！你们不可能理解艺术家的世界。”

袁胜男听见他又开始耍嘴皮子，赶紧道：“有话快说，有……算了，我不说脏话！”

袁奋立刻说：“老妈打电话派我来问问，你和我姐夫因为啥吵架？”

“我们俩没吵架！”袁胜男装作镇定地说。

“拉倒吧，我姐夫都搬小房子住去了，这还叫没吵架？”袁奋撇了撇嘴，一脸不相信。

“哪，哪有的事儿？你姐夫是去收拾房子……”袁胜男的话还来不及说完，袁奋就啧啧声起。

“得了吧，老姐，老爸跟你说过没有，你撒谎的时候容易口吃？”袁奋挑了挑眉。

“我没口吃！哎哟，他就那么一说，你们别胡思乱想。”

“不是我胡思乱想，你们是真的没事？”袁奋怀疑地问。

“行了，没事赶紧走吧，我约人说正事，你该干吗干吗去，别老一天到晚不务正业！”袁胜男害怕跟袁奋说太多会露馅儿，于是赶紧打住，抬脚往公司的大门走去。

一辆轿车静静停放着。

轿车里的男子衣着一丝不苟，上身小皮衣，下身着一条格子纹的紧身裤，衬托出他窈窕的身姿。

此刻，车内的男子正对镜整理妆容，仔仔细细地打量自己一番，无一处不精致，无一处不风情。

等他自认为满意了才走下车来，却在不经意间发现皮衣上粘着很小的一块脏东西。

男子皱了皱精致的眉，翘着兰花指从包里拿出湿纸巾和干纸巾，先用湿纸巾轻轻擦掉那块脏污,然后再用干纸巾擦干。最后把干纸巾、湿纸巾都好好地收进包里。

又低下头透过前视镜查看了一下自己的整体形象，终于满意了，才转过身优雅地往威驰公司大门走去。

男子走进办公间，四顾一下，发现全部人都在埋头苦干，丝毫没有注意到有一个重要人物到来。

男子沉默了一会儿，终是忍不住轻咳一声：“嗯哼！”

职员们纷纷抬头，看到站在门口身姿窈窕的美男子，全都眼前一亮。

这个社会不缺帅哥美女，但美得这么精致的还真是少见啊。

男子怡然自得地享受了一会儿众人或艳羡或好奇的目光，表情很是大方自然。

他走前几步，开口自我介绍，声音带那么一点婉转柔美：“大家好,我是‘非凡’广告公司创意总监王子荐,请问有谁可以告诉我……你们袁总在吗？”

语毕，又抬手状似不经意地捋了一下头发，真是个风情万种的美男子！

众人这才听出点味儿来，敢情，这个美男子还是个娘娘腔啊！大家全都憋住笑。

袁胜男的助理茜茜赶忙站起身："您找袁总？"

"对啊，我跟袁总电话里说好的，就创意还有合同来聊一聊！"

"哦，那您先请坐。"茜茜领着王子荐到一旁会客桌，微笑着说道。

只是王子荐接下来的动作却让她有些傻眼了：只见他拿出湿纸巾擦一遍椅子上并不存在的灰尘，接着又变戏法一样手里多了一张干纸巾，再细细擦拭一遍，才优雅地坐下。

王子荐抬起头，表情自然地道："你们袁总不在啊？"

茜茜毕竟在待人接物方面见多识广，很快便恢复了镇定。

她赶紧微笑道："袁总一会儿就到，她刚才来电话说家里有点事，可能得晚到一个小时了。"

"哟，一个小时？好长好长的时间。"王子荐的娘娘腔夸张地响起。

众人耳尖，听到王子荐的话都忍不住偷笑。

袁胜男急匆匆上楼，今天她已经迟到了，约的人早就到了，总不能让人家老等着。

结果，还没踏进办公室门，老远就听见嘻嘻哈哈一片很祥和的声音，她脸一沉，不动声色地走进办公间。

没有一个人注意到老板的到来，所有职员都围着王子荐，里三层外三层，围了个水泄不通。

"你快点儿说说我！"女职员丝薇蒂着急地说。

王子荐翘着兰花指，搭着女子的手腕，故作神秘道："我要是没猜错的话，你是射手座的。"

丝薇蒂激动地说："真是神了，你是怎么看出来的？"

"你的神态透着一点孤僻自傲，自我感觉超级良好，十二星座除了射手谁敢这样啊？"王子荐不无得意地道。

"王总，你说我应该找个什么样儿的男朋友？"丝薇蒂更加激动。

王子荐的表情有点夸张，语气还是那么娘："你的真命天子呀，一准英俊帅气，因为你属外貌协会的啊！"

"快，给我看看……王小贱，哎哟，对不起……"茜茜忍不住了，她算这群姑娘里面最理智的，踌躇了半天才忍不住插话进来。

"讨厌，不许叫人家花名……"王子荐笑着说。

袁胜男整张脸非常不好看，阴沉得能沁出水儿来。她上前几步，把文件夹狠狠地摔在桌子上，吼了一句："王大仙有没有看出来，下一分钟你们全体都要失业啊！"

众人听到袁胜男的话，都没敢回头看自家老板，迅速回到各自的工位上，只剩下王子荐独自站在袁胜男的面前。

袁胜男看众人又恢复了工作状态，这才稍稍舒心了一点，然后想到还有一个麻烦人物要面对，英挺的眉微微皱起。

她转脸对着王子荐，上下打量着这个有点娘娘腔的男人，心里有些诧异，脸上却并不显露。

王子荐则缓缓站起身，一脸温柔的笑："看这霸气，您就是袁总吧，我是非凡广告的王子荐。"

袁胜男点点头，有些不屑的口吻道："你这么会看，干脆开个算命的公司吧。不过我们公司好像不需要签什么算命打卦的合同！"

袁胜男说完径自往办公室走去，也不理会他。

王子荐有些尴尬地站在原地，丝薇蒂和瑞克等人都偷偷指指老板办公室的方向，又竖起大拇指，以示鼓励。

王子荐当然看到了，点头致意后，挺了挺并不强健的胸膛，迈步走进了袁胜男的办公室，坐在女强人的对面。

袁胜男从进办公室就一直冷着脸，此刻一双美目冷冷地审视着坐在对面的男子。

王子荐倒是面不改色心不跳，他打开文件夹，把创意文案和合同书拿出来递到袁胜男面前，自己面前也摆好一份。

“袁总，咱们还是先聊聊创意吧。”王子荐先开口了。

袁胜男这才翻看着面前的文案，看了几页，抬头道：“这一份之前我看了，还不错。不过，还有没有更好的？”

“袁总，我给你的就是最好的呀。”王子荐一脸认真地道。

袁胜男听了王子荐的话点点头，又看了一下合同，手指指着合同中付款一项：“这个价钱，我给不了你那么高。”

“袁总，这个价钱已经超越我们公司的底线了。”王子荐叹了一口气。

袁胜男还想继续谈下去，于是开口道：“我有个问题，既然你这么会算，你不妨猜猜，我今天为什么生气？”

王子荐没想到女强人会突然问这么私人的问题，她不像外面哪些女子，属于八卦群体啊！他一时没反应过来，但很快又恢复了镇定。

他再度开口的时候，语气很是笃定：“女人生气，多半逃不了情感二字。”

袁胜男没想到王子荐一猜就中，有些诧异地看着他。

“您这个性格啊，肯定有人欣赏不了的呀。”王子荐接着笑着说。

袁胜男对王子荐用的‘欣赏’这个词比较受用，她笑了笑，语气缓和下来：“哦？你再算算我现在处在什么状态？”

“袁总从刚进门，就一脸的煞气，对男人更是横眉冷对。我猜，如今不是处于离婚中，就是正婚变中吧？你老公一定不喜欢你女汉子的样子。”

袁胜男闻此言很不开心，啪地拍了下桌子，美目一瞪：“欣赏不了和不喜欢是两个概念！”

“这……”王子荐郁闷了，他没有哪里说错了嘛。

这时，袁胜男一把将面前的创意文案和合同都推了回去，冷声道：“修改后的合同明天发你邮箱！”

王子荐听懂了，这是要跟他签合同的节奏啊！

他笑得很开心，立即站起来伸出手：“合作愉快，袁总！”

一分钟后，王子荐抱着东西走了出来。

茜茜笑着说：“怎么样？我们老板厉害吧？”

王子荐抬手理了理一丝不苟的发型，又将手指一翘：“这女汉子够劲啊。你们等着，我非把她拿下，让她跟我签长期合作协议，姐妹们看好我吗？”

姑娘们闻言都忍不住想哈哈大笑，但鉴于老板在里面，最后只能掩口窃笑。

袁胜男这时走了出来，大家马上安静下来。

袁胜男这回却没生气，她问道：“你们谁知道靠谱的换锁公司？”

王子荐立刻自告奋勇：“我家前两天刚换了锁……我家隔壁小区闹了贼，怕不安全所以才换了锁。”说完从钱包里掏出一张名片，“换锁师傅的名片我还有呢。”

袁胜男注意到王子荐的钱包一码儿的整齐，眉毛挑了下：“那你帮我联系下吧。”

韩雯雯和李中原吃完饭，各回各家。

回到家里，韩雯雯换上了一袭真丝蕾丝边睡衣，既清纯又性感。她打开电脑开始看韩剧《天价诱情》。屏幕上，一个胖胖的恶妇正在教训自己的老公，老公帅气得很，正跪在搓衣板上，苦着一张脸听胖老婆训斥数落。

韩雯雯看着画面上的男主，十分激动地说：“欧巴，你就是跪搓板都帅气得让人头晕目眩啊。”

韩雯雯把剧中的两个人想成了李中原和袁胜男，看着看着心里又气又觉得不是滋味。

她截图电视剧的画面，发了朋友圈，还加了一句话：这么帅的欧巴，怎么会娶个恶妇呢？太可怜了，写完这句话，韩雯雯又缀上了几个哭泣的表情。

一分钟不到，就来了一条评论。

阿莲：又犯啥病呢？

韩雯雯回复：有空吗？求勾搭。

第二天，韩雯雯就约阿莲出来，两人坐在后海边的石头上。

“你太牛了，闪电抽身而出啊！”阿莲有点吃惊。

“我也觉得奇怪呢，怎么这么快就忘了之前的贱人了？可能是我欧巴太帅了，阿莲，我从来没有这种感觉，你不知道，那天他救我、把我抱上他的车那一刻——那种无法抵挡的魅力。不行了，我要晕了。”

“不对啊，那天你被救醒后，还哭着喊着不活了呢，可是李大夫抱你不是之前就抱了吗？”

“哎呀，情感的事儿有好多都是后知后觉的。韩剧里那些神经大条的女主还少啊？”韩雯雯一脸不好意思地嗲声道。

阿莲听了韩雯雯的话哈哈大笑：“好吧，反正，你们这样的人总是特别容易被迷惑。我就不是，我对于男人来说是很难攻破的，更别说像李大夫这样的凡胎了。”

“对，别人都俗，就你高大上。”韩雯雯有些生气地说。

阿莲看韩雯雯生气了，连忙解释：“这是事实啊，雯雯，我这人说话比较直爽，但我也是为了你好。咱俩都是搞艺术的，虽说你的底子不如我，但是你也不至于找个跟艺术一点边都不沾的大夫吧？”

“大夫怎么了？”韩雯雯一脸正义凛然反问道。

她不觉得大夫有什么不好，尤其是那么高大英俊的欧巴！

“每天扳着各种各样人的牙较劲，你说他的思想能高到哪儿去？”

阿莲一脸不屑地撇了撇嘴。

“你懂什么呀，韩剧里大夫都是最帅、最有钱的。反正我喜欢他，我决定用我伟大无私的爱去救他，我要让他感受一场轰轰烈烈、炽热如火的爱情！”

韩雯雯说这话的时候，周身好似笼罩着一层淡淡的圣洁光芒，她感觉整个人都要飞起来一般。

阿莲侧头打量好友，心里不禁叹息一声。

看来这次雯雯是真的陷进去了，可能比上一次还要深……

第三章 父母

袁奋进门一脚一撩，两只鞋先后飞出去，然后穿着拖鞋就开始给老妈打电话。

“喂，妈！”

张兰英听到儿子的声音，赶紧做贼一般，捂着电话看看里屋，才小声道：“怎么样？见着你姐没？”

“妈，情况不妙啊，这次我姐的表现可以说是不走寻常路啊。”

“啊？你姐和你姐夫到底怎么了？”张兰英听儿子说这话，内心咯噔一声，心想难道比吵架还要严重？

袁奋的表情也变得正经起来：“他俩估计这回闹得凶，我姐现在一提起我姐夫气得都口吃。”

“这么严重？你看我就预感不对劲，爱军，不是，袁奋啊，这两天你帮妈盯着点你姐，要是有什么动向千万及时来电话……”

张兰英急匆匆挂了电话，马上就给李家拨电话。

邱月梅接完电话知道了这个情况，也是心神不宁。

这时，门响了，李龙生进门，看到老婆手足无措的样子，禁不住奇怪地问：“出什么事儿了？”

邱月梅站起身观察了一下老公的表情，没有什么不高兴的，这才缓缓道来：“他爸，中原和胜男估计这回吵得挺凶的。”

过了几天，王子荐真的联系袁胜男，来帮助她家里换锁。

此刻王子荐正在袁胜男家门口，跟换锁师傅说着话："师傅，我都是老客户了，您可别糊弄啊，光锁好用不成，这锁的旁边都得给收拾利索了，万一进出门拉着手就不好啦。"

说着他余光瞥见袁胜男从卧室里抱出一堆东西正要塞进提前预备好的编织袋子里。

王子荐赶紧小碎步过去，就要帮忙。

"这些东西都不要了？"王子荐看她收拾了很多东西出来，不禁有些疑惑。

袁胜男冷着脸说："不要了，眼不见为净。"

"那你也不能这么弄啊，垃圾分类不懂啊？"王子荐边说边把那些东西细致地分了类，然后打包。

"好了，说吧，你准备把它们送到哪儿去。"

袁胜男很轻松地舒了口气："扔出去！"

"好，扔出去，不过要是扔到垃圾桶里，有些东西就糟蹋了。这样吧，我先给你搁门口，什么时候有空让他自己偷摸来拿走。"

"谁啊？"袁胜男疑惑道。

"都是男人的东西，你当我傻啊？"王子荐捂嘴笑着说。

"王子荐，你注意分寸啊，咱俩可不是很熟！"袁胜男见王子荐戳破了自己的心事，有些尴尬。

"哎哟，袁总，都是成年人嘛，感情不顺的事儿都遇到过，别那么大火气嘛。不经历风雨怎么见彩虹？没有人能随随便便就嫁得好归宿的！"王子荐丝毫不以为意笑着说。

这时，换锁的工匠已经完成工作。

王子荐走过去细致地检查一番，用手摸摸四周，脸上终于露出满意的神色，然后准备拿钱包付钱。

袁胜男看到他在掏钱包了，赶紧奔过来："我家的锁哪能让你花钱啊。"语毕，就要从自己钱包掏钱出来结账。

王子荐轻轻推开她的手："袁总，今天说话不中听惹您生气了，当我给您赔罪了。"

袁胜男心里舒服多了，但她还是不愿意占人家的便宜："我接受你的道歉，但付钱就真不用了。"

"可是，这次我不出这个钱，心里始终会过意不去，可能晚上睡觉都睡不踏实……"王子荐巧舌如簧，脸上的表情可怜兮兮的。

袁胜男一向要强，李中原又从不肯示弱，此刻她面对这么贴心的暖男，不知道怎么办好了。

"好吧，不过，这可不能代表我对你的创意全部赞同，也不能代表我已经接受你长期合作的提议。"

王子荐兰花指一翘，笑逐颜开："当然！这个原则我还是懂的。"

袁胜男憋不住乐了。

王子荐这时一扭小蛮腰进了厨房。

"你干吗？"袁胜男跟上去，吃惊地问。

"我看你火气这么大，刚才你收拾东西的时候，偷偷给你煲了降火汤，小主请稍等一下，小的这就端上来……"王子荐不忘卖乖，自来熟一般开始手里的活计。

袁胜男听了，坐在客厅的餐桌前，笑着摇摇头，心情一下好了不少。

又过了几天，韩雯雯有些坐不住了，李中原一直没再联系自己，她决定主动出击。

在家里折腾了好久，梳妆打扮，还刷了好几遍牙，韩雯雯准备去李中原的诊所找他。

路上，韩雯雯站在一拍电影广告画前浏览，在恐怖片的海报前，她停住脚步。

此刻，她想象自己和李中原要是看恐怖片，看到可怕的地方，她捂着眼睛，帅哥一脸怜惜地抱住自己……

想到这儿她的脸颊绯红，欢快地小跑着去买了两张电影票，脚步轻松地离开。

到了李中原的诊所，妙妙带着韩雯雯进门的时候，李中原正躺在诊疗椅上打盹，脸上盖着一次性医疗用纸。

妙妙刚想去叫醒他，韩雯雯对妙妙摆摆手，示意她自己来叫就可以了。

妙妙走后，韩雯雯轻步移到李中原面前。

“欧巴？”韩雯雯深情款款地叫了一声。

李中原朦胧中听见有人叫自己，他扒拉开挡在脸上的东西，一看是韩雯雯，赶紧坐起身，擦擦嘴角的口水。

“是你啊，你怎么来了？”李中原有些惊讶。

“我来找你看牙。”韩雯雯甜甜一笑。

“哦，你牙怎么了？来这边，先躺下来，我看看。”

韩雯雯莲步轻移过来。

李中原注意到韩雯雯戴着小礼帽，一身日范儿小女人的打扮。

“你今儿是 COSPLAY（角色扮演）赤名莉香（日剧《东京爱情故事》女主角）？”李中原不经意地问道。

“你喜欢看日剧？”韩雯雯一脸惊喜道。

李中原没回答喜不喜欢看的问题，他淡淡笑了下，指指诊疗椅：“躺这儿，我看看你的牙。”

韩雯雯摘了帽子，慢慢躺了下来，李中原注意到，这姑娘就连躺下的姿势都很讲究。

他拿着小牙镜坐在韩雯雯脑袋顶边，轻声道：“来，张嘴。”

韩雯雯听话地张开嘴巴，露出那一口飘香的、晶莹剔透的小牙，李中原拿着小镜这敲敲，那看看，不禁有些心荡神驰。

“起来吧，你这牙没毛病——甲级牙，每年都坚持洗牙吧？”

“哇，你看得出来啊？”韩雯雯兴奋地说。

“我是干吗的呀！”李中原边说，边摘了手套。

“那以后洗牙我就来你这儿了，李大夫，下午还有病人吗？”韩雯雯小心翼翼地问。

“没有了，怎么了？”李中原微侧头，就看到女子一脸兴奋的拿出两张电影票。

“正好，这有个电影我自己不敢去看。你陪我呗，就当我谢谢你给我看牙，好不好？”

“恐怖片，自己不敢去？”李中原好笑地看过来。

韩雯雯点点头，一脸期待地看着他：“嗯。”

“正好我今天下午也是没事，那就陪你去吧。”李中原点了点头，答应了。

虽然下午没有病人预约，其实他也不是真的那么闲，只是看到韩雯雯期待的小眼神，他就控制不住答应了。

电影院内，大屏幕上正上演着惊悚的恐怖镜头，所有人都屏气凝神地盯着大屏幕。

突然，“啊……”一声女子的尖叫响起。

韩雯雯发出尖叫后，迅速扑到李中原的怀抱里。

李中原没被电影吓着，倒是被韩雯雯吓了一大跳。

“不怕不怕，电影都是假的！”他缓过神来后，赶紧哄着怀里的女子。

前排的一对观众忍不住回头白了一眼韩雯雯和李中原。

李中原当然意识到“扰民”了。

他低声道歉道：“对不起啊！我妹妹胆儿小。”

韩雯雯依旧抱着李中原的胳膊不敢抬头：“怎么着了？那女鬼还在么？”

“走了走了，没事儿了啊！”

韩雯雯小心翼翼地抬起头，却没有松开李中原胳膊的意思：“吓死我了，心脏都快跳出来了。”说着还挤出了两滴梨花泪。

李中原何曾在袁胜男身上体会过这种保护弱小的英雄主义情怀啊！他不由自主地放软了语调：“你这胆儿还敢来看鬼片？”说完后，他突然感觉一团柔软紧贴胸膛的位置，内心微微一动，略有些不自在，便从兜里掏出纸巾递给韩雯雯。

韩雯雯接过纸巾，离开了李中原的怀抱，但还是继续抱住他的胳膊，娇声道：“我今晚不会做噩梦吧？”

李中原正想安慰她几句，韩雯雯突然又将脑袋埋进了他的怀抱里：“哎呀！那女的又出现了！”

“没事儿！别怕啊，有哥在！”李中原赶紧拍了拍她的肩膀，脑海里浮现出另外一幕情景。

电影院里环绕着阴森恐怖的音乐，所有人都全神贯注地盯着屏幕。

李中原也面露些许惊恐，低声咕哝：“这片子口味够重。”

袁胜男不屑地撇了李中原一眼：“重什么呀重？就这镜头拍得多假啊！这服化道也太水了吧！以为脸涂白点儿，灯打绿点儿，就能扮鬼吓唬人啦？太没水平了！这种片子也就糊弄你这种智商的人。”

袁胜男说完掏出手机，开始看微信，也不理会李中原目瞪口呆的模样。

李中原左右四顾，人家都是情侣一起入戏，女孩儿扑在男的怀里，男人则紧紧搂着安慰，自己这边呢？无语！

李中原慢慢从往日回忆中抽离出来，他不禁看了一眼身边的韩雯雯。

此时的韩雯雯正被电影里的情节感动得哭得是稀里哗啦，李中原不停给韩雯雯递纸巾。

韩雯雯抽泣着："太虐了，谁能想到男主杀人是为了给前女友复仇啊？"

李中原的内心则不禁深深感叹：唉！这女人和女人之间，差别咋就那么大呢？

电影散场了，李中原和韩雯雯随着人流走出影院。

"跟你看场电影也够累的，尽顾看你了，啥剧情我都没记住。饿了吧？我请你吃饭！"李中原为了缓和刚才的气氛，故意调侃道。

韩雯雯则恰到好处地低垂星眸，微微一笑，似一朵娇羞的睡莲。

"你想吃什么？"李中原见状内心又是一动，紧接着问道。

"随便，都可以……"韩雯雯温柔地说。

"随便的话！那就火锅？或者日料？"

"人家今天……不能吃生冷刺激的……"韩雯雯娇滴滴地说。

"那还是你定吧！"

"真的啊？"韩雯雯状似欣喜地道。

李中原看了，又是叹了一声，往日他和袁胜男出去，哪里会有自己做主的权利呢？

最后，韩雯雯带着李中原走进一家西餐厅。

这间西餐厅灯光柔和，格调很高雅，座位菜品还有红酒都颇具法国浪漫气息，很适合谈情说爱。

李中原坐在卡座里，觉得对面的韩雯雯更楚楚动人，让人怜惜了。

他把菜单推到韩雯雯的面前，绅士风度翩翩："想吃什么点吧。"

韩雯雯把菜单推回来："我都行，随便。"

“别，我最怕这个‘随便’！昨天吃饭，你基本都没动筷子，说明我点的不合你口味，还是你点吧。”

韩雯雯故意嗲声嗲气道：“不是，我昨天不饿，今天不一样，我心情特好，你点什么我吃什么。”

李中原这才拿起菜单：“好吧，那就我点了。”

他对西餐厅的菜单很熟悉，自是知道哪些好吃，很快便点好菜单。

服务员将鹅肝端上来：“您的法式鹅肝。”

“这个你多吃点。这个鹅肝啊是法国的传统名菜，法语称为‘Foie Gras’。其中，这个‘Gras’又有顶级的意思，所以鹅肝在法国菜中的地位可见一斑。这道名菜可是将法国菜的浪漫推到了极致，更有人表示，鹅肝是最适合女人的一道西餐。”

“哥，你懂的真多……”韩雯雯崇拜地看着李中原。

李中原心里很是受用：“快吃吧，鹅肝趁热吃口感好。”

韩雯雯低下头，秀气地小口吃着，姿态优雅。

李中原看着，就想起又一次跟袁胜男吃西餐的情景。

“鹅肝是最适合女人的一道西餐……”

袁胜男头也不抬回道：“你说的这些其实网上都查得到。”

“那我不说你不是不知道吗？”李中原生气地说。

“你怎么知道我不知道？我不爱关注这些无聊的话题而已。”

……

李中原从洗手间出来，刚才洗手的时候，他就开始感慨：唉，同样是女人，差别咋就这么大呢？

走向座位时，他远远地看着餐桌前的女子。

此刻，韩雯雯正端起酒杯品着红酒，她微抿了一口，若有所思地看向窗外，一举一动都是那么柔情似水……

李中原愣了一会儿神，有些心驰神往。老天爷，你到底还是没把我取消关注啊！

李中原整理了下衣服准备走过去，突然手机响了。

他低头看手机，来电显示：军阀老李……

李中原这辈子最怕接一个人的电话，就是自家老爷子李龙生！

怕归怕，不情愿归不情愿，电话一直在响，他不能不接。

他战战兢兢接起电话："喂，爸？"

电话那端传来一声吼："你干什么呢？打了几遍电话都不接！"

"爸，我没听见，怎么了？"李中原惶恐不已，老爷子这次莫名发什么火啊？

"怎么了？我和你妈现在就站在你们家门口，用钥匙开门也打不开，你俩是不是换锁了？"

李中原听了这话大惊失色："我马上回来！"

他赶紧挂上电话，跑到餐桌前，脸上神情有些慌乱。

韩雯雯看李中原的神色不对，赶忙站起身道："怎么了？"

李中原拎起外套，拿出钱包，从钱包里掏出钱来搁在桌子上，这一系列动作流畅无比。

韩雯雯看得有些吃愣。

"雯雯，我得马上回家，不好意思呀……"李中原急速说完，也没等韩雯雯做出反应，拔腿就跑。

此刻，威驰公司销售大厅内，摆着几款新运到的车。袁胜男带头，大家加班检查新车。

手机骤然响起，茜茜手里此刻拿着袁胜男的手机，看看来电显示，表情有些尴尬地看着老板。

"谁？"袁胜男看到了，微皱了皱眉。

"袁总，是不靠谱的来电……"茜茜按了接听键，赶紧把电话给了老板。

袁胜男对着电话就没好气儿："不是说好老死不相往来吗？还给我打什么电话！"

语毕正要挂电话，然后就听见李中原在那边吼："我爸妈现在就堵在家门口进不去门！"

袁胜男愣住了，音量也拔高："家门口？"

李中原急得脸红耳赤，声音也透着慌乱："我说，你是不是换锁啦？你这事做得也太欠考虑了！我正在回家的路上，我见着他们怎么说呀！"

袁胜男看男子急成这样，倒挺解气："这个简单，你就跟你爸妈说最近小区闹贼，换锁是为了安全。"

"你可真行，赶紧回家！"

"是你爸妈来了，你有求于我，你说话能不能客气点儿？"袁胜男不客气地说。

"你什么意思？"李中原又急又怒。

"我忙着呢，点完货就回！"袁胜男说完，按了通话结束，把手机扔回给茜茜，跟着丢下一句话："不靠谱再来电话，不接！"

"喂，喂！袁胜男！"李中原一看屏幕，那边已经挂了。

他气得把手机扔在副驾驶座上，加速往家赶。

袁胜男从试驾的威驰车上下来，动作干净利落，跟身后的属下说："这款车座椅调整后很舒适，一定会受欢迎。"

茜茜手里袁胜男的手机又响了。

"袁总，一条微信。"

袁胜男接过手机，看了一眼，是王子荐发来的语音："袁总，提醒你一句，放在门口的东西可别让贼给盯上啊！"

袁胜男没搭理，把手机扔回给茜茜，刚一转身，忽然反应过来，马上脸色变了：坏了，那堆东西！

语毕也来不及多言，直奔停车场。

邱月梅果然在好奇地扒拉门口的包裹，看到的都是男人用的东西，她认出来正是儿子的私人物品。

“你看，这些东西，这不都是中原的吗？”

李龙生也凑过来扒拉看：“嗯，是中原的。”

两个老人面面相觑，不知道发生了什么事情。

袁胜男此刻急跑出来，在停车场里转来转去：哎？车呢？我的车呢？

“我天，今儿限号！”袁胜男这才想起来。这下更着急了，她一边操作手机滴滴打车，一边到街边拦出租车。

此时，王子荐的车停到袁胜男身边。

“袁总？”

袁胜男愣住：“是你？”

“我想着您今儿限号，所以来接您下班！”王子荐体贴地说。

袁胜男也没客气，毫不犹豫跳上车：“快去我家，快。”

此刻，李中原跟个特务似的悄悄走到楼下，找个地儿躲着，然后打出手机，拨通了“典狱长”的电话。

他一脸着急：“上仙，您移驾到哪儿啦？快点行不行？”

“你先到了就先上去呗，你就说我加班！”

李中原气急败坏：“大姐，您换了锁了，我没钥匙！”

袁胜男反应过来：“那你再等等，我总不能飞过去吧？”

她挂了电话对王子荐催促道：“你能再快点儿吗？”

王子荐一副慢条斯理、不慌不忙的模样，声音也柔柔的：“限速80啊，袁总！”

袁胜男急了：“你开车怎么跟个娘们似的？扣分罚钱算我的，快点！要不换我开！”

王子荐无奈地又提了一点速度。

又等了一会儿，还不见两夫妻回来。

邱月梅拿纸巾把门口的鞋架子擦了擦："老李，坐会儿，省得一会儿腰疼。"

李龙生心里有气："我不坐，你坐吧！我就这么站着等！我看他们什么时候到！"

说着他又拨通了儿子的电话："你们俩什么情况？"

李中原躲在楼下的隐蔽处接听老爸的电话："爸，我马上、立刻就到……我们俩啥事儿也没有！"

"好，老子等你回来解释！一天到晚干什么事儿都是拖拖拉拉的！就这样你能干好工作，胜男能不跟你急？你等着，到了我再跟你算账！"李龙生啪地挂了电话。

这时，王子荐的车到了，车还没完全停稳，袁胜男就打开了车门。

李中原看见袁胜男从一个男人的车里下来，但是他已经顾不上去想男子是何许人了，直奔袁胜男小跑过去。

"有病吧你？干吗换锁啊？"李中原抱怨道。

袁胜男不服："我自己家你管得着吗？"接着叹了一口气，"脑袋一热就换了呗，这答案你满意吗？"

语毕袁胜男朝车上的王子荐摆了摆手，道了一声谢，转身往楼上走，李中原一路跟着。

"咱俩最后再对一下台词，上去以后，我爸指定得问为啥换锁了？咋回来这么晚？"

"就说我加班，然后我限号，你接我去了！"袁胜男毫不犹豫地答道。

"那咱可说好了，千万别穿帮。"

李中原和袁胜男刚从电梯里踏出来。

男子突然伸出手臂对袁胜男道："来。"

"干吗？"袁胜男白了他一眼。

"挎上啊，咱俩不是恩爱夫妻吗？"

袁胜男皱了皱眉，只好挎着李中原走，但是为了解气，她狠狠掐了一下男子的手臂。

李中原只得忍着，因为他们的面前已经站着两个老人……

李龙生脸色凝重，连带身边的邱月梅也一脸担心地看着儿子媳妇。

"回来啦？我和你妈都望眼欲穿了！"

李中原赶紧赔笑："嘿嘿，爸，妈，我们……我接她下班，她今儿车限号！"

袁胜男也赶紧配合，热络地道："爸妈，你们来了，路上累了吧？"

邱月梅握着媳妇的小手，一脸担忧："胜男，你们两个是不是又吵架啦？"

"没，没有啊！"袁胜男紧张地答着话。

李中原赶紧接过话茬："吵架又不是什么大事，我们不会瞒着爸妈的！"接着对着老两口说，"嘿嘿，吵是吵了，不过我已经遵照我爸的指示跟胜男承认错误了。这不刚和好，打算亲亲热热地去吃顿饭，你们就来了。"

李龙生观察着二人的神情，也没看出什么端倪，原本一直凝重的神色缓解了不少。

"开门啊！磨叽啥呢？"李龙生对儿子说。

袁胜男赶紧拿出钥匙开门："哦，刚换的锁，钥匙我还没，没来得及给中原呢。"

李中原看到胜男磕巴，赶紧调侃："你现在给也还来得及！"

袁胜男暗地里狠狠瞪了他一眼，当着李家二老的面儿不情愿地把钥匙塞给了李中原。

“好端端地干吗换锁呀？”邱月梅疑惑不解道。

“隔壁小区闹，闹贼，我俩担心不安全！”袁胜男回答。

“胜男，你啥时候胆子这么小啦？”李龙生笑着说。

李中原此时开了门，催促二老道：“爸、妈，快进屋，进屋。”

李中原帮忙二老将行李安顿好，几天没来过这个家了，他打量一下，还是觉得对这个家有些别样的感觉。

袁胜男则忙着给二老沏茶倒水，笑道：“爸，妈，你们来怎么不提前打个招呼，我们也好去车站接你们啊。”

李龙生接过媳妇递过来的茶，喝了一口，才道：“我们俩身体还行，能自己活动活动就不麻烦你们了，你们工作也忙。”

“胜男，我看见门口搁着一堆东西，那是怎么回事啊？”邱月梅此刻想起了这事，有些疑惑不解。

袁胜男心里一紧，又开始结巴了：“哦，那，那是准备要扔的。”

袁胜男这一结巴，李中原就知道她要说谎话了，赶紧从屋里跑出来。

“我怎么看是中原的东西？”婆婆又问了一句。

袁胜男结巴得更厉害，脸也微微红了下，说：“旧了……打算扔了。”

“那些东西都挺新的，年轻人别不知道节俭。”邱月梅不赞成地摇了摇头。

李中原又赶紧过来打圆场：“妈，你这说哪头去了，胜男不是不知道节俭，那是我自己惹了胜男不高兴，她一气之下要把我轰走。”

“啊？你说你去小房子住是胜男轰你走的？”

李中原觉得自己越解释越乱：“不是不是，是我和胜男吵架，我要走，胜男气得收拾我的东西，反正我们俩就是寻常的吵了一架，现在好了。”

袁胜男赶紧眯起眼睛笑，和李中原故作恩爱的姿态：“对，对，好，好了。”

厨房里，邱月梅在做饭，胜男给婆婆打下手择菜。

邱月梅开冰箱拿东西，看见冰箱里东西不是很多，关上冰箱门，又开始念叨。

“胜男呐，这两口子过日子得有个过日子的样儿，别的甭看，单看你家冰箱就不像个过日子的。”

“怎么了，妈？”袁胜男疑惑道。

“要什么没什么，我知道你们俩一天都忙，懒得做了就外面吃去，那外面的东西能比家里的好？人是铁饭是钢，光为了拼事业，把身体搞坏了这账也划不来是吧？平时没事多逛逛超市，把这冰箱填满了，勤快着点，想吃什么自己做，经济又健康，你说妈说得对不对？”

邱月梅停了下，又说道：“胜男呐，话说到这儿，我也得说你几句，你别嫌我这个当婆婆的唠叨，夫妻俩吵架归吵架，可别一吵架就动真格的，哪能把自家男人给轰出去啊。

“是，我，我后来也后，后悔了。”袁胜男说话有些磕巴，邱月梅诧异地看看她。

袁胜男自知在婆婆面前她是讨不了什么好的，之后就只顾闷头做事，不再多说话了。

邱月梅有点气儿媳妇那样对自己儿子，但又不好再说什么，便也不言语了。

终于开饭了。

四个人落座吃饭，李中原突然道：“给爸爸找瓶白酒来。”

袁胜男微愣了下，刚想反驳，意识到两老在跟前，便乖乖找酒去了。

她找来酒瓶和酒杯，给公公和李中原各倒了一杯，又给婆婆和自己倒了红酒。

李龙生举起酒杯，大声道："来，我说两句啊，这次我和你妈来，主要就是为了你俩吵架这件事。胜男，刚才我也私下里给中原开了个小会，我教育他了，你就当是我给你出气了，现在你们俩就当着我和你妈的面，和好吧！"

李龙生说话掷地有声，句句在理。

李中原听了，赶紧道："和好了，早就和好了，哈，媳妇儿。"言毕，转脸看向身边的女子，挤眉弄眼个没完。

袁胜男此刻太紧张了，没顾得上男子的小动作，她端起酒杯："爸妈，我，那个……"

两老诧异地看着儿媳妇，心想这是怎么了？今日里儿媳妇总是结结巴巴的，看着有些不对劲儿啊。

李中原见状赶紧扳过袁胜男的脸就亲了一口："还我什么呀，你不是说你都原谅我了嘛。"

袁胜男没想到他会来这么暧昧的一招，惊吓之下，手中的酒晃洒到衣服上了。

饭后，袁胜男在厨房洗碗，李中原往厨房里送碗，收拾桌子。

他有话要跟袁胜男讲，于是，歪歪脑袋，从门缝看见二老都坐在沙发上看整点新闻呢，李中原放心了，把厨房门关上。

李中原质问道："你扔我东西干什么？"

"这是我家，不是我的东西自然要扔！"袁胜男正洗碗呢，头也没抬道。

"我还没问你呢？刚才送你回来那娘娘腔谁啊？"李中原突然又道。

袁胜男给问烦了，本来一个晚上应付二位老人家就已经够累了，这个死男人居然还跑来问东问西，他是找揍么？

她索性把碗往池子里一扔：“你要这么说，我现在就出去挑明，绝不配合你！非让你爸现在就揍你一顿不可。”

李中原赶紧屈膝哈腰给袁胜男赔不是。

袁胜男横眉怒目，一脸不屑：“看你那没出息的样儿吧。要是我，枪顶在我脖子上我也不怕！”

李中原摸摸后脖颈子，感觉嗖嗖冒凉气：“我胆小鬼，我各种没节操，行了吧？”

“我看着你闹心，出去了。”袁胜男擦了擦手，准备往外走。

“别呀，你出去干什么得告诉我啊，我好跟他们说啊。”

袁胜男不耐烦道：“今天公司有一批新车进来，我一会儿还有个会要开，等会儿跟你爸妈说一声。”

袁胜男出了厨房，跟二老说了自己公司有事。

两位老人家也觉得儿媳妇应该以工作为重，就放她走了。

李中原陪爸妈说了一会话，二老看时间不早了，又催促李中原去接儿媳妇回家。

李中原没有办法，郁闷地走出楼门。

突然手机响了，拿出手机一看，来电显示是韩雯雯。

李中原按了接听键，边往小区外走去。

“哈喽，你到家了么？”

“哥，你没事吧？我这心一直都悬着。”韩雯雯担心的声音传来。

“没事了，没事了，真是不好意思啊，请你吃饭结果把你一人晾那儿了。”

“我没事，你都急成那样了，还想着我这边呢？你是不是遇上什么难事了？我看你当时脸都变了颜色。哥，你要是有什么事儿需要帮忙，千万别见外啊，我会帮你的。”

李中原叹了口气："这事啊，别人还真帮不了我，得我自己解决。"

"那你能告诉我是什么事儿吗？省得我心里惦记。"

"妹子，我也不怕告诉你，简单说就是我离婚了，家里的老人还都得瞒着呢，要是让他们知道了会出大事的。所以，不管我们双方谁家老人来了，我和我前妻还得装恩爱糊弄他们。"

"哦，人家有结婚都瞒着的，你们这是离婚瞒着，不过也可以理解。就是辛苦你了，还得跟自己不爱的人装样子，那种滋味很难受的。"韩雯雯语气里满是心疼和理解。

"雯雯，你真是太善解人意了。"李中原听了这番贴心的话，心里舒坦了不少。

韩雯雯笑了笑："哥，你别想太多了，这两天你要是心里实在难受就给我打电话，咱俩出来说会儿话。就是不说话，在后海坐一会儿也是好的，你说呢？哥。"

"行，那我要是得空给你电话。"

威驰公司门口，李中原坐在车里等着袁胜男。很晚了，袁胜男的同事们才陆陆续续地走出来。

正等得不耐烦，李中原注意到袁胜男和之前那个送她回来的娘娘腔一起说说笑笑地走了出来。

袁胜男却没有注意门口到停着的车子，依旧跟身边的男子交谈着。

"别说，你这人做事还蛮细心的，你动的那一个字，对于这个合同可是太重要了！"

"哪里，比起袁总来，我是差太远了……"王子荐谦虚道。

"呵呵，不早了，我先回家了。"

"我送你啊。"王子荐赶紧说。

"我可不敢让你送我了，回头又拿合同来说事。"袁胜男故意调侃道。

王子荐不好意思地笑了。

李中原这边瞅了一会儿，看二人谈得正起劲，没有准备分开的迹象，他就赶紧按喇叭。

袁胜男歪抬头一看，李中原的车停在那儿，喃喃自语了一声："哟，今天这太阳从西边出来了！"

"怎么了？"王子荐自然也看到车子里坐着的男子，但故作不知问道。

"我老公……哦，不是，确切地说是前老公，他找我有事，好了，我先走了，合同的事儿改天再聊，要是有诚意的话，回去把那个字改过来再发我邮箱。"

袁胜男没等王子荐再说什么，坐上了李中原的车。

"咋的，瞅你这意思，和我离了，准备找个公公？"李中原故意损道。

袁胜男闻言白了他一眼。

"你当谁都跟你一样啊？离婚证还没焐热乎就贴上个林黛玉？我说过，我就是要找，我也得找个强你百倍的。像王小贱这类只比你强一点的，姐我不要！"

"王小贱都比我强？"李中原开始吹胡子瞪眼。

"那当然！人家心细，你呢？少废话，赶紧开车，想让我回家好好跟你演戏，你就好好伺候着！"

李中原不屑地哼了一声，发动车子离开。

两人下了车，正要进电梯，李中原突然一把拽住女子的手臂，急声道："别着急上去啊。今儿晚上的局势咱得分析一下！"

李中原看袁胜男一脸不解，于是接着说："晚上咱俩咋睡？"

袁胜男愣住了："这我还真没想到！"

李中原马上换了一副谄媚的表情："我说男啊……"

"你！得得得，别这么叫我！鸡皮疙瘩落一地！每次你这么叫我都没什么好事儿！"语毕，抬脚往前走。

李中原颠颠跟过去："这次还真不是！我的意思吧，我爸妈在的这段时间，咱就将就将就？假装睡一屋？"

袁胜男没有说话，进了电梯，李中原也紧跟着进来。

"好好好，算我没说，男啊，我保证！我保证和你同一屋檐下，不碰你一下！咱们就是给二老做个样子！你睡床，我睡地板！"

两人说着走进了家门，袁胜男拿着一套新床单走进客房。

"妈，我给你们换个新单子！"

邱月梅上前帮忙，边端详着袁胜男。

"胜男啊，你还没动静儿呢？"

袁胜男不明白："什么动静儿啊？"

邱月梅指了指袁胜男的肚子："那儿的动静儿啊？！"

袁胜男明白了，顿时红了脸，有些难为情道："那个……没有，没动静呢！"

邱月梅掩不住地失落："胜男啊，别怪妈爱唠叨，你们年纪可都不小了，尤其这女人，生孩子赶早不赶晚，别整天光忙着拼事业，事业拼到多会儿是个头儿啊？还是抓紧先要个孩子吧！"

袁胜男窘迫难耐。

屋外，刚要推门进屋的李中原听到这句突然倒吸了口冷气，停住了脚。

屋内，袁胜男尴尬又紧张，一时嘴快道："我和李中原不可能……"

邱月梅诧异地看着袁胜男。

她这才明白自己差点说漏嘴了，赶紧弥补道："不是，妈，我和中原，我们还不准备生孩子。"

邱月梅听了很不高兴，不言语了。

李中原看情况不对立刻冲进屋："生！肯定生！我们不但要生，而且还要使劲生！您就攒着力气等着照顾大孙子吧！刚才胜男说的那都是气话，她还生我气呢！是吧，男？"

袁胜男闻言，气得瞪了李中原一眼，却也不能发作，只能强颜欢笑地点点头。

厨房里，李龙生正在灶台前小心翼翼地搅和着锅里的中药。

袁胜男从客卧走出，她闻着中药味儿一路好奇地走到厨房门口。

"爸，您这是干吗呢？"

李龙生将熬好的中药倒进了碗里，直截了当地道："熬药。"

袁胜男诧异："谁病了？"

李龙生将药端出放到了餐桌上："没人生病。这是我和你妈给你寻的药方。"

"给我？我没病啊！"

"哦！中原他姑家那二姑娘慧琳你还记得不？她不是自打结婚了，好长时间怀不上孩子嘛！后来，他姑就从农村老家弄来个偏方，别说，有时候这偏方还真是管用，你慧琳妹妹吃了不到一个月就怀上了！听说前两天去照 B 超，还是个男孩儿！你妈一听这么靠谱，就把方子给要来了。"

袁胜男大惊失色，赶紧摇手道："啊——我，我不用，我又不是怀不上，我是，哎呀，总之爸，我绝对不喝啊！"

"你这孩子，谁也没说你是怀不上啊？这就是个滋补的药，你喝了总归比不喝强！"

见媳妇儿不吭声，李龙生又板起脸道："胜男啊，这事儿可不光是我们老两口的意思，你爸你妈那边也上心着呢！就在我们临走前，你爸还特意嘱咐这事儿，他让我们监督你，务必天天喝药。"

袁胜男无语了，赶紧端着药逃回了屋。

她端着药绷着一张脸进了屋，李中原则一脸讨好地冲她笑着。

“都听见了？”袁胜男黑着脸道。

“啊，听见了，挺好的。我爸妈一番心意，你就喝了吧，权当补养身体了！”

“那你喝吧！”

“我，你玩儿呢吧？我怎么能喝？那是给你们女人喝的药！你看这样好不好？咱俩谁都不喝，咱把它倒了！”李中原急得什么似的，深恐被这女人强逼喝下去。

这药多苦啊！

“倒了？倒哪儿？”袁胜男问。

李中原指指主卧内的卫生间。

袁胜男声音顿时小了：“这好歹是你爸爸花费苦心熬出来的，你敢倒！”

“就是，那你就忍忍，一口气儿咕咚一下就完了！”李中原也小声地说。

“我不管，要么你喝，要么我出去坦白！”袁胜男不管了，直接跟男子摊牌。

“我真是不能喝。”李中原苦着一张脸道。

“好好好，我现在就出去告诉他们真相！”袁胜男假装作势要出去。

李中原慌忙上前挡住：“别别别！我喝！我喝还不行嘛！”

语毕，他麻利地夺过碗，咕咚一口将药喝下。

另一屋，邱月梅一个人坐在床边皱着眉头生闷气。

她鼻子里哼了一声：“就胜男这霸道样儿，咱儿子这几年受老委屈啦！”

"行啦！你儿子也不是省油儿的灯，再说他一个爷们儿，受点儿委屈算啥！我瞅着他俩这架像是还没过去，弄不好是给咱俩演戏呢。这几天咱们还是得多留点神！"李龙生劝说道。

邱月梅若有所思地点点头。

袁胜男坐在床上看书，这时，李中原蹑手蹑脚地进了屋："老两口好像已经躺下啦，咱们也睡吧？"

袁胜男懒得回答，用手指指了指床边的地铺。

此刻，床边的地铺已经铺好了，虽然是寒碜了点，但看着还是能睡觉的。

李中原还想争取一下："男啊……"

袁胜男啪地关了灯，屋内顿时陷入一片漆黑。

男人只好一脸沮丧找地儿躺下来。

月色下，袁胜男和李中原一个床上，一个地下，都睁着眼沉思，毫无睡意。

李中原被硬地板硌得腰疼，忍不住翻来覆去。

袁胜男不耐烦地道："你烙饼呐？翻来覆去的？"

"你当我愿意呐？这地板硌得我老腰都快折了！"

"活该！"袁胜男没好气地道。

李中原刚要说什么，手机叮咚响了一声，来了条微信。

女人不耐烦的声音又传来："调振动不会呀！你不知道我睡觉轻？"

李中原心里也气，但只好强忍着，反而要低声讨好道："我错了错了，这就调。"

李中原赶忙将手机调成振动，结果手机又接连震了两三声。

他点开手机一看，是韩雯雯发来的微信。

"哥，干吗呢？睡了么？挂念你。"

李中原看着信息心头一暖，回复：没睡呢，地铺太硬，硌得腰疼啊。

手机又是一连串儿的振动。

韩雯雯：啊？好可怜呀（心疼表情）。哥，忍一忍啊，明儿我去给你按摩！

黑暗中，李龙生躺在床上止不住地咳嗽。

邱月梅坐起身开了灯，关切地看着老公："怎么了这是？"

"怕是我的咽炎又犯了。"

"让你少抽点儿烟吧，就是不听！这回难受了吧，我去看看儿子那边有没有药之类……"邱月梅说着披上衣服下了床。

李中原和袁胜男刚要入睡，门外突然响起轻轻的敲门声。

邱月梅边敲门边推门进："中原啊……"

袁胜男还来不及反应，男子下一秒已飞上床压住了她的身体。

老太太推门进来，一见此景慌忙捂住眼睛。

"哎哟，你，你俩干啥啊？"

"哎哟，妈，我们俩能干啥啊？造孩子呢呗！不是您二老的指示吗？"李中原不慌不忙地回答，还带点喘息声。

听着真像那么回事儿！

邱月梅捂着眼睛慌乱地退出去："对不住啊，对不住啊。"

她刚一出门，袁胜男就将李中原一脚踹下了床。

低声骂道："真不要脸，你这瞎话现在是张嘴就来啊。"

"什么啊！要不是我敏捷，这就露馅儿啦！"

"谁叫你睡觉不插门？"

"我在自己家睡觉还插门？"

"什么你家？以后这是我家，我家，你，插门去！"袁胜男气急败坏地说。

李中原无奈，只好慢腾腾挪过去反锁门。

看着他的背影，袁胜男心里觉得有些怪异。

李中原朝自己扑来的时候，她原本是可以推开的，可是却仿佛是身体的自然反应，她没想到要推开……

她这是怎么了？

第四章 演戏

第二天，午休时间，诊疗室内李中原正龇牙咧嘴地舒筋展骨。

他自言自语道：“唉，才一晚上就把我折磨成这德行，这后面几天可怎么熬啊。”

突然，门被轻轻推开，露出一张精致美丽的脸。

韩雯雯一脸笑意盈盈，拎着一个袋子进了屋，从袋子里取出一个精美的饭盒，温柔似水道：“欧巴，人家给你准备了爱心便当呢。”

李中原迅速扫了一眼，说实话，他也确实感觉有点饿了。饭盒里摆的饭菜很是精致，看起来就美味可口。李中原也不客气，坐下来就开始吃。

韩雯雯在旁边痴痴地看着：多好看的男子啊！光是这么看他吃饭就觉得好幸福啊！看着看着，就觉得整个身心都扑在了这个男人身上。

“雯雯，你手艺真不错，不像我那个老婆，哦，不是，不像袁胜男，只会弄豆角面！”李中原吃完了，一抹嘴，夸赞道。

“真的吗？那我以后常给你做，对了，欧巴，你坐下来。”韩雯雯突然把李中原拉到了宽敞的地方坐下。

“干吗呀？”李中原一脸不解。

“你昨晚上不是睡了一晚上地铺腰疼吗，我给你按摩按摩！”韩雯雯说着就要上手按。

李中原不好意思地站起身："不用不用不用……这，这多不好意思。"

韩雯雯又将李中原按到椅子上："没事儿的，哥！"

"别别别，你一个女孩子，这不好……"

韩雯雯痴痴地笑着："哥，没想到你还这么保守呐？没关系的，你是我的救命恩人呀，我给你按个摩怕什么？"

"别别别……"俩人正拉扯着，一个男子推门进了屋。

居然是袁奋！

"哟呵，我可什么都没看见……"袁奋进来后看到这亲热的一幕，一脸兴趣盎然地盯着，嘴里却故意这么说。

"爱军，不是，袁奋，你怎么来了？"李中原问道。

袁奋一脸坏笑地打量着姐夫和身边的美貌女子："我来看看你呀，这位美女是？"

"我是李大夫的病人，我叫韩雯雯，你就叫我雯雯吧！"韩雯雯倒是表现得落落大方。

袁奋意味深长地盯着女子，问了一句："雯雯？"

"对，雯雯！这是我小舅子，袁，袁奋！"李中原略尴尬地道。

韩雯雯突然指了指洗手间："不好意思，我去趟洗手间，你们聊！"语毕莞尔一笑，转身离开。

袁奋看着女子曼妙的背影："够味儿！姐夫，你和女人搞暧昧，你说我告不告诉我姐啊？"

"你胡说八道什么呢！谁搞暧昧！"李中原斥责了一声。

"行了姐夫！你甭害怕，我保证不跟我姐说！"

正说着，韩雯雯从洗手间走出，俩人顿时住了嘴。

"你们俩干吗站在那儿聊啊？坐嘛！"韩雯雯说。

“对对对，姐夫，你也坐啊！”袁奋接着说。

三人坐定，韩雯雯先开了口：“袁先生，您是做哪一行的啊？”

“我？我开影视公司的！”

听到这个回答，李中原偷偷地白了袁奋一眼。

“哦！那很厉害嘛。”韩雯雯笑着道。

“怎么？感兴趣么？”袁奋赶紧凑上前，意犹未尽地问。

李中原一看就知道小舅子不安好心，赶紧叫了一句：“袁奋！”

“开个玩笑嘛！哎,美女,你是做什么的呀？”袁奋看姐夫要生气，赶紧换了一个话题。

“我呀，就是个小文员，我是学中文的。”韩雯雯说。

袁奋眼睛一亮：“中文？那岂不是文笔很好？那你能不能帮我写个剧本啊？”

李中原在一边听着，又忍不住瞪了袁奋一眼：“袁奋，你别没完没了啊！”

“哎哟，怎么了，姐夫？我这问的是正经事儿！”

“剧本儿我可不会写,我顶多能帮你审审稿子。你要找写剧本的？我倒是可以给你推荐个人。”韩雯雯倒是不介意，依旧笑着道。

袁奋听了韩雯雯的话，十分开心，开始和韩雯雯聊得热络起来。

三人又聊了一阵。

“李哥，袁哥，我先走了，我约了闺密逛街。”韩雯雯看了下手表，突然说。

接着又冲李中原娇媚地一笑：“微信联系哦！”

碍于袁奋在一边，李中原有些不好意思地点点头。

韩雯雯转身离开，袁奋突然对着女子背影大喊了一声：哎，美女！别忘了给我介绍编剧的事儿！

韩雯雯回身点点头：“放心吧！”

袁胜男公司。

王子荐把一份合同推到袁胜男面前："这回您看看吧！"

袁胜男打开逐页翻看："嗯，改过来了？"

"您的圣旨谁敢不遵啊？总归是我们庙小，不敢轻易失去你们这个大客户呗。哎，这也是行业的悲哀啊。"王子荐自我挖苦道。

袁胜男也不理王子荐的哀怨，拿过笔来："签不签，不签不勉强啊。"

王子荐喜上眉梢："袁总，你终于肯签了，签，签！"

两个人各自在合同上签了字，然后交换合同又签了一遍。

王子荐松了口气，小心地收好合同："终于可以回去交差了。"

说完又好像想起了什么，道："我昨天看你老公那人，其实，还不错。"

袁胜男皱眉："别提他，一提他我就烦，还有，他已经不是我老公了。看人不能光看表面，他就是个不靠谱的人，正好和你相反，做什么事情拖拖拉拉，没计划，太随性！"

"要是从情感的角度上讲，你能记着他这么多缺点，说明你心里还有他。"王子荐认真分析道。

袁胜男往椅背上一靠，略显疲累之态："你快拉倒吧，这你算猜错了。对了，昨儿我跟李中原吹了大牛，指定得找个比他好的男人，我估计得让他看笑话了，这世上哪里有那么多好男人呐。"

王子荐自告奋勇道："袁总，我能给你介绍男朋友，环肥燕瘦，啥口味随你挑。"

"真的？你手头上有货？"袁胜男有点小兴奋地问。

"你这话说得有点儿难听，主要是咱人脉广！"

袁胜男点头："要是这件事成了，你说的那个长久合作计划，就有谱哦。"

王子荐动心了:“欧了!”

两人聊了一阵,王子荐起身要走的时候,袁胜男嘱咐了一句:“你记着,必须得找个跟李中原一点儿都不一样的。我可不能刚出虎穴,又入狼窝!”

王子荐则是回头比了一个OK(好)的手势。

另一头,袁奋刚出了门,就直奔夜总会。

此刻,他倚在灯红酒绿的夜店门边给老妈拨电话,身边走过一个个杨柳细腰的美女,熟不熟的,他都要跟人家打招呼。

“喂,老妈,是我啊!”

“是爱军啊,你这是在哪儿啊,那么吵?”

袁奋拿着电话走到安静的地方:“老妈,说多少次了我改名叫袁奋了!妈,我是真不行了,给我支援点弹药吧,我这阵子弄那个电影正是要紧的时候。”

“你哪回都是要紧的时候,这紧自打去北京就一直没落下来过,我说爱军,不是,袁奋啊,你再这样,可是要了你妈的老命……别说了,我挂电话了。”

“别挂,老妈,我告诉你一个秘密!”袁奋突然神秘兮兮地道。

“什么秘密?”

“你给我钱,我就说!”

“……”电话那端,袁奋妈郁闷了,她怎么生了一个这么不省心的儿子!

“你先说!”

“我姐夫最近和一个大眼睛美女走得很近,我看他们俩绝不是普通单纯医患关系!”

“真的?你有证据么?”

“我亲眼看到的还有假,老妈,你可记得答应我的事,给我汇钱……”

电话已然被挂断了。

袁奋郁闷地跺脚，他这个老妈真是不够义气，利用完了人就不理了。

袁胜男的家里。

邱月梅帮李中原的手换药，纱布揭下来，伤口已经好多了。

邱月梅拿着碘酒给李中原擦，便说道：“中原，来了我就看见你手上包着纱布，你爸在我也一直不敢问，你这伤是不是袁胜男打的？”“妈您想哪儿去了，她还不至于家暴。”

正说着，邱月梅放在卧室床头柜的手机响了。

李龙生在屋内看报，上前拿起手机，接听。

“亲家母，我说你们家中原到底什么情况啊？怎么和一个大眼睛美女患者纠缠不清呢！我跟你说啊，亲家母，这可是我们家袁爱军亲眼看见的！”电话那端袁奋妈妈的声音传来。

李龙生愣了下，马上缓过神来，大吼了一句：“啊！？这个混蛋！我去找他算账！”

李龙生拿着电话往外走，张兰英还在那头说呢。

“啊？是亲家啊，亲家你先别冲动……”

李龙生冲出客房直奔沙发上的李中原，抬腿就要踹：“看我能不能踢残了你这个混蛋！”

邱月梅眼疾手快拉住老公，喊道：“老李，你这是干什么！”

李中原早就蹿到一边去了，后怕地看着李龙生，以为离婚的事儿暴露了。

“爸你干吗？”

“有话好说，老李，你自己的身体也要当心啊！”邱月梅着急地说。

“有这么个浑小子，我还要啥身体？我说胜男为啥生你的气呢，原来是你小子要当陈世美啊！”

李龙生奔着李中原去，李中原赶紧跑，邱月梅就在后面死命地拉着老公。

突然两个人碰翻了桌上的一壶茶，整壶热茶扣在了邱月梅脚上。

“啊——！”

医院里，郭悦在给邱月梅处理烫伤，包扎。

李中原忐忑地站在一边。

郭悦纳闷地问：“阿姨，您这是怎么搞的啊？”

邱月梅脸色很难堪：“中原这孩子，不学好啊。”

郭悦诧异地抬头看着李中原。

“我冤枉死了，我……他们以为韩雯雯，就是那个自杀的女孩，和我有啥关系呢，你赶紧帮我解释解释。”李中原着急地说。

“阿姨，您误会啦，那女的我们都知道，那是扑在中原车跟前为情自杀的一个女孩，被中原救了，就是这么简单。”郭悦见状解释道。

李龙生坐在急诊的椅子上正生气，袁胜男匆匆赶来。

“爸，出什么事儿了？谁受伤了？”

李龙生突然站起身，一脸歉意道：“胜男啊，是我教子无方！你等着，我就是拼了这把老命也得给你做主，毙了李中原这个当代陈世美！”

袁胜男被搞得莫名其妙，这时李中原从治疗室出来了。

李龙生即刻转过身对着儿子就开骂：“你这个混账小子，好的不学净学那没用的，你说，你是不是陈世美！”

“我就不是！”李中原也硬着脖子道。

“你，你……我打死你这个浑小子！”李中原作势又要去打儿子。

“爸，到底啥事啊？”袁胜男赶紧制止道。

“他都让人抓着现行了！”李龙生气喘吁吁地说。

李中原哭笑不得："我让人抓着什么现行了？"

"你还不承认？胜男，马上把爱军找来。只要人证物证俱全，我今儿就清理门户！"

这回轮到袁胜男瞪眼了："爱军？"

袁奋这时候正在酒吧里和美女吹嘘着自己的影视公司，这时电话响了。

电话上显示着"老姐"。

袁奋接起电话："喂，姐。"

袁胜男大吼："袁爱军！你给我马上来趟三院！"

袁奋听袁胜男发火了，也不敢多说，挂了电话就马不停蹄赶到目的地。

到了医院，一看那三足鼎立的架势，就更加挪不动脚了。

"姐、姐夫，李叔。"

"袁爱军，你给我过来！"袁胜男对着弟弟吼道。

李龙生则慢慢走过去，喊了一声："爱军。"

"李叔，我如今改名了，我现在叫袁奋。"

"别跟我提你那鬼名字，好好说话！"袁胜男发飙了。

末了，瞪了一眼弟弟，意思是敢乱说话，揍你。

"爱军，你就把今儿下午在牙科诊所看见的事儿说一遍。"李龙生说。

"哦，您说的是那个事儿啊。我就是看见有一大眼美女来找我姐夫，我看两人不像是普通医患关系。"袁奋回答。

"那是韩雯雯……"李中原赶紧解释。

袁胜男也赶紧说："爸，那女的就是中原路上救的一个轻生女孩儿。"

此时，郭悦也扶着邱月梅出来："李叔叔，这事儿我能作证！"

碰巧，林一龙正经过。

李中原赶紧指了指林一龙夫妇："他们都知道。爸，您要不相信，让一龙跟您说。"

林一龙上前一步，诚恳地说："伯父，的确是那么回事，您真的误会中原了，那个女孩殉情自杀，被中原救了送来的，这事儿整个急诊的大夫都知道，您不信随便拎一个都能给中原作证。"

李龙生这才相信，消了气："即便是这样，那我也得警告你李中原，你和那女的必须保持安全距离，省得造成误会。看看你闹的这些妖！"

袁胜男狠狠地戳了一下袁奋的脑袋："回头再跟你算账！"

李中原和袁胜男往医院停车场走，李龙生夫妇已经坐在车里了。

"以后看好你老弟，那可是颗定时炸弹！"李中原说。

袁胜男反问："那韩雯雯怎么老找你啊？就算道谢，谢几回了啊？她是准备以身相许是怎么着？"语毕，面无表情地上了车。

高速路上，袁胜男正在开车。电话响了，是王小贱打来的。

袁胜男接起电话："喂？"

"袁总呀，你让我帮你办的事我办好啦！"

"我让你？我让你帮我办什么事啦？"

"相亲啊！哎哟，我把你的条件在网上一列出来。乖乖隆地咚啊，点击率瞬间过万哟。"

袁胜男大惊："你把我资料挂相亲网站啦？你这是瞎胡闹……"

忽然前面大灯一闪，袁胜男紧急刹车。

砰的一声，袁胜男扑在方向盘上晕了过去。

医院里，郭悦正给袁胜男治腿上的伤。

郭悦一边上药，一边不禁乐了："你们一家子也够逗的，前几天是李中原夹了手指；昨儿个是你婆婆烫了脚；今儿又换成你伤了腿。怎么着，你们这是商量好了排号来我们医院做贡献的？"

袁胜男白了郭悦一眼："我没骨折吧？"

"放心，就是扭了一下，三五天的事儿。"郭悦说。

这时，李中原风风火火地冲进诊疗室，一脸的担忧："胜男！怎么回事儿啊？怎么能撞车了呢？伤哪儿啦？脑子、内脏什么的，有事儿没事儿啊？"

"行了，别一惊一乍的，要是脑子内脏有事儿能在这儿？早进手术室了！胜男就是筋拉伤了，然后就是这点破皮伤，养个几天，然后再住院观察观察看有没有脑震荡的症状。"

"哦！那你电话里说得那么邪乎。"李中原松了口气。

李中原将一瘸一拐的袁胜男扶上了病床，给她背后掖上枕头："怎么回事儿啊？这么不小心！没听广播上成天宣传啊：司机一走神，亲人两行泪。"

"什么呀！人家说的是司机一滴酒！"袁胜男没好气地回道。

"我改个词儿拿来批评你一下，你这是走运，落了轻伤；那要是不走运，您再弄个缺胳膊少腿儿的，你说你让我管你还是不管你？"

"轮谁也轮不到你管！"袁胜男接着说，"我真没事，你赶紧走吧，回头你爸妈着急再杀来，我还休息不休息啦！"

"你真没事？"李中原问。

袁胜男不耐烦的摆摆手："没事儿，走你的，你在这儿杵着，我看着更闹心！"

"有什么事儿第一时间给我打电话啊！"李中原不放心地叮嘱。

"知道啦，你开车慢点儿，别回头跟我住隔壁！"

李中原正走到门口，闻言回头朝袁胜男瞪眼："损不损啊你！"

袁胜男家里，李龙生和邱月梅急慌慌地穿戴好正要出门。

李中原刚好推门进屋。

"我说你咋回来了？胜男怎么样了？"李龙生焦急地问。

“没事儿，没大碍，就是腿上受了点儿轻伤，需要留院观察两天。”

“轻伤？啥轻伤？骨折还是缝针啦？”李龙生接着问。

“没有，都没有，就是脚筋拉伤，得养个两天。”李中原如实回答。

“哎哟，阿弥陀佛、谢天谢地，没事儿就好，刚才可真把我和你爸吓坏了，这不正穿了衣服说要去医院看看呢！”邱月梅听了儿子的话松了一口气。

“你俩放心吧，没事儿啊，都回屋睡吧！我也睡了，这一天，可把我累得够呛……”李中原懒懒的说完，就要回屋睡觉。

“你等等！”李龙生狠狠地拍了儿子脑袋一下，“有心没心呐你！你媳妇受伤住院，你倒真能在家踏实睡下？她一个人在那儿，腿又不利索，半夜起夜啥的不得有人照顾？你说你怎么这么不知道疼自己媳妇儿呢？”

“哎呀，不是我不在那儿陪她，是她不让我陪！”李中原捂着脑袋，一脸委屈道。

“你现在就给我滚回医院去！”李龙生生气地说。

李中原求救的眼神看向一边的老妈。

“好了他爸，儿子说得有道理，胜男也不是啥大伤，医院里又有护士，儿子在那儿，他俩一宿谁也休息不好。”邱月梅连忙出来打圆场。

“你就知道偏袒你儿子！”李龙生气呼呼地道，最后他还是勉强同意了，“行吧！那你赶紧睡，明儿一大早就过去，不许晚喽！”

李中原慌忙逃回了屋。

病房内，袁胜男因为内急，只能一咬牙忍着腿上的疼痛从病床上艰难地挪下了地，她手上还挂着吊瓶，只能推着吊瓶架子往洗手间艰难地挪去。

正在袁胜男支持不住，想要喊人帮忙的时候，王子荐偏巧拎着一袋水果急匆匆地走进了病房。

“哟哟哟……袁总，您这是要干吗呀，怎么下地啦？”王子荐放下东西慌忙上前扶住了袁胜男。

“去洗手间啊？”

袁胜男点点头：“你怎么来了？”

“来看你呀！你说你也是的，想去洗手间你倒是摁下铃儿啊，找护士来帮忙也可以啊！你自己这么拖着个吊瓶架子来回挪腾多危险啊！”

王子荐小心翼翼地取下吊瓶，稳稳地举着，然后扶着袁胜男往洗手间走去。

“没事儿，我自己能搞定，不用你帮忙！”袁胜男说。

王子荐在厕所门口等着，过了一会，袁胜男出来了，他赶忙上前接过点滴瓶。

袁胜男觉得挺贴心。

“这么晚了你来干吗？”

“你这因为跟我生气出的车祸，我必须得来看看呀，”王子荐回答得理所当然。

“我的资料你都删啦？”

“你的资料照片我全删掉啦。”

袁胜男闻言，惊讶地瞪着大眼盯着王子荐：“你还放了我照片啦？”

王子荐胆怯地点点头。

袁胜男大怒：“你疯啦？你，你有什么权力这么做啊？谁允许你把我照片放网上啦？我要被你害死了！”

“我已经都删掉啦，全删掉啦，对不起啊袁总，我当时也是一兴奋，光想着赶紧帮你踅摸个靠谱的男人，就没想那么多。”

“你给我滚！”袁胜男气得不行，刚才的那一点窝心的感觉全没了。

“你看我也是一番好心……”王子荐委屈地说。

袁胜男抓狂："什么好心，我告诉你王小贱，我这事要是露出去一星半点，我跟你没完，滚——！"

王子荐吓得赶紧站起来"好好好……袁总别动气哈，我这就走好了吗！"

深夜，袁奋懒洋洋地靠在床上对着电脑叼着吸管喝酸奶。

电脑页面上是一家婚恋网站的女会员资料页面。

袁奋兴奋地点开一张张美女的照片。

"嘿——这小美女不错啊。年龄:22，爱好：唱歌、跳舞、电影。嘿！年轻，爱好也对哥的口味啊；哎哟，这个可真不怎么样，明显整咧巴了嘛……"

突然袁奋的表情凝固住：我天……

页面上袁胜男的照片和姓名赫然在目。

袁奋错愕地点开资料，揉揉眼睛仔细看了看，他一口酸奶没忍住喷在了屏幕上。

征婚？我老姐？那我姐夫呢？

第二天早上，李中原提着早饭从楼里走出，往小区外走去。

袁奋抱着电脑气喘吁吁地跑来："姐夫，等等！"

李中原一脸不解，这是要闹哪出啊？

袁奋将李中原拉到一个长椅上坐下。

"我赶时间，没工夫陪你臭贫啊！"李中原说。

袁奋打开电脑："你甭那么不耐烦，你看了这个，就知道事情的严重性了！"

李中原凑近电脑。

袁奋打开了袁胜男的征婚页面："你瞅瞅，眼熟不？"

李中原心里已惊出了汗，但表面上还故作糊涂："有点儿眼熟……谁啊？"

"装，哎哟，姐夫你忒能装了……照片看不明白，这么大字儿你也看不见？这是我姐的征婚启事……"

"净扯……我跟你姐好……好着呢！这肯定不是你姐，同名同姓吧……绝对不是你姐！"李中原出了一身冷汗，还不得不跟袁奋打太极。

"名字一样，长得也一样，天下有这么巧的事儿？你写电视剧里，人都得骂你胡编吧？"

李中原脑子飞速运转着："要么……就是盗图……对，盗图！肯定是这姑娘长得巨丑，所以盗用了你姐的照片！这种事儿现在不常有嘛！"

袁奋彻底无语了，这姐夫的智商……

李中原有些语无伦次了："那，估计就是贴错地儿了，反正……这中间肯定是有什么误会……你就别瞎琢磨了！我和你姐一点儿事儿也没有，我俩好着呐！这不，我正要去给她送饭嘛……不说了啊，我得赶紧走了……"李中原站起身想逃。

袁奋若有所思，看着李中原的背影。

病房内，李中原冷着一张脸走进病房，将早饭重重地放到桌上。

"干吗啊？大早上起来给我甩脸子？"袁胜男看李中原脸色不好，不快地说。

"袁胜男！你就那么迫不及待吗？"李中原大怒，"前脚刚离婚，后脚征婚启事就贴出来了！"

袁胜男一惊："啊？什么……什么征婚启事？"

"你甭跟那揣着明白装糊涂！婚恋网上那征婚启事是不是你贴的？你别想抵赖！你那露大腿的照片儿还在上面搁着呢！"

袁胜男心里暗恨：这个王小贱，从哪儿找的照片啊……

"哎，我可真服了你了！虽说你爸和我爸他们不上网，可保不齐他们的部下，还有咱们的亲戚朋友们能看见啊！这得亏是袁奋先发现的，他来找我，我还能应付过去，这要换个智商高的怎么办？亏你还整天说我不靠谱，你办的这叫靠谱的事儿？”

袁胜男白了李中原一眼，自知理亏，也不好发作。

这时，王子荐提着早饭出现在病房门口。

他轻轻地敲了敲病房门：“袁总，早！哟，这位是李大夫吧？”

这是李中原和王小贱头回正式见面，李中原起身跟王小贱打了个招呼：“你叫王小贱啊？”

王子荐一扬手：“嗨，那是他们给我起的花名，显得亲近。正式认识下啊，我叫王子荐。”

袁胜男突然在一旁大吼：“王小贱！网上的帖子你到底删了没有啊？”

王子荐刚满脸笑容的走近病床，被袁胜男的这一声狮吼吓得哆嗦了一下。

“删……删了啊……昨儿我回去连相关链接都给删了……”

“敢情是你把我媳妇照片弄网上的？”李中原怒道。

“哎哎……前妻啊……”袁胜男在一边补充道。

“不是，李医生，真不好意思。袁总，你也别急，帖子我肯定是删了……真的……我估计你弟可能是昨儿晚上我删之前看的，然后给截屏了……”

而另一边，袁奋此刻坐在电脑前，着急地浏览着婚恋网站上女会员的资料。他在搜索栏上输入了袁胜男的名字，页面显示“无此会员资料”。

袁奋更诧异了：怎么会？难道我眼花看错啦？还是我喝多了做梦呢？不可能……绝不可能！我看错谁也不能看错我老姐啊！这咋回事儿啊？这两口子搞什么猫腻呢？

此时，王子荐一副可怜相，对着袁胜男连连道歉："对不起，袁总！实在是对不起！这事儿都是我的错，但我本意真是想帮你……"

"你走，赶紧消失！"袁胜男看都不看眼前的男子，怒道。

"是是是，我马上消失！袁总，您先消消气儿，等您心情平复了，咱再电联啊电联……"

袁胜男索性狮吼："出去——！"

王子荐一溜烟儿退了出去。

"就是嘛，早该走了！"李中原一脸幸灾乐祸。

袁胜男对李中原面无表情道："你也走！"

"我肯定走，不过胜男啊，作为丈夫……前夫，我还是得友情提点你一句，你就算再着急踅摸下家，也不能饥不择食！你们女人惯会犯这种低级错误。人生已经失败一次了，咱就别一错再错啦……"

袁胜男一个枕头砸向李中原。

韩雯雯走进诊所，眼神四顾找心心相念的人儿，没看见想要见的人，只好把洗牙卡递到护士小叶手里。

"韩小姐，您今天要洗牙？"护士小叶说。

"嗯，我前两天来的时候跟你们李大夫约好了……"

妙妙赶紧查预约："这上面没记啊韩小姐。"

韩雯雯一笑："怎么？李大夫今天又不在吗？"

"嗯，他不在，但我们可以安排别的大夫给您治疗。"妙妙实诚地回答。

韩雯雯拿回洗牙卡，有点失落道："那不用，他什么时候在我再来，他来了麻烦你们告诉我一下。"

韩雯雯转身要走，袁奋戴着个太阳镜，嚼着口香糖、打扮得像个流氓导演似的走了进来。

"嗨！日范儿小美女，又见面啦。怎么，来找我姐夫？"

韩雯雯点头:“他不在。”

两个人边说边往外走。

韩雯雯突然眼珠一转，状似惊喜地道:“哎，袁先生，上次你托我给你介绍编剧，我手头上还真有一个。”

袁奋也是惊喜地道:“真的，哎呀，韩小姐，你太靠谱了，什么时候介绍我认识认识？”

韩雯雯一笑:“这样吧，我请你吃饭，咱细说说这事？”

袁奋自是忙不迭地答应了。

餐厅里，袁奋津津有味地吃着，韩雯雯坐在他对面看着。

韩雯雯是有意套话:“袁先生……”

袁奋赶紧摆手:“你就直接叫我袁奋，咱俩都这么熟了。”

“好，袁奋哥，你跟我要介绍给你的那个编剧应该能聊得来，她很诗意的。”

袁奋兴奋极了，饭都顾不上吃了:“是吗？那太好了……韩小姐，你要是帮了我这个大忙，我一定重谢你。”

韩雯雯摇摇头:“那倒不用……”

末了，又转了转眼珠儿，道:“袁奋哥……哎，我看你跟你姐夫关系还挺好的，经常来找他。”

袁奋塞了满嘴菜，口没遮拦地说起来:“那是，那可是我姐夫，北京城里除了我姐，就是跟他亲了，其实就是没我姐这层关系，我跟他那说起来也是发小，都是部队大院长大的，他年长我几岁，经常带着我玩儿。”

韩雯雯点点头道:“哦……这个我倒是知道，他跟你姐是娃娃亲。”

袁奋叹了口气:“哎，虽说是娃娃亲，可这俩人的性格啊……真是不合。这点我不偏心，我姐模样没挑，就那脾气……有点委屈我姐夫……那也没办法啊，他俩又不能离婚，就得这么对付着过。”

“这都什么年代了，还得被强逼着一块过日子？那人家俩人要是就……就非得离呢？”

袁奋没心没肺地继续说：“那不可能，我跟你说，我一点都不夸张，他俩人就是白纸黑字真偷偷离了婚，两家的父母也会强迫他俩再复婚！”

韩雯雯心里打鼓了，惊叹了一声：“我的天呢……”

她想的是：这么封建的父母，简直比韩剧里强行拆散儿子幸福的恶爹妈还要凶残十倍……哦，我可怜的欧巴……他该是多么不幸福啊。

韩雯雯此刻又开始幻想了……

李中原穿着民国时期的西装，怯生生地站在李龙生和邱月梅面前。李龙生穿着长袍拄着八仙杖坐着训斥儿子，李中原低眉顺眼地听着。

李龙生身边是妻子邱月梅，老妇人穿着旗袍，一身贵气，态度刁蛮地看着儿子，附和着丈夫的每一句说话，也没给儿子好脸……

想到这里，韩雯雯感到揪心的疼痛，更无心吃饭了。不行，不能任由事态如此发展，她必须主动出击解救她心爱的欧巴于水深火热中……

袁胜男被郭悦搀扶着，一瘸一拐从医院出来。

李中原刚到医院门口，见状赶紧跑了过去，接替了郭悦的工作：“不是说好的，等我接你出院吗？怎么不等我就自己跑出来了？”

“我可不敢劳您大驾！”袁胜男嘴硬道，却把包很自然地递给了李中原。

跟郭悦道了谢，李中原扶着袁胜男离开。

看着二人搀扶着走远的身影，郭悦嘴角露出满意的笑容：这才像两夫妻嘛！

上了车,李中原问袁胜男回家还是回公司。袁胜男决定先回公司，李中原也没说什么，一踩油门，往她公司开去。

门铃突然响起，邱月梅去开了门。

韩雯雯拎着个小箱子站在门前，微笑道:“阿姨好。”

韩雯雯看着邱月梅，脑海中浮现出自己幻想中那个穿旗袍涂红唇的民国老太太的样子。

邱月梅微皱眉:“你是……找谁啊？”

“哦，我叫韩雯雯，是胜男的闺密。”

“胜男的朋友啊？快进来，进来坐。”邱月梅赶紧热情地招呼道。

韩雯雯拎着小箱子进了门，李龙生正好从客房出来，她看见这位老人，脑海里就浮现出自己幻想中那个民国时期的封建老头的形象。

韩雯雯心里不情愿，嘴上却赶紧笑着问好:“叔叔好。”

李龙生轻轻点了点头。

韩雯雯坐在沙发上，打量着屋内。

邱月梅给女子倒了杯水，笑道:“姑娘，你喝水啊。”

韩雯雯双手接过水杯喝了一口，放到桌上，笑得甜甜的:“谢谢阿姨。”

“姑娘,你刚才说你是胜男的……闺密？”邱月梅有些好奇地问。

韩雯雯点点头:“是啊，胜男没跟你们说吗？我今天刚从外地过来，要暂时借住在这儿两天，她说让我自己过来就行。”

邱月梅和李龙生对视一眼，有点怀疑，韩雯雯赶紧摆出招牌笑容道:“我每次来北京都是住她家的……”

老两口面面相觑，不知道该咋办了。

李中原把袁胜男送去了公司之后，直接回了家。一进门，看见厨房里韩雯雯系着个围裙在做饭，突然一下就懵了。

李中原揉揉眼睛，又猛地退出去看看门牌，确定是自己家……

李中原二次惊讶地走进屋，还没来得及说话，他老妈走过来，笑着道：“回来啦！”

李中原下意识扫了一眼老妈的脸，没有什么异常啊！

李龙生此刻坐在客厅沙发上举着报纸看，报纸挡着脸，李中原无法查看老爹的脸部表情，不知道他现在心情是好是坏，有些腿软不敢再往里走。

“妈，那个……”李中原汗都下来了，指着厨房，“你们……都见过面了，不用我介绍了吧？”

“不用，我们都已经很熟了……”邱月梅坦然地说。

李中原紧张地傻笑了几下，慢慢往屋里挪步，边观察着邱月梅和李龙生的表情。

“妈，你和我爸都好着呢？”

邱月梅纳闷道：“好着呢呀，你这孩子说什么呢？”

李中原看着父母的样子，暗下决心：估计是瞒不住了，索性说了吧！

“爸，妈，这件事我解释一下……”

李龙生放下报纸。

韩雯雯端着水果从厨房里出来：“饭做好了，先吃点餐前水果，一会儿人齐了咱们再开饭……哎哟，姐夫回来了，先去洗洗手吧。”

李中原暗暗惊讶，韩雯雯接着道：“姐夫，你站门口干吗？”她早已注意到李中原害怕的样子，又笑着道，“嗨，我和胜男是闺密，我认阿姨当干妈，是亲上加亲。是吧，姐夫？”

李中原马上反应过来，连忙应道：“呃……对！妈，她跟胜男都好那么多年了，无话不谈。”

韩雯雯又笑眯眯地说：“姐夫，厨房还有两个菜呢……”

李中原慌忙道：“我帮你拿。”

李中原跟着韩雯雯进了厨房，关上门，迫不及待压低声音道：“你来干什么？”

“我来解救你啊！”

“我不用你解救……你这是给我添乱……你赶紧回家！”

韩雯雯不依地撅起小嘴：“那刚才你顺着我把话都说死了，我之前说每次来都住在这儿，我现在要走，你出去怎么说啊？”

李中原想哭了：“我天……你是要害死我啊！”

客厅里，韩雯雯坐在沙发上，给二老削水果，她削的水果都是小动物形状的。

李中原臭着脸一旁看着她。

韩雯雯把水果分成几个小盘，然后递到每个人的手中。

韩雯雯和邱月梅聊得开心，李中原坐在沙发上看着她们暗地运气……

韩雯雯笑眯眯地道：阿姨，您不知道，我和胜男可要好了，我特别喜欢胜男那大大咧咧的劲儿，时间长了不见，总有一肚子的话要说。

“你们俩这么好啊……”邱月梅也笑着说。

“所以啊，姐夫，今晚我要跟胜男睡一屋，我俩要聊聊私房话……姐夫，你今儿就委屈一下去小屋睡吧。”韩雯雯故意说道。

“啊？你们俩……好……”

新闻播完，李龙生和邱月梅往卧室去了，李中原拉着韩雯雯就往厨房走。

“干吗呀你？”韩雯雯说。

“我有话问你！”李中原把韩雯雯拉进厨房，“我问你，你今儿晚上真不走啦？”

“嗯呢。”

“你疯了你？晚上袁胜男回来怎么办？”

“你一直在担心这个呀？”韩雯雯很有把握地道，“我既然能来，就一定有办法搞定袁胜男……你就放心吧，你办不了的事儿我来办，你尽管把心搁肚子里。”

正说着，玄关处传来袁胜男的声音：“爸，妈，我回来了。”

李中原赶紧奔出来：“怎么不让我去接……”

韩雯雯一溜小跑过去：“胜男你回来了？”

说着上前抱住袁胜男，一脸亲热道：“这么久不见，想死我了。”

袁胜男愣了半天，才推开韩雯雯：“干吗你！是……是你？”

这时，李龙生、邱月梅都闻声来到客厅。

“胜男，有朋友要来家住，也不早说一声，我们一点儿准备都没有，反倒让人家雯雯帮忙干了一大堆的活儿……”邱月梅慈爱地说。

袁胜男就更诧异了。

韩雯雯亲热地挎着袁胜男的胳膊：“阿姨，我和胜男是闺密，比朋友更进一步的关系……所以您别老跟我客气……”

听了韩雯雯的话，袁胜男一头雾水。

李中原站在二老背后，对她一个劲挤眉弄眼，作揖告饶。

袁胜男气得够呛，却也不好当着二老发作。

李中原见机行事，赶紧过来扶袁胜男。

袁胜男一把推开李中原，又拽住韩雯雯：“你跟我过来！”

李中原也不敢进门，只能在外面干着急。他帮着邱月梅收拾桌子准备吃饭，才一会儿工夫，就见韩雯雯毫发无损从屋里出来了。李中原瞪大眼，一脸不敢置信，在“女汉子”袁胜男面前，韩雯雯哪里有招架之力啊？

此刻，韩雯雯朝李中原得意一笑，迅速钻进厨房帮着邱月梅做饭。

一顿饭吃下来，李中原是心惊胆战，但总算没出什么大娄子。

吃完饭，袁胜男坐在床上看书，韩雯雯就从自己的箱子里拿出漂亮的小花布铺在了贵妃榻上。

袁胜男看书中时不时瞅一眼像小鸡子一样忙碌个不停的女子。

韩雯雯收拾好了贵妃榻，邱月梅开门进来，手里拿着个小药箱子，还有偏方药。

“哟，雯雯你睡这儿啊，怎么不和胜男睡一张床？”

韩雯雯马上笑着道：“阿姨，我每次来都睡这儿，我习惯了，您不知道，我在我自己家里，都不睡床，就爱睡这贵妃榻。”

“哦，好，好，只要你自己觉得舒服。胜男，该换药了！”

袁胜男瞟了一眼不远处的女子，又看了下婆婆，心里叹息一声，只得将裤腿撸起来。

韩雯雯赶紧过来接过邱月梅手里的小药箱：“阿姨，我来帮胜男姐换，这点事就不用劳动您了。”

“那行……胜男，那个偏方别忘了喝啊。”

语毕，邱月梅出了门。

袁胜男一听偏方就皱眉：“哦……”

邱月梅出去了，韩雯雯开始给袁胜男很仔细地擦碘酒。

袁胜男瞅着眼前娇媚的女子，撇了撇嘴：“我很好奇……你到底看上李中原哪儿啦？”

韩雯雯羞涩一笑：“我觉得他……哪儿都好。”

“不可能，我跟他从小就认识，他什么德行……妹妹，我怕你日后后悔。”

韩雯雯给袁胜男换好了药：“姐姐，只要你别后悔就行啦！”

袁胜男突然端起桌上的偏方药递给女子，面无表情道：这个你喝了吧。

“那个……你不是想毒死我吧？”韩雯雯露出惊恐的眼神，有些慌乱地说。

“这是我公婆特意求的药，听说很灵，喝了它，没准你能给李中原生个男孩儿……”

袁胜男的话音才落，韩雯雯迅速端起药碗咕咚喝了，举着空碗给她看。

袁胜男很惊讶。

“不过，我觉得，不论怎么管自己的男人，都不能把家里变成集中营一样。”韩雯雯突然意有所指地道。

袁胜男一听就知道是怎么回事，肯定是那个臭男人告的状。

“这又是李中原那个混球跟你说的！”

“喂，你怎么什么不好的都往我欧巴身上赖呢。”

袁胜男捂着牙，挖苦道：“酸死了，还欧巴呢，你又不是韩国人，再说了，李中原他腿长吗？”

韩雯雯点点头：“我觉得他腿长……姐姐，其实我挺佩服你的，你在事业上那么成功，可是我又不佩服你，因为在感情上，你还是个小学生。”

“你的意思就是我情感不成熟呗？”袁胜男若无其事道。

“反正你离毕业，还需要点儿时间……”韩雯雯实话实说道。

袁胜男给噎得无话可说。

书房的门一早就大开了。李中原在书房里晃悠，一会儿抻着脖子看看主卧这边，一会儿看看表，心里急得跟火上房似的。

这一宿没动静，难道真的相安无事？

终于挨到袁胜男开门出来，李中原赶紧蹿出来低声问：“怎么样？”

袁胜男沉默了一会儿，然后平静地道：“也许，咱俩分开，对彼此都是对的！”

李中原犹如丈二和尚摸不着头脑，正想着这话是什么意思呢，韩雯雯也跟着出来了。

“你俩昨晚没打起来吧？”李中原赶紧问。

韩雯雯摇摇头，神秘地说：“我俩昨晚说了很多很多……欧巴，总之我是向着你的。不过，经过这一晚的相处，我觉得，你和胜男姐姐确实特别不适合做夫妻！”

说完韩雯雯也走开了。

李中原傻了：这二位昨晚到底什么情况啊……

客厅里，邱月梅正跟韩雯雯讲自己年轻时候的事儿：“年轻时候是喜欢跳个舞什么的，现在老了，力不从心了，再加上儿子的事儿也不让我省心。”

韩雯雯看老人唉声叹气，笑了下，说：“其实他俩的情况我也知道些，都是嘴硬心软的人，我知道他俩前两天刚吵了一架。”

“是啊，我看到现在俩人还有点疙疙瘩瘩的。”

韩雯雯点点头：“嗯，我也看出来了，这跟他们的性格有关系。阿姨，他俩这性格啊，闹了意见要是有别人在，就更对彼此拿着劲。可要是这屋里就剩下他俩啊，反倒冷静了，慢慢也就好了！”

“哦……那你说，是不是我和你叔在这儿反倒影响这小两口了？”

“阿姨您可别多想啊，我不是那个意思……我是觉得两口子吵架嘛，谁都不愿意家长跑来掺和是不是？”韩雯雯不紧不慢地解释道。

“雯雯，阿姨觉得你这话说得有道理……”邱月梅一脸若有所思。

夜里，李龙生和邱月梅老两口准备休息了，坐在床上说话。

邱月梅琢磨着：“老李，我觉得小韩姑娘说的话有道理。你看啊，咱俩来的那天中午中原就说已经约了胜男去吃饭，俩人本来已经和好了……结果咱俩来了，逼着他俩发誓什么的，小两口没有了自己的私人空间啊……干什么事儿说什么话都得拘着，反而这距离拉远了，你想咱俩年轻的时候，拌个嘴吵个架什么的，我就不愿意让你妈掺和。”

李龙生也觉得有理：“那就让他俩自己解决？”

“嗯，老李，要不咱回吧。”

李龙生想了下，也只好点了点头。

第二天早上，李中原、袁胜男还有二老围着餐桌吃早饭，韩雯雯在厨房里忙碌。

“中原、胜男，我和你妈决定回家了。”李龙生突然宣布说。

李中原、袁胜男均偷偷地松了口气，表面上却装作诧异地看着二老。

“爸、妈，你们怎么不多住几天啊？”李中原首先问道。

“是啊，我们都没好好招待你们就……”袁胜男也赶紧附和道。

可二老心意已决，两人也没再劝了。

厨房里，韩雯雯也听到了，暗喜不已。

饭后，二老要走了。

“阿姨，您下次来一定记得告诉我，我跟您还没聊够呢。”韩雯雯甜甜地道。

“好好好，这丫头！”邱月梅流露出不舍的表情，她倒是很喜欢这个勤快又嘴甜的女孩子，可惜她没有第二个儿子可以娶了。

“那我就不送二老了，下次咱们再见！”韩雯雯跟二老挥手拜别。

等一行人都走了后，门关上，韩雯雯激动得一蹦老高：欧耶——！

等到把二老都送到长途车上，李中原也是松了一大口气。

袁胜男松口气的同时，眼睛却微微有点湿润。

李中原侧头看到她这副模样，诧异道：“怎么啦？”

“我觉得有点儿对不起你爸……你说他要是知道咱俩离婚了还骗他，该多伤心啊？对我该多失望啊……”

李中原被这番话说得也伤感起来：“别难过了，咱俩啊……这叫长痛不如短痛，你也可以一辈子叫他爸。咱俩做不成夫妻，你可以给他当女儿嘛。”

袁胜男听罢点点头，话说这还是离婚后头一遭她跟眼前这个男人如此和平相处呢。

二人沉默着走了一段。

“韩雯雯这个女孩挺好的，适合你。”袁胜男突然说。

“嗯，我也觉得……胜男，我不是说你不好，我只不过是喜欢温柔贴心的……可你呢，太强势。”

袁胜男感慨：“其实再强势的女人都希望有个男人能征服自己，可能我的要求太高了吧！”

两人回到家，屋里静悄悄的，不见韩雯雯的身影。

李中原进屋四处转了一下，还是没找到她。

“她也走啦？算了，我先收拾东西去小房子了。”

李中原走进卧室，结果桌子上、柜子里，李中原的东西都不见了。

袁胜男走到卧室门前，交叠着手臂看着：“什么情况？”

李中原好像已经想到了什么，有些尴尬：“我的东西……”

是傻子也明白了。

袁胜男冷冷哼了一声：“她还真是迫不及待啊……”

第五章 疑心

韩雯雯这会儿已经把李中原的东西收拾回了小屋，给他发了微信。

李中原从袁胜男的家里被赶了出来，一进小屋的门，就惊呆了。

屋内、房顶到处悬挂着颜色各异的气球，卧室门上挂着千纸鹤做的门帘……

他举目看去，发现客厅的沙发套被换成了可爱的心形和卡通……又扒拉开千纸鹤的门帘，卧室内，床上换上了温馨的桃红色情侣床单，床单上还铺满了玫瑰花瓣……

李中原沉浸在这份浪漫里，老半天没回过神来："我天，活了这三十年，老李我就没这样浪过……"

韩雯雯忽然从背后环抱住李中原的腰，甜甜地喊了一声："欧巴，你说什么……"

"浪……浪漫过，真的，活了这么大，我真没这么浪漫过。谢谢你啊，雯雯。"软玉温香在身后贴着，说不动心那是假的，李中原没有推开她的怀抱。

韩雯雯把李中原抱得更紧了，两眼泛着泪光："欧巴，我不要你谢我，我喜欢你……我也要你喜欢我……"

李中原听了，沉默了一会儿，突然转过身来也紧紧抱住了韩雯雯丰满的身体……

办公室里，袁胜男背对着办公桌正发愣，她琢磨着韩雯雯的话——我觉得，不论怎么管自己的男人，都不能把家里变得跟集中营一样……在感情上，其实你还是个小学生。

袁胜男正想着，突然传来一阵有节奏的敲门声。

这个敲门声一响起，袁胜男就知道来人肯定是王子荐。

除了王子荐，谁还会这么注意敲门的节奏感呢。

“进来吧！”

门推开，王子荐款款走进来，轻轻坐到袁胜男面前。

王子荐一脸神秘，倾身过来，轻轻地说：“袁总，我有一哥们看了你的资料，想见面呐……”

袁胜男的脸色变得犹疑不定。

王子荐有点紧张，有些拿不定主意，他拿出电话：“您要是不喜欢，我现在就回了他！”

袁胜男急了：“谁说不喜欢了，见……现在就见！”

“好！我这就联系。”王子荐喜笑颜开。

袁胜男换了身行头，但还是比较职业化的装扮，她有点紧张，不断地深呼吸。

王子荐往前一探身，传授秘诀：“你别紧张，这种事很正常……喜欢就上，不喜欢就撤。”

袁胜男调整了一下情绪：“好吧……那个，一会儿要是我没看上，怎么脱身啊？”

“脱身？”

“这样，要是我没看上，我就假装端咖啡喝，你就赶紧打我电话说开会，我就撤。”

王子荐做了个 OK（好）的手势。

餐厅里，王子荐起身去了远处的座位坐着，还能观察到袁胜男这边。

袁胜男调整了一下坐姿，心里有些忐忑不安。

她好歹是威驰公司的老总，怎么就沦落到要相亲了呢？说实话，她此刻是真心有点后悔。这时，一个身材高大的男人走到她对面，礼貌地问道：“您是袁小姐？”声音倒是很有磁性。

袁胜男故意问道：“您是？”

“我姓杨。”男子说着，微微一笑，坐了下来。

服务员端过来两杯咖啡。

不知是因为紧张还是别的什么，两人都没有喝桌上的咖啡。

袁胜男轻咳一声：“杨先生做哪一行？”

“室内装修。”

袁胜男又不知道说什么好了，只能随口应了一句：“哦。”

“袁小姐是军人还是警察？”

“你这个猜测有什么根据么？”袁胜男倒是有点好奇。

男子笑了下：“袁小姐，别急，我就是觉得坐在你面前，你始终在审视我，眼神非常犀利……像在看犯人。”

袁胜男闻言，有些吃惊和不悦，但她还想听听下文。

突然，对方的手机响了。

男子接起电话：“喂？哦，开会？好的，我这就过去……”

男子挂了电话起身，礼貌的微笑道：“袁小姐，抱歉啊，我还有个会要参加，就先走了。”

袁胜男惊讶地张着嘴巴不知道说什么好……这原本是她要说的台词好吧？

男子很快就不见人影了，王子荐走了过来。

“人家也是带着托儿来的！”袁胜男冷脸道，说着拿起桌上的咖啡一饮而尽。想了想，又不甘心道，“岂有此理，姐哪里像警察啦？”

王子荐一看袁胜男郁闷的样子，忙说道："袁总，你别着急，其实你底子很好，就是……就是不太会打扮……"

"胡说……你说我怎么不会打扮？"

王子荐小心翼翼地说："就是……就是穿衣服没女人味儿！"

袁胜男怀疑地打量了下自己。

"这样……你要是信得过我，我来帮你改变改变，怎么样？"王子荐毛遂自荐。

看着王子荐自信满满的样子，袁胜男鬼使神差般点了点头。

王子荐带着袁胜男穿行在各个化妆品柜台，卖化妆品的促销员在王子荐的指挥下给袁胜男化妆……服装品牌店内，王子荐的兰花指快速地一通指下来，几十件的衣服便被五六个售货员满脸微笑拿在手里，等着袁胜男去试穿。

在众人热切的目光下，袁胜男头一遭胆怯了。再一看那些衣服的颜色、款式，她终于面露难色。

王子荐却不管这些，执意推着她进了试衣间。

一分钟，两分钟……十分钟过去了……

就在王子荐以为袁胜男是不是晕倒了准备去查看究竟的时候，她从试衣间出来了。

王子荐眼前一亮：这是哪位美女啊？

嫩黄的颜色衬托出她晶莹剔透的肤色，合体的剪裁完美地诠释了她优美的曲线，这套衣服再适合袁胜男不过，既体现了她英姿飒爽的一面，又适当地表现出了温婉柔情的气质。

王子荐鼓起掌来，在众人欣赏羡慕的目光中，袁胜男羞涩地微微一笑。

王子荐觉得自己的心弦突然一动，他好像看迷了眼了。

小房子里，韩雯雯像只花蝴蝶一样满屋子飞来飞去，餐厅的桌子上是她自制的蛋糕，还有沙拉，红酒，最后她点上了蜡烛。

看着自己精心准备的烛光晚餐，她很满意。

这时门铃响了，韩雯雯赶紧关了灯，屋内只有烛光的火焰，温馨又浪漫。

等打开门，李中原进来，韩雯雯突然扑上去抱住了李中原："欧巴，你回来了，我好想你啊……"

女子芬芳柔软的身体在怀，李中原的呼吸急促起来，他禁不住也回抱住女子的身体。

这哪是袁胜男那个男人婆能给自己的感觉啊！李中原满足地叹息。

第二天，一个打扮时髦，化着淡妆，烫着微卷秀发的女子踩着高跟鞋冉冉走进公司。

她的身影所到之处，一些买车、办手续的男人为之侧目……

从销售大厅走进大办公间，所有的职员们都惊呆了。

茜茜回头一看，嘴巴合不拢了："妈呀……那是我们老板吗？"

坐在接待室等袁胜男的王子荐也看傻了："天呐！真是美人不露相，露相的不一定是美人啊……我那寂寞骚动的少男之心啊……"

这天晚上，李中原和林一龙相约出来吃饭。两人面对面坐着，心情都很好的样子。

林一龙打量李中原："看你这状态，脸上透着小桃红……不是人逢第二春，就是天上掉金豆啊。"

李中原神秘地说："我跟你说，哥们儿恋爱了……"

林一龙像个算命先生似的捏着手指："山人掐指一算，是那个被你救的女孩吧？"

李中原笑着点头："哥们，这婚我绝对是离对啦。我梦想中的另一半，温柔、体贴、善解人意、小鸟依人……韩雯雯全占了。"

林一龙举瓶和李中原对碰:“恭喜啊,哥们儿,早前还替你担心呢,真想不到结果会是这样。不过,我这儿有个难事,你也替我想想办法,你一向鬼主意多。我们家马上要拆迁了。”

“呵，不易啊，终于要小家乍富啦……您这才是天上掉金豆啊。”

“是啊，可你说怎么才能多得点拆迁款呢？”

“这还有什么多得少得的？按照国家政策，算平方米数拿钱呗，国家也不会亏了你们个人。”李中原平静地说。

“理儿是这么个理儿，可是谁不想多得？要是有什么办法能多拿点，不是更好？”

“我劝你踏踏实实的吧，别想那些没用的。”

林一龙听完李中原的话，有点犹豫，也没有再说话。

吃完饭回家，李中原开门进屋，一身轻松哼着小曲换鞋。

忽然被人从身后抱住，他大吃一惊，但很快平静下来，能做这个动作的除了韩雯雯也不会有别人了。只是她是怎么进来的呢?

韩雯雯看出了李中原眼中的疑惑,道:“我偷偷配了你的钥匙……”

李中原闻言整个人都不好了:“你配我钥匙……你什么时候拿我的钥匙？”

“就咱俩吃烛光晚餐那天啊！”

“你拿我钥匙去配，怎么不跟我说一声啊？”李中原心里有些别扭，却明白她也是一番好意，语气和缓了一些，“你说，你不言不语就配了我家钥匙，我都不知道，你这冷不丁杀出来，我还以为进贼了呢！”

韩雯雯却不理会这些,她变戏法一般拿出两个包装袋,神秘地说:“欧巴，我给咱俩分别买了件礼物。”

韩雯雯将两个包装袋递给李中原一个，自己留了一个。

“我有礼物啊？”李中原有些小兴奋,刚才的不快也冲淡了许多。

他拆开包装一看，脸现疑惑："是衣服？"

韩雯雯一脸兴奋道："对啊，情侣装，你赶紧穿上试试……"

李中原拿出衣服，是韩国男人穿的那种正装类型，犯了难："这个，瘦身掐腰的……这不适合我吧？太板正修身了……雯雯，我平时除了上班都不爱穿太正式的衣服……"

"没事啦，以后你不上班的时候也穿，穿穿就习惯了。"

李中原拿着衣服在身上比："适合我吗？"

韩雯雯不由分说，就把李中原推进卧室，自己打开另一个袋子的包装。

李中原穿着新衣服从卧室里出来，各种别扭，不是扯扯衣角、就是挠挠脖领子……

韩雯雯故意先背对着李中原，然后转过来身来，惊讶地看着李中原："哇！你穿这身衣服太帅了！简直和韩剧里的男主角一样一样的，酷毙了！"

李中原还在别扭地对着镜子各种扭滋："你说的是真话吗？我怎么这么别扭，这就不是我的风格。这要穿出去，人家指定得说我一把年纪还装嫩。"

韩雯雯使出软招："哎呀，你就算是为我穿的还不行？你去诊所的时候也可以穿嘛，外面罩个白大褂，多好看呀！"

李中原对着镜子，怎么看怎么还是觉得不对劲。

韩雯雯又把自己那条公主裙抖落开，比在身上给李中原看："欧巴，我穿这个配你，你觉得怎么样？"

"嗯，你穿什么都好看。"李中原赞道。

韩雯雯欢天喜地地拿着裙子跑进洗手间。

李中原对着镜子扯扯衣领，暗想：看来是个女人啊，都妄图要改变男人。只不过有的直来直去，有的曲线救国。

韩雯雯从洗手间里出来，穿着自己新买的衣服，像个公主一样走到李中原身边。

李中原看着镜子中的自己和韩雯雯的身影："这两身衣服倒真是搭……"

"说了是情侣装嘛，"韩雯雯故意转过身来，羞涩地说，"中原，帮我把拉链拉上吧。"

李中原一愣，目光扫过去，韩雯雯后背的拉链还开着一半，露出雪白娇嫩的肌肤。

李中原脑袋一热，不禁心荡神驰，靠近一步，慢慢伸手给韩雯雯拉拉链。手却有点不听使唤，拉链在他手里略显干涩。

他的手不小心触碰到韩雯雯雪白光滑的皮肤，瞬间有点抑制不住自己，他顺势抱住女子的身体，低头亲吻她光滑如玉的脖颈…

韩雯雯要的就是这个效果，她嘴角露出得意的笑容，回身抱着李中原就吻了下去……

李中原忽然恢复了理智，一把推开了韩雯雯，他努力平复情绪："咱……咱俩……太快了吧？"

韩雯雯也脸红了，但却是被激情给烤的："你不是吧……好吧，你这个节奏倒真跟韩剧里害羞的男主一样……"

"雯雯,咱俩以后聊天,能不说韩剧了吗？"李中原有些无奈地说。

"好吧，欧巴，只要是你说的话，我都听……"

又来了！

李中原再度无语中。

袁胜男正注视着电脑，浏览几款威驰车的图片。

桌上手机响了，来电显示是：老妈。

袁胜男心里一咯噔，接起电话道："喂，妈……"

"胜男啊……听亲家二老说，你和中原挺好的，我和你爸也就放心了，不过妈还是得劝你一句，你那脾气呀……”

“好啦，妈！我知道啦，我这脾气得改改，不能老跟个火药桶子似的……您要嘱咐的我都记在心上呢，也改着呢，您就别絮叨啦……妈，我爸这几天怎么样？身体好些没？”

“你爸这几天还行，你不用太担心了，我现在每天都盯着他吃药……”

“妈，你自己也得注意身体啊，我和爱军都不在你们身边，你和我爸一定把自己照顾好……”

“行啦，闺女，我和你爸不用你操心，你放心吧！哎，说起爱军来，我还得嘱咐你一下……”

袁胜男低头签单：“嗯，怎么？”

“你得空啊，还是要多去看看你弟弟……这孩子一天到晚也不知道在忙些什么，前两天又变着法跟家里要钱，要钱倒是小事儿，关键是我怕他不学好……”

袁胜男一一应下，挂了老妈的电话，神情若有所思。

下班后，她刚走出公司大门，就愣住了。

一个外形精致的花样美男捧着花束站在公司门前。

不是王子荐，还有谁！

袁胜男很诧异：“你？你在这儿等着接谁啊？”然后左右看看，突然反应过来，吼了一句，“王小贱，你不是要对我旗下的女职员下手吧？”

王子荐神情有些尴尬，有点不好意思道：“未必是职员嘛……”

“中层主管？行啊，你王小贱……老实交代，看上谁啦？我告诉你啊，可不许因为谈恋爱耽误工作。还有，就算你做了我们的上门女婿，你也休想我给你开绿灯……你东西不过关，我照样收拾你！”

王小贱举着花看她的红唇开开合合、连珠炮似的发话，突然发现袁胜男那霸道又漂亮的模样自己是越看越喜欢。

王子荐突然上前一步把花送到袁胜男面前：“我看上的是你啊！我的女神！”

袁胜男吓得往后一退：“什么，你再说一遍？”

“我说我看上的是你——我的女神。”

袁胜男满脸惊疑地指着自己：“你找揍吧？”

“我心可对日月！”王子荐坚定地说，末了又含情脉脉地看过来。

袁胜男只觉得全身鸡皮疙瘩掉了一地，也不理他，就往自己的车子走去。

王子荐一路跟着，并不生气，反倒笑呵呵地说：“你先把花拿着。”

袁胜男开锁上车：“王小贱，你要干吗？咱俩合同都签了……你就别纠缠我了！再纠缠那个长期合作你就甭想了！”

“胜男，花是无罪的！”

王子荐话没说完，袁胜男一把夺过花，发动车子疾驰而去！

王子荐站在原地意犹未尽：“哟，骂人的样子都那么好看！”

袁胜男直接开车到了袁奋楼下，她戴着太阳镜靠在车跟前等他。

袁奋拎着打包的饭，哼着小曲往家走。路过袁胜男身边，瞥一眼，居然没认出改了装扮的老姐，还习惯性地对着袁胜男吹了个口哨：“嗨，美女！请你吃个饭？”

袁胜男气得把太阳镜一摘：“我请你吃俩贴饼子要不要？”

袁奋愣住：“老姐？”

再仔细看，辨认出真是老姐，差点摔一跟头：“哎呀妈呀……见鬼了啊……”

“会说话吗你……你找踹是不是？”

袁奋捂着胸口道：“这句话像我姐……姐，你咋换造型啦？”

“少废话！麻利儿带我上楼，等你半天了。”

袁奋掏钥匙："是是是……"

随着一声锁齿转动，房间门被打开，袁奋领着姐姐走进屋里。

袁胜男一进屋就捂住鼻子："你家什么味儿？"

她看了看，这个家简直就没有个能下脚的地方。脏衣服、臭袜子、没吃完的外卖、啃了一半的苹果、空酒瓶……都杂乱无章地散落在房间的各处。

"你这儿什么情况？进贼啦？"袁胜男边说边捡着地上的脏衣服。

袁奋将打包的饭放到餐桌上，愁眉苦脸道："姐，单身汉的日子……苦啊！"

"少废话！我警告你，消停消停啊，别整天净整那些不靠谱的营生，也别老管我和你姐夫的闲事儿。有时间好好收拾收拾自个儿，还有你这烂猪窝，赶紧找份正经事儿做。你要是继续这么不务正业，颓废下去，当心我在咱爸咱妈面前参你一本，让他们彻底断了你的经济来源！"

"我那都是为了事业啊！你说老爸和老妈啊，一天到晚望子成龙……你望子成龙你倒是给点弹药支援啊……你银子不给，我怎么飞龙在天啊？"

"屁话，那龙都是钱堆出来的？没有爸妈你早上街要饭去了。"袁胜男越说火气越大。

"他们那点支援就是本着不饿死我的原则呀……姐，我那个电影马上要投拍了，我里里外外打点，老姐，做事业，需要本钱呀。"袁奋继续苦苦哀求道。

"你那电影打前年就说要拍了。爱军啊，姐临死前能看见你开机不？醒醒吧，老弟，你干不了娱乐圈……干点正经事吧？我跟你说，你什么时候有正经事儿干了，正当的经济补助，老爸老妈绝不会含糊……别说他们，你要踏踏实实做点儿买卖，姐也绝对不含糊。你要一天没正经事，就是这个样，要弹药，要粮草，没有！好了，我走了，把你这猪窝好好收拾一下！”袁胜男一口气说完，转身不由分说往外就走。

袁奋盯着袁胜男的背影：不对劲……不对劲啊……我老姐绝对不对劲……

李中原正打算送韩雯雯离开，突然，韩雯雯停住脚步，略微不乐意：“欧巴，你真舍得让我走啊？就不想我陪陪你呀？”

“你别多想啊！雯雯，你是个好姑娘，真的，我知道。但我就是觉得吧，咱俩这感情发展得有点儿过于迅速了……我才从一段失败的感情里走出来，马上投入下一段，你得给我个角色转换的时间吧？太快，我有点儿承受不了，容易卡机……我喜欢那种循序渐进、细水长流的感情……那样的感情稳定，你说是不是？”

李中原担心韩雯雯会生气，一通乱掰，其实自己也不知道说了些什么。

韩雯雯听了羞涩一笑：“你还真是纯情！”

她突然踮起脚亲了李中原一口，然后转身就跑。

李中原愣在门口，半天回不过神儿。

突然，屋内手机响了。李中原这才回过神来，赶忙关了门，进屋接电话。

“喂，奋啊……”

“姐夫，你在哪儿呢？”

“我在家呐，怎么了？”

“我姐呢？还没回去吧？”

“我哪儿知……不是，你姐还没回……”

“姐夫，我姐受刺激了？我瞅着她有点儿疯狂……你多加小心！”

李中原一头雾水：“什么？”

李中原决定去袁胜男家看看，虽然夫妻做不成了，但还是朋友，而且两家长辈还来往着呢，真要出点事，他也脱不了干系。

楼门外，李中原急匆匆地走来，正要进楼，身后传来了两声汽车喇叭声。

他回身一看，是袁胜男的车，便又迎了出来。

袁胜男麻利地将车停进车位里，一身靓丽地从车内走出来。

李中原看着焕然一新、光彩夺目的前妻，彻底惊呆了，嘴巴张成O形……

"干吗呢？鬼鬼祟祟的……来我家楼下有事儿？"袁胜男质问道。

李中原略带惶恐："胜……胜男……你没事吧？你不是……你确定那天撞车，你没撞着脑袋？"

"你什么意思啊？找碴儿是吧？会说人话吗？！"袁胜男有点生气。

"不是，我意思是……你最近没受什么刺激？……你是走红毯去啦？威驰公司年会？"

"说的都什么呀，语无伦次的？是不是在质疑我这身衣服？"

李中原拼命点头："我太——质疑啦！"

"你们都有病吧？我就不兴换个形象了？我这样不好吗？"

"好！挺好、特好、巨好……你这真是脱胎换骨、洗心革面了啊……"李中原呆呆地说。

袁胜男摇摇头啧啧地感叹："真想不到你形容美好事物的词汇如此贫乏！"

"好好好，是我用词不当……行了，知道你没事儿我就放心啦，我走了。对了，你那腿上的伤要记得抹药啊！"

"知道啦！"袁胜男刚要走，突然停住脚，又仔细打量了一下李中原。

“哎，你质疑我半天了，我也顺便质疑一嘴啊，你今儿这身衣服可实在是不敢恭维，太不适合你了，赶紧换了吧！一把岁数就别装90后了！”袁胜男说完趾高气扬地进了楼门。

李中原愣了一下，他低头看了一眼，这才发现自己穿着韩雯雯送的衣服就跑出来了。

“我就说这不适合我……”李中原回了家，连忙将韩雯雯送给他的衣服脱了下来，他审视着镜子里的自己，眼神陷入了迷茫……

刚刚袁胜男从车上下来的样子总是浮现在脑海里。车门缓缓打开，一个身姿婀娜的女人款款地走进房间。这个女人的面容由模糊逐渐变得清晰，她不是韩雯雯……而是精心打扮过的袁胜男。她含情脉脉地看着李中原：“中原，跟我回家吧！咱们以后好好地过日子，再也不吵了，好不好？”袁胜男温柔地抱住了李中原，李中原也激动万分地抱住了袁胜男：胜男，我……

黑暗中，李中原忽地从梦中坐起：“胜男……”

李中原坐在床上，痴痴地回味起刚才的梦境，他再次陷入了迷茫：“怎么会梦见她呢？我这是怎么了？”

第六章 约会

袁胜男来医院换药，郭悦一边给袁胜男换药，一边忍不住乐。

袁胜男不乐意了："你乐够了没有？你们都怎么啦？我不就换个造型吗？瞧你们一个个大惊小怪的！至于吗？"

郭悦忍着笑："主要你这差别太大了！这可真是人靠衣装马靠鞍啊！"

袁胜男一脸不服气，白了好友一眼，道："什么意思？难道我以前的形象很不堪吗？"

郭悦继续给她包扎："胜男，要是只有我一个人这种反应，是我有问题；要是大家都这样，你就得反思啦！"

袁胜男愣住了。

突然，林一龙一路小跑进来，一脸的兴奋："胜男……听说你换造型啦？我来看看……哎哟喂，你这是受啥刺激啦？"

郭悦冲袁胜男耸耸肩。

袁胜男彻底无语了。

从医院回到公司，袁胜男就看见办公桌上一大束百合娇艳欲滴。

她本来心情欠佳，看见花不禁一愣。她有些紧张地慢慢上前抱起花，掏出里面的卡片：亲爱的女神，在我心中你就如同百合一般，盛开得圣洁娇艳。——随时等待你召唤的子荐。

袁胜男表情复杂地看着手里的花：这个王小贱……他不会是来真的吧？

沙发上，韩雯雯怀里抱着个毛茸茸的公仔正痴迷地看着韩剧。电视画面里，一个长腿欧巴正骑着摩托车载着女主角奔驰在城市的街道上，女主角的长裙子随风飘着，满脸洋溢着幸福，紧紧地抱着长腿欧巴的腰。

韩雯雯眼眶湿润：天呐……摩托车……好浪漫哦……

她不禁抱紧了公仔继续盯着电视画面，如痴如醉地畅想起来：画面里的男女主人公突然变成了李中原和自己，她抱紧了李中原，男子时不时回头深情地望着她。

突然，一阵手机铃声将韩雯雯从幻想中惊醒。

韩雯雯有些不耐烦地看了一眼来电显示，手机屏幕显示出阿莲的照片。

她接起电话："喂，阿莲？"

"雯雯，快！下楼！我就在你家楼下呢，哎，记得带着钱呐！"

韩雯雯跑下楼，就听见阿莲和出租司机吵架的声音。

原来是阿莲没带钱，正在和出租车司机周旋，她赶忙跑过去帮忙付了车钱。

阿莲一进门就把包往沙发上一放，一脸的闷闷不乐。

韩雯雯看她这副样子已经习以为常，关心地问道："怎么了？还生气呢？"

"不是跟那开车的，他也配？我气的是今天去见的那个制片人。"

"哦，看你微博了，早上不还高高兴兴见伯乐去了吗？怎么样啊？"

阿莲指着自己："就是我这样！"

韩雯雯怕激怒阿莲，小声地说："他们把你叫哪儿去了？我看那车费，不近吧？"

“南五环外！车费以后我有钱了还给你。”

“哎呀，我什么时候还指着你还我钱了。”

“不不不，雯雯，我借你的钱我都记着呢，你就等着看我阿莲出人头地那一天……等我从国外拿了奖，我指定还你钱！我加倍还！”

韩雯雯看着阿莲，灵机一动：“哎，我想起一个人来，没准对你胃口……”

送走阿莲，韩雯雯独自一人到了租赁行外。

她望着摩托车的广告牌，不禁又畅想起李中原骑着摩托车载着她风驰电掣的浪漫画面。

租赁行小哥走到门口，笑着问：“妹妹，租车吗？”

韩雯雯收回思绪，微笑着点点头，走了进去。

十分钟后，韩雯雯戴着头盔，骑着摩托车贴着马路边歪歪扭扭地行驶着，路上的行人纷纷好奇地看过来。

突然，韩雯雯一个不留神，连人带车栽倒在路边。

她狼狈地从地上爬起来，又费力地将摩托车扶起，掸了掸身上的灰尘，郁闷地想：这摩托车到底该怎么骑啊？

韩雯雯定了定神儿，重新戴上头盔，准备出发，摩托车却怎么也发动不起来了。

她抬头看了一眼路上的行人个个都行色匆匆，没人能帮忙，犹豫了一下，掏出手机拨通了李中原的电话。

诊疗椅前，李中原正拿着小钻针给病人钻牙。旁边办公桌上的手机突然响起来。李中原都没有时间扫一眼手机，侧头看了一眼妙妙。妙妙心领神会，将手机调到了静音。

韩雯雯失落地挂了电话，她瞅瞅身边的大摩托车，一咬牙索性推上摩托车继续往前走起来。推着拖车走了大半段路程后，她越来越觉得吃力，不时地停下来，喘口气儿，擦拭着额头上的汗。

前方不远处，中原牙科诊所的牌子若隐若现。

李中原正在开药单，对面坐着的男子捂着半边脸。李中原写了医嘱："回家按时吃消炎药，您这牙问题挺多，得做好长线战斗的准备。"男子拿着单子："行，反正刚忙完一个戏，怎么着下个戏开始前得把这牙看好了。"

男子出去后，护士妙妙进来收拾。李中原扬声道：下一位！

袁奋推开门，一副嬉笑谄媚的样子进来："嘿嘿，来了……"

李中原一看袁奋那个样子就知道又没好事，喊道："小叶！"

"甭喊啦，我是下午最后一个号。"

李中原坐在办公椅上，袁奋就坐在他对面黏迷糊地看过来："姐夫，我牙不疼……我头发痒痒……"

李中原看过去，发现他头发确实乱糟糟的，李中原无奈地说："我真是服了你了，什么时候花钱这笔账你算的门儿清啊，你这头发自打上次来到现在就没剪过吧？等着打土豪呢？"

袁奋一脸激动："我想让你陪着我去参谋参谋嘛，我也学我姐换个造型！"

"我的亲小舅子，你就承认吧，你喊我去是买单的。"李中原无语道。

李中原突然又想到了一个事儿，便赶紧应承了袁奋。

袁奋刚出去，李中原赶紧给林一龙拨电话，同时快速地换衣服。

林一龙接起电话："又是啥情况啊？"

李中原着急道："一龙，麻烦你件事，赶紧来我诊所，帮我拦住韩雯雯，她正奔我这儿来呢！我前小舅子在这儿缠着，我脱不开身。袁奋要是知道我偷摸离婚这事，他能讹出我一套房来你信吗？"

"我必须信……但是我正当班呢！"

李中原生怕袁奋等不及又进来："那我怎么办？"

林一龙道："得了，我给你找郭悦吧，这个时间，她应该可以。"

李中原挂了电话，出门拉着袁奋就走。

郭悦连白大褂都没来得及换，出了急诊就跑向牙科诊所。

幸亏隔着不远，郭悦到了牙科诊所的楼下，还喘息未定。

韩雯雯小姐已经大汗淋漓推着摩托车来了。

郭悦看见，赶紧迎了上去。

某高档美发厅门口，袁奋停下了脚步。李中原顺着袁奋的目光看去，扫了一眼里面气派的环境设施，再看一看小舅子泰然自若的表情，他不禁气乐了。李中原搂着袁奋的肩膀："这小刀磨挺亮啊！"

袁奋放下捂嘴的手："我现在能说话了吗？"

穿戴齐整的接待员迎了上来："二位先生好，今天想做什么发型？"

袁奋指指玻璃橱窗里的一张黄晓明照片："我就剪这款发型。"末了又搂一下美发师的肩膀以示亲热："小伙子，给我好好弄，我跟晓明很熟的，过两天还要一起开新剧见面会，发型一样也是一个娱乐新闻点，到时说不定你们美发厅就出名喽。"

李中原听了差点吐了，也不说话，窝到一边的沙发里看杂志去了。

半个小时后袁奋的头发剪完了，发型和黄晓明一样，只是和袁奋这个脸结合起来，完全不是那么回事，滑稽得很。

袁奋暴跳如雷："这理得什么玩意儿？完全不像嘛！你们怎么回事？"他很生气，开始跟理发师扯皮，闹得理发师没办法，只好说给袁奋免费烫发。

李中原也没办法，只能接着坐在这里等袁奋。

郭悦和韩雯雯一起推着摩托车好不容易进了医院的大门，两个人都累得大汗淋漓。

"真够沉的……"郭悦喘了口气，看了看这个大家伙，又扫了一眼韩雯雯娇小的个子。她真怀疑这个小姑娘是怎么把这个大家伙弄过来的了。

“谢谢你啊，郭姐！”韩雯雯甜甜一笑。

“没事，你说你这是何苦？不会骑，租啥摩托车啊。”

韩雯雯羞涩一笑：“我没想到中原不接我电话……”

“大夫都这样，尤其是牙科大夫，坐诊就是手术，手机是不能在身边的。”

两人把摩托车停在停车场，韩雯雯锁上车。

“行了，先搁这儿吧，下午李中原回来，我让他找你，你先去我那儿休息室里等着他吧。”郭悦说着，带韩雯雯往急诊室走去。

韩雯雯在休息室里等得无聊，郭悦忙着给一个个患者包扎上药，诊室门外还排着大长队。

一个患者进来，手上流着血，郭悦拿起碘酒消毒……

韩雯雯正好进来，看见这血呼呼的吓得不轻，战战兢兢站起身往外走。

郭悦看到韩雯雯脸色有些发白，但也顾不上她。

韩雯雯出来时，正好碰到一个伤得更厉害的患者，脸上身上全都是血，她立刻呼吸急促扶着墙，晕倒在地。

郭悦正忙着，一个护士跑过来喊道：“护士长，外面那姑娘晕倒了！”

“快把她扶到休息室注射葡萄糖，她应该是晕血。”郭悦指挥道。

几个护士一起把韩雯雯扶走了。

郭悦掏出手机拨李中原的电话，自语：这个女孩是真麻烦……

袁奋烫完发，还准备做个保养，拉着李中原不让他走。李中原没有办法，害怕惹恼了袁奋，他又在岳父母面前多嘴。

袁奋脑袋上包着焗油帽躺在美发椅上，优哉游哉地湿蒸。

李中原正百无聊赖，手机响了，是郭悦。

他赶紧接起电话："怎么了？"

郭悦很不高兴地语气道："你赶紧回来吧，你那小女朋友晕倒啦。"

李中原心里一惊，答应了一声，挂了电话。

想了下，他走到袁奋那儿，这小子闭着眼正爽着呢。李中原跟袁奋要自己的钱包和车钥匙，他不愿意给，没办法，李中原气冲冲地打电话给袁胜男。

袁胜男忙得都顾不上看来电显示就接起电话："喂？哪位？"

一听这霸气的声音，李中原的声音就不自觉地降了八度。

他知道袁胜男是个吃软不吃硬的角色，柔声道："胜男，求你个事儿呗？你能替我去趟三院，照顾一下韩雯雯吗？"

"李中原，你真搞笑！喊你前妻去照顾你现任女友？你是怎么想的？"袁胜男讥讽的声音传来。

一听这话，李中原有些火大了："袁胜男，我现在可是在这儿伺候你弟弟呢！我告诉你，你弟今儿下午光理个发就花掉我一千二，这我都不计较……我怕韩雯雯来见我，撞上他又生事端，这跟你也脱不了关系的，这可是你弟！我让林一龙两口子帮忙，可人家也忙啊……"

李中原的话还没有说完，袁胜男就挂了电话。

沉默了一会儿，李中原笑了，他就知道那个女人会答应的。

袁胜男挂了电话，拿起包，匆匆离开办公室。

医院里，韩雯雯正躺着输液，袁胜男坐在旁边一边照看她，一边拿着手机处理邮件。

韩雯雯一直歪着脑袋打量眼前女子的模样，她发现袁胜男变了好多：此刻的她明眸皓齿，淡妆怡人，发型也很时尚，干净利落中又透着一种女人的柔软。韩雯雯还闻到袁胜男身上还散发着淡淡的Dior（迪奥）花漾香气。

袁胜男发完最后一封邮件，把手机收起来，发现韩雯雯正定定地瞅着自己看。

“醒了？”袁胜男随意问了一句。

韩雯雯却紧张地伸手拿杯子，结果水洒了。她意识到自己失态，赶紧笑一笑：“我是着急中原还不来，那摩托车我今天就得还回去……”

“嗨，能骑一会儿是一会儿，浪漫一刻是一刻嘛……”袁胜男调侃道。

她弯腰给韩雯雯盖了盖被子，看她闭着眼睛，自己忍不住偷笑。原来浪漫就是穷折腾呀！

理发店里，袁奋走到刚结完账的姐夫身边，将车钥匙拍到他手里，丢了一句：“走了！”

李中原还来不及反应，就看到袁奋扭头趾高气扬地步出了发廊，他只能一脸无奈地跟了上去。

好不容易送走袁奋，李中原匆匆赶往他的诊所。

一分钟后，李中原送袁胜男出来，一脸感激：“谢谢你啊。”

袁胜男则摆了摆手，示意不用谢，道：“就当我补你个人情，谁让我弟那么不省心的，今天你给他花了多少钱，你给我列个单子，回头我还给你。”

“都老夫……嗨，就别那么见外了，袁奋也是我弟。”

“那好吧，对了，你找这么个弱不禁风的女朋友，不累啊？”

“跟你我也累啊，都一样！跟她是身体累，跟你是心累。反正我看出来了，这男人啊，他总得累一头儿，心累和身体累我还是愿意选择后者，至少恢复得快，心累了，就不好恢复啦。”李中原说得无奈。

袁胜男心念一动，正待说些什么。这时，王子荐的声音传了过来：“嗨。”

两人回头一看，只见王子荐正捧着一束鲜花等在台阶下。

“嗨，阴魂不散呐，你怎么知道我在这儿！”袁胜男惊讶地说。

李中原则转头问道："什么情况……这'姐妹儿'对你正式展开追求啦？"表情看不出是喜是忧。

"回去管你该管的吧！"袁胜男说完几步下了台阶。

在王子荐身前站定，袁胜男有些生气道："你要干吗啊？"

王子荐正要说话，袁胜男却不给他这个机会，扭头就走，王子荐也不生气，屁颠屁颠地举着花一路跟着。

李中原看着这一幕，心里有点怪怪的，突然就移不动脚步，不想回诊所了。

袁胜男走了几步，忽然想起什么，转身问王子荐："王小贱，我记得你车里好像有个安全头盔？"

"有啊有啊，我怕碰到打劫的，车里一直有一个……"

"去拿过来！"

王子荐二话没说，很麻利地把头盔拿了来，袁胜男一把接过，转身往回走。

"给你！"她把过头盔递到正发愣的李中原手里。

"干吗呀？"李中原的心里正不舒服呢，突然看到她转身回来，心里居然情不自禁地惊喜了一下。

"我祝你们浪漫并且安全！"袁胜男面无表情地说完这几句话就走了。

李中原怔了一下，拿着头盔边往回走：她这是几个意思啊……

李中原举着个头盔进来，韩雯雯的输液瓶都已经撤了，正坐在床上等着欧巴呢。

韩雯雯指指头盔，惊愕道："这是……"

"哦，这个，我也不知道怎么回事……"

"那不管了，走吧，我现在就带你去看看，你骑上它一定特酷！"韩雯雯兴奋地拽着李中原就走："我可以跟我的欧巴兜风喽！"

到了摩托车前，韩雯雯高兴地说："就是它！酷不酷，我挑了半天才挑中它的！"

李中原看了一眼摩托车，再看看头盔，傻眼了。

脑海里突然浮现这么一句话：我祝你浪漫并且安全！

李中原还没开口说话，韩雯雯已经抢过头盔套在了他的头上，钥匙也放到了他的手里。

"我们去兜风吧！欧巴，为了让你带我去兜风，我今天还特意穿了漂亮的长裙。"韩雯雯兴奋地原地转了个圈。

李中原看了一眼女子激动的模样，心里叹息一声，又开始觉得累了，脚步只能无奈地往摩托车那儿挪去。

在美容院门口，王子荐的车停下来。

"带我来这儿干吗？"王子荐下了车，又赶紧绕到另一边，殷勤地给袁胜男开门，神秘地说："下车就知道了。"

"你不说我不下车。"袁胜男跟他杠上了，坐着岿然不动。

王子荐无语道："真是的，人家本来想给你个 surprise（惊喜）！"

王子荐说完，不待袁胜男做出反应，把一张 SPA 会员卡放到了她手里。

"这是我特意给你办的。胜男，你听我说，那天你让我给你包装，虽然从头到脚都改变了，可是那并不全面，一个女人要彻头彻尾地改变自己，光做表面工夫，服装、化妆是不行的，还有两点……"

"还有什么？"袁胜男眼睛睁得老大。

王子荐郑重道："告诉你啊，不进美容院的女人一定不是个完整的女人。"

袁胜男举举手里的 SPA 卡："这个真的不是逼我长期合作的贿赂？"

王子荐摇摇头，表情极其真诚："这样吧，你进去体验一下，要是觉得不好，你可以把它还给我！”

袁胜男终于下了车。

这边，李中原戴上头盔，硬着头皮骑着摩托车歪七扭八地上了路，后面女子紧紧搂着他的腰。

李中原有点紧张道：“抱紧了啊，千万不能撒手啊！”

韩雯雯趴在李中原背上，娇羞地说：“知道了，你都说了无数遍了，我抱紧了，放心吧。”

她现在想的是，她的欧巴不仅浪漫，还很关心自己呀。

李中原此刻想的是，妈呀，他这辈子都没骑过摩托车，万一把人给摔伤了，他下半辈子可就完了。

所以他骑得很慢，摩托车在地上画着S往前走。

韩雯雯摸索出手机，调出照相机，要照相。突然回头看看自己的裙子，一点也没飘起来，相机里的自己和李中原挺狼狈。

“你能不能骑快一点啊，我的裙子都没飘起来啊。”韩雯雯有些不高兴地喊道。

“雯雯，我这头一次骑摩托车，你得让我有个熟练的过程啊。”

“啊？人家韩国欧巴一骑就骑得特别帅、特别酷！”

李中原快哭了：“那是电视剧行吗？咱别冒险雯雯，不能拿生命当儿戏啊。”

李中原又试着拧了几下操作键，觉得差不多了，他鼓起勇气，手上一拧把，脚上一使劲，加大了油门。

“坐稳了啊，雯雯！”摩托车终于算是跑起来了，韩雯雯使劲瞅着自己的裙子，裙子终于有些飘舞的意思了。

“哦！我的裙子飘起来了！”

李中原也兴奋起来，可是这时，他从反光镜里看到有交警追了上来。

摩托车停下莱，交警也已经赶了过来，走到李中原面前敬了个礼：“驾驶本请出示一下，先生。”

韩雯雯慌忙下了摩托车。

李中原把汽车驾驶本掏出来递给交警，暗想，得亏自己有带驾照在身上的习惯。

交警打开驾照，诧异道：“先生，您这是汽车驾驶证；我要的是摩托车驾驶证。”

“这个……”李中原呆了。

交警一看他这副表情，就知道肯定是没有。

“跟我回趟交警队吧……”

韩雯雯慌乱了：“啊？警察叔叔……”她不想去警察局啊，那是坏人去的地方。

李中原懊恼：“别说了，你也跟着走吧。”

李中原无证驾驶要被行政拘留了。

韩雯雯哭着要李中原给他好友林一龙打电话。

“林一龙哪儿摆得平啊？”李中原无奈地叹了一口气，看来只能找那个女人了。

袁胜男急得从SPA会所跑出来就往交警大队赶。这一次可是下了老本了，她甚至还搬出了自己老爸的战友——现任交警大队的大队长求情。

交警念在李中原刚刚骑车上路，从轻发落，罚款加拘留二十四小时反省。

袁胜男端起领导架势把韩雯雯训斥了一顿。

韩雯雯很不高兴，觉得袁胜男完全是在嫉妒。

李中原在警察局拘留了二十四个小时，这一夜真是凄惨得不行。

第二天早上，袁胜男带着韩雯雯一起去接李中原。

李中原在警察局里待了二十四个小时，十分疲惫，他出来的时候，看见韩雯雯穿着一条碎花长裙，手里还捧着一束鲜花。

他此刻心里不知道是什么滋味……

转眼又看到袁胜男一脸平静地站在旁边，他的心不自觉就稳了下来。

“昨晚睡得好吗？”袁胜男一脸似笑非笑。

“唉，怎么可能睡得好……”李中原看出了她的嘲讽，但他此刻连斗嘴的心思都没有了。

袁胜男没再说什么，直接走向车子。李中原也紧跟着走过去，从始至终没有搭理韩雯雯。

韩雯雯见李中原一直没有搭理她的意思，不开心地也跟着上了车。

车上，袁胜男拿出了剃须刀，递了过去。

李中原心里十分感激，连忙说：“我出来之前还在想，应该怎么办，我都想去买一个，没想到你给我带来了……”

袁胜男很自然地说：“你毛发不是多嘛，一宿不刮就变张飞！”

李中原傻乐了下，赶紧对着镜子把胡子刮干净了。

身后韩雯雯看得两眼都要冒火。

袁胜男随后递来了面包和矿泉水：“吃点东西吧。”

李中原也不客气，接了面包，狼吞虎咽地吃起来。

韩雯雯一直看着袁胜男和李中原的互动，想要插话，却发现插不进去，十分委屈又窝火。

袁胜男开车送李中原回了家。

李中原下车，发现韩雯雯在身后捧着花哭了。

他不解：“你怎么了？”

“你都不跟我说话。”韩雯雯继续哭着说。

李中原接过韩雯雯的花，无奈地说：“你觉得我还有心情说话吗？”

“中原，你是不是生我的气？”

“哎，没有，只是以后，浪漫也不是非要这样玩的，以后可不准这样了。”说完捧着花往楼上走。

韩雯雯听李中原说没有生她的气，瞬间高兴起来，说：“好！”她几步上前，开心地挽着李中原的手。

“我得换身衣服，我还要去诊所。”李中原道。

韩雯雯心疼地说：“今天别去了，你休息一天吧。”

“不行，诊所还有好多病人等着呢。”

诊所里，李中原整整忙了一天。

下班前李中原接到林一龙的电话，说他们两口子晚上要请他吃饭，给他压压惊。

晚上，在包间里，林一龙、郭悦和李中原三人坐在桌子前，并没有准备点菜。

李中原疑惑道：“还要等谁吗？”

郭悦连忙说：“我叫了胜男。”

这时，袁胜男走了进来，刚坐下就说：“我没有迟到吧？”然后抬腕看了看手表，“七点五十分。”

四个人开始点菜。

袁胜男问了一句：“不等别人了啊？你家‘林黛玉’不来么？”

李中原还没有说话，郭悦说道：“来什么来啊，万一哪句话说得不合适，又开始哭哭啼啼的，我可招架不住。”

李中原听了这话闹了个大红脸。

服务员开始上菜，郭悦举起杯对袁胜男说：“这次多亏了胜男，要不是胜男遇事冷静，还不知道这事会怎么样呢，那个韩雯雯除了会哭，还真是啥都不会。”

李中原也连忙举杯道：“胜男，真是太感谢了，为你点赞！”

袁胜男笑着说："大家好歹还是朋友，有事儿我当然会帮的。"

四人说说笑笑吃完饭，袁胜男送李中原回家。

李中原下了车，看了一眼车上的女人，想要说什么又不知道说什么好。

正在这时，袁胜男摇下车窗笑了下，道："早点休息，昨天都没休息好，今天还喝了酒。"

李中原点了点头，嘴唇嚅动了几下，最终还是什么都没说，只用一副若有所思的表情目送袁胜男的车子疾驰而去。

李中原上楼的时候，不由自主地想起了今天早上袁胜男为他做的一切。在他最需要人照顾的时候，袁胜男都知道他心里的真正需要。可是韩雯雯却是捧着一束花站在那里，末了还责怪他没有陪她好好说话。他摇了摇头，叹了一口气：这女人，还真是没有完美的。

李中原回到家，发现韩雯雯的鞋子在，他皱了皱眉。

韩雯雯看见李中原回来了，立刻迎上来："你回来啦，我给你做了西餐，还给你煮了拉花咖啡。"

李中原郁闷地说："我不饿，我刚吃了饭，晚上喝咖啡容易睡不着，我现在就想休息，很累了。"

韩雯雯听了李中原的话，很不高兴，开始哭起来："我给你准备了两个小时，你却一点不领情，你说，是不是还在生我的气？"

李中原看见韩雯雯哭了，有点慌起来："没有，那我喝还不行嘛……"说完一口把咖啡喝下了肚子。

韩雯雯看男子喝了咖啡，很满足，嗲声道："喝这么快，真是的，一点也不知道享受。"

晚上，李中原躺在床上，脑子里一直想的是袁胜男做的豆角焖面，想着想着，开始咽口水。

郭悦和林一龙两人在家里吃着饭，郭悦突然想起来一件事，对老公说："对面王大爷的媳妇刚生了孩子，他们家又添了一口人，这样拆迁款又多了。从上次拿着通知，我就说了让你想想办法，多打听打听，你打听了吗？你想了吗？你根本就没有那根筋，只等着吃亏。"

"人家中原说了，还是老老实实该拿多少拿多少，别想那些没用的。"

郭悦听了这话有点生气："你光指着中原干吗，你自己是干吗吃的？一个大男人连这点办法都想不出来，还行不行了你？"

"你说事儿归说事儿啊，别上纲上线！"林一龙也生气了。

"谁上纲上线了，我说的是事实！"郭悦不高兴地说。

"你自己在家想吧！不可理喻！"林一龙起身摔门而出。

林一龙做手术的时候，又想起了和郭悦吵架的事情，心情很烦闷，总集中不了精神。

下了手术台，林一龙坐在凳子上满腹愁闷。

小护士突然跑过来："林大夫，34 床刚刚手术的病人渗血了，主任喊你过去呢。"

李一龙一听慌了神，连忙跑过去。

"林大夫，你做手术也不是一天两天了，怎么这么低级的错误也能犯？"主任一脸失望地摇头。

林一龙羞愧地低下头："我以后一定会注意。"

"好了，这两天别上手术了，好好休息吧。"

"好的，主任！"林一龙郁闷地回答。

一会儿郭悦跑了过来："手术出意外了？怎么回事？"

"还不都是你害的，整天拆迁款、拆迁款的。"

郭悦听了不解："你什么意思？"

"没什么意思，我要和你离婚！"说完林一龙起身走了。

郭悦在背后咬牙切齿道："你敢！"

李中原想起了昨天晚上脑海里浮现的豆角焖面，打算自己跟着网上的菜谱，一步一步地学。

这时，韩雯雯进屋了，找了一圈没找着她的欧巴，探头看了下，好小子，居然在厨房！

她跑过去，一脸好奇地问："欧巴，你在干吗呀？""

"做豆角焖面。"李中原头也没抬道。

"哦。"韩雯雯郁闷地应了一声。

李中原这边正在专心致志地学着做面，突然发现家里没有醋了，于是出了厨房道："雯雯，我出去买瓶醋，你帮我看着面。"

李中原买了醋往回走，想起自己将要完工的豆角焖面，越想越兴奋，食欲大增。

回到家，进了厨房，却发现面不见了，他傻眼了，疑惑道："雯雯，我的面呢？"

"我给你倒垃圾桶了。"韩雯雯一脸若无其事地道。

李中原一听这话急了："你怎么把我的面倒了啊？"

"吃面不健康，我给你做了营养餐。"韩雯雯说完把她做的营养餐放到了桌子上。

李中原忍着一肚子火气，道："好。"

韩雯雯也不管他吃不吃，就满意地出了门。

韩雯雯刚一出门，李中原火大地扫了一眼桌上的所谓营养餐，这都是些什么嘛：冷的，生的，好像还能看到血丝……

他把营养餐一股脑倒进了垃圾桶，准备自己再做一碗面，这时电话铃响了。

李中原接了电话，就听林一龙说："出来喝一杯？"

饭馆里，林一龙看好友一脸饿相，疑惑不解道："怎么，你也没饭吃？你的'林妹妹'没给你做饭？"

“别提了，我就想吃个豆角焖面，她来给我倒垃圾桶了，非要逼我吃兔子菜。”

李一龙听完李中原的话叹了一口气。

李中原看了好友一眼：“怎么了？”

“今天手术出了点意外，这几天都不能上手术台了。”

李中原听完吓了一跳：“这是怎么了？是不是最近没休息好？”

“唉，要不是郭悦整天在我耳边说拆迁款、拆迁款的，我就不会在手术台上慌神，我说了要跟她离婚。”

李中原听罢，摇了摇头，他喝多了酒，此刻有些犯晕：“唉，离婚这事啊，当时觉得过瘾，着急摆脱集中营生活。现在想想，其实挺欠考虑的……所以，一龙，你以后和郭悦别老是动不动就提离婚，那离婚是……”

李中原突然眼前一亮：“你说你和郭悦要是离了婚，是不是就等于两户？两户是不是就能多分一份拆迁款？”

林一龙皱着眉说：“这样也行？”

李中原醉醺醺地回了家，发现韩雯雯正坐在家里哭。他突然有些烦，曼声道：“又怎么了？”

韩雯雯哭着说：“你为什么把我的营养餐倒了？”

李中原看着她哭哭啼啼的模样，心里就更烦闷不堪了。

“我就不喜欢吃兔子菜，只想吃豆角焖面。”

韩雯雯听了这话哭得更厉害了：“我知道，这是你前妻的拿手菜，你就是想你前妻了，所以才倒了我的菜。”

说完这些话，韩雯雯也不等李中原有所反应，两手一抹泪，边哭边跑出去了。

李中原看着这个女人真是觉得有点莫名其妙。

第二天早上，李中原刚起床，就听见门铃响。

他打开门发现是韩雯雯，又开始头疼了：“是你啊。”

韩雯雯进了门，眼睛还是红红的。她走到饭桌前把一个饭盒打开，满脸微笑地望向李中原：“欧巴，这是我给你做的豆角焖面。”

李中原看着桌上的面，诧异地说：“你做的？你的眼睛怎么这么红？”

韩雯雯不好意思地躲开目光：“昨晚回去做面，发现还挺难做的，就折腾了一个晚上。”

李中原听了，情不自禁地抱住韩雯雯：“对不起啊，雯雯，昨天晚上喝了点酒，说话不太好听。”

“没事，你不生气就好，但是你不能只吃面，要搭配着其他的吃，我这就去厨房看看缺什么东西。”韩雯雯说完就往厨房走去。

李中原愣在原地，心想：这是以退为进啊！又想这样的女人虽然矫情点儿，但她一门心思想着你，也挺好的。不就是生活能力差点吗？喜欢管着我点儿，可是总比袁胜男管得松吧？以前不就求能找个管得松点的嘛。也该下定决心啦，人家都不介意你是二婚头，你还有啥不满意的？以后对韩雯雯好点儿吧。

第二天，林一龙去医院找郭悦。

郭悦看见他，没好气地说：“不是要和我离婚吗？”

林一龙一听这话，连忙小声道：“小声点，别让其他人听见，跟我出来。”

说完，林一龙拉起老婆找了一个没人的地方，犹犹豫豫地跟她转述了昨晚喝酒时李中原的话，说离婚能多拿一份拆迁款。

郭悦一听，眼睛一亮：“那就去离婚啊！”

林一龙犹豫地说：“不太好吧？”

“怕什么，就说我出轨了，感情不和，要离婚，等拆迁款下来，我们就复婚。”

林一龙还在犹豫。

郭悦催促道:“拿钱就复婚。”

第二天，两人就准备了证件去民政局办理离婚。

郭悦这会儿突然有些不安了，总觉得要出事一样，决定去找李中原做证人。

李中原听说两人真的要离婚，急眼了:“你们这办的是什么事啊！我，我那天晚上是……我是喝多了！那说的都是玩笑话……你们俩怎么能当真？”

“哎呀，现在不管是不是酒了，你这办法是好办法呀！眼下也就这个办法能迅速解决我们的难题了！”郭悦说。

林一龙恳求地看着李中原。

李中原脑袋摇得像个拨浪鼓:“不行不行，我压根不赞成你们这么干！更别提见证什么了！”说完李中原生气地走了。

郭悦没有办法打算，给韩雯雯打了电话。

结果韩雯雯听了郭悦的话，十分生气:“郭姐，您别说了，要我说你们也别怪我欧巴不同意帮你们，明明是你们自己的事儿，非得牵扯外人……再说这事儿也忒俗了！你们怎么能为了金钱而牺牲神圣的婚姻呢？我特别不能理解，真的！”

袁奋最近刚追上了一个女孩，结果女孩识破了袁奋的谎言，骂了袁奋一顿。

袁奋心里非常郁闷，决定不能颓废了，于是打电话跟自己的妈要钱。

邱月梅接了电话，一听袁奋又是要钱:“爱军！妈这回真得说你两句了，你最近这钱花得可是有点儿过了啊……”

“哎呀妈！我不是跟您说了嘛，我正运作电影项目呢，现在正好进行到关键阶段，需要一大笔钱！如果这资金跟不上，那你儿子之前那些努力就白费啦！我就前功尽弃啦……”

“行了！你快别蒙你妈了！什么电影项目？从你开始说，这都运作三年了，我钱可是没断了支持你，到现在，这电影儿呢？你剧本有了吗？我什么也没见着！你姐前儿还打电话跟我说呢，说你又去讹你姐夫啦？就理个破头，花了你姐夫一千多？你那什么金贵脑袋啊……你说你这花钱大手大脚的毛病，什么时候能改了？你就这么个花法，妈给你多少钱也不够花啊！”

袁奋听了家里不会给钱，十分郁闷，这时，房东又打电话来催房租，袁奋没有办法，打算去找袁胜男。

袁胜男办公室里，郭悦正拉着袁胜男，一脸焦急："胜男啊，我真是没办法了才想到来找你的，我知道你和李中原现在的关系有点儿尴尬。但是，我看得出来，你还是能震得住李中原的……"

袁胜男又摇头又摆手道："不行，郭悦，我……"

"哎呀，胜男你行的！你相信我，你的话在李中原那儿还是很有分量的！他绝对听你的！"

"你快别逗了！我的话哪儿还有什么分量啊？以前他就不怎么听我的，更何况现在我都已经不是他老婆了，人家就更不可能听我的了！"

办公室门外，刚要进门的袁奋隐隐约约听到这话顿时大惊。

袁奋激动地冲进屋："姐！你刚才说啥？你怎么就不是李中原老婆啦？"

袁胜男和郭悦都惊得站了起来："袁奋，你怎么在这儿？"

"别打岔，说清楚！"

袁胜男连忙说："你真的听错了，不信你问郭悦"。

郭悦连忙点了点头。

"不对，我肯定听见了，你说不是谁老婆……"袁奋努力回忆刚才的情景。

袁胜男更加慌张了，看了郭悦一眼，郭悦也紧张得说不出话来。“那个，是你悦姐，是你悦姐要离婚。”

郭悦一听，反应了过来：“对，是我要离婚。”

袁奋还是不相信，接着说：“怪不得那次我在网上看见你的征婚信息……”

这时王子荐走了进来：“是真的误会了。”

“你谁啊？”袁奋皱着眉。

袁胜男看见王子荐进来，又是大惊：“王小贱，你怎么来了！”

王子荐一脸苦笑，故意摇了摇头，指着袁奋道：“这是你弟弟？”

“怎么了？”袁奋不满地说。

“我是你姐姐的工作伙伴，加上好闺密王子荐。”说完往袁胜男那里扫了一眼，“是吧，胜男。”

袁胜男一脸茫然地点了点头。

王子荐接着说：“那件事，都怪我，前几天你姐夫和你姐姐吵架，我就想刺激一下你姐夫，就把你姐的信息发到网上了，为此你姐还骂了我一顿。”

“真的？”袁奋怀疑地问。

“真的，不信你问你姐，不过，因为这个事情，你姐姐和你姐夫的感情变得更好了。”

袁胜男点了点头。袁奋看了两人一眼，还是觉得不对劲。

郭悦和王子荐看局面差不多控制住了，走出了办公室的门。

袁奋还没开口，袁胜男先开了口：“事先声明一下啊，你要是打算跟我借钱，那你现在就可以转身、开门、get out（离开）了！”

“别啊，姐……”袁奋还没说完，袁胜男起身就要走，他赶紧跟了上去。

袁胜男上了车，车门一锁，踩了油门就走。

袁奋立刻打了一辆车，对出租车师傅说："跟着前面那辆车。"

袁胜男开车来到了李中原的诊所，袁奋也跟着进来了。

袁胜男是为郭悦的事来找李中原，两人在休息区低声地说着话。

"喝点酒就找不着北了，你瞧你给林一龙出的馊主意，还假离婚，亏你想得出来！你这不坑人嘛！这回好了，他俩真认真了！"袁胜男埋怨道。

"我刚才不都说了嘛，我那天喝多了，哪儿想得了那么多啊，顺嘴就秃噜出来了，谁知道他俩会当真啊。"

"所以你以后就别喝那么多酒，"袁胜男忽然意识到两人已不是夫妻，停顿了一下，"算了，说到头这都是你自己的事儿，我现在也管不着了。我就问你，这事儿你打算怎么收场？"

李中原叹了口气，不知如何回答。

"反正今儿郭悦来找我了，非让我来劝劝你，让你一定得管他们这事，你说你怎么办啊？"

李中原懊恼地挠挠头。

"我的意思是这个见证人啊，无论他们怎么求你，你都不能做。别因为磨不开面子，就违心答应，过后又反悔，你好干这种事儿！"袁胜男说道。

李中原心服口服地嘿嘿一乐："是是是，还是你了解我。"

诊所角落，袁奋听了两人的谈话若有所思地琢磨着。

袁胜男说完话就走，袁奋连忙追了上去："姐，你和姐夫不太正常啊。"

袁胜男看见袁奋跟了来，头都大了："怎么不正常了？"

"你们俩原来说话没那么客气啊！"袁奋怀疑地说。

"我们俩感情好，我告诉你袁奋，你别去烦你姐夫，你姐夫忙着呢。”说完袁胜男开车走了。

袁奋越想越觉得有问题，于是冲进了李中原的办公室，笑嘻嘻地道：“姐夫。”

李中原看见来人，只感觉头又大了：“天呐，你怎么又来了？”

“怎么，姐夫你不欢迎我来啊？”

“又有什么事啊？”

“姐夫，我是来跟你谈项目的，你给我电影投点资金呗。”

李中原迅速摇摇头：“奋啊，你一番好意姐夫心领了，我俗人一个，玩不起艺术！”

袁奋又开始装可怜：“姐夫！我求你别再残忍地拒绝我了！你弟我这一天挨老撅了！先是老娘撅，之后又是老姐撅，现在你又要撅我……你说你们还让不让我活啊！刚刚房东大姐还打电话威胁我，说我再不交房租，她就要把我扫地出门！这真是天地之大，却没有我袁奋安身立命之处啊！”

袁奋说着说着就悲从中来。

李中原无语，慌忙掏出钱包：“来来来，你先别嚎，你先告诉我房租多少钱？”

“三千，啊，不对，涨了！这次房东特缺德给我涨到四千了……”

“行，四千是吧？”李中原掏出钱来点好，拍到袁奋手里。然后推着他就往外走：“咱就别唠了！我这病人马上就来……”

两人刚到门口，门突然被推开。韩雯雯拎着一个袋子，一脸高兴地说：“欧巴！我给你送营养餐来喽！”

李中原和袁奋同时望向韩雯雯，一个表情惊恐、一个表情惊讶。

“哟，奋哥也在啊？”

袁奋惊讶地看看李中原，又警惕地瞅瞅韩雯雯：“你刚才喊我姐夫啥？”

韩雯雯愣住了。

李中原赶紧解释："嗨！雯雯她哈韩，她见谁都这么喊！"

"还真巧了！我也哈韩！可我知道韩国姑娘一般只对自己的男朋友才喊'欧巴'啊……"

李中原脑子飞速运转："你听错了吧？雯雯她那是牙疼，她刚刚喊的是'哦，疼'，是吧，雯雯？"李中原求助地望向韩雯雯。

韩雯雯白了李中原一眼不说话。

"哟哟哟——瞅瞅你俩这藏不住暧昧的小眼神儿……"袁奋像是抓住了大机密一样兴奋地说。

李中原慌忙打断："你别胡说啊！什么暧昧啊……我们……就是友谊！纯洁的友谊！人家雯雯能看上我这个有妇之夫吗？是吧，雯雯？"

韩雯雯低头继续不说话。

袁奋将李中原拽到一边低声说："行了，姐夫，先不管你俩是什么关系，总之你和我姐之间肯定有事儿！说说吧，你们俩到底是谁出状况了？"

"我说你是不是特盼着我和你姐出事儿啊？你怎么就不想我和你姐好啊？"李中原有点生气了，于是去翻袁奋的兜。

袁奋连忙闪开："行！姐夫！你和我姐啊，你们俩就玩吧，回头哪天玩出点儿什么事儿来，你们就老实了！"

李中原可不管，上前又要掏袁奋的兜："钱还我！"

袁奋慌忙逃出诊室："爷闪喽！"

袁奋走了，韩雯雯和李中原之间的气氛有点尴尬。

韩雯雯很不开心地把饭盒放在桌子上。

李中原看着韩雯雯，故意笑了下，道："怎么了？这小脸儿阴的。"

韩雯雯沉着脸说："没事儿！"说完眼圈红了，开始流泪。

李中原看韩雯雯哭了，赶紧道：“这是怎么了？”

“你是不是不爱了我了？在外人面前为什么要隐瞒我们的关系？”

“哎，袁奋不是胜男的弟弟嘛，他要是知道了，我们全家就都知道了。”

韩雯雯哭着说：“那你们的事情什么时候才能讲清楚？”

“这不……袁胜男的爸爸还病着，现在还不是时候，会有机会的，不哭了，你不是给我带饭来了嘛，我饿了。”

韩雯雯听了，这才把注意力转移，赶紧把带来的营养餐一一摆出来。

她看见李中原吃了饭，心情才变得好了起来。

另一边，袁奋欢欢喜喜地推开了包间门。门一打开，他就被镇住了，只见眼前的投资大哥顶着油光锃亮的光头，脖子上戴着大金链子，胳膊上还有文身，身边站着几个保镖小弟，完全是黑社会老大的派头。

袁奋愣了一下：“我，走错了？”

大哥一看袁奋，不冷不热道：“你就是毛头的兄弟叫袁奋的吧？”

袁奋一听，还真是找他的，赶紧迎了上去。

大哥和袁奋谈了要投拍电影的事情。

袁奋小心问道：“哥，你打算投多少钱？”

大哥一脸不高兴地看着袁奋：“怎么，你觉得我投不起？”

说着就让身边的人拿出一个箱子来，箱子打开全是钱：“这些钱够看一个剧本了吧？”

袁奋看见钱眼睛都直了，连忙说：“够了，绝对够，马上就能让您看到本子。”

袁奋心想真是走好运了，遇见一个大土豪。

医院食堂里，林一龙正在吃饭，郭悦走过来：“别拖了，赶紧把离婚协议书签了吧。”说完把离婚协议书甩在了桌子上，气呼呼地走了。

林一龙尴尬地看着郭悦的背影。

旁边的小护士开始议论纷纷。

林一龙出了门，门外郭悦笑嘻嘻地对他说：“怎么样，我演得像吧？”

林一龙讶异地看着郭悦。

郭悦这会儿还在说：“不这样能让别人相信我们是真的离婚吗？”

林一龙站在那里不说话。

袁奋拿了钱，但是压根就没有剧本。这天，大哥领着一群人来到袁奋的楼下，袁奋一看情形不对，立刻往袁胜男那里跑。

袁胜男知道了这件事，第一时间拿起电话准备报警。

“姐，你千万别报警啊！”袁奋哀号道。

“都找到家门口了，还不报警，”袁胜男看着袁奋怂包的样子，皱着眉说，“你是不是拿了钱压根没给剧本啊？”

袁奋低着头不说话。

袁胜男火了：“那你的剧本呢？”

“这不还没写好吗？”

“那钱呢？”

“我花完了啊。”

“你！”袁胜男气得说不出话来。

袁奋带着哭腔说：“姐，你不能见死不救。”

袁胜男没办法让袁奋跟她回了家。

一进家门，袁奋左右四顾，跟耗子似的，然后转脸问：“姐，我姐夫呢？”

袁胜男心虚地说：“在，在加班呢。”

“大夫还加班啊。”

袁胜男赶紧躲在房间里给李中原打电话："中原，袁奋要来家里住几天，你能不能回来住几天？"

"怎么突然要来住，出什么事情了？"

"他遇上麻烦了，我害怕我这边露了馅。"

"好的，我马上回去。"李中原挂了电话。

袁胜男打电话的时候，李中原正在和韩雯雯亲昵地看电视。

韩雯雯听到了两人的对话，有点不太高兴。

"雯雯，我得去袁胜男那里，袁奋过去了。"

"不能不去吗？"

"我们说说好了互相要配合的，上次我父母来，她也配合了，这次我也得帮她啊，我走了，自己在家里好好吃饭。"李中原说完起身想要离开。

韩雯雯突然捂着肚子，一脸痛苦状："我肚子疼。"

"怎么了，雯雯，没事儿吧？"李中原关切地看着韩雯雯。

韩雯雯说："我例假来了，肚子疼，要是没人在身边我晕过去都没人知道。"

李中原没有办法只能又打电话给袁胜男："雯雯身体不舒服，我过不去了，你就说我出去学习了。"

袁胜男无奈地挂了电话。

第二天，袁奋跟着袁胜男去公司上班。

袁奋在办公室里跟袁胜男的"女兵"们聊得正开心，没有注意后面没有凳子，差点一屁股坐下去，忽然身后有人扶住了他。

袁奋转脸一看，是王子荐扶住了自己。

王子荐提拉着袁奋，另一只手把椅子拽过来塞到了袁奋屁股底下。

"哟，谢谢，谢谢。"

王子荐兰花指一翘，妩媚一笑："不谢！"

“你们呀不可以这么腹黑的……”王子荐说完扭滋扭滋奔袁胜男办公室去了，众女兵窃笑。

“嘿，他干吗的？怎么直眉瞪眼就进去了？”袁奋问道。

“广告客户！”

“他喜欢男的吧？”袁奋心想。

看王子荐进了办公室，袁奋也跟着进去了。一进门看见王子荐正嬉皮笑脸地对袁胜男献殷勤，他气愤地问：“你是不是看上我姐了啊。”

袁胜男一愣，对袁奋道：“你瞎说什么呢？王总对哪个女的都这样。”

王子荐听了袁胜男的话有点不太开心：“我对你可比对别人好一百倍。”

“我姐可是有夫之妇啊，你可不能做第三者。”

袁胜男附和道：“我和我老公感情很好。”

袁奋看了袁胜男和王子荐的反应，感觉怪怪的。

李中原下班后，不放心袁奋的事，决定去看看。

他到了袁胜男的公司楼下，看见她的车刚开走，于是跟了上去。

李中原发现有三辆车跟着袁胜男，皱了皱眉，看来是出了事情。

这时，袁胜男也发现不对劲了，冷眼看了下后面道：“袁奋，后面有车跟着咱们。”

袁奋一听回头一看，可慌了：“可能是那帮人，姐，怎么办？”

“慌什么！”袁胜男的车技真不是盖的，只见她不慌不忙地开着车左冲右突，一个小时不到，三辆车都甩掉了。

只是没想到，袁胜男到家的时候，那伙人居然也到了。

袁奋在车上看见了大哥，腿有点软。

“你找袁奋？”袁胜男瞄了一眼弟弟那没出息的样儿，先下了车。

“对，你是谁？我找袁奋要剧本。”带头的大哥看到袁胜男一身金领打扮，气质超群，眼都直了。

袁胜男冷冷道："我是袁奋的姐姐，他欠你的钱我会还。"

"我不要钱，我只想看到剧本，不给我本子我就废了他的手。"

这时李中原穿着跆拳道黑带的衣服走过来："大哥，有什么事情冲着我来，这是我媳妇和我小舅子。"李中原说着还有意无意地摆出了几个高难度的姿势。

大哥身边的小弟突然附耳道："大哥，这黑带是跆拳道最高的段位，很厉害的。"

大哥听了皱了皱眉。

袁胜男见机赶紧言道："大哥，你看，我把钱还给你，这件事情就算了吧。要是闹大了，对谁都不好，是吧？"

大哥一听美女给了他一个台阶下，也就答应了。

"好，你们跟着我去取钱。"袁胜男领着那群人走了。

袁奋看见姐夫出现，连忙下车来阿谀道："姐夫，你太厉害了！你也教我比划比划啊。"

李中原一脸恨铁不成钢："奋啊，你以后能不能别惹事情，这回把你姐也牵扯进来了。"

袁奋不好意思地笑着，却又突然反应过来："姐夫，你学习回来了？怎么也没有行李？"

"就三天，没带什么。"李中原答道。

韩雯雯下班去了李中原的诊所，听护士说李中原的小舅子出了点事，立刻想到李中原会去袁胜男家。她立刻往那边赶过去。

袁奋和李中原两人正要上楼，韩雯雯却突然出现在背后，喊了一声："中原哥。"

李中原回头看到韩雯雯，愣住了。

"哎，日范儿小美女，你怎么又来找我姐夫了？"袁奋倒是一脸感兴趣的样子。

“你？有事？”李中原看着韩雯雯心虚地说。

韩雯雯看着李中原羞涩地笑：“我去诊所找你，你不在……”

李中原灵机一动，赶紧上前：“啊，对了，我刚想起来，你上次说要给袁奋介绍个编剧是吧？你找着了？哎呀，你看这事我给忘了。”

“真的，你给我找到编剧啦？谢谢你啊，美女。”袁奋高兴极了。

李中原偷偷朝韩雯雯挤眉弄眼：“韩小姐真是靠谱，说介绍就给介绍。”

韩雯雯气不打一处来，李中原推着她往一边去，离袁奋远远的。

袁奋看着这一幕，又忽然想起今天王子荐和袁胜男的表现，摇了摇头。心里说：哼，这里面绝对有问题！

袁奋正想得出神，袁胜男从远处走了来，一眼瞅见了弟弟鬼鬼祟祟的举动。

袁胜男怕穿帮，故意喊了一声：“袁奋！干吗呢？”

袁奋不禁被吓了一跳，捂住胸口：“姐！吓死我了你！我以为那帮人又回来了呢！”

袁胜男拽着弟弟就走：“走，回家！”

李中原和韩雯雯被袁胜男这一嗓子也给惊到了。李中原故意大声道：“韩小姐，那找编剧的事儿就麻烦你再多操点儿心啊！我家袁奋着急！谢谢啦！”

韩雯雯脸色铁青，小声说道：“李中原，你就演戏吧你。”

李中原则推着她往相反方向走，小声说：“你先回啊，先回！回头我再跟你详细解释！”

韩雯雯心里生气，又不好发作，只好说道：“李中原！我限你半个小时内到家！”

李中原松了一口气，转身追袁胜男和袁奋去了。一进门，就看袁胜男正在训斥袁奋。李中原也附和道:“奋啊,以后你可长点心吧！”

袁奋听了这话，立刻说道:“我还没说你呢，姐夫，那个日范儿小美女到底怎么回事？你和我姐最近不太正常。”

袁胜男一听立刻火了:“说你的事呢，扯到我和你姐夫干吗，我们俩好着呢，你的问题解决了，时间不早了，赶紧走。”

“姐，别啊，我就住一晚上。”袁奋哀求道。

袁奋还没说完，就被袁胜男推了出去，门也关上了。

袁奋在门外大叫:“总有一天，我会抓住你们的尾巴。”

第七章 伪装

过了好一会儿，李中原才从家里离开，刚一出楼道就听见袁奋的声音："姐夫，你去哪啊？"

袁奋一句话，吓出了李中原一身冷汗。

袁奋本来是在想要不要回去住，结果就看见李中原从家里走了出来。

"我去小房子拿点东西。"

"我陪你去吧。"

"不用，不用，我突然想起来，不是很重要的东西，我回去了。"

"要不，姐夫，我去那里住一晚上吧。"

"这哪行，回家吧，你看你姐，怎么这么狠心呢？"说完李中原拽着袁奋回家。

一进门，李中原先声夺人："胜男啊，袁奋非得去小房子住一晚上，这哪行啊，那里什么都没有，就让他在这里住一晚上吧。"

说完瞥了袁胜男一眼，袁胜男没有说话白了他一眼。

韩雯雯这会儿正在李中原家里眼巴巴地等着。突然手机响了，一看是李中原打来的，她高兴地问："中原，你什么时候回来？"

"那个……雯雯，这边出了点情况，我今天晚上不回去了，你早点回去休息吧！"李中原蹲在卫生间里悄悄地给韩雯雯打电话。

“怎么回事？不是说好了回来的吗？我不管，你必须回来。”

“雯雯，我明天一早就回去。”

“我肚子疼得厉害，你回来吧。”韩雯雯眼泪都要出来了。

“姐夫，你干吗呢？”袁奋突然推开了卫生间的门。

李中原吓了一跳，立刻挂了手机。

韩雯雯听见电话挂了，一个人坐在沙发上流眼泪。

袁奋走进厨房，凑到袁胜男跟前，神秘兮兮地说：“姐，跟你反映个情况。”

袁胜男心烦：“有事儿说事儿，没事出去。”

“我姐夫刚刚在洗手间偷偷打电话，绝对是个女的，你不知道，姐，我一进去，姐夫吓得脸都白了。”

袁胜男白了袁奋一眼：“无聊！”

语毕端着面出了厨房，将面摆到餐桌上。

李中原从洗手间走出：“袁胜男，管管你弟！越来越没六儿了，人家上厕所呢，他门也不敲，直接就冲进去，这也太没礼貌了！”

“谁没礼貌啦？！都是一家人，拘什么小节啊！”

袁胜男听见两人你一句我一句真有点心烦，她也不知道是烦李中原打电话，还是烦袁奋的小报告。索性一摔围裙，吼道：“都给我闭嘴！我告诉你们，今天晚上我有很重要的企划书要看，你们俩谁要再来烦我，谁就给我滚！我的脾气你们都知道！我话不说二遍，吃完把碗给我洗干净！”说完气哼哼地进了卧室。

李中原看了看袁奋，一脸无奈，耸耸肩：“你就非要惹她。”

袁奋缩了缩肩膀，姐姐一发飙，弟弟真害怕。

吃完饭李中原蹑手蹑脚进了卧室，赔着笑说：“我今儿还得蹭一宿，我保证玩手机不出声音！”

“锁门！”女子在床上翻着企划书，面无表情道。

李中原立刻起身锁了门。

袁胜男合上企划书看看他："你俩同居啦？"

"谁？没有，就是，你知道我，我比较传统……"

袁胜男也没再问下去。

她对着衣柜努努嘴："铺盖我都给你准备好了！"

"我刚才在卫生间，我是……"

"不用跟我解释，我现在不是你老婆了！"袁胜男说得干净利落。

"那是，您现在有王小贱嘘寒问暖，且比我这不靠谱的强！"李中原酸溜溜地说完，在地铺上躺了下来。

袁胜男忽然来了兴致，她把企划书搁一边，问道："中原，我问你句话……韩雯雯这样的是不是特招你们这些大男子主义的男人喜欢？"

李中原想了想说："原则上是吧，其实也不尽然，男人的口味不一样，怎么说呢，各取所需吧，你看像王子荐那样的男人不就喜欢你这样的大女人嘛。"

袁奋拼命地贴在墙上，偷听着隔壁的动静。

"不是吧，这房子隔音效果这么好？"袁奋说着又狠命地将耳朵往墙上贴了贴。

隔壁袁胜男和李中原的说话声时高时低地传了进来。

半夜，袁奋蹑手蹑脚地从房间里走出来，他来到主卧门前，轻轻地趴在门上，听了半天，结果什么也没听到。

他犹豫了一下，轻轻转动门把手，想要开门，结果发现门已反锁。

袁奋悄声的："竟然锁门。"

他正郁闷着要离开，突然主卧的门打开了。

袁奋尴尬一笑："姐夫。"

李中原打着哈欠探出脑袋："干吗呢？半夜往人屋里摸？"

“我，睡不着，找你们借本书看。”袁奋说着抻长了脖子往卧室里看。

他刚要仔细看的时候，李中原将一本杂志塞到他手里。

“回屋！”李中原说完，砰地关了门，上了锁。

袁奋坐在床上，想起韩雯雯和李中原的暧昧，又想起王子荐含情脉脉的眼神。他越发觉得不对劲。心中说道：我一定要抓住两人的小秘密！

一大早，袁奋就离开了，他拿出手机，调出韩雯雯的微信，琢磨了一下开始编辑：美女你好，今天有空见面吗？

韩雯雯很快就回了微信：有事啊？

袁奋：你不是要给我介绍个编剧吗？我总得感谢一下吧。

韩雯雯：那下午见面说吧……

袁奋：好！时间地点定好，我微你，先谢了，美女！

公司里，袁胜男给张兰英打电话：“喂，妈，爱军他……”

张兰英紧张起来：“爱军怎么了？”

“我真对他无语了，妈，他拿人一个老板两万块钱，说是看剧本的订金。结果他压根没剧本给人看，让人堵着门口要揍他。”

“啊？那受伤了没有啊？那得赶紧还人家钱啊。”

“他把钱给花了！妈，你说袁奋他多能造钱啊，几天的工夫他给人把两万块钱花光了。”

张兰英气得不行：“这个浑小子，真是气死我了，他这是闯天祸呢。”

“是啊，被人堵在门口要算账，这小子害怕了，跑来找我，天天跟着我上下班。结果还是被人堵住了，要不是中原，昨天他就得挨揍。”

张兰英郁闷坏了：“我也真是愁死了，这孩子就这德行得吃多少苦头啊！”

张兰英看见袁保国回来，挂了电话，跟他说道：“老袁，你说我去趟北京行不行？”

林一龙穿着白大褂经过走廊，郭悦和几个小护士有说有笑从对面走过来。

林一龙看见郭悦赶紧调开眼神往别处看。

一个小护士戳戳郭悦：“郭姐，林大夫。”

郭悦本来还有说有笑，一看林一龙，赶紧装出一副横眉冷对的样子。

一会儿工夫，两个人擦肩而过。

郭悦等在一片树丛后面，左顾右盼，确定躲这儿谁也看不见，才放心。

一会儿林一龙过来了，到了树丛的外边，小声呼唤：“宝塔？”

郭悦听见赶紧回答：“河妖！河妖在这儿。”

林一龙赶紧过来：“哎哟我天，见个面这个费劲。”

郭悦呵呵笑道：“我觉得挺刺激的，要不咱俩还没这机会体验这地下情的滋味呢！”

医院里，林一龙一脸春风得意。

两个医生从后面跟上来拍林一龙的肩膀：“林大夫，别藏着掖着了，您这马上要发财的节奏早就在咱院传开了。怎么着，这么低调，是不想请客吧？”

“嗨，你们也太狠了，我那拆迁款还没下来呢。”

“林大夫，采访你一下，马上成为款爷的赶脚怎么样啊？”

林一龙憨厚地笑笑：“反正，老激动呗。”

中午，袁奋和韩雯雯在咖啡厅面对面坐着，她已经介绍完了编剧的情况：“她是我的同学，到时候你们就自己联系吧。”

韩雯雯在小纸条上写下阿莲的电话给袁奋：“她叫阿莲，你跟她提我就行。”

袁奋瞅瞅韩雯雯，酝酿着怎么套话。

这时，林一龙进来了，奔点餐台掏钱包的工夫看见了韩雯雯和袁奋。他顾不上点餐，悄悄凑旁边听他们的谈话。

袁奋一边往手机里输阿莲的电话号码，一边仿佛很自然地问道："韩小姐，你和我姐夫是咋回事啊？"

韩雯雯一愣。

"你是不是喜欢我姐夫？"

"为什么就不是你姐夫喜欢我呢？"韩雯雯突然反问一句。

袁奋脸色变了："什么！我，我姐夫喜欢你？"

林一龙闻言大惊，赶紧躲到没人的地方拿出手机，拨通了李中原的电话。

李中原懒洋洋地的接起电话："又干吗呀？林大夫。"

"出大事了，中原！我看见你小舅子和你那个林黛玉在咖啡厅聊天呢。"

李中原猛然站起身。

"袁奋正套话，韩雯雯快招了……"

李中原一边接电话一边脱白大褂，拎起外套就走："快，快，哥们，你马上拦住！我这就到！"

林一龙挂了电话，奔袁奋和韩雯雯这边来了。

韩雯雯早就知道袁奋是来套话的，此刻她正在琢磨，如果趁着这个机会，把袁李两人离婚的事情告诉袁奋，那么他们家里人就都知道了，说不定她和李中原之间就没有阻碍了。

于是，韩雯雯清了清嗓子："袁奋哥……"

袁奋赶紧放下咖啡杯，凑过来听。

林一龙端着咖啡忽然出现在二人面前："哟呵，你们俩怎么凑一块了？"

韩雯雯站起身，客气地道：“林大夫。”

“哟，林哥啊，快坐！”袁奋也站起身道。

李中原一路狂奔，好歹是看见咖啡厅了，加快脚步向咖啡厅跑去。

“你们仨怎么都凑到这儿了？”李中原站定，有些气喘道。

“哟，姐夫，你怎么来了？”袁奋诧异道。

“废话，我每天下午这个时间都上这儿来买咖啡。”

李中原趁着袁奋不注意，脸色难看地盯了一眼韩雯雯。

韩雯雯心里咯噔一下：“李，李大夫好！”

李中原脸色阴沉不定，坐下后，没好脸色地问道：“袁奋，又跟韩小姐瞎贫你那电影的事儿啦？”

“没有，韩小姐给我介绍了一个特别靠谱的编剧。”

韩雯雯赶紧接话：“嗯，我把电话都给袁奋了，行不行的，就让他俩自己联系吧。”

袁奋看这情况不太对劲，也套不出更多的话来了，只好告辞走人。

林一龙随后也走了。

李中原生气地看着韩雯雯：“介绍编剧？打个电话就能解决的事情非约着见面，你到底想干什么？”

“不是我约他的，是他约的我。”

“我不是一再跟你说等等，再等等吗？”

韩雯雯突然变了脸，开始啜泣道：“等到什么时候？我觉得我没有盼头，可是我又那么爱你，你知道我有多爱你吗，我每时每刻心里想的都是你！”

李中原心软了，警惕地看看周围，然后伸出手来握着韩雯雯的手：“好了，好了，你的心情我理解，别难受了啊。这样行不行？雯雯，你再给我半年时间，就半年，等我前岳父的手术做完，我就宣布我和胜男离婚的事！”

黄昏，袁胜男正在办公室忙着，电话响了：“喂，妈。”

“胜男呐，我现在就在你家门口啊，你换锁啦？我这钥匙打不开门啊。”

“啊？好好，妈，你等着我，我马上就回去！”袁胜男挂了电话起身拎包就走，一边给李中原拨电话。

李中原和韩雯雯正坐在车里看电影，屏幕上是美国大片，男主和女主正在吻别。

韩雯雯情不自禁地抱住李中原开始亲吻。

李中原开始还有些不好意思，但后来就开始有点意乱情迷了，回应她的吻。

忽然手机响了，李中原要拿电话。

韩雯雯撒娇：“不要接嘛。”

李中原一看来电显示是“典狱长”，说道：“不行，肯定有事。”

韩雯雯一看来电显示，气又来了：“她要干吗啊，真是讨厌。”

“李中原，我妈来了！”袁胜男的声音有些焦急。

李中原一惊：“啊？”

韩雯雯知道李中原要走，一扭身子：“我不让你走。”

韩雯雯心里委屈，突然凑上前在李中原脖子上亲了一下。

李中原也顾不上那么多了，推开身前柔软的身体，开着车就走。

韩雯雯心里窝火，偷眼看到李中原脖子上的唇印，露出了得意的笑容。

袁胜男气喘吁吁跑到家门口，张兰英正等着呢。

“妈，您说来也不提前跟我说一声，我也好去接你啊。”

“我一着急，就给忘了。”

“赶紧进屋吧，累了吧……”二人说着进了屋。

袁胜男想了下，故意没把门锁死。

李中原一路着急忙慌地开车，终于到了袁胜男门前。

他停住脚，有些喘，等平复了后，正准备给袁胜男发短信让她开门，突然一不小心就把门推开了。

他暗笑了下，这个女人什么时候变得这么心细了？

“妈，您要来怎么也不说一声？我们好去接你。”

张兰英正在厨房忙活着，听见李中原回来了，连忙要出来。

袁胜男突然看见李中原脖子上的唇印，吓了一跳，连忙拉着男子往镜子上凑，刚看清楚，张兰英出来了。

李中原吓得立刻捂住了脖子。

“你脖子怎么了？”张兰英问道。

“啊，我落枕了。”

“我刚拿来的膏药，来，我给你贴上。”袁胜男眼疾手快抓起膏药贴在了李中原脖子上。“我膏药过敏……”李中原叫起来。

张兰英看在眼里觉得小两口处得挺好。

“来，中原，吃点水果。”张兰英洗好了水果。

“妈您快别忙活了，刚下火车多累啊！进门还得伺候我们，一会儿您别做饭了，我们带您出去吃，你爱吃啥，随便点。”李中原赶紧说道。

“嗨，我不累，我看你俩开开心心的我就高兴。”

李中原心中尴尬愧疚：“妈，您下回来一定提前跟我打招呼，胜男工作忙，没时间去接您，但我行啊。您说您这下了火车还得自己打车往这儿来，还拿着这么多东西，我看着都心疼。”

张兰英听了女婿这贴心话，特别高兴。

袁胜男实在听不下去了，偷偷做呕吐状给李中原看。

晚上李中原、袁胜男、张兰英一起走出楼门。

袁胜男挎着张兰英，母女俩挺亲热。

“中原，给爱军打个电话，让他也一块来。”张兰英吩咐道。

李中原赶紧掏电话：“好好好。”

袁胜男和张兰英上了车。

楼门内，一直躲着的韩雯雯闪身而出，看着李中原打完电话，恨恨地走出楼门。她拿出手机打开微信，调出阿莲：亲，过来帮我演场戏。

酒店门前，门卫正指挥李中原停车。停好了车，三人都下了车，往酒店走去。

突然，一辆出租车赶了来，车上下来了两个年轻女子。

“哎呀，中原哥、胜男姐！”一个娇嗲的声音传来。

李中原和袁胜男回头一看，都大惊失色、顿感不妙。

“你俩怎么来了？”李中原问道。

韩雯雯目光直看向一旁的老妇人，故意问：“中原哥，这位是——”

李中原一阵尴尬过后，就开始乐：“这是我岳母。”

“哦，阿姨，您好，我叫韩雯雯，这是我闺密，阿莲。”

“阿姨您好。”阿莲也礼貌地打了个招呼。

“你们也好，呵呵……”张兰英看这俩姑娘挺懂礼貌，也高兴地回应道。

“阿姨，我是李大夫的病人，后来就成朋友啦。我和胜男姐玩得也不错，真是巧啊，我们也正好要来这儿吃饭。”

韩雯雯说着故意挎着袁胜男，把个袁胜男给烦的，可是没办法还得配合她演戏。

“既然这么巧，不如一起吧。”张兰英说道。

“这不太好吧？”韩雯雯微笑着假意推辞。

这时袁奋也来了，一把抱住张兰英，直唤妈。

“袁奋哥，这是我上次跟你说的那个编剧，阿莲。”韩雯雯赶紧把身边的阿莲介绍给袁奋。

“你好，你就是阿莲啊？”袁奋从头到脚扫视了下她，心里觉得不怎么样。

“你好，早就听说你了，正好遇见了，一起聊一聊？”阿莲主动对袁奋说。

袁奋连忙说好。

“妈，我和阿莲聊完就来找你们。”袁奋说完就和阿莲一起走了。

韩雯雯看见阿莲走了，故意一脸无奈地说：“和我一起吃饭的人被叫走走了，一个人吃饭好寂寞，我还是跟你们一起吧。”说完挽着袁胜男的胳膊。

袁胜男转头撇了李中原一眼，也不说话了，气呼呼地往前走。

李中原心想，这不是故意来搅局吗？

服务员已经上完了菜，倒了饮料，众人开始吃饭。

“胜男，给中原夹菜啊！”张兰英看李中原闷头吃饭，赶紧提醒女儿。

袁胜男连忙给李中原夹了一筷子鱼：“来！”

韩雯雯看在眼里，满心泛酸水，做出开玩笑的样子说：“胜男姐，你对李大夫，人前人后可有点不一样啊。”

李中原和袁胜男听韩雯雯这句话出口，吓得差点喷出饭来，赶紧放下了筷子。

张兰英和蔼地问韩雯雯：“怎么不一样呢？是不是胜男当着我的面还拘着，背后对中原可好了？”

李中原赶紧抢话：“是是是，还是妈了解胜男，呵呵，没别人的时候，胜男对我可好了，哈哈哈。”

韩雯雯窝火地举起饮料都喝了。

门口处，王子荐走了进来，领位小姐赶紧迎上去。

“先生，您几位？”

“我就是打个包，可以吗？”王子荐娇声道。

领位小姐一笑：“您跟我来。”

王子荐环视一圈大厅，忽然看见了袁胜男一家人，一乐。

“嗨，不用打包啦。”他小腰一扭，往袁胜男那边去了。

韩雯雯继续挑拨：“阿姨，其实李大夫和胜男姐老吵架，不为别的，他俩啊，是从星座、属相、到血型，都相冲。”

“你们年轻人就爱说星座，要我说那玩意儿不准。”

“血型也不合啊，胜男O型，中原……”

袁胜男一拍桌子：“你还有完没完？你到底想说什么，咱俩出去说！”

张兰英听了韩雯雯的话，也有点不高兴，正要说什么，这时王子荐的声音传了过来：“雯雯，你可让我好找！”语毕，他搂住韩雯雯的肩膀：“真是的，来吃饭也不跟我说一声，还生气呢？”

张兰英更诧异了，看着王子荐，问道：“这位是——”

王子荐掸了掸椅子上并不存在的灰尘，优雅地坐了下来：“哦，阿姨呀，我是雯雯的男朋友，我今天惹她生气了，她就来找胜男和中原吃饭，她每次都这样，只要跟我吵架了，她就来打扰人家两口子。”

韩雯雯刚要说话，却被王子荐死死按住。

李中原反应过来，配合道：“没事，没事，都习惯了啦……”

“雯雯呀，你刚才说的那个星座啊、血型啊，我觉得都别信，男女之间还是看缘分，不是冤家不聚头，这句话其实说的就是夫妻，您说我说得对吗，阿姨？”

“嘿嘿，这个小伙子还挺有意思。”

韩雯雯打开了王子荐按住自己的手：“你干什么？我跟你？”韩雯雯正要发作，忽然看到李中原盯着自己，眼神儿在凶狠中带着点警告意味。她愣住了，一下子软了下来："嗨，其实我自己也是半瓶子醋，说的都不作数。阿姨，咱们就是闲聊天，您也别当真。"

王子荐的手机响了，他拿起来一看，是袁胜男的微信：谢谢你啊。看完微信，一抬头，袁胜男正含笑看着自己。王子荐心里一阵甜蜜，赶紧朝女子抛去一个媚眼。

李中原看到两人眉目传情，心里打翻了五味瓶，只能闷头扒拉饭。

吃完饭，回到家里，袁胜男有点不太高兴，但也没有发作。

李中原也有点尴尬，这时，韩雯雯的信发来了：欧巴。看着韩雯雯的微信，李中原把手机调成了静音，嘴里还嘟囔着："不懂事。"

袁胜男正和张兰英一起换床单被罩。

张兰英一直观察着女儿，突然道："来，闺女，跟妈说句贴心话。"

袁胜男看着张兰英乐："妈您又想问什么啊？"

张兰英打量女儿半天："我还是觉得今天吃饭那俩人很奇怪，女的神经兮兮的，男的又是个娘娘腔。"

袁胜男乐了："嗨，你说他俩啊，我不是跟您说了吗，那都是我和中原的朋友，今天也真是巧了碰见的，其实人都不错的。"

张兰英审视着袁胜男："你呀，从小到大的脾气我知道，你说那女孩，说话矫情巴拉的，你跟那样的女孩绝对不合拍，讨厌还来不及呢，怎么可能是好朋友？"

"妈，人在社会上混，总会有俩极品朋友的。"

"不对，我越想那女的看中原的眼神越不对劲，绝对不对劲，那男的倒像是你的朋友。"

"您不会觉得他看我的眼神也不对劲吧？"袁胜男调侃道。

张兰英一脸严肃，突然道："胜男，那女孩她不是喜欢中原吧？上次袁奋在电话里说的那个女的就是她吧？"

袁胜男闻言愣住了，老妈眼神如此犀利，让她不知该如何应付。

李中原一脑门子官司呆坐在床边，手里的电话频繁震动，来电显示：雯雯。李中原很烦躁，直接摁掉。

这时袁胜男板着脸走了进来："李中原，你今儿可是欠我一个大人情啊！"

李中原看着袁胜男的脸色："咱妈都说什么了？"

"能说什么啊！还不是问你和'林黛玉'到底怎么回事儿。"

"啊？妈……看出来啦？"

"废话！你们家韩雯雯今儿表现得还不够露骨啊？是个人都能看出来她对你有意思！"

李中原很是郁闷，叹口气："那你跟咱妈解释清楚了没有啊？"

"不解释清楚我能出来？李中原，我今儿为了你，算是把我这辈子能编的瞎话全说了！要不是韩雯雯突然跑出来搅局，也没这些事儿！你也是，你别光顾着你侬我侬地谈恋爱啊，你倒是赶紧想个主意，把咱俩的情况跟家里说清楚了啊！"

李中原脸色有点难看。

"还有，我妈可能还得再住两天，你可得好好嘱咐嘱咐韩雯雯，别再来生事了。"

"我早就千叮咛万嘱咐过了……我把咱俩的事儿，前前后后里里外外跟她说了个透！谁能想到她嘴上跟我说理解支持，结果扭脸儿就给我来这么一手儿！这不是跟我玩阴的吗！气死我了。"

说话时，手机再次震动，又是韩雯雯的来电，余怒未消的李中原将手机一摁扔到了一边。

韩雯雯焦急地举着手机一遍遍拨着李中原的号码，手机里不断传出语音提示：对不起，您拨的电话正在通话中。

韩雯雯彻底慌了，急得又抹起眼泪来。

小饭馆里，袁奋还在跟阿莲吹着牛："我之前那是遇人不淑，他们那些土大款，只知道投钱，根本不知道什么是真正的艺术。”

阿莲颇有同感：“就是，奥斯卡每部获奖影片我都看，就那些获奖片的题材，那是一两天能攒出来的吗？其实写剧本不是问题，我划拉两笔也不比他们差，关键是得有人能欣赏得了，你写得再好没有伯乐识货，没用，这也是编剧的悲哀，好在我是个诗人，不用指着做编剧这点活过日子。”

袁奋对阿莲竖起大拇指：“阿莲姐，绝对知己！来来，相见恨晚啊，相见恨晚！”说着举杯和阿莲碰了一下。

阿莲吁了一口气：“袁奋哥，说实话，直到今天我才算找到一个能跟我说得上话的人，我怎么早没遇见你呢？燕雀安知鸿鹄之志啊！”

袁奋的大拇指竖了又竖。

“奋哥，我突然想起我曾经写过的一首诗，那首诗刚好能表达我此刻的心情。”

“我有幸能听听吗？”

阿莲开始酝酿。

袁奋端起酒杯瞅着阿莲，心里暗想：只要别跟我提剧本费咋都好说啊。

阿莲酝酿好了，开始朗诵：“诗的名字叫《疼痛的睡莲》。荒诞筒子楼前，你推着煎饼车，开始一天的生计；而我背起我的电脑，开始我的梦想……”

袁奋听不下去了，尴尬地鼓掌：“好诗，牛！”

阿莲眼泪汪汪：“袁奋哥，就冲你这么懂我，你放心，过几天我就把剧本好好地交到你手里，咱们俩一定要联手冲击奥斯卡。”

第二天，张兰英让袁奋来袁胜男家里。

“爱军啊，我可听你姐说了你那事了，你以后可不能这样。真是吓死我了。”

“妈，没事儿啦，这不都解决了吗？”

“对了，你也认识那个叫什么韩雯雯的那个姑娘？”

“是啊，怎么了？”

“我怎么觉得那个姑娘怪怪的，她是不是上次你打电话说跟你姐夫暧昧的那个？”

袁奋眼睛转了转，想起袁胜男和李中原嘱咐他别乱说话，也害怕他们真生了自己的气，以后不帮他了，于是解释道：“嗨，那不是一个人，再说上次也是我误会了，后来都解释开了，我姐夫没那事。韩雯雯啊，就是个神经病，您甭搭理她。”

“那是我多心了？”

“妈，您这都是多虑，别看我姐和姐夫经常吵点小架，感情好着呢！打是亲骂是爱嘛。”

这时，有人敲门。袁奋起身去开了门。

“谁啊，爱军，你还约了朋友来？”张兰英疑惑道。

“应该是我的编剧来喽。”袁奋一脸兴奋地说道。

袁奋打开门，果然阿莲站在门前。

“哦，那不是那天那个姑娘吗？”

“阿姨，您记性真好，我叫阿莲。”阿莲礼貌的微笑道。

“好，好，你坐，你们坐着踏实聊，我出去买趟菜。”

袁奋和阿莲两人激动地讨论着电影。

“袁奋哥，我会马上给你剧本的。”阿莲觉得袁奋是懂她的人，心中感动。

“好的，阿莲，期待你的剧本。”

“那袁奋哥，我走了。”

“留在这儿吃饭吧。”袁奋客气了一下。

“不了，袁奋哥，我还有事。”说完阿莲起身要走。

袁奋连忙起身，出门送阿莲：“这一百块你拿着打车走，我也不能送你了。”

“这,这不太好吧？”阿莲见袁奋给她出车马费,感动得都快哭了。

袁奋坚持如此，阿莲也就拿着钱走了。

阿莲出了门，马上打电话给韩雯雯。韩雯雯这时正坐在办公室给李中原打电话，打了很多次也没人接。突然，铃声响起，韩雯雯激动地拿起电话，来电显示：阿莲。

“雯雯，你知道吗？我刚从袁奋家里出来，你给我介绍的这个导演真的特别好。”韩雯雯不置可否，只听阿莲接着说，“亲爱的，你说他是不是喜欢我？我走的时候他给了我一百块钱让我打车，还亲自给我拦了辆车，把我送上了车。”

韩雯雯有点不耐烦：“我怎么知道啊，我不跟你聊了，我这边还有事呢。”

“别啊，别挂啊，我不是不知道跟谁说嘛！”

“别人给你一百块，你就激动成这样，你整天吃我的喝我的，也没看见你激动。”

“那不一样……”

韩雯雯听不下去了，挂了电话。

李中原还是一点动静也没有，韩雯雯决定去找他。

李中原正在办公室里坐着，护士妙妙走了进来：“李大夫，外面有人给你送了花。”

李中原有点诧异，问道：“谁送的？”

妙妙摇了摇头：“李大夫，是不是嫂子惹你不高兴了？这黄玫瑰的花语是抱歉的意思。”

“有这意思？”李中原拿起花仔细看了看，发现了里面有张小卡片，卡片上写着：“对不起，中原，你原谅我吧！你要是不原谅我，我会难过死的，我会一直在小花园等你，一直。”

天空淅淅沥沥地下着小雨，李中原打着伞走进公园，就看见韩雯雯萧瑟地站在花园里，淋着雨，全身已经湿透了。

他连忙跑过去，给她撑伞：“你这是干吗啊！”

“中原，你来了？”

“你都这样了，我能不来吗？”

“我错了，中原，我也是一时激动，我看见你和袁胜男在一起，我心里非常不舒服，你们整天在一起，我快承受不住了。”说着韩雯雯就哭了起来。

李中原听到这里，心软了下来：“好了，我也是因为那天气坏了，才不接你的电话，那天真的太尴尬了。”

韩雯雯连忙用手堵住李中原的嘴：“是我不好，可是我真的受不了了，你们晚上还要住在一起。”

“那，我就说今天晚上要写论文，我回小房子那里住。”

韩雯雯听如此，立刻开心起来：“你真好。”

晚上回到家，李中原正琢磨着怎么和袁胜男说回小房子住这件事。突然听胜男郁闷地说：“我妈说，要我们去医院检查一下身体，看能不能生育！”

“啊？这不用吧？我们俩不生，又不是身体的事情。”

“反正还是去吧，这样他们也能放心。”

“男啊，这种事，你就全权代表了吧。”

袁胜男翻了个白眼：“我才不去，这么丢人的事情要去就一起去。”

“这……反正我不去啊。”

“你行，反正我演戏也演累了，这样，我马上就跟爸妈说我们俩离婚了，说是你先看上了韩雯雯。”

“别啊，我去，去还不行嘛。”

李中原说完也没有心思再提回小房子去住的事情，郁闷地回房间睡觉去了。

韩雯雯在李中原的家里没有等到他，打电话给他，又是一阵忙音。

她颓然地坐在沙发上，心中暗恨：好你个李中原，你又骗我！

第二天一大早，袁胜男就拉着李中原去医院检查。

李中原犹豫着不知道该选哪个医院。

袁胜男有点火大："你能不能行啊，去个医院也这么啰唆。"

"我这不怕看到熟人嘛。"

最终两人选择了一个郊区的专门治不孕不育的私人医院。做完检查，两人松了口气。

李中原回到诊所，就看见韩雯雯一脸阴郁地站在诊所门口。

"你去哪了？怎么一上午都不看见人影。"

李中原没法解释。

韩雯雯见他不说话，上去就翻他的包，结果翻出了医院检查单。

"你是不是还想要和袁胜男生孩子啊？"韩雯雯急了。

"这不都是家里逼得吗！袁胜男的妈还在这儿，做检查就是为了让她放心。别生气了，这不检查也做完了，今天晚上我就回去住。"

第八章 表白

袁胜男回到公司，看见王子荐正等在办公室门口，笑着道："胜男，中午我请你吃饭。"

袁胜男正好也想感谢下王子荐，就同意了。

两人出了门，走到车旁，王子荐打开车门："美女总裁，请。"

袁胜男听了这话，开心地坐了进去。

两人坐在餐厅里，上了菜，袁胜男刚要动筷子吃饭，王子荐从包里拿出来一个盒子："先别吃饭，用这个。"

袁胜男接过盒子打开，发现是一套精致的餐具，上面还刻着袁胜男的名字。

"以后吃饭的时候，用这个。"

袁胜男看餐具十分精巧可爱，倒觉得这份礼物很是新颖，赞道："你还挺细心的。"

王子荐忽然很认真地道："如果有一个男人，愿意把你捧在手心里呵护，你能接受他吗？"

袁胜男有点尴尬："什么意思？"

"胜男……我喜欢你。"王子荐深情款款地告白。

袁胜男差点喷饭，诧异地举着勺子看着王子荐。

"你相信我，我喜欢你，跟那个什么长期合同没半毛钱关系，胜男，我是真心的。”

“你先打住！王小贱，不是，子荐，我现在是单身没错，我也得继续寻找幸福没错，可我家里的事现在还是一团乱麻呢。”

“不就是你还瞒着家里嘛，你跟他们解释清楚就行了啊。”

袁胜男急得摆手：“不行不行，挑明是坚决不行的，要是能挑明早就挑明了。”

“有那么复杂吗？你前夫可是动作很快，已经找好下家了。”

“是啊，他找到下家了，可是都不敢承认。其实我和中原但凡能凑合就都凑合过了，谁都不愿意伤害两家的老人，也真是受不了为一点事儿叽咕、整日吵架的日子了。中原的爸爸倒还好说，简单粗暴，最多发顿火；可是我爸有心脏病，如果一股火上来，身不由己控制不住再发病了，到时我没地儿买后悔药去。”

王子荐善解人意地点点头：“好的，胜男，我理解你，我可以等。”

袁胜男有点踌躇：“你真要等我啊？”

王子荐用力地点点头：“我可以一直等到你决定公开恋爱了为止，但是你能不能答应我，不拒绝我对你好，我不要求你马上喜欢上我，我只要求你不拒绝我就好。”

袁胜男闻言有点感动，长这么大还从来没有被人这么表白过呢。想着想着就有点儿泪盈于睫，但她强忍着不让眼泪掉下来。

这时，王子荐体贴地递过纸巾来：“行啦，知道你是个大女人，不允许自己在别人面前掉眼泪，以后在我面前不要逞强好不好，你可以先把我当成你的好姐们儿嘛。”

晚上，袁胜男心神不宁地回到家。

李中原屁颠屁颠地出来，小心翼翼地说：“我和你商量点事情。”

“有话快说。”

“我今天晚上能不能回小房子里住？”

“怎么，急不可耐了？”袁胜男微微挑眉。

“不是，不是有点麻烦了嘛。”

“我无所谓，你能说动我妈就行。”

这时，张兰英洗完澡从洗手间走了出来。

“妈，今天晚上我去小房子住，我要赶一篇论文，怕影响胜男睡觉。”李中原又一次小心翼翼地说道。

“你去旁边的书房写呗。”张兰英随口道。

“你还不知道胜男，我在旁边，她也睡不着。”

张兰英听了李中原的话，也知道袁胜男睡眠浅，就答应了，说道：“等会我洗完水果，吃点水果再走。”

李中原高兴得连忙收拾了东西出门而去。

张兰英洗完水果从厨房出来，发现李中原已经离开了。

“哎，中原走了吗？”

“当然了，他都迫不及待了。”袁胜男不屑地说。

“那我把这些水果送过去。”

“妈，这么晚了，外面那么黑，还是我去吧。”

“一起吧，正好我们娘俩散散步。”张兰英笑着道。

袁胜男没有办法，只好同意。

半路上，袁胜男暗中给李中原发了微信：我和妈过来了，回避。

李中原家里，韩雯雯整了一个浪漫的烛光晚餐，红酒、比萨、水果蔬菜沙拉都一一摆上了桌。

韩雯雯点了蜡烛：“中原，快把灯关了。”

李中原从卧室里走出来：“整这么浪漫呢。”说着过去关了灯，屋内烛光摇曳，气氛顿时不同了。

“先去洗手！”韩雯雯催促道。

李中原去了洗手间，放在餐桌上的手机响了，是袁胜男的微信到了：我和妈过来了，回避。看完这个微信，韩雯雯一脸不屑。

李中原从洗手间出来，韩雯雯马上把李中原的手机摁成了黑屏。

两人甜蜜地喝了交杯酒，喝完酒，韩雯雯拉住李中原的手，轻轻地凑上前，深情脉脉地看着他。烛光下，韩雯雯眼波微敛，柔情似水。李中原不由得抱住韩雯雯，开始亲吻。

这时门铃响了，李中原诧异地问："谁啊？"

"我去开门。"韩雯雯说完急跑去打开了门。

门一打开，张兰英和袁胜男站在门口。张兰英看见屋子里的浪漫场景，不禁愣住了。

李中原看见门口的两人，吓得脸都白了，袁胜男也有些慌乱。

韩雯雯一看这情况，立刻计上心来，微笑道："阿姨好！胜男姐，你终于来了，行啦，我的任务完成了，李大夫，剩下的就交给你了。"说完拿起包就往门外走，还故意对袁胜男挤眉弄眼。

李中原反应过来，接着演了下去："嘿，我这不是给胜男准备了个小惊喜嘛，雯雯她是搞策划的，就请她来帮忙了，我正要给胜男发微信呢，没想到妈也一起来了。"

张兰英有点疑惑地进了门，看了看袁胜男。

李中原接着说："妈，你不是想让我们俩生孩子嘛，所以我就来小房子了。"

"胜男，你说呢，惊不惊喜？"李中原一脸恳求地看着她。

"是挺惊喜的……"袁胜男没好气地说。

在袁胜男家里，张兰英有些郁郁地道；"是不是我在这影响你们了？"

"没有，妈，你想什么呢？"

"李中原以前不这样啊，他喜欢这种东西吗？"

“不是，妈，其实李中原私底下挺孩子气的。”袁胜男只好编瞎话解释给老妈听。

李中原这边和韩雯雯正在通电话：“雯雯，今天可真谢谢你了，要不是你反应快，可就要露馅了。”

“中原哥，你那边没事就好！”韩雯雯挂了李中原的电话，十分开心。她心里想着，这下袁胜男的妈可不好意思赖在这了。

卧室里，张兰英收拾着东西，打了一个电话给袁保国：“孩子这边都挺好的，前几天也去做了检查，两个人的身体也没有什么问题。”

“这下心里可踏实了，不过，你替我给胜男两口子下个命令。”

“行，首长，什么命令？”张兰英故意笑着道。

“今年过年回家之前必须怀上孩子。”

第二天早上，张兰英收拾好东西准备离开。

“妈，我送你吧！”李中原说。

“不用了，你们都这么忙，我自己会打车，很方便的。”

袁胜男有点不舍得老妈走，赖在张兰英的怀里撒娇。

“不过，我有事嘱咐你们，你们俩今年年底必须怀上孩子，这不光是我和胜男爸爸的想法，中原的爸妈也是这么想的。”

两人听了这话，无奈地面面相觑。

袁胜男给袁奋打电话，这时袁奋正在阿莲的家里看她改的剧本。

“爱军，妈要走了，你要不要送送妈？”

“我肯定送啊，等会儿啊，我立刻赶过去。”

袁奋挂了电话道：“我老妈要走，我必须得去送送。”

“那咱俩还没聊完呢。”阿莲一脸依依不舍。

“这样吧，你跟我一块去，送完我妈，咱俩再接茬聊。”

阿莲倒端起来了：“这，这合适吗？”

袁奋起身着急要走：“哎呀，没啥不合适的，走吧走吧！”

车站里，胜男把车票递给张兰英，叮嘱道："妈，一定得把车票拿好了，千万别丢了。"

张兰英一边答应着，一边张望："你弟弟呢？"

袁胜男也着急了："这个爱军，怎么还不来啊！"

"你给他打电话打晚了。"李中原说。

"那你不早打？"袁胜男白了他一眼。

李中原和袁胜男又开始谁也不服谁了。

"就这点事也能吵吵起来，我就发现你俩咋就没有一次不为一点破事儿叽咕呢？你说你俩这样让我怎么放心？"张兰英生气地说。

李中原和袁胜男一听立刻改变了态度。

"妈，没事，我俩吵完马上就好。"袁胜男说。

"我看你俩这就是因为没有孩子，这要有个孩子就光忙活孩子了，真没工夫吵吵了。"

这时，袁奋和阿莲一前一后穿过人群跑了过来，阿莲还端着文艺青年的架子有些慢悠悠的，袁奋急得索性拉起她就往前跑，这下子阿莲倒张大嘴乐了。两人终于跑到了张兰英面前。

"妈，你咋这就回去了呢？"袁奋说。

"你爸一人在家我不放心。爱军啊，你别嫌妈絮叨，你可是答应妈了，从今往后你指定得踏踏实实的。"

袁奋使了个眼色给张兰英，牙缝里挤出一句话："妈，旁边大编剧听着呢。"

张兰英戳了一下袁奋的脑瓜："还知道见不得人，知道见不得人就靠点谱！"

阿莲在一边笑，明显自家人的口气："阿姨，奋哥挺靠谱的。"

张兰英听阿莲这么说，放心些了："阿莲姑娘，多谢你了啊，这么帮着我们家爱军。"

袁胜男看着检票口的人逐渐减少："妈，进去吧。"

"那我走了，你们都好好的，胜男，你和中原千万不要老吵架啊。"

李中原拿着行李送张兰英往检票口走，张兰英一步一回头，袁胜男眼圈红了。

阿莲回到家，立刻给韩雯雯打电话："你说，一个男人牵起你的手，是不是因为喜欢你？今天袁奋带着我去送他妈了。"

"什么，袁胜男她妈走了？"

"你先别打断我啊，帮我分析分析。"

"哦，这种事，不是自己最清楚嘛，你干吗老问别人呢？"

"我这不是没有经验嘛。"

韩雯雯没有心思听阿莲说话，一心想着：我的计策成功了，我欧巴从今天开始自由了，看来还是应该多看《甄嬛传》啊。甄嬛怀孕，就能回宫封贵妃娘娘，要是我也怀孕了，李中原怎么办？韩雯雯越想越觉得她和李中原有戏，然后高兴地给李中原发了微信：中原，晚上我去你家。

这时一个同事匆匆跑过来；"雯雯，快，头儿叫你。"

"什么事，这么急？"

"好像是叫你出差。"

"啊？"

十分钟后，韩雯雯一脸郁闷地回到座位上。她给李中原打电话，没人接，发微信也没有回。韩雯雯只好收拾了东西，立刻赶往火车站。

李中原在诊所里看病，手机静音了。病人出门后，他看了一下手机，发现十几个未接电话和语音消息，都是韩雯雯发来的。最后一条消息是：中原，你出门了吗？我已经到候车室了。

李中原走出门，发现门外还有几个病人，于是回微信：不用等我了，我这里还有几个病人。

韩雯雯：我等你，没事。

李中原：快走吧，别误了火车。

韩雯雯：没事，我可以改签。

李中原看了消息，无奈地摇摇头，心里暗想：这不是变相威胁吗？

所有的病人都看完了，李中原匆忙赶到车站，发现韩雯雯还在那里等他。

“你真的改签了？”

“对啊，我想见你一面，还有一个小时。”

“你一个女孩子，晚上到站多危险啊，以后别这样了。”

“我就想见你一面，把这个给你。”韩雯雯说着用手递了一个装着纸折星星的瓶子。

李中原诧异地接过来，看了看韩雯雯还有点发红的手指，有点心疼了：“这是你折的？我看你手都红了。”

“每个星星里都有一句话，我出差的这几天，你每天都拆开一个，你拆完了，我也就回来了。”

李中原听了这话，有点感动：“你放心，我就把它放在床头，每天都拆。”

韩雯雯点了点头。

李中原出了火车站，接到了袁胜男的电话：“跟你的‘林黛玉’请个假，晚上一起吃个饭。”

“行，我马上到。”

到了餐厅，袁胜男已经早早地等在那里，只见李中原举了个瓶子匆忙地赶过来。

“幸运星？你拿这个做什么？”

“雯雯出差了，临走给我折的，让我每天拆开一个看。”

“你以为你们是十六岁？你拿过来是跟我秀恩爱？”袁胜男冷着

脸道。

“没有，我这不是刚过来嘛，你找我什么事？”李中原落了座。

“就是想问问你，家里让我们年底怀孕，这事儿怎么办？”

李中原苦着脸：“要不，干脆年底把离婚的事情跟家里说了？”

袁胜男看着李中原，有点不高兴：“什么损主意，反正我过年就说是你有问题，你不孕不育。”

“你！”

两人到最后也没有商量出什么来，闷闷不乐地走出餐厅。

一出餐厅，王子荐正在门外站着。

袁胜男看见他，十分惊讶：“小贱，你怎么过来了？”

“我不是看见你发朋友圈在这里吃饭，我害怕你喝了酒不能开车，过来接你。”

“没事，我可以找代驾啊。”

“代驾多不安全啊。”

袁胜男心中感动，她没想到王子荐心细至此。

李中原听了两人的对话，心里不是滋味，酸酸地调侃：“行了，别在这里站着了，有伤风化。”

“怎么，只许你和韩雯雯腻歪，还不允许我站在这儿了？”袁胜男生气地说。

“胜男，上车了。”王子荐已经把车开到了眼前，袁胜男气呼呼地坐上了车。

李中原看着车走远，吃味地自言自语：“我自己回家拆星星玩。”

第二天，袁胜男一进公司，就看见大办公室里到处都是气球和彩带，周围的员工也都穿得很喜庆。

“什么情况？”袁胜男有点疑问。

“今天是圣诞节啊！”员工茜茜回答道。

“袁总，别的公司在今天都放半天假。”茜茜接着说。

“放假？又不是什么大的节日，就是个国外的节日，还需要放假过节吗？都赶紧的，工作去。”说完，走进自己的办公室。

刚坐下，袁胜男就接到了王子荐的电话：“胜男，不是上次你很想去吃小龙虾吗？我们下午一起去吃？”

“好啊。”袁胜男抿嘴笑了下，末了又看了办公室外一眼。

挂了电话，袁胜男出了办公室门，对着还在收拾的职员，轻轻笑了下：“下午，放半天假，你们留两个人在这里值班。”说着她走了出去，身后，一群人都蹦得老高。

医院里也沾染着圣诞节的气氛，一棵巨大的圣诞树立在门口，医院里的小护士也都十分兴奋，互相比较着各自男朋友送的礼物。

郭悦从外面走进来，看见三个护士在叽叽喳喳聊天，脸一板说道：“你们干吗呢？不怕被主任看见？”

“护士长！”三人说完以后马上跑开了。

郭悦看着三人，心里想：哼，等有了钱，明年让一龙送个祖母绿项链，亮瞎你们的双眼。

走廊上，林一龙和一个男医生正在说话，就看见郭悦和一个护士迎面走来。

郭悦悄悄使了个眼色给林一龙，两人开始演戏。

“哼！”郭悦不屑地翻了个白眼。

“哼什么哼？”林一龙接着一句。

“我哼我的，关你什么事？”郭悦继续挑衅。

同事看苗头不对，连忙打圆场：“已经离了，就别吵了。”说完把林一龙拉走了。

郭悦和林一龙两人躲在更衣室里，低头拿手机发微信。

郭悦：老公，我们俩晚上偷偷地去约会吧。

林一龙：好！咱们去吃那家你最爱的小龙虾。

袁奋在家里一直盯着手机，竟没有一个人给他打电话。他很郁闷，难道就没人约他一起过圣诞节？他开始主动出击，打了几个电话都没约出人来，于是起身穿好衣服走出家门。

袁胜男正在家里挑选一会儿背哪个包，选好了包准备开门。

“哎哟！”袁奋惨叫一声。

“你怎么在这儿？”袁胜男出门看见袁奋捂着鼻子蹲在门外。

“没事儿吧？我看看。”说着把袁奋拽了起来。

“姐，你打扮这么漂亮准备去哪儿？”

“我，我这不是要和你姐夫一起去过圣诞节吗？”

“你们以前不是不过吗？”

“还不允许我们赶个潮流？”袁胜男白了袁奋一眼。

“那正好，我和你们一起过行不行，我孤家寡人一个。”

“不行，你不能当电灯泡。”

“你打个电话给姐夫，问他愿不愿意，我猜他肯定乐意。”

“打什么电话，他肯定在开车呢，我发个微信给他。”

说着转过身，拿起手机发微信：在哪呢？袁奋非得要跟我们一起过圣诞节，快过来帮忙。

李中原这时正在家里和韩雯雯打电话：“你放心，你不在，我能跟谁一起过节？”正说着，袁胜男的微信到了。李中原赶紧结束了通话：“行，晚上我们俩视频，我挂了。”看了微信，李中原连忙穿衣服，鞋都没来得及换，就往袁胜男家里走。

进了家门，袁奋诧异地问：“姐夫，你怎么穿着拖鞋上班呢？”

“啊，我鞋坏了，正在修呢。”李中原敷衍道。

“我去给你姐夫找双鞋。”袁胜男说完拉着李中原进了卧室。

袁奋在外面有点发愣：怎么鞋子还能在卧室里？

“什么事，把我叫来？”

“我要和王小贱吃饭，这不袁奋来了嘛，你帮我把他支走？”

“行吧，那我要三顿豆角焖面。”

“你……行吧，快点吧。”

李中原走出卧室，对袁奋说：“你姐都忙糊涂了，我的鞋放哪儿都不知道。她刚刚接了个电话，去公司有事，正好，你不是要跟我去过圣诞节吗？”

“啊？我姐不去了？”

“你又不是不知道你姐，让她去公司吧。”

“我和你姐定的那个位置恐怕不适合我们两个大老爷们。”

“姐夫，要不我们去撸串吧。”

“行！”

说着袁奋跟李中原出了门，袁胜男也刚刚出楼道。

李中原看见王子荐的车进了小区的门，往袁胜男这边开了过来，立刻蹲下：“哎呀，哎呀……”

“怎么了？姐夫。”

“我肚子疼，奋啊，先扶我回去。”袁奋赶紧把李中原扶了回去。

李中原看见袁胜男上了王子荐的车，松了一口气的同时，心里又感觉怪怪的。

他直起腰来：“我好了，我这肚子就这样，走吧。”

“啊，真好了，姐夫？”

“没事了。”

出了门，袁奋的电话响了：“喂，奋哥，我是阿莲。”

“哦，阿莲老师啊，什么事啊？”袁奋漫不经心地道。

“你在哪儿啊？”

“我和我姐夫一起过圣诞节呢，有什么事？”

“哦。我就是想跟你聊聊剧本的事情。”“

“那好吧，一会儿见。”袁奋挂了电话，对李中原说：“姐夫，不好意思，我要和编剧聊聊剧本的事情，不能和你一起过圣诞节了。”

李中原松了一口气，嘴里却道：“没事，看见你这么重视自己的事业，真为你高兴，你快去吧。”

阿莲和袁奋约在了一家购物中心。

袁奋到的时候，发现阿莲正捧着一束玫瑰花。

“你干吗呢？”袁奋走过去问。

“我觉得这束花很漂亮，还没有人送过我玫瑰花呢。”

“这花可不能乱送。”袁奋正说着，看见林一龙从旁边走过来。

“哎，龙哥，你怎么在这儿？”林一龙转过身来看见了袁奋。

“给你嫂子挑个礼物，你跟你女朋友逛街呢？”

阿莲听了脸一红。

袁奋连忙说：“不是，这是我的编剧阿莲。”

说着对着阿莲指了指林一龙：“这是我们电影的投资人龙哥。”

“我不是……”林一龙话还没说完，就看见远处一个美女身姿摇曳地走了过来，打了个招呼：“阿莲，你怎么在这？”

林一龙目不转睛地盯着她，袁奋也眼前一亮：我天，美女啊！

阿莲心中不爽：这两人多俗啊。她不情愿地向他们介绍：“这是我的舍友花艳丽。”

“你们好！”花艳丽微笑道。

花艳丽人如其名，长得的确很是妩媚，身材尤其玲珑有致。

袁奋赶忙道：“我们到前面的咖啡厅一起坐会儿吧！”

花艳丽点头答应了。

林一龙对花艳丽有些好奇，也同意了。

阿莲有点不高兴，但也没有办法。

咖啡厅里，花艳丽眼睛里两只美瞳雪亮："龙哥搞文化的啊？是专门投资电影吗？"

美女的青睐让林一龙挺受用，他故作淡定地说："袁奋说是微电影，我还没有最终决定。"

"嚯，看来龙哥做事很谨慎啊。"

"赚钱不易啊！"

袁奋插嘴道："龙哥是低调的人，可平时一掷千金的事情也不少。"

花艳丽大喜，很自然地往林一龙身边靠了靠："龙哥，那回头您去我那儿消费几瓶红酒一定不在话下啊！"。

阿莲解释道："哦，对，龙哥，艳丽在酒吧里推销红酒。"

"那不就是红酒女郎嘛，你这条件当红酒女郎，屈才了。"

花艳丽顺势把手往林一龙肩膀上一搭："谁说不是呢，红颜薄命啊！"

阿莲撇了撇嘴，恨不得用眼神秒杀了花艳丽。

这时林一龙的手机响了，拿起一看是郭悦的微信：我出发了。

花艳丽斜眼瞄到林一龙收到的微信内容，面露轻蔑。

林一龙收起手机说："不好意思，我还有事，我先走了。你们接着聊。"

三人都对着林一龙摆手再见，花艳丽则一直盯着林一龙的背影，心中说道：土大款啊，还是北京的坐地户！

花艳丽又凑近袁奋问道："嗨，帅哥，您这哥是真有钱吧？"

"那是，我认识的人有几个没钱的。"袁奋接着瞎吹。

花艳丽听了，抿嘴一笑，端起酒一饮而尽，以掩饰此刻心中的算计。

阿莲看着花艳丽直来气，拿起一瓶酒咕咚咕咚地喝起来。她很快就喝醉了，于是只好散场。袁奋把阿莲扶上了车，送回了住处。

把阿莲安顿好，袁奋和花艳丽又接着聊。

花艳丽瞅着袁奋，酝酿了一下，问道："奋哥，那个龙哥多大岁数？"

"跟我姐夫一样大，三十二吧。"

"哦，那他结婚了吗？"

"前两天好像离婚了。"

"那为什么离婚啊？"

"具体的情况我就不知道了，哎，我发现你对龙哥挺感兴趣啊。"袁奋一脸吃味。

"谁不对高富帅感兴趣啊！"花艳丽倒是坦白得很。

袁奋眼睛一转："艳丽，我有个提议。"

"你说啊，奋哥。"

"我不是让他给我投电影嘛，他老是犹犹豫豫的，你要是能说服他，我给你提成。"

花艳丽暗喜："靠谱。"

这时，阿莲忽然起身走出来，迷迷糊糊地问："几点了？"

"八点多了。你突然冒出来，吓我这一跳。"花艳丽嗔怪道。

阿莲清醒一点了，但还是有些头痛，她说道："你怎么还不上班去啊？"

一句话提醒了花艳丽，她赶紧拎起包往外走，边走边说："我得上班去了，以后再聊啊，走啦，奋哥！"

"哎，别忘了咱俩说的事儿。"袁奋扬声喊道。

阿莲见花艳丽出门，忽然起身拽住袁奋："奋哥，陪我去后海透透气吧，我想作诗。"阿莲拉起袁奋就走。

袁奋暗暗翻了个白眼，心里说：我要不是看在剧本的份儿上，我忍你这个花痴？

阿莲沿着河边走边撒酒疯似的大声吟诗："荒诞筒子楼前，你推着煎饼车，开始一天的生计；而我背起我的电脑，开始我的梦想。生活啊，它是一个大锅灶，它逐渐煎熬着我的梦想！”袁奋痛苦地跟在阿莲身后捂着脸。

身边来来去去的人都看阿莲，指指点点。

“这女的有病吧？”游客甲说。

“大概是脑子缺点啥！”游客乙说。

阿莲听见了两人的对话，怒道：“你们说谁啊？哪儿来的你们就敢在这儿随便放屁？”

袁奋上前拦着阿莲：“你喝多了，别乱说话！”

游客甲火了：“嗨，你说谁呢？”

几个游客这就对着阿莲围了过来，袁奋见状赶紧上前挡住，告饶道：“几位大哥大姐，她喝多了，正撒酒疯呢，你们别跟她一般见识。”

阿莲见袁奋替自己挡事儿，越发来劲：“甭跟他们废话，一群俗物，离我远点儿，把这儿的气场都带脏了！”

阿莲说罢，仗着酒劲上前就推倒了对方一个女孩。

游客乙大怒：“你敢推我女朋友？”

几个人就要动手打阿莲，袁奋拼命拦着：“几位哥哥姐姐，千万千万别动手……”

对方压根儿就不听，直接开打，袁奋趴在地上，拿出手机拨通了李中原的电话：“姐夫，救命，出大事了！”

李中原接了电话着急忙慌地从楼门里跑出来往停车位奔去。

突然一辆出租车停在了他跟前，韩雯雯从车上下来，喊道：“中原！”

“雯雯？你，你怎么回来啦？”

韩雯雯脸色很难看：“你刚才干吗挂我电话啊？”

“我，我挂你电话了？”李中原有点懵。

韩雯雯很气愤：“我还没说完呢，你就挂了，你是不是做了什么对不起我的事？”

“哦，我刚才有点急事。”

韩雯雯打量着李中原：“看来我真是回来对了，你这是要去哪儿啊？背着我圣诞节和别的女人约会啊！是不是袁胜男？”

李中原有点无奈：“我天，你就是为这事儿专门打飞的回来的？”

韩雯雯拉着李中原回了家。一进家门，韩雯雯就去拉开卧室里的被子闻来闻去。

李中原没有办法，躲在卫生间里给袁胜男打电话：“胜男，你在干吗？我和你说个事，袁奋被人打了……”

袁胜男正和王子荐一起吃小龙虾呢，接到这个电话，大气来不及喘，突然起身。

“行，我知道了，我马上赶过去。”袁胜男挂了电话。

“怎么了，胜男？”王子荐关切地问。

“我弟被人打了……”袁胜男急匆匆说完拎着包就要走，王子荐连忙跟了上去。

打完电话，李中原从洗手间走出来，他白了韩雯雯一眼：“搜出什么来了？”

“哼，罪证肯定被你消灭了。”

李中原无奈地摇摇头：“你呀，肯定是韩剧看多了，想象力太丰富了吧。”

“那你刚刚去哪儿了？我打电话你也不接。”

“没有……袁胜男今儿晚上约了王子荐一起过平安夜，这都收拾好了要出门了，袁奋突然杀过来了，胜男这就脱不开身啦，又怕露馅儿，这不就喊我过去演了场戏嘛。”

“他俩真好上了？”

“都一块儿过平安夜了，你说呢？”李中原心里不是滋味，嘴上却装作若无其事道。

韩雯雯终于放心地露出了笑脸，她突然起身搂住李中原："欧巴！以后你不许随便挂我电话！"

李中原很无语。

韩雯雯看了眼时间："欧巴，送我去机场吧！我十点的飞机。"

"啊，这就回去了？"

"对啊，我明天还有工作呢。我这不是不放心嘛，所以赶紧回来看看。"

李中原有点无奈："赶紧走吧，再不走赶不上飞机了。"

第九章 和谐

袁奋和阿莲坐在走廊长椅上，袁奋脑袋上缠着绷带，面前一个警察正在了解情况。

阿莲此刻已经酒醒，对警察张牙舞爪地控诉：“这帮人简直心狠手辣、丧心病狂，五六个人打我们俩。”

警察说道：“把之前的情况好好跟我说说。”

阿莲连忙说：“不是我们的错，是他们先动的手。”

游客甲反驳道：“是你先把我女朋友推地上的。”

阿莲死活不承认：“他们胡说，我是斯文人，从来不动手。”

此时，袁胜男和王子荐赶到了派出所。

“爱军，怎么了，谁把你打成这样？”袁胜男又着急又心疼。

看到不成器的弟弟一头的绷带，她的心也跟着紧了下。

袁奋指着几个肇事者，对袁胜男道：“姐，就是他们。”

“你们下手也太狠了，五六个人打一个，好意思吗你们！”袁胜男一脸气愤。

“就是嘛，君子动口不动手。”王子荐也跟着说。

游客女指着阿莲：“是那个女的先推的我！”

……

听完双方的说辞，了解情况之后，警察开始调解：“情况呢我们基本了解清楚了，双方都喝了酒，的确是你们先动的手，另一边呢，也是太冲动，把人打成这样，应该进行赔偿。”

袁奋赶紧接话：“赔多少啊？”

“这得你们双方协调啦。”

“小兄弟，我们也道个歉，这不是都出来玩嘛，你说个数吧。”

袁奋想了下，一脸期待道：“赔五千吧。”

医院里，袁胜男扶着袁奋往外走，王子荐和阿莲跟着，阿莲带着小姑娘的羞涩时不时地看着袁奋。

袁胜男气愤地数落：“上次的事情才过去多久啊，你又惹是生非，怎么就这么不长记性！”说着戳了一下袁奋的脑袋。

袁奋疼得龇牙咧嘴：“老姐，我还不如让那些人打死我算了！省得听你唠叨了。”

阿莲赶紧上前：“胜男姐，你就别责怪他了，是那些人太可气了。”

“我就不信，你们不去招惹人家，人家就过来揍你们？”

这时李中原迎面赶了来：“怎么样了？没事吧？”

“没事了，已经处理完了。”

李中原放了心。

“姐夫，你咋才来啊？我可是先给你打的电话啊！”

李中原有点不自在地道：“我，我这不是有点事吗？”

“要不这几天你来我家住吧，我好好照顾照顾你。”袁胜男对袁奋说。

“算了，算了，姐，我去你家，我还不如被人打死。”

王子荐一听乐了。

“行了，我送袁奋回家。”李中原说。

李中原的车停在了阿莲家楼下。阿莲下了车，然后敲敲副驾的窗户。

袁奋下了车窗，惊讶道：“怎么了？”

“袁导，你好好养着，有什么事给我打电话啊。”阿莲体贴地说。

“哟，谢谢关心，拜拜。”

阿莲幸福地跑进楼门。

袁奋上了车窗，就气鼓鼓地说：“惹了事她倒推得干净，害老子替她挨揍！”

“今天到底怎么回事？你我太了解了，要说你调戏了小姑娘挨揍我信，平白无故走街上打架，你不是那惹事的人啊！”

“姐夫，还是你英明！是她神经病，喝多了非要在后海念什么破诗，嗓门还特大影响了别人。人家说她两句，她倒不客气，上前就给人推倒了，人家还不揍她？看人家揍她一个女孩子，我能在旁边不管吗？”

李中原乐了：“你这属于英雄救美啊，奋。”

“你快别损我了，就这号还美呢，你从哪儿看出她美啦！整个东施一枚。”

“行了行了，念在你负伤我就不多说了，不过奋啊，真的，听姐夫一句劝，这姑娘脾气古怪，你没事少招惹她。”

“我不能不招惹她，我必须得招她啊，除了她谁能给我写不要钱的本子啊？”

李中原摇了摇头。

把袁奋送回了家，李中原又来到袁胜男的大房子里。他一脸疲惫地说：“袁奋已经被我安全送到家了，你放心吧 。”

“你坐，我给你倒杯水。”袁胜男一脸歉意，“今儿真是不好意思啊，又折腾你到半宿。”

“说什么呢，跟我还客气上了？”

“当然要客气啦，以前咱们是一家人，怎么麻烦你都无所谓，现在可不一样了。”

“甭管是不是一家人，那袁奋都是我弟，他出了事儿我没道理不管。”

“唉！这臭小子，我真是让他愁死了。”袁胜男叹息了一声。

不过李中原的这几句话倒是很中听，袁胜男心里的那杆秤不知不觉就偏移了几分。

“今天可真不怪袁奋，我在回家的路上，听袁奋说是阿莲喝醉了酒，先挑的事儿。阿莲那姑娘我瞅着有点儿怪，你得劝劝袁奋，少跟她接触。”

“哼！他能听进谁的话去？从来也没过过什么圣诞节，今儿突然想过一回了吧，又碰上这么个糟心事儿，看来我就是没浪漫的命啊。”袁胜男又重重地叹息了一声。

李中原一听这话心里不禁发酸：“哟，你这是撂话给我听呐？”

袁胜男不明所以，纳闷道：“什么呀？”

“以前是我对不起你，从来没带你出去浪漫过。”

袁胜男不爱听这话：“打住打住啊！我这儿随便发句牢骚，你跟着瞎意会什么呀？谁稀罕你的道歉啊！行了，我看你也累了，赶紧回家吧。”

袁胜男说着就撵李中原出了门。

门外，李中原碰了一鼻子灰，心里空落落的。

屋内，袁胜男脸上也是掩不住的失落。

她走到餐桌边，看见王子荐给她打包的小龙虾，眼神儿不禁迷茫起来。

袁胜男坐在沙发上百无聊赖地看着电视，突然门铃响了，她有些惊讶地看了眼表，过去开了门。

门打开，李中原举着瓶红酒满脸笑意地站在门口。

“来，我给你补过个圣诞节。”李中原将红酒放到了桌上。

袁胜男心中一动，却不露声色，嘴上客套着：“哎呀，我刚刚就是随便一说，你还真当回事了。”

“行啦，知道你超凡脱俗，但是偶尔享受享受这庸俗的浪漫也未尝不可嘛！这不正好有现成的小龙虾嘛，小龙虾就酒，越喝越有，劳烦您再做个扁豆焖面，这不就齐活儿了嘛！正好我晚上还没吃饭呢，咱俩将就来点儿土洋结合，别辜负了这良辰美景平安夜呀！”

袁胜男白了李中原一眼，忍不住乐：“合着是来我这儿蹭面吃的！行吧，成全你，看你也是孤零零一个人儿，怪可怜的！”

一个小时后，桌上一堆小龙虾皮。

李中原把杯里的红酒一饮而尽，脸红红地看着袁胜男。

“别喝了，再喝该醉了。”袁胜男劝道。

李中原起身去了洗手间，袁胜男在厨房客厅收拾东西。

李中原回来了，看到她忙碌的身影，突然有一种异样的感觉。

“胜男，咱俩夫妻一场，离了婚后，有些话吧，我一直都想对你说。”

“说吧。”袁胜男直起腰，美目扫了过来。

李中原下意识心里一紧，道：“你，你以后一定要找个对你好的，我看王小贱就不错，唉，也就他能受得了你啦，你，你就别挑啦，就你这脾气，你这样的，也真是不好找啊。”

袁胜男一脸不爽地看着他：“你喝多了，我是不是得给你醒醒酒啊？”

袁胜男说完进了洗手间。

李中原还在说：“我觉得这王小贱吧，虽然有点儿娘们唧唧的，但……”话没说完，袁胜男端着一盆水从洗手间出来，二话不说浇到了他的脑袋上。

李中原被浇了个透心凉：“哎，你干吗啊！”

袁胜男拎着盆送回了洗手间，冷声道：“酒醒了吧？”

李中原大吼："袁胜男！有你这么给人醒酒的吗？大冬天的给人浇冷水！你想冻死我呀！"

袁胜男从洗手间出来，推着他往外走："冻死你活该！你这样的人就不值得同情，两杯猫尿下肚就开始胡说八道，赶紧给我走人！"

李中原甩开袁胜男："别推我，爷自己有脚！"说着就要走。

袁胜男突然又一把拽住他，没好气地说："等着！换件干衣服再走！"

李中原走了，袁胜男坐在沙发上生闷气。这时门铃响了，袁胜男以为还是李中原，吼道：

"滚，大半夜的闹什么妖！"

门铃还在响，袁胜男起身往门那儿走："李中原，你有……"

"胜男，是我呀！"

袁胜男迟疑道："王小贱？这么晚了你怎么来啦？"

门打开，一束花忽然递到袁胜男面前来，王子荐笑眯眯地站在门前。

"你不是说你以前过节从来没有人给你送花嘛，这次我给你补齐了。"王子荐深情地说。

袁胜男心中感动，从来不掉眼泪的她，竟然哭了。

王子荐急忙找纸巾给女子擦泪，一脸心疼："别哭了，亲爱的。是我不好，我不该说那么多话惹你伤心。"

袁胜男突然一把抱住王子荐，语带凝噎道："谢谢你，我很开心。"

王子荐愣了下，缓过神来激动不已，双手也慢慢环抱住她丰盈的身体。

韩雯雯回到出差的地方，拖着箱子进了房间。这时手机响了。她拿出手机一看是阿莲，皱了皱眉，还是接起电话："大姐，我出差呢。"

"雯雯，我知道你很累，但你一定得听我说几句，不然我今天这觉可就睡不成了。”

“那你怎么不想想我还睡不睡了呀？哎呀，你说吧什么事儿？简短地说！”

“今天不是平安夜吗？我和袁奋去后海约会，正在吟诗的时候，一帮子俗人对我出言不逊。袁奋就上前跟他们理论，我也过去帮着他，结果最后就打起来了。哇！你知道吗？雯雯，袁奋为了不让我挨打，就把我推在一边，挡在我面前跟那帮人对打。”

“他到底是把你推在一边呢？还是挡在你面前呢？这好像不是一回事吧？”韩雯雯无奈地说。

“这个不重要啦，你说袁奋是不是喜欢我？”

韩雯雯郁闷地自语：“真是无聊！”

“你说什么雯雯？”

“我说袁奋喜欢你。”

阿莲高兴地说：“我说吧，我是写情感故事的，我还能看不出来袁奋喜欢我？”

韩雯雯打断她的话：“后来呢，后来怎么样了？”

“后来，袁奋受伤就去医院了，他姐姐、姐夫也去了。”

韩雯雯一听这句话顿时警觉起来：“李中原也去了？”

“去了呀！还是他把我和袁奋送回家的呢。哎，雯雯，你说他姐会不会阻止我们交往啊。”

韩雯雯没心情跟阿莲聊下去了，心中发狠：大过节的，他还是和袁胜男搞在一起了！

挂了电话，阿莲的电话紧接着又打过来，韩雯雯也不理了。她愤愤自语：“早知道我就该住一晚，我怎么那么傻，连夜赶回来了呢？”

韩雯雯洗完澡，头上别着精致的发簪，打扮得美美的，然后向李中原发起了视频聊天，却无人应答。她气得把手机扔在了一边。

思忖了一会儿，她忽然紧张起来，起身在屋里溜达：李中原、袁胜男，他俩肯定没干好事！想到这儿，她又拿起手机，手哆嗦着调出主管的电话，拨通。

“贺主编，我是雯雯啊。”

“啊？雯雯啊？这么晚有什么事？”

韩雯雯哭着说：“我不想在外地待着了，我想回家。”

主编急了：“这大半夜的，出什么事了？”

“我男朋友劈腿了。”

“你怎么知道的？”

“我有预感啊。”

主编大怒：“你这叫什么话？你一句预感男朋友劈腿，工作就不管啦？我告诉你啊，韩雯雯，你可别给我撂挑子！这个时候我可找不到人去替你！”

主编不由分说挂了电话，韩雯雯委屈地大哭起来。思来想去，她又拨通了阿莲的电话。

“阿莲，你得帮我个忙。”韩雯雯着急地说。

“这么晚了，你怎么了？要帮你什么忙啊？”

“你替我去趟李中原家，去敲他家门，看看他干吗呢。”

“啊？现在啊。”

“嗯，现在，我都快急死了。”

“雯雯，这都半夜了，你让我去干吗啊，就是敲他的门啊？”

“我觉得李中原和袁胜男今天肯定在一起过夜了。”

“啊？不会吧？你让我去捉奸啊！这不好吧？雯雯，我怎么能去干这种事儿呢？你还是找别人去吧。”

“阿莲，我们是好姐妹，这次你一定要帮我！”

“好吧好吧，我这就去。”

凌晨三点，李中原家门铃大响，还夹杂着咚咚的敲门声。

李中原睡眼惺忪地从卧室走出来：“我天，谁啊？三更半夜来敲门！”

阿莲在门外低唤：“李大夫，我是阿莲。”

李中原脑子还没清醒呢，就去打开了门：“阿莲？阿莲谁啊？我天！真是你啊！你怎么找到这儿的？”

“我必须得跟你解释一下——李大夫，是雯雯让我来的。”

李中原十分惊讶：“雯雯？那你进来吧，她让你来什么事儿啊？”

阿莲进门之后趁着李中原关门的当口，歪着脑袋往卧室张望，然后四处打量。

“没事，就是她跟你视频聊天，你没搭茬，她让我来找你，她要跟你视频。”

李中原崩溃了：“我天，她没事吧？”

“这还算好的，我在你这儿就敲开门了；这要敲不开你的门，我还得去敲你前妻家的门。李大夫，我劝你以后还是及时接听雯雯的电话，你要是跟她视频了，她也不会来这出啊。这一通折腾啊。”阿莲埋怨道。

李中原都傻了……

阿莲说完转身要走：“行了，找着你我的任务也完成了，赶紧，雯雯还等着呢，我看你跟她视频上了，我就走。”

李中原无奈地摇摇头，往卧室去找手机，丢了句：“我天。”

拿到手机，他向韩雯雯发起了视频聊天。

韩雯雯几乎是秒回：“中原！”

阿莲看着视频中的好友说：“好啦，雯雯，我在李大夫家呢，只有他一个人，放心吧。你们聊，我走啦。”

李中原则满脸疲惫地问：“你这是要干吗啊？”

“李中原，你到底在不在家？”

“你那个闺密都亲自跑过来一趟了，你还不相信啊？”

“那你拿着手机在家里转一圈，让我看看。”

李中原有点气愤：“雯雯，咱俩得好好说说了，你这有点过分了吧？”

“谁让你我一走，你就跑去跟前妻见面。”

“你讲点儿理，那是因为袁奋挨揍了，我不得去看看有什么需要帮忙的吗？再说，我是先送你去机场，才去医院的啊。”

“我也不是不让你跟她见面，可你干吗不接我电话啊？”

“我回来就睡了！你总不能不让人睡觉啊！”李中原哭笑不得：哪儿有这么不相信人的！累不累啊！

第十章 露馅

大厅内，林一龙和郭悦两人正坐在填表桌前埋头研究着申请表格。

“这账户就填我工行的那个吧！”郭悦说着提起笔就往上填。

“啊？人家底下还可以再填一个账号，你把我那个建行的也填上。”

郭悦警惕地看着林一龙：“干吗？这钱还不全都打我账上啊？”

“我觉得还是分开好。”林一龙讷讷地道。

郭悦有点不高兴：“林一龙，你什么意思啊？存什么坏心眼儿呢？”

“我不是怕人家怀疑嘛。”

郭悦怀疑地看着林一龙：“打一个账上就能穿帮了？”

“废话！人家拆迁办的人又不是傻子。”

郭悦还是将信将疑。

桌上林一龙的手机连续响了几声，郭悦顺手拿起来看，屏幕显示是花艳丽发来的信息。

“花艳丽？”

林一龙慌张夺过手机，小声道：“干吗随便看我手机！”

郭悦眼明手快又将手机夺回：“你心虚什么呀？”

林一龙伸手跟老婆争抢着手机：“你给我！你怎么这样？”

“你和她什么关系？”郭悦怒声质问。

“没关系！她就是袁奋的一个朋友！”林一龙趁机一把夺过手机。

“扯淡！袁奋的朋友给你发的哪门子信息啊！”

“你别神经了啊，懂不懂什么叫隐私啊！”林一龙怒气冲冲道。

郭悦气哭了，边哭边打林一龙：“你还敢跟我讲隐私！你赶紧跟我老实说，你跟她什么关系啊？你想干吗呀？今儿这事儿你要是不跟我说清楚，咱俩就没完！”

郭悦越说分贝越高，大厅内的其他人纷纷看向这边。

林一龙顿觉得很没面子，吼道：“你有病吧！我跟你说什么呀？你是我什么人啊！咱们早就离婚了好吧？我的事儿你管得着吗？”

林一龙说完站起身，撂下郭悦，一阵风儿似的出了拆迁办大厅。

出了大厅，林一龙回去换了一身衣服，就去赴约了。去了餐厅，只见花艳丽一个人在那里。“袁奋呢？”林一龙问道。

“他突然有点事情……”花艳丽故作娇羞道。此刻她穿着露肩碎花裙，妆容恰到好处，整个人仿佛一只翩翩起舞的蝴蝶。

林一龙看得心荡神驰。

两人正聊得火热，突然一声怒吼响起：“林一龙！你跟这儿干吗呢？”

林一龙和花艳丽都被惊了一跳，齐齐回头看去。

她怎么来了？林一龙暗道不好。表面上仍故作镇定地说：“你怎么来了？我这跟朋友吃饭呢。”

郭悦脸色很难看，怒不可遏地说：“朋友？什么朋友？”

林一龙担心闹起来不好看，小声说道：“我不跟你吵，咱们到一边说去！”他跟花艳丽说声抱歉，然后离席而去。

郭悦怒瞪了一眼对面的狐狸精，也匆匆而去。

街心花园里，郭悦气愤地说：“林一龙，我告诉你，不许再跟那个小妖精联系！”

林一龙不高兴地道:“还玩起跟踪来啦? 什么小妖精啊, 你有点儿素质吧, 你凭什么这么说别人? ”

“怎么着? 这就护上了? 就这还说是普通朋友? 你说, 你是不是看上她了? ”郭悦气得浑身发抖。

“神经病! 我懒得跟你说! ”林一龙说着就走了。

郭悦越想越觉得委屈, 班也不想上了, 请了假匆匆走了。

袁胜男的办公室里, 郭悦直接推门进来, 因为之前前台已经打过电话, 袁胜男倒也不惊讶。她把眼神从电脑上移开, 笑着道:“悦悦来啦! ”

郭悦一屁股坐在袁胜男对面, 冷着张脸。

“谁又惹你了, 怎么了? ”

“我逮着林一龙和一个女的约会。”

“林一龙? 不能吧? ”袁胜男吃惊地说。

“我亲眼看见的, 他还为这事跟我吵架了。”

袁胜男觉得事情蹊跷:“你认识那个女的? ”

“我刚刚给李中原打了电话, 他说那女的是袁奋的朋友。”

“我弟的朋友? 那就更不可能了。”

“你是没看见那个女的, 胸大臀肥的, 那妖艳的样子……”郭悦只要想到花艳丽挑衅的模样, 就恨得牙痒痒。

“你放心, 中原不会瞎说, 林一龙也不是那种人。”袁胜男安慰她道。

郭悦一脸怀疑地看着袁胜男:“你和中原咋说的一样啊, 你俩事先没沟通吧? ”

袁胜男听了这话笑了:“谁跟他沟通了? 这说明我们都相信一龙的人品。”

郭悦点点头。

袁胜男看看表："正好，我也快下班了，咱俩晚上撮一顿去？"

两人吃完饭，袁胜男开车回家，刚锁好车，就看见李中原从后面走过来。

"你刚回来？"

"嗯，刚跟郭悦吃完饭。"

"我刚刚去找老林了。"

袁胜男赶紧问道："那女的真跟他在一起了？"

"没有，说是袁奋打电话约的一龙，结果去了以后只有花艳丽在那里，袁奋根本就没有去。"

"袁奋那个小子搞什么呢？"袁胜男有点生气。

"要不你打电话问问？两人都是我们朋友，要真弄出点什么事，也不太好。"

袁胜男点头称是。

李中原回家打开门，就看见屋里亮着灯，韩雯雯的行李箱大剌剌地摆在那里。

他再一看，韩雯雯已经一脸灿烂地婷婷立于眼前。

"你这是提前完成了工作？"李中原说不上心里是高兴还是不高兴。

"怎么了？我提前回来你不高兴啊？"韩雯雯嘟着小嘴，撒娇道。

"我当然高兴啊，你怎么不告诉我，我好去接你啊。"李中原敷衍道。

"不用你去接……哦，对了，你去哪儿了？怎么这么晚才回来。"

"我晚上和一龙一起吃饭了。"

韩雯雯突然一脸怀疑道："是吗？刚刚你在停车场磨蹭什么呢？"

李中原大惊："啊，你怎么知道的？"

韩雯雯从包里掏出一个望远镜，得意地说："我在楼上全看见啦！"

李中原有点无语："我的天呐！你是学中文的吗？我看你是特工学院毕业的吧？"

李中原决定不再理会这些，他走进洗手间，开始洗漱。

韩雯雯靠在门口观察他："说话呀，你刚刚到底在停车场干什么了？"

李中原沉着脸没有答话。

韩雯雯看硬来不成，眼珠一转，态度忽然软下来："中原，你干吗不理我呀？你说句话好不好？"

李中原没好气地说："你不是都用望远镜看见了吗？还问我干吗？"

韩雯雯被噎住："我……"

李中原将擦脸的毛巾一扔："韩雯雯，你最近是怎么了？整天疑神疑鬼的，要么打飞的回来查我的岗；要么大半夜的非要跟我视频；就因为我没及时回复，你能让你的朋友凌晨三点来砸我的门。现在又买个望远镜回家监视我，你到底想干吗呀？你不觉得你太过分了吗？"说完他径直进了客厅，不再搭理韩雯雯。

韩雯雯被晾在洗手间门口，又尴尬又委屈。她暗想不能这样下去！又想起《甄嬛传》的剧情，她眼睛一转有了主意：他们李家不是一直想要孩子吗？择日不如撞日，就今儿晚上吧，要是能怀上他的孩子，不就万事大吉了？

韩雯雯拿定了主意，走进客厅。她坐到李中原的旁边，娇嗲地挽住他的胳膊："欧巴，你还真生我气啦？"

李中原将胳膊从女子手里抽出，依旧冷脸不说话。

"对不起,都是我的错,"韩雯雯干脆将头颅靠在男子肩膀撒娇道，"欧巴，原谅我啦！你说吧，要我怎么做，你才肯原谅我？学小狗儿叫？还是学小猫儿叫？"说着就学起来。

李中原忍不住被逗乐了。

韩雯雯趁机搂住他的腰，一脸娇羞道："欧巴，你笑了！你笑了就说明原谅我啦！"

李中原故作严肃："雯雯，你以后真的别再这样了！"

韩雯雯伸出纤纤玉手慌忙捂住他的嘴："好了，欧巴，你别说了！我哪儿是监视你啊，我只是太紧张你了嘛！谁让你那么优秀那么招人喜欢的，我又那么爱你，有时候就难免情不自禁，做出点儿出格的事儿来嘛。"

"不是啊，雯雯，你……"

韩雯雯慌忙打断："好了好了，我知道错了啊，我以后注意还不行嘛！哎呀，今儿坐了一天的火车，坐得我腰酸背疼的，欧巴，我先去洗个澡啊，你乖乖等我啊！"

韩雯雯说完"啵"的一声，在李中原脸上狠狠地亲了一口，然后迅速跑开了。

袁胜男一回家就打了个电话给袁奋，这小子正在夜店里和美女一起跳舞。

袁胜男听见电话那头的电子音乐声，皱了皱眉，大声道："袁爱军！你这是又跑夜店疯去啦？我说你记吃不记打是吧？脑袋上的伤好利索了吗，你就去蹦跶？我告诉你啊，现在就给我回来！来我这儿一趟，我有事儿问你，限你半个小时内赶到，不然后果自负！"

袁胜男说完不由分说地挂了电话

袁奋倒是很听话，接了电话后撒开脚丫子就跑开了。

门铃响了，袁胜男打开门，连忙捂住鼻子："嚯，这味儿，你这是灌了多少马尿啊？赶紧进来！"

袁奋一边换鞋一边说："找我有什么急事啊？我那边正忙着呢。我姐夫呢？"

“他小房子写报告呢，你忙什么忙到夜店去了？”

“哎呀，姐，我跟你没有共同语言，你找我到底啥事啊？能马上进入主题吗？”袁奋一脸郁闷地道。

“好，我问你，花艳丽是谁？”

“啊，花艳丽是谁？”

“装，你就给我装！”袁胜男气得够呛。

“哎呀，姐，我想起来了，她是阿莲的同屋。”

“阿莲的同屋她老找林一龙干吗？”袁胜男一脸怀疑地质问。

“有时候我和阿莲跟龙哥见面，她就是来凑个热闹。”袁奋有些心虚地解释道，他怎么能说是因为他想要花艳丽勾搭林一龙帮他投资呢……

“行了，别说那些没用的，我可给你打个预防针，我不管你有啥歪心思，你得给我记住喽，别去打林一龙的主意。否则，我轻饶不了你！”

“我没有啊！老姐！”袁奋赶紧告饶。

“哼，你别把你姐当傻子，骗你姐夫投资不成，看人家林一龙赶上拆迁现在有钱啦，就想忽悠人家给你投资？”袁胜男突然一针见血直指真相。

袁奋被看穿了，一下子就火了：“什么叫忽悠啊？你弟弟我在你眼里就是这种人啊？”

“你以为你什么人啊，你倒想着站在各种电影节的领奖台上呢，可能吗？这辈子你就别想了！趁早脚踏实地干点正经事儿！”袁胜男一脸不屑。

袁奋大怒起身：“别再说了！我知道你们从小就看不起我，觉得我没出息。我就想实现自己的梦想，搞影视，怎么啦？你们不帮我就算了，我找外人帮我，你们还在这儿拆台？”袁奋说完走到门口换鞋要走。

“爱军！你能不能听姐一句话！”

“我不听！没有你这样打击人的！”袁奋把换下来的拖鞋东一只西一只使气一扔，开门就走。

袁胜男走过去看着地上的两只拖鞋，也是气不打一处来。这个浑小子太不靠谱了！太不靠谱啦！

袁奋越想越气。他想不明白为什么自己的梦想就是得不到支持。突然，他转了个身往另外一个方向走去。

小房子的客厅里，李中原正百无聊赖地看着电视节目。

突然手机响了，韩雯雯发来一条微信。

李中原纳闷儿地瞅了一眼紧闭着门的卧室，拿起手机回复：搞什么啊，都在一屋，还发信息。

韩雯雯：欧巴，快进来呀，来看看我送你的礼物。

李中原好奇地站起身，往卧室走去。

推开卧室的门，只见大床上，女子穿着一身红艳艳的蕾丝性感睡衣，动作妖娆地卧在床上，含情脉脉地看着自己。

“欧巴！”一个娇媚得使人骨酥脚软的声音响起。

李中原被这阵势撩拨得脸红心跳。

韩雯雯突然站起身，款款走来，到了他跟前一头扑进他怀里。

“欧巴，这么久没见了，你都不想我么？”韩雯雯白皙的小手在李中原身上撩火。她的小手柔若无骨，所到之处无不热热的。突然，一个柔软的物体压在李中原的唇上，辗转反侧……

李中原只感觉一股火苗从下腹处直蹿上来，半推半就地意乱情迷起来。

突然，屋外门铃刺耳地响起来，紧接着是沉重的砸门声。

李中原清醒了过来：“谁啊，这么晚？”

韩雯雯却依旧抱着男子不放，嘴里嘟囔道："别管它……"

敲门声还在继续，并且越来越重。

李中原只得推开女子，气喘不已："不行，我得去看看，这么个敲法儿，扰了周围邻居。"

李中原边整理衣服边走出了卧室，赶紧过去开了门。

袁奋站在门口。

李中原有点紧张："奋啊，你怎么来这了？"

"我怎么不能来？"袁奋说着就往屋里走。

李中原心里咯噔一下，屋内还有韩雯雯呢。他赶紧往外推袁奋："奋啊，这么晚了，我这都……"

"你推我干吗，这屋都不让我进啦。姐夫，我必须得跟你说，你和我姐今天……你们这样做太不讲究了！"

忽然，一身睡衣的韩雯雯从屋里跑出来："中原，谁啊？"

袁奋一转脸看见韩雯雯，揉了揉眼睛，大惊："啊？你怎么在这儿！"

李中原急得不行，只能顺着袁奋的话装傻："是啊，你怎么在这儿？"

事已至此，韩雯雯倒显得冷静无比，心里暗暗还有些兴奋：终于要揭开这层面纱了吧！

袁奋打量着韩雯雯一袭性感的睡衣，啧啧不已。

他转脸怒对姐夫："别装了李中原，我就说你跟她之间关系不正常！好啊，你居然背着我姐搞出轨！"

"奋啊，奋，你听姐夫跟你解释，真不是你想的那样，你姐夫我绝对没做过一件对不起你姐的事儿……"李中原还要解释。

袁奋突然比画了两下子："你当我傻啊？姓李的，你别怪我对你不客气，通常小舅子发现姐夫的风流韵事都得武力解决。"

说着上前就要打人，李中原根本不惧他，但还是很给面子地攥着袁奋的胳膊，一脸求助的眼神看着韩雯雯："你帮我解释解释啊。"

可韩雯雯压根不看这边，故意若无其事地瞄瞄这里，看看那里。

"我这就给我姐打电话！"袁奋力气比不过李中原，只好气冲冲地说。

"我……我和你姐已经离婚了。"一急之下，李中原突然说了这么一句。

"什么？"袁奋惊了一下，手一抖，反倒是拨通了袁胜男的电话。

韩雯雯见袁胜男要来，也不想面对那只"母老虎"，找了个借口开溜了。

十分钟后，袁胜男急匆匆地赶了过来。

她是有备而来，不仅人来了，还带了离婚证，拿给亲弟弟看了看。

袁奋一脸惊骇道："你们真离婚了？"

"对，既然你知道了，我也就不瞒你了，为了隐瞒这件事情，让李中原背负出轨的骂名我也于心不忍。"袁胜男一脸严肃认真。

"姐，你还挺仗义，那你俩为啥瞒着啊？是不是姐夫，啊呸，现在应该叫哥了，是不是中原哥担心回家没法交代啊？"袁奋的表情恢复了正常，语气也平静下来。

"他更担心的是咱爸的身体，本来想等着他老人家做完心脏病的手术，恢复好了再说。"

袁奋此刻也不知说什么好了。

"爱军，现在既然你知道了，这件事你必须保密，绝对不能让家里知道。别的你可以不考虑，爸的病你不能不考虑，我和李中原要不是为了爸那心脏搭桥手术，早就说了。"

"就是，我爸我不担心，顶多我豁出去了，挨顿打，他还能真拿枪崩了我？可是你爸的手术，奋啊，你得放在心上啊。"

“你们说的啊我都懂，我也心疼我爸啊，放心吧，这事我一定保密。”袁奋拍着胸脯道。

李中原和袁胜男对视一眼，松了口气。

袁奋瞅着李中原和袁胜男，眼珠骨碌骨碌转。

“嗯，不过是这样啊，姐，姐夫，你看这忙我义不容辞就帮了你们啦，你们就帮帮我……”

李中原和袁胜男已经预感不妙了，二人同时道：“你想怎么样？”

“嘿嘿，弟弟我的心思你们都知道啊，成天抓耳挠腮是为了啥，都是为了事业，而我的事业怎么起步，全部都寄托在这个微电影上啊，唉！可是你们作为我的哥哥姐姐，从小看着我长大的哥哥姐姐，连伸一伸援手都不愿意啊，我特别难过。”

袁奋说这话的时候，一脸有恃无恐，完全就是威胁的语气。

李中原和袁胜男无奈地对视了一眼。

“这样吧，奋，姐夫的财力也没有那么充足，投资电影的钱就算了，我给你交一年的房租，一会我把钱打给你。”

袁奋还不大满意：“咱都是一个阵营里的人了，你怎么还这么抠啊。”

袁胜男有点不乐意了，拉过李中原悄悄地说：“你不能这样，有了这回就会有下一回。”

“没事，等这件事过去了，我就不用再给了。”

第二天，袁胜男上班，李中原过来找她。

“袁奋的事情办妥了，他写了一份保证书。”

“啊？他还写了保证书，你怎么办到的？”袁胜男惊讶道。她知道她那个弟弟，是个不见兔子不撒鹰的主儿，要他写保证书比登天还难啊。

“就给他办了张信用卡。”李中原若无其事地说。

“你给他办了信用卡？就那败家玩意儿，还不把你刷爆了？”袁胜男听了有点着急。

“没事没事，那张卡有限额的，一个月最多刷两万。”李中原连忙解释。

“那也不行啊，这样，这个钱我跟你一起拿。”

“哎呀，真不用，反正也是为了咱俩的事情不暴露，你中午管我顿饭就行。”李中原摆了摆手，不在乎地说。

“那多不合适啊。”袁胜男有点不好意思，也有点感动。

“没事，给我做豆角焖面就行。”

两人有说有笑同时走出公司大门。

王子荐的车停在一边，他人坐在车里，可袁李两人根本没注意到他，两人同时开车离开了。王子荐心里微微不悦，开车跟上了前面的车子，脑子里想的都是刚才袁胜男和李中原说说笑笑的画面，车速一会儿快一会儿慢。

车上的收音机里传出主持人的声音：人都说患难见真情……

王子荐烦躁地关了收音机：什么啊，过去就只是过去，什么也代表不了。

王子荐加大油门跟上了前面袁胜男的车。追！我必须要主动出击！

袁胜男到了家门口，下了车，刚要进楼门，却看见后面王子荐也从车上下来。

“王小贱，你怎么来了？”袁胜男惊讶地问道。

王子荐走过来，一脸笑容，又抬手掩了下嘴：“我想你啦，来找你啊。”

袁胜男尽量忽视掉他这个动作，转脸笑笑：“哦，昨儿不是刚见过吗？那上楼坐坐？”

说罢转身就要走，王子荐忽然拉住她的胳膊。

“胜男，我想你现在就跟我回家，”王子荐极其认真地说。

“回家？什么意思啊？”

“当然是跟我回我家了。”

袁胜男挥开他胳膊：“你有病啊？回你家干吗？”

“我带你见见我父母，就今天吧。”王子荐一脸温柔地上前又要拉袁胜男走。

袁胜男再度甩开王子荐，不耐烦了：“你先别着急，我们俩好像还没有到那个分儿上吧。”

“你不是都答应我追你了吗？这就可以啦，总要让我父母看看你的。”王子荐说完这话还要继续拉着袁胜男走。

袁胜男赶紧往后躲：“别别，你看我今天灰头土脸的，还有我还得赶紧回家办公，你知道我们公司这个往来邮件的收发是有时间规定的，就这样啊，我先上去了……”袁胜男逃跑似的跑进楼门。

王子荐看着佳人远去的背影，心中郁郁。

第二天，袁胜男给李中原送去了豆角焖面，这是前一天答应了他的。

在他的诊所里，两人跟前一人一份豆角焖面。李中原吃得非常香，突然抬起头看了袁胜男一眼：“胜男，我昨天在楼下看见王子荐来找你。”

“李中原，你怎么还有这个毛病呀？跟你家韩雯雯学的吧？”袁胜男以为李中原监视她，有点不爽。

“不是，我是停车的时候正好看见的。”

袁胜男叹了口气：“我也真是挺烦的。”

“怎么了，你烦什么，能不能说给我听听？”李中原来兴趣了。

“昨天王子荐来找我，突然想让我跟他回家见父母。我有点晕啊，我都没有答应他什么，怎么这么突然，估计他还要再来找我。”

李中原听了这话，心里泛酸，闷头吃焖面，不再说话。

“我也不知道该怎么办了。”

“他不是对你挺好的吗？你要是想去见，就去见。”李中原没发觉他说这话的时候，一脸酸溜溜的表情。

“是挺好的，你也说了，遇见个合适的人不太容易。”袁胜男若有所思地说。

李中原的心往下一沉，脸上却故作不在乎道：“喜欢就大胆一点。”

袁胜男拿起杯子看着他，突然有点鼻子发酸：“我呀，唉，青春期该被男友呵护的时候没被呵护过，婚后又是三天一小吵、五天一大闹；现在离婚了，反而能和你坐在这儿心平气和地吃饭、聊天，想想真是好失败啊！”

李中原见袁胜男心生感慨，自己也不淡定了：“干吗啊，离婚的时候都没哭。”

袁胜男委屈地说：“我又不是因为你！”

李中原一脸黯然：“最近我也是，老是睡不着，也老在想，是不是我们想自己想得太多了，想对方又想得太少了，要是都能站在对方的角度考虑问题，是不是会好很多……”

吃完饭，李中原送袁胜男上了车，两人很自然地挥手道别。在护士妙妙和小叶看来，觉得两人非常般配和谐。

晚上回到家，李中原感觉很是疲惫，鞋都没换，就坐在沙发上愣神。也不知道过了多久，茶几上的手机骤然响起，李中原一看来电显示是老妈的手机号。

“喂，妈？”

李龙生的声音传来：“是我！”

李中原马上条件反射正襟危坐：“爸！”

李龙生摆起老爷子的谱："嗯！"

"您有啥指示？"

"你知不知道过两天是什么日子？"

李中原想半天没想起来："啊？什么日子啊？"

李龙生紧接着开骂："你一天到晚脑子里都想啥呢？一点正事不往脑子里进是吧！"

袁保国在旁边拽拽他，摆手让他别骂了。

邱月梅闻言过来打手势制止道："别对儿子这么凶，老袁，你看看老李这脾气。"

李中原被骂晕了："爸，啥日子您就说嘛，我这两天忙，实在记不起来了。"

"就你这样的，还一天到晚怪胜男脾气不好？你们俩的结婚纪念日还得我帮你记着！你怎么给人当丈夫的？"

李中原松了口气："那我知道了，我想起来了，不是，其实我一直记着呢。"

李龙生一听语气缓和了不少："那你打算怎么着？怎么庆祝？汇报给我听。"

"您放心吧，爸，我一切都好好安排，和胜男好好庆祝，其实给胜男的礼物我都准备好了，本来不想说的，您看您非得这么着急，一点神秘感都没有了。"李中原一个劲儿地瞎掰。

"礼物都准备好了？礼物在哪儿呢？我们怎么没看见？"

李中原愣了一下："啊？礼物在我家呢，你们怎么能看见？"

李中原忽然想起了什么，霍地站起身。

"我们四个现在就在你家呢！你俩去哪儿了，怎么一个都不在家？！这个点你也该下班了，下班不回家，在外面乱窜什么？"

李中原吓得腿直发软，抱着电话就奔出门："你们怎么老搞突袭啊？”

“屁话，我们都是当兵的，就得搞突袭，我命令你急行军马上出现！”

李龙生挂了电话，袁保国、邱月梅、张兰英都憋不住笑了，他自己也乐了。

这时，袁胜男的办公室，王子荐正坐在袁胜男对面，央求地看着她。

袁胜男抬眼看看王子荐：“你到底想说什么就说吧，磨叽死啦！”

“那个，还是回家见父母的事情……”

袁胜男放下手里的工作，认真地对王子荐道：“子荐，这个事儿我认真考虑过，我觉得咱俩目前的关系，见家长有点唐突。”

王子荐摇摇头：“我不这么认为，胜男，我是正儿八经追你啊，你有拒绝我的权利，也有答应我的权利……但是你答应我也好，拒绝我也好，是不是都得建立在对我有充分认识的基础上？见家长就是你认识我的关键环节啊！绝不能省略。”

袁胜男张了张嘴，实在没法反驳：这人怎么那么能扯歪理呢？

王子荐一口气说完，说得都有点口渴了，举起自带的杯子咕咚咕咚喝水。

“你说完了？”袁胜男突然问。

王子荐点点头。

袁胜男没话说，这时，桌上手机响了，来电显示：不靠谱。她接起电话：“怎么了？”

“快回家，你爸妈和我爸妈搞突然袭击，这会儿都在你家……”李中原焦急的声音传来。

“我的天呐！好，我马上回去！”

袁胜男拎包就要走：“子荐，我招呼不了你了，回头咱们再聊！”

王子荐诧异地看着袁胜男："又出什么事儿了？怎么每次不靠谱来电话，你都这么一惊一乍的！"

袁胜男已经跑出了办公室，王子荐还站在那里发愣。

第十一章 威胁

李中原穿戴利索，屋内也收拾了一下，把好多韩雯雯给添置的东西都收了。

打开门，袁奋正好站在门前要敲门。

李中原一惊："你怎么来了？"

袁奋贱兮兮地进了门："真是来得早不如来得巧。"

李中原知道没好事："赶紧的，我有急事！"

"姐夫，那卡，让我刷爆了。"袁奋带着那么一点心虚地说。

这两天为了能让花艳丽答应劝林一龙投资，带她买了不少衣服。

李中原以为袁奋有点愧疚。

"没事，以后注意点就行。"

"下次一定注意，那你打个电话给银行，给提升下额度呗？"

李中原气坏了，他强压着火儿，突然伸手摸了摸袁奋的脸："脸皮摸着挺薄的啊。"

袁奋变了脸："姐夫，你别阴阳怪气的，不愿意就不愿意呗，我一会儿打个电话给我妈？"

"行，你去吧，正好爸妈现在在你姐那，我马上把你刷卡的短信给他们看。"李中原说着就要开门往外走。

"你去告我的状，我顶多是挨顿打，可要是你和我姐离婚的事儿露了馅，你爹没准能拿枪崩了你！”袁奋在后面叫嚣着。

李中原心里咯噔一下，停住了脚步。

袁奋见自己的话起了作用，暗道：有戏。

“姐夫，冲动是魔鬼！你可要三思而后行啊。”

李中原咬着牙点点头，拿起手机拨银行的号码：“我现在就申请提升额度。”

几分钟后，李中原出了门，袁奋跟屁虫一样走在后面。

两人走到袁胜男楼下，李中原突然想起来：“坏了，我没准备礼物。”

突然瞟到了袁奋的包。

“奋啊，最近买了不少东西吧？”李中原说着挑了挑眉，伸手拿过袁奋的包，就开始翻。

“你怎么翻我的包啊？”袁奋急了，上去抢。

“花我的钱买的东西，还不让我看看。”李中原嘿嘿笑着，从包里拿出一支唇膏。

袁奋肉疼起来：“现在这个唇膏可火了，许多小姑娘都喜欢。”

李中原点了点头，笑道：“感觉还不错。就这个吧，送我了。”

“不行啊，姐夫，这是我给花……我答应送别人的。”说完就要上去抢，两人正争执着，袁胜男回来了。

“你俩干吗呢？”

李中原赶紧把唇膏递了过去：“胜男，这是我送你的礼物。”

袁奋伸手要夺唇膏：“嗨，姐夫，你太不像话了，有这样借花献佛的吗？”

袁胜男一把拿走唇膏，狠狠戳了下袁奋的脑瓜子：“你有点出息好吧？整天刷你姐夫的卡，你还有理了。”

“你怎么不说我帮你们多大的忙啊。”

袁胜男大怒："什么叫帮我们俩，我爸不是你爸啊，万一受点什么刺激……"

"算了，胜男，别在这生气了，四个老人还在上面呢。"李中原赶紧出来打圆场。

袁胜男瞪了袁奋一眼，只好忍住气。

"你爸在电话里怎么说的呀？"

"说是为了咱俩的结婚纪念日跑过来的。"

袁胜男有点疑虑，一个结婚纪念日用得着这么大张旗鼓地？

李中原看出她的疑问："先不管这个，还有个事，一会儿别穿帮了。"

"啥？"

"我跟我爸说我给你准备了礼物，等会儿我就把这个唇膏给你，你就装作很惊喜。"

袁奋在一边幸灾乐祸："姐夫演我还信，我姐她会做惊喜状吗？"

三人进了门，邱月梅和张兰英赶到门口来。

"妈！"李中原一看两人迎了过来，连忙开口叫人。

"妈，邱姨！"袁奋也乖乖地叫人。

"爱军也来啦？快进来……"邱月梅笑着说。

这时袁保国走了出来。

李中原赶紧叫人："爸，您来啦！"

袁胜男走上前抱住袁保国的胳膊，甜甜地叫了一声："爸。"

张兰英推着袁奋上前。"爸……"袁奋讷讷地上前喊了一声。

袁保国一副恨铁不成钢的样子瞪了他一眼，应道："嗯。"

李中原探头探脑，然后问邱月梅："妈，我爸呢？"

老李恰好从书房走了出来，李中原立刻走到他面前，规规矩矩地道："爸！"

李龙生沉着脸:“你不是说给胜男准备好礼物了吗?现在正好都在,把礼物拿出来给大家看看。”

李中原还得装:“嘿嘿,爸,那礼物不得纪念日当天给才有意义嘛。”

李龙生一瞪眼:“我要看看!看看你小子是不是满嘴跑火车!”

李中原赶紧从包里掏出来唇膏,说道:“我这不是想给胜男个惊喜嘛!”然后他清清嗓子,十分正式地说,“亲爱的老婆,这是我送你的结婚纪念日礼物,你看看满不满意?”

袁胜男接过唇膏,一脸“惊喜”道:“哇,老公,你怎么知道我正好想要这个?”说着还抱住了李中原。

李中原也紧紧地搂着袁胜男:“老婆,我说过我愿意当你肚子里的蛔虫。”

袁奋在一边听得想吐……

四个老人看到这个情景,都急忙走开了,这么火热的画面,他们老了没脸看啦。

晚上李中原带着自己的父母到了小房子。

李中原拿出拖鞋放到二老面前,说道:“爸、妈,这些天你们晚上就在这儿睡,白天可以去大房子和我岳父岳母一起聊聊天,我现在就去给你们把床单换了。”

“中原,床单我来换吧。”邱月梅道。

“没事,妈,我来吧。”李中原说话就进了卧室,从衣橱里拿出新床单。

李龙生在屋里溜达了一圈,邱月梅忙着烧水收拾桌子。

李中原正在铺床,李龙生走了进来,问道:“中原,你和胜男还没动静呐?”

李中原警觉起来:“什么动静啊?”

“你别跟我装糊涂，你知道我说的是什么。”

邱月梅正巧端着茶进来给李龙生，接着问：“是啊，中原，胜男还没怀上啊？”

“应该快了，我们在努力。”李中原只好瞎说。

这时，李中原放在床头柜上的手机响了，李中原一看是韩雯雯的语音，赶紧拿起手机听。

“中原，一定记着晚上九点以后不能……”

李中原一阵紧张，赶紧把语音关了，拿着手机跑到洗手间。

邱月梅和李龙生都听见了前半句，邱月梅停下手里的动作，但是她看见李龙生错愕的表情，就赶紧当没听见一样继续收拾起来。

“这谁啊？不太正常啊！这小子怕是有问题，听了一半，就关了手机往厕所跑。”

李龙生要去问，被邱月梅拉住。

“哎呀老李，我发现你怎么越老疑心越重啊？”

“不行，我必须问问，对于非正常现象，必须追根究底！”

洗手间内，李中原正挂着耳机听语音，李龙生过来敲门：“你在里面干吗呢？”

李中原赶紧收好手机，一边冲马桶一边说：“爸，您干吗啊？我上个厕所您这么个敲法，啥还不吓回去了！”

李中原打开洗手间的门，李龙生用审视的目光打量着儿子。

“刚刚给你发信息的那个女的是谁啊？还操心你晚上九点以后的事儿。”

李中原反应迅速：“那还能是谁啊？是我的保健医生。”

李龙生皱眉。

“现在不都讲究优生优育嘛，所以我就找了个保健医生。”

邱月梅转头对李龙生道：“我就说儿子能有什么事儿啊，你这个老头子，疑神疑鬼的。”

李龙生不说话了，李中原松了一口气。

袁保国在书房把袁奋教育了一顿，袁奋耷拉着脑袋出来了。

张兰英想缓和一下气氛，慈爱地问道：“爱军，妈做了很多你喜欢吃的，一会儿就吃饭。”

“不了,妈,我约了朋友。我这就走了。”袁奋说着抬脚就走出了门。

袁保国突然把茶杯重重地往桌子上一搁，捂着起伏的胸口。

“爸！”袁胜男紧张地立刻上前扶住老爸。

张兰英也很紧张：“老袁！”

袁保国一扬手：“这个臭小子，居然都不想跟我吃顿饭。”

袁胜男和张兰英着急地胡噜袁保国的前胸后背。

“我胸口有点儿闷。”袁保国有气无力地说。

张兰英哆嗦着手找药，袁胜男帮忙找，好歹是迅速找着药塞进了袁保国的嘴里，他这才好过一些了。

袁胜男和张兰英扶着袁保国仰卧在沙发上。

“爸，您躺会儿休息一下，别老想那些不开心的事儿了。”袁胜男心疼地说。

袁保国闭着眼睛，袁胜男握着他的手，看着年迈的父亲，不禁泪眼蒙眬。

袁胜男心里默默地想着：爸的身体这样，离婚的事儿是万万不能说的。

袁奋确实约了人吃饭，约的是阿莲。

阿莲为了这次约会，好好打扮了一下，然而效果不佳。

见了面，袁奋说道：“一会儿龙哥来了，你适当地跟他谈一下剧本的进度，我好跟他谈投资。”

阿莲有点意外：“啊？一会儿龙哥还来啊。”

袁奋心里说：要不是约了龙哥，你以为我会约你？

这时林一龙推门进来了。

袁奋赶紧招手："龙哥，这儿。"

阿莲对林一龙点头示意，挤出笑容。

林一龙坐下来，说道："这地方也太吵啦，哪适合聊剧本啊？"

袁奋有点尴尬地说："就是简单聊一下剧本的进度。"

阿莲清了清嗓子，认真地说："剧本快完成了，不过我就是想好好结个尾，还得斟酌斟酌结尾怎么写。"

林一龙压根不想投资，随口应道："不着急，好好写，什么时候写好了什么时候交。"

袁奋还想说什么，林一龙已经要起身告辞："抱歉，我还有事，我先走了。"

"我们也有事，我们也走……"袁奋说着拉着阿莲一溜烟跑了。

林一龙还没反应过来，两人已经溜得没影了，他只能无奈笑笑，掏出钱包："服务员，结账！"

服务员还没过来，花艳丽却站在了林一龙面前，嗲声道："龙哥。"

这次碰面其实就是袁奋故意安排的，目的当然就是为了让花艳丽勾引林一龙……

两人走出餐厅，花艳丽冲林一龙嫣然一笑："龙哥，晚上有事儿么？"

"倒也没什么事儿。"

"我今天晚上不上班，要不你陪我逛逛？"

"行啊。"林一龙此刻闻着身边美女淡淡的芳香，有些摸不着北了。

花艳丽娇嗔道："龙哥，你人真好，我真是越来越喜欢你了！"说着就势挽上了林一龙的胳膊。

林一龙一阵脸红心跳，紧张得不知道说什么好，只能呵呵一笑。

过往的男子纷纷被花艳丽火辣漂亮的模样吸引，向林一龙投去了羡慕嫉妒恨的目光。

林一龙从来没被人这样注视过，虚荣心得到了极大的满足。

花艳丽继续撒娇："龙哥，这大好的时光，咱俩干点儿什么好呢？"

林一龙已经基本上被花艳丽电晕，说道："你说吧，都听你的。"

花艳丽灵机一动指着远处的电影院："要不咱俩看电影去？您不是投资电影的嘛，肯定喜欢看电影吧？"

林一龙支吾道："哦，好。"

花艳丽拉着林一龙往电影院走去。她觉得时机差不多了，装作随意地问了一句："哎，龙哥，阿莲写的剧本您看了么？"

"还没呢，他们说还要再斟酌下结尾。"

"啊，我觉得挺好的啊。"

"你看过了？"

花艳丽点点头;"我也不太懂，不过那个结尾看得我都感动哭了。"

林一龙有点不相信："真的？"

花艳丽点点头："是啊！其实我这人不爱哭的。上次看电影哭，还是上学那会儿看《泰坦尼克号》的时候呢！"

林一龙点点头："《泰坦尼克号》确实挺感人的。"

"阿莲那剧本和《泰坦尼克号》一样感人呢！"

林一龙有点儿心动了："是吗？袁奋跟你说过投一个微电影需要多少钱吗？"

花艳丽听着有门，眼睛一亮："没有，这种事情他哪能跟我说，我先去探探口风，可不能让他忽悠你。"

林一龙有点感动："也行，你要是有机会的话……"

"没机会我也得创造机会啊，你不知道，我最崇拜那些电影投资人了。"花艳丽说着冲林一龙娇媚地一挤眼儿。

林一龙被花艳丽电得心头小鹿乱撞，慌乱地逃避着花艳丽火辣辣的眼神。

花艳丽抬头一看，两人已经走到了电影院门口。“龙哥，我去趟洗手间。”花艳丽乐颠颠儿地扭头就往洗手间奔，边走边往外掏手机给袁奋发微信：袁大导，铁公鸡终于松口啦。

袁奋收到消息，兴奋地跳了起来，他激动地按住手机发了语音：真的假的？我说艳丽妹妹，你可别蒙你哥啊！你哥这小心脏可坐不了过山车。发完袁奋紧张地握着手机等待花艳丽的回复。

一会儿手机又蹦出一条花艳丽的信息：放心吧，奋哥！我办事儿你放心，妥妥的！赶紧礼物的伺候！

袁奋高兴得手舞足蹈，秒回信息：不就是礼物吗？So easy（太容易）！哥不差钱儿！他兴奋地从兜里掏出信用卡，往商场冲去。

第二天早上，李中原赶到小房子，一进门，俩老人正在吃饭。他笑着打招呼：“爸，妈，吃饭呢？”

“中原来啦，你吃了吗？”邱月梅慈爱地看着儿子。

“我在那边吃过了，我过来就看看你们这边还缺什么东西。”

“什么都不缺，你抓紧时间上班吧。”

邱月梅刚说完，李龙生接着吩咐儿子：“有件事，你得抓紧时间安排，你岳父的手术。”

“嗯，安排着呢！”

李龙生又急了：“你这话一听就不靠谱！什么叫安排着呢？安排到什么程度了？”

李中原支支吾吾：“我今天就去看看。”

到当天午饭时间，李中原赶紧去找林一龙，两人坐在办公桌前拿着袁保国的心脏片子研究着。

“老爷子这心脏手术指定是简单不了啊！”林一龙表情有点严肃。

李中原叹了口气。

“你也不用太担心了，我已经跟主任打好招呼了，他会亲自安排咱院的几个权威专家先给老爷子做个会诊，然后确定出最佳手术方案。手术主刀也基本上定了，就他们胸外的大拿——老周！”

李中原连连点头：“靠谱靠谱！老周主刀，那我这心能放下一半儿。”

林一龙道：“后天早晨先带老爷子来重新拍个片子，再做个全面检查。这地方医院的检查结果啊，咱们医院是不认的。”

“欧了！”李中原对林一龙比了个要走了的手势。

林一龙起身：“走吧，我请你吃个工作餐。”

“别别别，还是我请吧，哪有求人办事儿还捎上一顿饭的道理。”

“那要是你请，咱就别工作餐了，外面撮顿大的去？”林一龙笑道。

李中原不禁乐了。

饭馆里，李中原和林一龙边吃边聊。

“老林，你最近和郭悦怎么样了？和好了没有啊？”

林一龙心不在焉地敷衍：“我们俩没事儿。”

“老林啊，我还得劝劝你……”

还没说完，林一龙打断了他的话：“哎，中原，你说这投资一个微电影得多少钱啊？”

“啊？那我哪儿知道啊，看长度吧？怎么也得个小五十万，你干吗啊？你不会真要给袁奋投钱吧？”

“没有没有，我就是好奇，随口一问罢了。”

李中原严肃地说：“你好奇可以，可千万不能听袁奋的忽悠啊，给谁投资也不能给他投资，不靠谱！对了，你那拆迁款发下来没有？”

“没有，还没有呢……”

李中原皱了皱眉：“到底是什么时候发？有信了吗？”

“听说是下个月吧，谁知道到时候能不能发呢，这也不好说。”

“唉！赶紧发吧，发了以后，你和郭悦马上复婚，我这心也不用跟着你们天天悬着了，忒累。”

林一龙敷衍道：“嗯，我知道，你别光顾着聊，赶紧吃。”

韩雯雯吃着山楂卷，阿莲坐在韩雯雯面前，一脸的郁闷。

“不好好写剧本，一天到晚瞎折腾什么呀？”韩雯雯说道。

“再沉稳的人也有着急的时候啊，我也是需要爱情的。”阿莲不高兴地说。

韩雯雯安慰道：“我理解，你不就是担心袁奋总不向你表白嘛。”

阿莲点点头：“他明明是喜欢我的，我不明白他为什么就是不说。”

韩雯雯看着阿莲怅然若失的矫情样儿，偷乐了一下。

“雯雯，你快帮我想个办法，我真的很希望他勇敢地向我表白。”

韩雯雯趴在桌子上想了会儿，忽然抬起头：“我有个主意，你看行不行？”

阿莲一听这话，兴奋地说：“你快说！”

“你让袁奋给你买个东西，价钱最好贵点儿。男人如果愿意为女人花钱，就说明他心里有你；他要是犹豫不给你买呢，就证明他心里没你，我看你也就别惦记啦。”

阿莲听了韩雯雯的话，立刻打电话约袁奋出来。

袁奋自然是推三阻四，最后阿莲使出了撒手锏，说要看剧本，才把袁奋约了出来。

阿莲一见袁奋，开心地扑了过去。两人一前一后从淘货的人群中穿来穿去，阿莲时不时在一些摊位驻足，袁奋在一边难受得抓耳挠腮。

“阿莲，你这么急叫我出来，不会就是让我陪你瞎逛吧？”

阿莲头对袁奋回眸一笑，神秘地说：“你先别急嘛。”

两人继续往前走，阿莲看见一家卖包的店，她眼睛一亮，冲过去摘下一个包就爱不释手地看着。

店老板出现在阿莲身边，一脸奉承：“姑娘真是好眼力啊，这包前两天就断货了，我今天这刚上了货，你要是看好了，就赶紧买，对面饭馆好几个服务员都看好了……”

袁奋装傻，跟没自己事儿一样倚在那儿看向别处。

“老板，这包我上次来的时候跟您问过价，您再给我便宜点儿。”

“便宜，一定给你便宜，你都来两回了，这样，你就给三百吧。”阿莲对于这个价钱还算满意，回头看看袁奋。

袁奋此刻看着别处，居然还戴上了墨镜，也看不出是什么表情。

店老板察言观色，试探地对阿莲道：“是这位先生结账？”

阿莲看袁奋不主动表示，索性走到他面前，笑着说：“袁导，我吧，最近创作思路有点枯竭……”

袁奋立刻摆正态度：“那要是物质刺激下能有思路不？”

阿莲娇羞地笑笑：“我就是特喜欢这款包……”

袁奋漫不经心地看了一眼包，对老板道：“多少钱？”

店老板颠颠儿跑过来，笑得合不拢嘴：“不贵，三百！”

袁奋一撇嘴掏出三百来递给店老板，趾高气扬地道：“给你！”

店老板乐呵呵地收了钱。

阿莲抱着新买的包，脸上挂着一抹小姑娘似的羞涩的笑。经过这件事，阿莲更确认了她自己在袁奋心目中的分量。依依不舍地跟袁奋告别，阿莲拎着包进了门，十分开心。

花艳丽刚起床，正化妆，侧脸瞅了一眼阿莲：“回来啦？”

阿莲立刻把包举了举：“艳丽，这包好看吗？”

花艳丽只瞟了一眼，不屑地道：“地摊货吧？”

“你什么眼神啊？我这是从商场买的。”

花艳丽乐了。

“我男朋友给我买的！”阿莲一脸得意扬扬地宣布。

花艳丽扑哧笑出声来：“你男朋友？谁啊？”

阿莲心想这还用问么？她一脸理所当然地回答：“袁奋呀！你不知道他喜欢我吗？”

花艳丽一听这话，捂着肚子笑了半天，差点没笑岔气。

阿莲很讨厌她那德行，撇嘴道：“你笑什么呀？你是不是没谈过男朋友啊？”说完阿莲不再理她，拎着包进了自己屋，用脚关上了门。

花艳丽捂着肚子，继续笑得不行不行的。

下班时间，一个身材高挑的女子从威驰公司款款走出，身材凹凸有致，妆容怡人。

一辆高级轿车旁，王子荐捧着一束红艳艳的玫瑰早已等在了那里。

看到她走出来，王子荐双眼一亮，小跑上前，兴奋地喊了一声：“胜男！”

袁胜男谨慎地四处望望：“王小贱，你又干吗呀这是？”

“胜男，我……”

“先上车，上车说！”袁胜男说完，也不等王子荐做出反应，连忙打开车门，钻了进去。

王子荐捧着花愣了一秒钟，也赶紧上了车。

车上，袁胜男语气生硬地说：“我不是在电话里跟你说了吗？我爸妈来了，这段时间我很忙，让你先别来找我的……”

“我知道，我想说咱俩见一面的时间总该有吧！”

“子荐……”

“胜男，你先听我说，我把咱俩的大概情况已经告诉我爸妈了，他们听了以后特想见你……”

袁胜男连连摆手道：“不行不行，真的不行！子荐，我爸这眼看着就要动手术了，我没心思考虑别的，咱们的事儿能先往后搁搁么？”

“啊？伯父的病没事儿吧？有什么需要我帮忙的你就说话！我还认识几个医院的医生呢，要不要我帮你引荐？”

“你认识的能比李中原管用？不用啦，医院的事情中原都帮忙联系好了。”袁胜男直言道。

王子荐闻言，不禁心里泛酸：“哦，对，他也是大夫，那你们这段时间岂不是又要住在同一屋檐下秀恩爱了？”

袁胜男一脸无奈地说：“那你让我怎么办？我爸这马上就要上手术台了。”

“胜男……”

王子荐还想再说什么，袁胜男看了眼手表，不耐烦地道：“好了，什么都别说了。现在在我心里，我爸的手术才是排在第一位的，别的事儿全得给它让路！谁要是敢在这事儿上给我横生枝节，那我指定翻脸！”

王子荐看她粉面含威不敢再多说什么了。

第二天午休时间，李中原正在洗手池洗手，准备结束一上午的工作。办公桌上的手机响起来，来电显示：韩雯雯。

李中原擦了手，接起电话：“喂，雯雯。”

“喂，欧巴，结束工作了吗？中午一起吃饭吧？”

李中原眼珠转了转，赶紧扯了个谎：“哎哟，对不起啊，亲爱的，我忘告诉你了，我出差了，我现在人在上海呢！”

“啊？你出差了？什么时候走的啊？”

“就今天早上，我这一就忘忙活就忘跟你说了。”李中原继续乱扯道。

“你讨厌，李中原！这么大个事儿你怎么能忘了告诉我呢。”

“对不起，实在是对不起！我真是忙忘了。”

“什么时候回来？”韩雯雯发了一通脾气，又娇声问道。

“怎么也得个……八九十来天吧，现在也不好说。”李中原快编不下去了，突然大声说，“哦！来了……好了，雯雯，我不能跟你多说了，他们喊我吃饭去呢，等回头再通电话啊，拜拜！”

韩雯雯看着被挂掉的电话，根本就不相信李中原的话。

她立刻跑去了李中原的诊所，小叶和妙妙一口咬定李大夫出差了，韩雯雯也没有办法。

晚上厨房里，袁胜男正站在灶前掌勺，李中原在一边打下手。

“酱油！”

李中原赶忙递上酱油：“来了！”

“盐一勺！”

“好嘞，盐一勺！”

袁胜男不小心被油溅到了手：“哎哟！”

李中原紧张地凑上前：“怎么了？我看看！”一边说一边很自然地拽过袁胜男的手吹了起来。

“不严重，就是有一点儿红，还是我来炒吧。”李中原松了口气道。

袁胜男微垂下长长的睫毛，心中涌起一股暖流，小声道：“不用，我没事儿。”

李中原一把夺过袁胜男手里的锅铲：“行了，别犟了，你拿盘子打下手。”

厨房外张兰英看到这一情景，不禁会心一笑。

吃完饭，袁胜男正在卧室收拾衣服，李中原进来把袁保国的病历放到了桌上。

“这病历你给周主任看了？”袁胜男看到病历，不由得紧张。

李中原点点头。

袁胜男看他表情严肃，站起身问道：“周主任怎么说？”

李中原叹了口气："胜男，爸这心脏病挺严重的，现在心包的喷血率不足 20%。"

袁胜男无助地跌坐在床上，一双美丽的大眼睛里满是忧伤无助："那怎么办呢？"

李中原一阵心疼，走到身旁，轻拍她的肩膀，安慰道："你先别急，这两天就会安排手术，你放心吧，我一定想办法动用我所有的力量，争取让手术成功。"

袁胜男扭头看向他，双目隐隐有泪光闪动，小声道："谢谢你，中原。"

李中原说道："这都是我分内该做的，咱俩离婚，我觉得最对不起的就是你爸，没照顾好他的女儿，从小到大，他都把我当亲儿子看待！看他这样我心里特别难过。"

袁胜男闻言，抬眼看过来，正巧李中原的目光也看过来，两道视线在半空中相遇，缠绵在一起……

酒吧外，袁奋拎着袋子耐心地等着，一会儿一个妖娆多姿的女子从酒吧里扭身出来。

"嗨，奋哥，又有啥指示？"女子妩媚地一笑。

袁奋把一个礼物袋递了过来，亲热地道："妹妹，我这么寻思着，那天你进展那么大，索性大刀阔斧咱今天就给他拿下。"

"没问题，多大点事儿啊。"花艳丽扭了把水蛇腰，咯咯笑道。

她这一通乱晃，直看得袁奋两眼喷火。他抓抓脑袋，兴奋地说："那你就订个房间，约一下这位土豪哥哥？"

"奋哥，那要是真拿下了投资，你打算怎么谢我呀？"

袁奋一打响指："好说好说！那豪华包房费你跟你们主管商量下给打个折扣呗？"

"我们这儿打完折，最便宜的一晚上也得三千！"

袁奋赶紧掏出李中原那张信用卡："咱不差钱。"

夜晚，灯红酒绿。林一龙胆战心惊地跟着袁奋走进夜店，四处乐声震耳、遍地红男绿女，他只感觉眼睛都不够使了。

袁奋引着林一龙来到舞池旁，然后一扬手，啤酒小姐一扭一扭过来好几个。林一龙看着眼前一个个杨柳腰肢的性感女郎，眼睛发直。

袁奋暗笑不已，这就是一个土包子嘛。他带着林一龙进了包间，门一关安静了许多。

花艳丽娇笑着，右手托着一盘子啤酒走了进来。"龙哥……"花艳丽穿着性感的紧身裙，长度只到大腿根部，此刻娇声娇气地打招呼，把林一龙的魂儿都勾走了。

林一龙赶紧起身接过啤酒："这么多你怎么拿得了。"

花艳丽坐到林一龙身边，妩媚一笑："我一听龙哥来了，开心得不得了。龙哥，你今晚一定得多喝点。"

"我酒量不行啊……"

袁奋忙着开酒："没事，有艳丽妹妹呢。"

花艳丽赶紧拿过一瓶酒倒了两杯，自己拿一杯，递给林一龙一杯。"龙哥，咱俩先干一杯？"

林一龙有点为难："这就干了？"

花艳丽搔首弄姿直往林一龙身上靠，丰满的身体一靠近，林一龙只觉得整个身体都酥麻了。

"龙哥不想跟我喝酒啊，可我每天都想着龙哥呢。"花艳丽的烈焰红唇微微嘟起，好似待人采撷。

林一龙见此只好仰脖把一杯啤酒喝得一干二净。

酒到酣处，袁奋使了使眼色．花艳丽心领神会，娇笑道："龙哥……你说奋哥那电影，你要是肯出钱拍，那我能不能当上个女主角呀？"

林一龙睁着一双醉眼看着女子的花容："你想当女主角，你怎么不早说？”

“人家现在说也不晚嘛。”

林一龙仔细打量着花艳丽：“别说，我妹妹这模样真不差，当个电影女主角什么的也是绰绰有余。”

“那你给不给奋哥投资嘛……”花艳丽撒娇着道，身体又蹭了蹭男子的手臂。

“好说好说……”

花艳丽拿起一杯酒递给林一龙，自己又拿起酒杯，来了个交杯酒的喝法。

好几杯酒又下了肚，林一龙已经找不到北了：“痛快啊，来来来，再来……”

“我这么痛快，龙哥是不是也得痛快点啊，您什么时候把这钱投过来啊？”袁奋趁机道。

林一龙喝了酒，转身把包里的通知领款单拿出来拍在桌子上：“马上！”

袁奋盯着那张领款单，眼睛放光，喜上眉梢。

医院里，郭悦双眉紧拧举着手机正在打电话，手机内不时传来语音提示：对不起，您所拨打的电话暂时无人接听。

郭悦气愤地将手机摁掉，往办公桌上一扔：“干吗呢，这人！打了一晚上了，就是不接电话！什么意思呀！”

她翻看着微信朋友圈，突然表情就变得严肃起来。

手机屏幕上显示着袁奋的朋友圈动态：今晚和著名影视投资人——龙哥一起HAPPY（快乐），为我即将开拍的微电影处女作干杯！

郭悦慌忙点开了图片，图片中林一龙和袁奋醉眼蒙眬地举着酒杯对着镜头傻笑，旁边花艳丽和一众姑娘们各种搔首弄姿。

郭悦一看这图片，立刻气得七窍生烟，她调出了袁奋的号码，打了过去。

电话那头嘟嘟嘟响了半天，无人应答。

郭悦彻底抓狂了，在办公室来回溜达着，她琢磨了一下，又拨通了袁胜男的电话。

“喂，胜男，你知道袁奋在哪吗？”

“我哪儿知道那个臭小子在哪儿啊，离我越远越好！怎么，你找他有事？”

“那，那你知道他一般都去哪个夜店玩儿？”郭悦急得不行。

“不知道啊，到底怎么了？”袁胜男还没猜出好友打这个电话的用意。

“唉！我给林一龙打了一晚上的电话了，他都没接！刚刚看朋友圈才知道，搞半天他是跟你们家袁奋在夜店里鬼混呢！”郭悦越说越气愤。

“啊？林一龙怎么跟袁爱军混一块儿去了？”

“谁知道！还有那个小妖精花艳丽也在！”

“那个小混蛋，你直接打电话给袁奋。”“

“行，我再打打试试。”郭悦一脸郁闷地挂了电话，又拨起袁奋的号儿来，结果依旧是无人接听。

郭悦抓狂地打了一会儿电话，然后思索了一下，准备出门。

李中原家门口，韩雯雯心里很不是滋味，越想越觉得李中原是在骗他，于是大晚上跑去李中原家不停地按门铃，不停地按……

屋内灯亮，有点动静。

“中原？”韩雯雯疑惑地喊了一声。

可是，门打开，站在门口的却是一个老头子。

“你找谁啊？”开门的是李龙生，他看了一会儿，终于认出了韩雯雯。

“是小韩姑娘啊？你找胜男？她在 15 号楼。”

韩雯雯眼睛一转：“叔叔好！那李中原呢？”

“中原也在 15 号楼啊，他们两口子都在那边。”

韩雯雯闻言心中恼恨，也不多说一句话，扭头就走。

李龙生觉得这姑娘好奇怪 。

韩雯雯气势汹汹跑到 15 号楼下，正准备冲上去，忽然听到有人在身后喊她：“韩小姐。”她回头一看，竟然是王子荐，顿时愣住了。

“你倒是袁胜男的忠实粉丝啊，一有点什么事，立刻就出现了。”韩雯雯讽刺道。

王子荐笑了笑，并不在意她的态度：“小不忍则乱大谋……”

“他们都住到一起去了，我怎么忍？你能忍我不能！”

王子荐淡定地说：“只是因为双方父母来了，所以两人伪装一下。”

“你就敢保证他们不会旧情复燃吗？”

“哪儿那么容易就旧情复燃了！要是那样就不至于走到离婚这步啦。”

韩雯雯摇摇头，撇嘴道：“你可真想得开！”

“你上去一闹，万一老爷子犯了病，再有个好歹，有你的好吗？你和李中原还以后还能踏踏实实谈恋爱吗？”王子荐发出一连串的质问。

韩雯雯则一副恨铁不成钢的表情：“行！就你大度！你默默支持他们吧，等他们哪天假戏真做，把娃娃生下来的时候，你最好也能这么淡定！”

王子荐一听这话不禁大惊：“啊？你这话什么意思？他们怎么可能……”

“怎么不可能？他们前几天都去做孕前体检啦！”

“啊！”王子荐惊得一时不知说什么好。

韩雯雯趁机添油加醋:“所以说你傻呢,被袁胜男骗得团团转吧?我还告诉你,这次袁胜男他爸妈来,可不单单是为了看病,还有一个重要的目的就是为了督促他俩要小孩儿!你就想想吧,他们俩每天共处一室,再加上父母的撮合,天长日久下去,你就那么把握他们不会发生点儿什么?”

王子荐有点儿担心了:“那咱们能怎么办啊?”

“当然是联合起来,捍卫爱情啊!”

王子荐一听这话,不禁大惊:“啊?你,你的意思是要把他们离婚的事儿给抖出来?”

韩雯雯坚决点头。

王子荐摇了摇头,还是觉得这样不太好。

“这样,我们先去探探虚实,就装作朋友去看看他们的父母。”

“那就明天上午,我们去看看。”王子荐同意了韩雯雯的提议。

第十二章 缓和

郭悦急匆匆赶到袁胜男家，按响了门铃。

李中原边穿衣服边从卧室内奔出，打着哈欠："谁啊？几点啦？"从猫眼儿看了看，一脸惊讶地开了门，郭悦脸色难看地站在门口。

"郭悦？你怎么来了？"

郭悦也有些惊讶："哎？你怎么在这儿？"

李中原赶紧岔开话："你先进来，什么情况啊？"说着将郭悦让进了屋。

袁胜男也已经穿好衣服走出了卧室："悦悦！怎么了？还没找着你家老林呢？"

"没有！我打他和袁奋的电话，两人谁也不接，你说我怎么办啊？"

此时，袁保国和张兰英也披着衣服从卧室走了出来。

"叔叔、阿姨，也在这儿呢？"郭悦不好意思地说。

袁胜男赶紧道："郭悦找我和中原有点事，我们出去说，"说着拉着郭悦往外走。

"这么晚了，有什么事不能在家里说？"张兰英话还没说完，两人已经出了门。

李中原赶紧劝道："妈，没事，你们休息吧，我出去看看。"说完也跟了出去。

长椅上，郭悦拉着袁胜男央求着："胜男，你赶紧给袁奋打个电话吧！我打的他不接，你打的他不敢不接，他怕你……"

"他怕我什么呀？他现在是谁都不怕，我爸就在这儿坐镇呢，你看他不是酒照喝、夜店照泡？他现在整一个浑不懔、三青子！"

郭悦打开微信朋友圈，给袁胜男和李中原看袁奋发的照片。

"你给我打完电话后我也给他打了，他没接！"袁胜男无奈地说。

郭悦急了："那怎么办？你管不了他，还有谁能管得了他？你说当初要不是你们家李中原出的馊主意，让我们假离婚，我们家老林这心能野成这样？我不管啊，胜男，你今儿说什么也得想办法帮我把老林给找回来！"

李中原赶紧掏出手机，拨起袁奋的号儿来。

这回电话倒是接通了，李中原按了免提。

"龙哥，这杯你可得都干了啊，你要是不干，我可就嘴对嘴喂你喽，"电话那边传来花艳丽嗲嗲的声音。

郭悦听得火冒三丈，抢过手机就吼："林一龙，你个混蛋！你在哪儿呢？你要是敢胡来……"话还没说完那边挂了电话。

郭悦急得快哭了。

李中原没有办法，决定去酒吧找人，袁胜男也赶紧跟过去。

找了好几处酒吧，在最后一家找到人的时候，林一龙已经喝得不省人事。

袁胜男看见袁奋就气不打一处来，往他头上浇了一桶冰水。

袁奋瞬间清醒了，看见袁胜男嗷嗷直叫。

李中原赶紧把李一龙架上，送回了家。

袁胜男想把袁奋拎回家，结果被他挣脱跑了。

袁李两人回到家时，累得筋疲力尽，收拾收拾就赶紧睡了。

第二天，四个老人打算去军博看看，李中原和袁胜男都请了假。

袁胜男拎着包从卧室出来，李中原站在门边正要换鞋，忽然门铃响了。

监控屏幕上，出现了王子荐和韩雯雯的脸。李中原吓得赶紧把电话挂上，门禁不响了。

袁胜男走过来，奇怪地问道：“谁啊？”

李中原索性把话机拿下来撂一边，对袁胜男小声道：“韩雯雯和王子荐。”

袁胜男动作利落地换了鞋：“快出去拦住他们。”

邱月梅拎着水壶从厨房出来：“水灌好喽，咱们走吧。”

李龙生、袁保国、张兰英都起身准备出发。

袁胜男赶紧转身，一脸紧张道：“那个爸妈，那个，我，我忽然想起来了，我和中原啊得先去买票。要不你们坐公交车过去吧，一趟直线挺方便的，顺便还能看，看看景……”

袁胜男一撒谎就开始结巴了……

李中原赶紧接话：“对对对，你看我咋就没想到呢？周末肯定排大队，我们俩先去排着，你们坐公交，你们也好长时间不来北京，北京是大变样了，你们正好看看。”

四个老人面面相觑，也只好同意了。

李中原和袁胜男赶紧开门冲了出去。

到了电梯口，电梯门一开，韩雯雯和王子荐走出来，正好迎面撞上。

李中原一把拽住韩雯雯：“你要干吗？”

韩雯雯挣扎不休，又哭又闹：“李中原，你个大骗子，你不是在外地学习吗？告诉你们俩，我和王子荐就是要来拆穿你们的。”

“胜男，我就是来探望你爸爸的……”王子荐赶紧表明态度，他可不想让心上人误会。

袁胜男拽着王子荐就往电梯走："来探望不提前打个招呼，憋着什么坏呢？"

另一边李中原也拉着韩雯雯："把事做绝了对谁都没好处！"

韩雯雯和王子荐使着反劲儿，四个人僵持着。

四个老人看两人风风火火地走了，想了想感觉不对劲。

李龙生往门口走，趴在猫眼上看，正好看见了僵持的四个人。

"哎？这姑娘不是胜男的朋友吗？老伴，你来看看。"

邱月梅赶紧过来趴猫眼上看："嗯，是胜男的闺密！"说完她打开了门，四个人却又都不见了。

李龙生关上了门，警觉起来："不对！他们搞什么鬼呢！"他转身马上奔阳台，另外三个老人也跟了过去。

四个人出了电梯，李中原和袁胜男对视一下，以眼神会意。

袁胜男当即对王子荐道："走，跟我去车上说。"

王子荐乖乖跟袁胜男走了。

"王小贱！你这个怂货！"韩雯雯突然吼了一句。

王子荐头也不回地走了。

李中原拽着韩雯雯，强忍着怒气道："咱俩也谈谈！"

"我不跟你谈！"

"不谈那就永远别再谈了！"李中原冷着脸道。

韩雯雯一听这话有点害怕了，手上的劲儿也松了。

李中原拉着她往楼外走去。

袁胜男和王子荐先走了出来，后面李中原拽着韩雯雯也走了出来。

楼上，四个老人趴在阳台上看到了这一幕。直到两辆车都开走了，又面面相觑，不知道发生了什么事。

"我怎么越看越糊涂了？他们到底干什么呢？"李龙生满脸疑问。

张兰英和邱月梅心里明白，都不说话。两人对视一眼，邱月梅摇摇头，张兰英意会。

李龙生进屋要拿手机：“不行，我得去给中原打个电话，他们这是搞什么名堂呢？”

“亲家，你先别着急打电话……这俩啊，我上次来就见过，听胜男说是给他俩撮合谈对象呢。我估摸着是不是两人闹意见了，来找胜男和中原两口子调和。”

“老李，也许是咱俩想多啦！”袁胜国说。

“扫兴！”李龙生低低说了一句。

“算啦，咱俩进屋杀两盘。”李龙生和袁保国似乎没什么疑虑了，暂时放下了这件事。

邱月梅和张兰英彼此忧心忡忡地对望一眼，都觉得事情不太对，商量着调查这件事情。

张兰英回卧室偷偷打电话给袁奋：“爱军啊，你在哪呢？”

“在家呢，妈，什么事啊？”

“没事，就想问问你姐和你姐夫的事情。”

袁奋眼珠一转：“老妈，到底发生什么事儿啦？”

“今天那个娘娘腔和韩雯雯来找你姐和姐夫了。”

“啊？”

“不过他们没当着我们的面说话，拉拉扯扯的，也不知道他们到底是为啥事儿。”

“哦。”

“你知道不知道？”张兰英有点着急。

袁奋沉默了一下，说道：“我不知道！”突然他又计上心头，得意地笑了一下，说道，“不过，老妈，您要是特想知道的话，我可以帮您打听打听。”

车上，袁胜男气得松开安全带瞪着王子荐：“你是不是找我跟你翻脸呢！”

王子荐有点害怕：“你先别着急，那不是我的主意，是韩雯雯。”

“她说什么？”

“她说犯她者，虽难必诛。”

袁胜男冷笑一下：“哦，所以你就跟着犯贱呗。”

“胜男，你也得理解我啊！韩雯雯的担心也不是没有道理，一想到你每天和李中原在一个屋里睡觉，我心里真是挺难受的。”

袁胜男不言语了。王子荐拉过袁胜男的手，袁胜男想拒绝，却又不好意思。

“胜男，你知道我心里多喜欢你吗？我就想一辈子就这么跟你在一起。”

袁胜男感动又无奈，说道：“这样吧，我答应你，等我爸做完手术，稳定了，我就跟你去见你父母。”

王子荐大喜。

公园里，韩雯雯坐在长椅上，转过身子执拗地哭。

旁边，李中原屈膝弯腰地苦劝：“我给你磕一个行吗？我错了，我不应该撒谎骗你，您大人有大量就饶了我这回，行不？”

“我凭什么饶你啊？你为什么骗我啊？还联合全诊所的人一起骗我？你知道我心里多难受吗？我就差去死了。”

“我知道，你说吧，怎么做你才能原谅我。”

韩雯雯一抹眼泪：“想让我原谅你，你得拿出点实际行动来。”

“你说。”

“你带我去见你爸妈，坦白告诉他们我是你的女朋友，告诉他们你跟袁胜男已经离婚了。”

李中原很是无语：“你这不是挑战我的底线嘛，你要非逼着我这么做，那还不如我去死得了。”

“你不去说，我就死！我这就去死！……”韩雯雯说着起身就要跑，李中原吓得赶紧拽住了她。

“雯雯，我亲爱的，咱别一哭二闹三上吊行吗？你再逼我我就真崩溃了，你上次不是答应我了，好歹等我前岳父把这手术做完再说。”

韩雯雯拽住李中原，一脸认真：“我知道你想着袁胜男，舍不得她，这样吧，咱俩一起去跳海！”

“雯雯，你能不能听我再说几句？”李中原一脸无奈又焦虑。

韩雯雯眼泪哗哗地淌：“不必了，李中原，既然这辈子咱俩不能正大光明地做夫妻，那就来世吧。我可以留下遗书，让父母把我们合葬在一起。”

李中原气得甩开她的手：“你言情剧看多了吧？谁要跟你一起死啊，我还没活够呢。”

韩雯雯愣住了，睁着一双泪目看着李中原：“我本来以为你和我是生死相依的。”

李中原气极反笑：“生死相依，那也不能不管父母吧？你不管你的父母你要去死，那是你的事儿。可你没权利决定我的生死，你问过我父母吗？”

韩雯雯伤心极了：“原来我在你心目中不是排第一位的。”

李中原压着怒火：“韩雯雯，你要是再逼我，咱俩，就算了！”

“你要跟我分手？”韩雯雯一脸难以置信。

“我说你要是再逼我，咱俩就只能分手！”

韩雯雯失魂落魄地坐下来，泪如雨下：“那我不逼你了，行吗？”

李中原看看她哭红的眼睛，心又软了，拥着她的肩膀坐下来，好好哄了一番。

一个小时后，李中原和袁胜男的车同时停在楼门前，二人下车疲惫地互望了一眼，往楼门走去。

“王小贱，你给摆平啦？”

“你没摆平韩雯雯吗？”袁胜男埋怨道。

“唉，摆平是摆平了，身心俱焚啊。”

“自找的，我早就劝过你，韩雯雯在女孩堆里绝对算难缠的。”

李中原点点头表示同意，末了一脸郁闷道：“你说得对啊。”

袁胜男看他一副生无可恋的样子，突然说了一句：“温柔、浪漫、多情，不就是你心里一直想要的女孩吗？”

袁胜男说完就往楼内走，李中原上前拉住她的手臂：“胜男，我现在知道了，人有时候太沉迷于自己的幻想，就会变得超级自私。”

袁胜男心里也挺难过，她看着李中原，叹了口气：“中原，我也该和你说声抱歉，当时我提出离婚过于草率，其实也挺自私的。”

李中原闻言心里一震，难道胜男也后悔当初离婚了？

他正想问个究竟，袁胜男已经转身往电梯走去，他也只好默默跟了上去。

进了家门，李龙生和袁保国坐在沙发上，表情凝重。

两人换好鞋走到老人面前：“爸，爸……”

两位老人商量好了似的，都不吭声，看着二人，等着他俩开口解释。

李中原和袁胜男却不知道怎么开口好，只是互相看着。

正在厨房准备午饭的邱月梅和张兰英听到声儿，都擦着手从厨房里走了出来。

“老李，有啥要问的你就直接问呗！”邱月梅有点着急。

“你俩也是，把我们撂下就跑，有啥事好好解释清楚嘛。”张兰英数落着二人。

李中原尴尬地打哈哈：“那个，呵呵……”

李龙生一听儿子这腔调，有点火了：“你这一‘呵呵’，就是编谎话呢，李中原，你以前就会撒个小谎，现在长毛病了，会大忽悠了，你一早起来忽悠我们四个，要带我们去军博，结果呢？”

“爸，我没忽悠你们，我本来是真打算带你们去的。”李中原着急地说。

“那我们都准备好了，你给我们撂这儿是怎么回事啊？你放我们鸽子呢！”

李中原无言以对。

“我问你们，楼下那一男一女是怎么回事啊？”袁保国突然道。

袁胜男和李中原对视了一眼。

“您二老都看见了啦？”李中原紧张地说。

李龙生接着搭话：“我俩是谁，什么事儿能逃得过我们的侦查？”

张兰英赶紧给俩人打前站：“你们俩也是，给人家两人劝架，倒是跟我们说啊……”

邱月梅连忙接话道：“是啊，人家两口子吵架，找你们干吗啊？”

李中原已接收到亲妈和丈母娘的暗示，赶紧道：“哎呀，我们一看他俩吵得那么凶，都打到我们家门口了，我们一着急，就没顾上说。”

“是，是呢，毕竟他俩谈，谈恋爱是，是我给介绍的……”袁胜男结结巴巴地说。

张兰英听见女儿结巴，更加紧张。

邱月梅赶紧帮着打圆场：“知道你们俩好心，管介绍还管调解啊？这以后两人要是结了婚，闹个离婚什么的，你们是不是都得管呀？”

李龙生接着说：“你和胜男热心肠是好事，这我们也不拦着，问题是你把我们撂下，总得说一声啊，是不是？”

“对，得亏没听你们的，这我们要自己坐车去了军博，不得让你们忽悠死啊？”袁保国说。

几个老人轮番上阵，二人毫无还嘴之力。

“知道了，以后我们不这样了，爸！”袁胜男和李中原两人同时说。

邱月梅进了厨房，张兰英紧跟着进来关上了厨房门。

“兰英，我看他俩肯定有事。”

“我也看出来了。”张兰英点点头。

“你问你家爱军了没有？”

“我问了，爱军说帮我去问问，可我看他那样儿，像是知道。”

邱月梅陷入沉思：“看样子是真的有事，可是我看他俩处挺好的。”

“月梅啊，越是这么好，我觉得越有问题啊，我害怕是有什么大问题啊。”

邱月梅愁上眉头：“是啊，我也觉得不太正常啊。”

“我们还是按着原计划，继续暗中调查，一定得瞒住老李和老袁，必要的时候帮着他们打圆场，就像今天这样。”

张兰英连连点头：“嗯，好！”

早上郭悦去上班，到中午了，郭悦怕林一龙没吃饭，准备回来看看他。她把车停在胡同口，拿起副驾上放着的用袋子包了几层的保温壶。刚要下车，却看到林一龙从大杂院的门口出来，急匆匆地往另一个胡同口走去。

郭悦挺诧异，把保温壶放回副驾，下车悄悄跟着林一龙。

花艳丽正站在路口，看到林一龙匆匆赶来，娇笑着朝他跑过来：“龙哥。”

林一龙警惕地左右看看，确定没啥熟人，才放心地跟她聊起来。

花艳丽从包里拿出一个男士钱包放到林一龙手里，嗲声道：“瞧你，昨天喝那么多，钱包都落在我们包厢里啦。”

林一龙收起钱包，笑道：“真是太谢谢你了，让你亲自跑一趟。”

花艳丽浪笑一声：“其实我就是想见你一面。龙哥你打算怎么谢我啊？”说着又抛了一个媚眼儿。

林一龙心里小鹿乱撞，腼腆一笑：“改天我请你吃饭吧。”

花艳丽满脸笑容，心满意足道：“好啊，那我等你电话哦，龙哥，拜拜！”

林一龙回到家，正要掏钥匙开门，却发现郭悦站在门口，脸色十分难看，怀里抱着个保温壶。

进了门，郭悦重重地把保温壶搁在桌上。

林一龙吓得一哆嗦：“悦儿，这里面是什么呀？”

“小米粥！”郭悦咬牙切齿地说。

“林大夫，我担心你昨晚上喝酒伤胃，今天回家一早给你熬的小米粥，怕邻居看见起疑心，又拿袋子里三层外三层地包好，林大夫，你摸摸良心，我对你好不好啊？”

“好，当然好了，悦儿。”

郭悦一拳砸在桌子上，震得保温壶一跳：“那你都干了些什么！你倒说说看！”

“我，你听我说……”林一龙忽然想起了什么，赶紧伸手往包里掏东西。

郭悦怒喝：“什么！你说啊！”

林一龙从包里抓出那张领款通知书：“悦儿，你看这是什么？”

郭悦正在盛怒中，定睛一瞧男子手上的通知书，惊喜道：“领款通知书？”

看清之后，郭悦脸色立刻变好了，高兴地说：“下来了？我的天！”

林一龙看着郭悦两眼冒光的财迷样子，表情渐渐冷却下来。此时他的手机响了，点开一看，是花艳丽发来了微信：龙哥，忘了嘱咐你，昨天刚喝了酒，今天要喝点粥养养胃哦，别忘了请我吃饭哦。

看完微信，林一龙抬头一看，发现郭悦还在盯着通知书看得如痴如醉，他悄悄把花艳丽的微信删除了。

郭悦一脸的满足和兴奋："老公，咱们马上就要有钱啦！马上就可以买大房子了。我一会儿就给胜男打电话，换辆威驰车！"

林一龙没说话，定定地看着郭悦，目光有些发冷。

韩雯雯跟李中原分开后，立刻去找王子荐。她焦急地等了半天，才见王子荐慢悠悠从公司出来。

韩雯雯赶紧迎过去："你怎么干什么都磨磨唧唧的啊！"

"心急吃不了热豆腐，现在正好是饭点儿，咱俩边吃边聊呗？"

"我没心思吃，我就跟你说几句话就走。"

"人是铁饭是钢，你看你瘦的，真成林黛玉了，刚才还哭过吧？眼睛都是肿的。"

韩雯雯摸摸自己的脸："啊？我现在很难看吧？"她一把抓着王子荐，"王小贱，咱们不能再这样了，必须得赶紧采取行动，我真是经不起这折磨了。"

"行动，怎么行动啊？今天倒是行动了，结果还不是被他俩联手扼杀在摇篮里了？ 我看还是算了吧，你要是真爱李中原，就别在这个时候难为他。"

韩雯雯冷冷地看着王子荐："看你这样儿，是不是袁典狱长给了啥福利了？"

"我觉得我现在支持她、不难为她才是真的爱她。"

"王小贱，袁胜男到底许你什么了？你的态度变化这么大？"

王子荐一扭身子，笑道："我不告诉你，你不去吃饭，我去吃了啊。"说完扭着腰走了。

韩雯雯一脸苦大仇深地看着王子荐，脸色越发凝重起来，她好像想到了什么，掉头就走。韩雯雯回到家，把包往门厅一放，坐到客厅桌子前打开电脑，点开百度，输入一行字：如何能尽快怀孕？

搜索结果出来后，韩雯雯逐条浏览，不是各种不孕不育医院的链接，就是写着夫妻之间该怎么配合、怎么就诊。翻了好多页，都是这样的内容。最后她索性把鼠标扔在一边，无力地靠在椅子上，心想：这招不行——我自己就是急死，李中原不配合也是白搭。她想到这儿，气得起身把桌子上的东西都哗啦推到了地上，望着满地狼藉，跌坐在椅子里大哭起来。

第二天早上，李中原刚走出主卧，就见李龙生站在书房门前。

"爸，您起这么早？"

"你跟我过来一下。"

李中原跟李龙生进了书房。

"今天是什么日子？"李龙生严肃地问。

李中原赶紧说："结婚纪念日啊。"

"嗯，打算怎么过，想好没有？"

"爸，这个你还得都问清楚了啊。"李中原有点紧张。

"我不问清楚了，你安排得不好，惹胜男生气了怎么办？"

"我都安排好了，爸，你放心。"李中原肯定地说。

李龙生脸色稍霁："这还差不多，去吧。"

"嗯！"李中原转身出去，想到老爸一把年纪了还为这点事替自己操心。有点不好受。

李中原和袁胜男走进地库，各自朝自己的车走去。

"今天是结婚纪念日哦。"李中原假装无意地说。

"前结婚纪念日。"袁胜男强调了一下。

"能别老强调这么清楚吗？"

"好好好，你不是跟你爸说了咱俩出去过嘛，那咱们就各玩各的，完了再约好时间一起回家呗。"

李中原走到她面前，认真地说："你这么打算的？"

“那我还能怎么打算？我们俩都离婚了。”

“以前每次结婚纪念日，咱俩都不上心，被老人催着过，每回我都惹你生气。”

袁胜男也想起前事，恨恨地道：“算你坦白。”

“所以，我们今天就好好过个结婚纪念日。”李中原真诚地说。

袁胜男有点犹豫。

“你的意思是，补一个结婚纪念日？”

李中原笑道：“算是留个美好的回忆吧！”

袁胜男好奇心起：“那你准备怎么过？”

“这个说了就没劲啦，你等我电话。”

“行，我今天就不加班了，等你的惊喜。”

李中原激动地说：“胜男，我一定好好安排！”

袁胜男进了公司，就开始低头忙碌起来。

突然，一个熟悉的声音响起：“胜男！”

袁胜男抬头一看，郭悦一脸喜气、急火火地推门走进来。

她乐了：“哟，昨天还愁眉苦脸呢，今天就满面春风了，你这变脸够快啊！”

郭悦乐呵呵地说：“那可不？来看我的新车，能不开心吗？”

“拆迁款发下来了？”

“那倒还没呢！不过领款的通知单下来啦！这就基本等同于钱到账啦！”

袁胜男也替闺密高兴：“太好了！你和老林总算是盼出头儿了！”

“可不是嘛，这不刚一拿到通知单就来找你了，别的不说，咱先来辆新车开着啊！”

袁胜男啧啧感叹：“这有钱了就是任性啊！”

郭悦不好意思起来：“讨厌，不许取笑我！”

袁胜男转念一想，赶紧说道：“哎，这拆迁款马上下来了，那你们俩是不是也应该着手复婚的事儿了？我看赶紧复了吧！省得我和中原老为你俩悬着心！”

“是！我更着急啊！我也害怕林一龙变卦，不想跟我复这婚了，但是我又担心万一这婚复得太急了引起怀疑。你说哪有拆迁款一下来就复婚的呀？这是不是也太明显了？”

袁胜男琢磨着点点头：“也是，不过你们可以先造造势嘛！”

郭悦没明白：“造势？怎么造势？”

“比方说你们俩以前在单位肯定是装作老死不相往来吧？”

郭悦点点头：“嗯，一碰面就得故意掐！”

“现在就不用啦，这时你们就该适当地表演一下暧昧，互相关心一下啦，好让大家看出来你们俩的关系回暖了嘛！这样将来你们俩复婚的时候，别人也不会觉得太突兀啊。”

郭悦连连点头：“对，得先造起势来。”

袁胜男笑道：“孺子可教。”

郭悦很高兴：“他那人就是好面子！哎呀，这主意真是好，别说你到底是比我狡猾点儿！”

“去你的！夸我损我呢？”

郭悦开心地起身：“当然是夸你啦！走吧，赶紧领我看车去！”

袁胜男站起身：“行，走吧，富婆！”

郭悦看完车回到医院，迎面正撞上了林一龙。

林一龙眼帘一垂准备装看不见，郭悦却突然笑眯眯地迎上前，堵住林一龙：“等等！领带都系歪了，早晨又起晚了吧？”说着就伸手要给林一龙整理领带。

林一龙四周看看，惊讶地挣脱开：“你干吗呀？”

郭悦打开林一龙的手：“能干吗呀，帮你整整领带呗！”

林一龙不明所以地看着郭悦，周围过往的同事也纷纷好奇地打量着他俩。

郭悦整理好领带又上下端详了一下林一龙："行了，快忙去吧，中午一起吃饭吧！"

郭悦说完乐呵呵地走了，林一龙看着郭悦的背影愣了半晌。

午饭时间，食堂内人头攒动，打饭窗口前排着长长的队伍。

林一龙和几个男同事有说有笑，一起走进了食堂，排进了对尾。

郭悦突然从身后拍了一下林一龙："说好了中午一起吃饭的嘛！怎么不等我呀？"

林一龙支吾着不知该如何回答。

"别排啦！我帮你打了，前面小张护士跟那儿排着呢！你先去占地儿吧！"

郭悦说着将林一龙推出了队伍。

一边看热闹的男医生们不禁起哄。

郭悦钻到了队伍的前方，领饭窗口，厨师们正往餐盘里盛饭。

郭悦四下看看，眼珠一转："哎，孙哥！那红烧肉给我们多来小半勺啊！我们家老林今儿一上午看了六十多个号呢，累坏啦！"

厨师老孙意味深长地冲郭悦一乐："行！多来点儿肉，给林大夫好好补补。怎么着，你这是又开始给你们家老林打饭啦？"

郭悦一笑："可不！不给他打给谁打呀。"

餐桌前，林一龙若有所思的表情。郭悦端着两个餐盘走近："快点儿，帮我接一下啊！"

林一龙回过神来起身接过餐盘儿。

"饿了吧？快吃吧，我让老孙特意给你多加了半勺红烧肉呢！"

"悦儿……"林一龙刚要说话，郭悦突然打断："你就在这儿等着你们办公室的人吧，我跟小张她们吃去了！"说完郭悦端着餐盘去了隔壁桌。

下班时间，林一龙站在更衣柜前，看朋友圈里花艳丽发的性感自拍照，目光渐渐变得火热起来。

旁边换衣服的两个同事看着林一龙互相使了个眼色。

“老林，今儿心情不错啊！看个手机都笑眯眯的，跟小郭通微信呐？”同事老张调侃道。

林一龙赶忙收了手机：“没有，不是……”

“哟！老林还不好意思啦！脸都红了！有事儿，这里面肯定有事儿！”

“没有！我能有什么事儿？”

“哎，你和郭悦到底什么情况啊？我瞅着你俩最近有点儿重燃爱火的节奏啊？不会是要复婚了吧？”

“哎呀，你们别闹啦！谁说我俩要复婚啦？”

“老林，你这就不厚道了啊！咱们都是一个科室的哥们儿，你跟我们还藏着掖着的？”

“不过话说回来，你们这感情回暖的速度可够快的啊！哎，老林，你实话跟我们说了吧，你和小郭之前是不是假离婚啊？我可听说你们家那拆迁款快下来了。”

林一龙心里一惊，赶紧辩解道：“你开玩笑也得分个轻重吧？谁假离婚了？”

老张嘿嘿一乐：“哎哟，还真生气了。其实我一直觉得你和小郭当初离婚挺可惜的，要是你俩真能复婚，我祝福你们！”

林一龙不置可否，憨憨一笑，拎上包往更衣室外走去。

晚上，一家高档餐厅里坐着两个人。男的高大俊逸，女的英姿飒爽中有一种性感的妩媚，俊男美女，真是登对。餐厅里只有一张桌子，两把椅子，都是复古的法式桌椅，桌子上摆着蜡烛，环境唯美，华丽的吊灯，还有身着法式服装的服务员。

“你怎么找到这个地方的？”袁胜男有些惊喜，她喜欢这里。

“小叶和妙妙的主意，这儿不错吧？”李中原嘿嘿一笑。

袁胜男环顾四周：“就咱们两个？”

“情侣餐厅，一顿饭只服务一对情侣。”

“天，那这顿饭成本得多高啊！”

“有钱难买你高兴嘛，”李中原边说边从包里拿出一个小盒子推到袁胜男面前，“送给你的，纪念日礼物。”

袁胜男看了一眼眼前精致的盒子，心下诧异，这李中原什么时候这么会买礼物了？

她打开盒子，蒂芙尼的钥匙项链闪闪发亮。

袁胜男一阵惊喜。

“我记得有回逛商场你看中了，我当时没往心里去，怎么样？还没过去那个喜欢劲儿吧？”

“没有，没有，我一直都舍不得买，好贵的……”袁胜男有点感动。

“来，我帮你戴上！”李中原起身，两手环过她优美的脖颈，帮她戴上了项链。他的目光不经意扫过那细嫩修长的脖颈，心念一动，手下触碰到的肌肤莹白似雪、光滑细腻，他的呼吸有些急促起来。

李中原呼出的热气在耳畔有些痒痒的，袁胜男只感觉一颗心怦怦跳得很快。

“你真不该这么乱花钱，中原，前两天我弟弟刷了你那么多钱，你又给我买这么贵的东西……”袁胜男不自然地垂下眼睛说道。

李中原克制住心动，坐下道：“嘘，这么高兴的时候，咱不说钱的事儿。”

服务员将醒好的红酒拿过来给二人倒上，第一道菜也上来了。

李中原举起杯子：“来，碰一下，老婆。”

袁胜男举起杯子和他碰了一下，微嗔道：“干吗还这么叫我啊。”

“至少这顿饭可以这么叫吧。”李中原深情款款地看过来，轻声道。

耳边响着男子突然变得磁性的声音，袁胜男的一颗心也微颤起来，躲开了目光没接话。

两个人喝了酒，李中原殷勤地给袁胜男布菜。两个人开始吃饭，烛光中不时对望着，微笑着。

第十三章 暴露

饭后两人一起回家，进了门，李中原帮袁胜男把包挂好，又帮她拿了拖鞋。袁胜男一脸满足的笑，手里还捧着花。二人换好拖鞋，发现客厅里没有人。李中原对着里屋喊道："爸，妈，我们回来啦！"

邱月梅端着杯子从客卧出来，小声对袁胜男道："你爸不舒服，在屋里躺着呢，我们都在里面守着他。"

袁胜男一听急了，赶紧跑进客卧。

李中原问道："怎么突然这样了？"

"白天倒是也没怎么着，一直挺高兴的，晚上喝了两口就不舒服了，你爸挺着急，脸色都变了，你快进去看看。"

李中原应了一声赶紧往客卧走去。

李中原进了屋，看到袁胜男正蹲在床前握着袁保国的手。李龙生和张兰英在一边守着，都是一脸担心的神色。袁胜男给袁保国呼噜着心口："爸，你现在好点了吗？你觉得哪儿不舒服？不行咱们就去医院。"李中原走过去，轻抚袁胜男的肩膀。

李龙生走过来把儿子拉到一边，低声道："刚才有点儿憋气，吃了药，现在好点儿了。"

李中原松了口气："我都安排好了，明天就可以入院，等专家会诊完就能确诊了。您别担心了，爸。"

李龙生转头看看袁保国，眼圈里老泪打转儿："叱咤风云一辈子，没想到老了老了身体不饶人，我看着他这样，我这心里难受啊。"

众人听了，脸色都变得沉重起来。

卧室里，袁胜男洗完脸，就坐在床上发呆。李中原看见袁胜男这模样，知道她是在担心老爸的身体，可他也不知道该怎么安慰她。他叹了口气，锁好门，收拾贵妃榻。

"跟你商量个事儿。"李中原小声地说。

"说呗。"

"明天你爸就住院了，咱俩这事一说，我的意思是，咱俩在一块的日子不多了。"李中原黯然道。

"说得跟生离死别似的，"袁胜男说到这，心里挺难受，但又不好表现出来，"咱俩不还是邻居嘛。"

"嗯，我们俩就算分开了，也好好相处，多想着对方的好。"

袁胜男点点头："我同意，咱俩是从小一起长大的，就是做不成夫妻，也算是发小吧，友谊还在。"

"就是嘛，那我先说说你。"

袁胜男正襟危坐："你说。"

"你吧，有好多优点，说话做事干脆利索，不拖泥带水，一斧子就是一块儿，为人仗义，没有坏心眼。"

"真是难得听你夸夸我。"

"你上进心强，责任心也特强，你看看你从小到大，样样优秀，从学校到大学再到现在的威驰公司，要不是靠着这些优点，哪会短短几年就做到门店总经理，其实，我从心底一直挺佩服你的。"

袁胜男不好意思地笑笑："好强的人其实挺累，尤其是这些年，我的心很累，中原，其实我心里也挺感激你的，我这个人挺古板的，你帮我改了很多。"

“该你说说我了吧。”李中原笑道。

袁胜男开始琢磨着说：“你这个人啊，乐观，开朗，嘻嘻哈哈，我太严肃、太谨慎了，你这些优点也影响了我很多，人都说处女座的人讲究，那得看哪些方面，你人前是很讲究，可是人后吃个西瓜，汁水都能流到脖子里，你还跟那儿美呐，这就是你。”

李中原乐了：“你这是夸我，还是损我呢？”

说完两人都陷入了沉默，突然觉得彼此的性格还是很互补的。

“不早了，睡吧。”袁胜男说完这句话就躺下了。

李中原张了张口，还想说点什么，最终却又作罢。

两人一晚上都没睡好。

第二天，李中原带着四位老人走进三院住院部，林一龙带着王主任迎了过来。

“王主任，这就是我岳父。”

王主任伸出手握着袁保国的手：“你好呀，老爷子。”

“你好你好，麻烦你们了。”

袁保国向王主任介绍李龙生：“主任，这是我的老战友，也是我的亲家。”

王主任和李龙生握手：“知道，听林大夫和中原说过，对越战场上的生死兄弟。”

“王主任，我亲家的病就拜托您啦！”

“您老放心，我们一定会尽力的！林大夫，先安排袁老爷子住下，一会儿再做个全面检查。”

检查结束后，李中原坐在周教授的面前，和周教授一起看插在灯箱上的 CT 片子。

“目前来看，你岳父这个手术的成功概率还是比较大的。”

李中原略微放心些了：“真的？”

“我主刀你放心吧，不过，但凡手术都存在风险，风险有大有小。”

“周教授，那您看我岳父这个……”

“他这个手术的成功概率虽然大，但是他老人家毕竟岁数在那儿了，身体承受能力自然会比年轻人差一些，所以，也会有例外，我这么说吧，做这种手术的成功概率像三院这样的医院在百分之八十以上，但是也有很多人没活着走下手术台。”

李中原的脸色又沉重起来。

“你也不要有太大的心理压力，要鼓励病人，我们肯定会尽力的，剩下的就看老爷子的配合了。”

李中原心里咯噔一下，脸色又难看了许多。

周教授拍拍李中原的肩膀，安慰道：“别想太多。”

“谢谢周教授，您刚才跟我说的，拜托您先不要告诉我岳母和我老婆。”

周教授点点头：“知道的。”

回到家，李中原把大致情况告诉了父亲，李龙生坐在沙发上拍着大腿老泪纵横。

“爸，您先别着急啊，手术成功的概率还是很大的。”

李龙生擦擦眼泪：“得这病的怎么不是我啊？就应该让我替老袁。”

李中原在一旁心疼地安慰着父亲：“您这话说得！爸，您别太担心，周教授只是提醒咱们要做最坏的打算，但他也一再说了，这手术的成功率总的来说还是很高的，我觉得胜男他爸没问题，他老人家意志力那么强，一定能挺过这关的！”

李龙生深深叹了一口气。

“爸，我倒是愁一件事儿呢。”

“什么事儿？”

“您说周教授这些话我还告诉胜男吗？”

李龙生琢磨了下：“说了吧！他们家总得有个知情的人，你岳母是不敢告诉啊，爱军那浑小子又指望不上，只能跟胜男说了。”李龙生说着又红了眼圈儿。

李中原心里也难受，还是安慰父亲道：“爸，没事儿，您不用担心，不是还有我呢嘛，岳父这事儿，我负责到底！”

李龙生难过又欣慰地点点头。

傍晚，李中原来医院送饭。张兰英起身接过保温桶：“哎哟，又让你妈忙活了。”

“没事，这医院的饭总赶不上家里，就是顺便的事情。”

张兰英已经摆好了饭：“老袁，快趁热吃吧！中原，你也吃点儿吧？”

“不了，我吃过了，你们快吃吧！”

这时，袁胜男拎着一袋水果走进来：“爸，妈！吃饭呐？”

转头看见李中原：“哎？你也在呐？”

“嗯，我来送饭。”

张兰英接过袁胜男手里的水果：“你吃了没有啊？没吃一块儿吃啊！”

“我在公司吃过了！”然后走到袁保国床前，柔声问道，“爸，您今天怎么样啊？心脏没有不舒服吧？”

“今天还行。”

李中原突然道：“胜男，先让爸妈踏实吃饭，咱俩花园里溜达溜达？”

袁胜男会意：“好。”

李中原把周教授的话转告了袁胜男。

袁胜男坐在长椅上用纸巾擦着眼泪：“其实你说的这些，我早就有心理准备了，可是现在我还是忍不住害怕。”

李中原不禁搂住她娇软的身体："别害怕，有我呢。"

袁胜男抬眼，泪盈于睫："谢谢你，中原，我爸的病真是没少麻烦你。"

"怎么又跟我客气上了！不是早就跟你说了嘛，甭管咱俩还是不是夫妻，你爸他依旧还是我的爸，在我心里他和老李一样重要！"

袁胜男感动地流下眼泪："中原……"

长椅边的假山后，邱月梅听到李中原的话，不禁心里一惊。

病房内，张兰英和袁保国正收拾碗筷。

邱月梅心事重重地走进病房。

"月梅，你怎么来啦？"张兰英有点吃惊。

邱月梅回过神来："老李不放心，怕你一个人照顾老袁太累，让我过来替替你！"

"哎呀不用！中原他们给请了护工啦，也不用我干什么累活儿，这儿晚上有加床，我也能睡觉，一点儿都不累，不用你替我！"

邱月梅心不在焉地应了一声："哦！"

张兰英看邱月梅脸色难看，担心道："月梅，你没事儿吧？我怎么瞅你脸色不大好呢？"

邱月梅看了眼袁保国，勉强笑笑："我没事儿，可能就是有点儿累了。"

"哎呀，那你快坐着歇会儿。"张兰英说着将邱月梅摁到了椅子上。

晚上，李中原和袁胜男回了家。

"胜男，你爸今天感觉怎么样啊？"李龙生紧张地问。

"挺好的。"

李龙生点点头："那就好，在医院到底保险些，有医生护士照料着。哎，你们看见你妈了么？"

"我妈？没有啊，她去医院了？"李中原疑惑地问。

“没碰上？我刚让你妈去医院，看看需不需要替换一下胜男她妈。”

“不用，晚上医院那边有护工照顾我爸呢。而且也有床，我妈在那儿也不耽误睡觉。”袁胜男忙道。

“那我给我妈打个电话吧，看她到了没有。”

李龙生点点头。

李中原刚掏出手机，邱月梅就推门进屋了。

“妈，我们正要给你打电话呢！”

“老袁不让我留在那儿，说我在那儿，他更睡不好觉了。”

李龙生无奈地叹了口气。

“妈,您什么时候到的医院啊？我们俩都没看见您。”袁胜男问道。

邱月梅心事重重道：“哦，你们刚走我就到了，中原啊，你现在有事儿么？”

“没事儿啊。”

“妈想下楼遛遛弯儿，你陪妈走走？”

李中原答应了。

花园长椅上，邱月梅一脸忧心地看着儿子：“你和胜男到底是怎么回事儿？你们俩出问题了，对不对？”

“没有啊，我们俩挺好的啊。”李中原强作镇定。

邱月梅一脸严肃：“我都听见了。”

李中原装没事儿：“什么？您听见什么了？”

“还跟我装！今天傍晚在医院花园里，你和胜男说什么了？什么叫不管你们俩还是不是夫妻了，你都会把胜男她爸当亲爹一样看待？你说这话什么意思？”

李中原绞尽脑汁编着理由：“您误会我那句话啦，我的意思就是，她爸就是我爸，我爸也是她爸！”

“你这不废话嘛！”

“我那就是句废话，当时真是多余说，结果还让您误会了。”

邱月梅叹了口气：“儿子，你不用怕。你有什么难言之隐，就跟妈说啊！妈陪你一起面对！”

李中原死活不承认：“哎哟，我的妈呀！我哪儿有什么难言之隐啊！我和胜男恩爱着呐！您让我说什么呀！走了，走了，回家啦！”

李中原说着站起身，往家里逃去。

邱月梅无奈地跟了上去。

第二天清晨，李中原拎着包走进了办公室。妙妙扁着嘴一副可怜相跟进来：“李大夫，你还好吧？”

李中原莫名其妙地看着妙妙：“什么意思？”

妙妙委屈地说：“对不起，李大夫，我昨天犯了一个特别严重的错误。”

“什么严重错误啊？”

“昨儿下午韩小姐过来找您来着……”

李中原没有说话。

“然后，我一不小心就把您和袁总去情侣餐厅的事情说漏了。”

李中原闻言色变：“啊？这事儿你怎么能给我说漏了呢！”

“对不起啊，李大夫，我也是被韩小姐给气的，您不知道她每次来那颐指气使的样儿。对不起，我甘愿受罚。”

李中原直冒冷汗：“完了完了，你可给我捅了娄子了。”

这时，韩雯雯的微信到了，李中原慌忙点开：“李中原，既然你不仁，就别怪我不义！”

“我天！这是要鱼死网破啦。”李中原说着慌忙拎起包奔出了办公室。

马路上，李中原的车一路疾驰，几次差点追尾。

李中原边开车边拨着韩雯雯的电话，电话摁在免提上。电话那头嘟嘟嘟地响了半天，无人应答。他烦躁地挂了电话，又给韩雯雯发了语音微信：雯雯，我的姑奶奶，我错了啊！我罪该万死！你接我的电话行不行，你倒是给我个解释的机会啊！

不一会儿，手机蹦出一条韩雯雯的微信：不必了！我这就到你家了，今天我要让一切真相大白！

李中原大惊，又加了脚油。

邱月梅拎着一袋菜急匆匆往回走，走到楼下时，她看见韩雯雯站在那里。

韩雯雯表情凝重地打了招呼："阿姨。"

"哟，这不是小韩姑娘吗？你怎么在这儿？"

韩雯雯皮笑肉不笑，咧了一下嘴："我在这儿等您啊。"

"你等我？有什么事儿吗？"

"阿姨，我有很重要的事儿想跟您说。"

邱月梅有一种预感，接下来的谈话可能很不愉快。

韩雯雯热络地接过邱月梅手里的袋子："咱们去那边坐下，您听我慢慢跟您说行吗？"

李中原车速很快，开到小区门前，来个急刹车停在保安脚边，同时滑下车窗。保安吓得往后一闪。

"看见我妈了吗？"李中原焦急地问。

"你妈刚才跟着一个漂亮女孩儿走啦。"保安说。

李中原闻言，下来锁了车就跑。他一边四处跑一边拨着韩雯雯的电话，却始终没看到韩雯雯和邱月梅的身影。

韩雯雯始终没接电话，李中原气得不行，挂了再拨，连续轰炸，最后韩雯雯终于接了。

李中原着急地问："你在哪儿呢？"

"街心花园。"韩雯雯冷声说完就挂了电话。

李中原转身就奔街心花园跑去。气喘吁吁地跑到那里，只看到韩雯雯一个人很踏实地坐在长椅上等着。李中原四处看看，问道："我妈呢？"

"回家了呀。"

"你都跟我妈说什么了？"

"不是我跟你妈说什么了，是你妈一直在逼问我好吗？"

"我妈逼问你？"

"是啊，你妈一直问我，你和袁胜男到底是怎么回事？还有我和你到底是怎么回事？中原，我不是个会撒谎的人，我觉得骗人不好，尤其骗老人更不好，我们应该诚实，否则就是对他们的不尊重。"

李中原恼怒万分，怒目而视："你闭嘴！太过分了你！"

韩雯雯却是一副无所谓的样子："反正我都说了，我觉得我没做错。"

李中原狠狠瞪了她一眼，转身离开，连忙往家跑。进了门，他直奔厨房，却没看到邱月梅的身影。

李龙生正坐沙发上看电视，看见李中原急三火四的样子，诧异地问道："你怎么这个时候回来了？"

"爸，我妈呢？"

"你妈买菜去了，还没回来呢！"李龙生话还没有说完，李中原又一阵风一样跑出去了。

李中原跑到小区花园，只见老妈正坐着独自抹泪。邱月梅一见儿子气得扭过脸去，李中原赶紧跑过去："妈！"

"你和胜男主意怎么就那么大啊？"邱月梅边哭边说。

李中原上前跪在邱月梅面前："妈，我对不起你。"

"你最对不起的是你爸！你知道你爸多在乎你和胜男的这段婚姻！"

“妈，我求你千万别把这事告诉我爸。”

邱月梅停止哭泣看着儿子：“你和胜男真的就过不下去啦？不是因为韩雯雯？”

“妈，你相信我，真的不是因为韩雯雯。”

“唉，胜男的脾气我知道，闹起来也是够你受的。”说着拉起李中原，让他坐在自己身边。

母子俩沉默了一会儿。

“你应该早跟妈说，出了这么大的事儿，你连个商量的人都没有，你信不过别人，还信不过你妈吗？”

李中原没说话。

“不过，中原，我看雯雯这孩子倒是挺细腻的，论温柔体贴应该是强过胜男，胜男脾气大，也是有些不适合你。”

李中原有苦难言：“妈，我现在真的顾不上想谁适合我了，眼下能够瞒下去，让胜男她爸顺利做完手术才是最重要的。我和胜男不是夫妻了，可是她爸一直拿我当亲儿子待。”

邱月梅拍拍李中原的手：“我懂！你放心，我一定帮你瞒住这件事！”

病房里，张兰英扶着袁保国从外面进来，说道：“遛了这一大圈，上床躺着歇会儿吧。”

袁保国生气地坐在床上。

“不想躺着？你这气鼓鼓的样子是跟谁生气呢？”

“还能有谁？”

张兰英恍然大悟：“哦，你说爱军啊，爱军又怎么了？这几天他又没过来招你。”

“哼！就是因为他没来我才生气呢！我都住院了，他也不来看看！”

张兰英无奈地叹了口气，准备去找袁奋。

袁奋正在家盯着电脑看剧本，阿莲坐在一边摩挲着眼皮等着。

袁奋越看眉头拧得越紧："你这写的都是什么玩意儿啊？"

"什么什么玩意啊，这不就是你要的故事吗？"阿莲不高兴地说。

"我要的故事在哪儿呢？我要的商业元素、情节桥段在哪儿呢？你这全都是感觉啊，哪有情节啊！连个情节都没有的剧本，你让我怎么拍，我拍什么啊！"

袁奋气得起身来回地走。

阿莲看着袁奋，高冷地开了口："你要这么觉得，那我只能认为你不懂电影艺术，电影和电视剧不一样的，意境是电影的最高境界，我们要带给观众的是无限的想象力啊！"

袁奋停住脚步："无限的想象力也得建立在故事之上啊！"

"故事是最不重要的，你怎么连这都不懂啊！"阿莲一脸无奈。

袁奋简直哭笑不得："咱俩到底谁不懂啊！想玩感觉你去搞行为艺术啊，写什么电影呀！"

"你别拿行为艺术来污蔑我的作品，我的作品比行为艺术高尚一千倍！你的话太让我伤心了，袁奋！"阿莲突然站起身，一脸的悲愤欲绝。

袁奋惊呆了。

这时，门铃响了。袁奋打开门，惊讶地说："老妈？"

张兰英进了屋，看到阿莲，阿莲立即变得礼貌大方，热情地打招呼："阿姨来了，您好！"

"哎哟，阿莲姑娘也在啊，你们这是在谈工作？"

"我们正聊电影剧本呢。妈，你找我啥事啊？"

张兰英嗔怪地看着袁奋："找你啥事？你这孩子有心没心啊？你爸都住院了，你也不去看看他！"

“哎呀，我这不寻思着我爸刚住院，肯定一大堆检查要做。我就想着明儿再去。正好今天剧本一稿也出来了，我忙着看剧本呢。”

“袁导演，阿姨，你们有家里的事儿要聊，我就不打扰了，我先走了。”阿莲说道。

袁奋都懒得答话，也懒得看阿莲，挥了挥手。

阿莲拿起自己的电脑走了。出了楼门，她就激动地捂着心口，内心独白：每次和未来婆婆见面都这么紧张吗？

阿莲走了以后，张兰英一边收拾沙发上凌乱的衣服，一边数落袁奋：“别让我再费口舌了，麻利儿的赶紧跟我上医院去看你爸。”

“妈我知道了，我收拾好了就去。”

张兰英拿着那些脏衣服：“这些是不是都要洗的？我给你扔洗衣机里去。”

“随便吧，您别给我收拾，回头有些东西我该找不着了。”

张兰英无奈地拿着衣服进了洗手间。

这时门铃又响了，袁奋去开了门。门打开，袁胜男冷着脸站在门口。

“哎哟，姐你来了。”袁奋赶紧打招呼。

袁胜男进门就撂下一个信封：“袁爱军，这是替你还信用卡的钱，你麻利儿地自己拿去还了，然后把信用卡还你姐夫。”

“我干吗还他啊？那是李中原自愿给我办的，我俩已经说好的事儿，你干吗老中间插一杠子啊，人我姐夫都没说什么。”

袁胜男怒：道“他已经不是你姐夫了！你有什么资格再去花人家的钱？”

袁奋急得直看洗手间那边，一个劲地暗示：“嘘！”

可是袁胜男在盛怒中压根就没理会：“你甭跟我来这套！我告诉你袁爱军，我现在跟李中原已经没有夫妻关系了，别说你了，我现在都不能花他的钱了！”

袁奋急得恨不得捂住她的嘴：“哎呀，老姐，你就别说了，嘘！”

袁胜男背对着洗手间，听到洗手间的门响了，对面袁奋的脸色也不对了。

她意识到大事不妙，缓慢回头，看见张兰英铁青着脸站在背后看着自己。

母女两人沉默地坐下来。

张兰英先开了口：“胜男啊，这么大的事怎么不跟家里商量呢？”

袁胜男愧疚地说：“对不起啊，妈，我们，我们主要是怕你们知道了会阻止，还有就是担心你们的身体，尤其是我爸。”

“怕我们担心，就不要离啊！你们到底为什么要离婚呢？”

袁胜男沉默着不知如何回答。

“我知道了！李中原有外遇了，对不对？肯定是那个韩雯雯吧？哼！我早就看出他俩不对劲了！”

“真不是的，妈，您快别乱猜了。”

张兰英拉着袁胜男的手：“胜男啊，你不用替中原说好话，你就实话告诉妈，中原是不是因为韩雯雯跟你离的婚？”

袁胜男一咬牙，说了实话：“妈，真的不干李中原的事儿，离婚，是我先提出来的，总之主要原因就是性格不合。”

张兰英心痛地叹了口气：“那你今后怎么打算的啊？”

“我？我还没仔细想过呢。”

“你得赶紧想啊，我的闺女！啥也别说了，赶紧找个下家吧！”

“妈！瞧您，我这刚离婚多长时间啊，您就着急让我找下家？你当我是冬天的烂白菜啊，卖不出去啦？”袁胜男急了。

“你这孩子，妈当然不是那个意思了，妈就是替你着急呀，你看人家中原速度多快，刚离婚这女朋友就接上茬儿了，你是女孩子，年龄不饶人啊，我的宝贝闺女。你得抓紧啊，要不我帮你看看。”

袁胜男连连摆手：“我，其实我也有男朋友了。”

“谁啊？”

“您见过，就是上次跟咱们一块儿吃过饭的，我那男闺密——王子荐。”

张兰英急得是又是捂胸口，又是扶脑袋：“哎呀，胜男啊……”

袁胜男急了：“妈，你怎么了？是哪儿不舒服了吗？”

张兰英摇摇头：“没事儿，可能是血压上来了，胜男啊，听妈一句劝，你跟那娘娘腔不合适。”

“妈，您别这么说子荐。”

“总之妈不同意！太不合适了！”

袁胜男见张兰英真急了，赶忙安抚：我知道了啊，妈。我们俩也还没正式确定关系呢，再说，我爸现在这个情况，我也没心思考虑感情上的事儿，一切都等我爸病好了再说吧，您说的话我会好好考虑的。“

张兰英点点头：“眼下什么都不重要，重要的是无论如何也要把你们离婚的事儿瞒过你爸啊。”

这时，两人反应过来，一起看着袁奋。

袁胜男对袁奋伸出手：“交出来吧。”

“什么啊？”

“你就别装糊涂啦，这段时间你刷了你姐夫多少钱？拿着离婚这件事讹人家李中原，这钱你也好意思用？”

“妈，人我姐夫都没说什么！您跟这儿起什么急啊！”

“他已经不是你姐夫了！你有什么资格去花人家的钱啊！他就还是你姐夫，你这么大了是不是也应该自食其力啊！”

袁奋捂着包：“你们总得问问人家当事人是不是想要回去吧？”

“逼着我动手是吧，袁爱军！”

袁奋还是死死地捂着包：“姐，要文斗不要武斗！”

袁胜男上前就扒拉袁奋的手。

张兰英在一边劝道：“爱军！听你姐的话，别让你姐为难啦！”

袁胜男最终还是把袁奋的钱包给弄出来了，从钱包里拿出李中原那张信用卡。

“我告诉你啊，爱军，你爸现在可是最要紧的时候，你姐和李中原的事儿你可千万不能透半点口风，你听见没有！”张兰英严肃地说。

“这我知道！”

“你要是敢说出半个字，妈以后就不认识你！”

袁胜男接着说：“我也不认识你！”

“好啦，好啦，你们放心吧，我一定在老爸面前守口如瓶。”

袁胜男挽着张兰英道：“妈，咱们撤！”

袁奋站在门前送二人离开，一脸郁闷地挥手：“老妈、老姐拜拜！”

好不容易送走了老妈和老姐的袁奋，瘫在沙发上长长地舒了口气，他琢磨了一会儿，突然想起什么似的，掏出了手机开始发微信：哥，我妈知道那件事儿了，但不是我说的，是我姐说的。

花园长椅上，李中原看着手机信息，傻眼了。他叹气道：“完了，刚才还说瞒着胜男她妈呢，结果袁奋刚刚来信息说胜男她妈已经知道了。”

邱月梅大惊。

这时邱月梅的手机也响起来，来电显示：兰英。

邱月梅忐忑地看看手机，又忐忑地看看李中原，说道：“胜男她妈肯定是打电话告诉我你们俩离婚的事儿。”

“没事儿，您就接吧，事已至此，该怎么说就怎么说吧。”

邱月梅点点头接起电话：“喂，英子啊，我现在在小区花园儿呢。

哦，行，那一会儿见。”

一会儿，张兰英赶了过来。她很是沮丧：“可怎么好？月梅，你说这俩孩子可怎么好？咱怎么办呀？”

“英子，我心里也难受啊，你不知道听说这个事儿以后，我这心里是个什么滋味儿！”

张兰英激动地拉住邱月梅的手：“眼下我不管别的，这事一定得瞒住老袁，只要他过了这一关，这些孩子他们愿意怎么着就怎么着吧，我也不管了，我也管不了啦！”

张兰英哭了。

邱月梅安慰她道：“我知道，你放心，中原那边我都嘱咐好了，其实不用我嘱咐，孩子们自己都知道，打死了也不会说漏！”

张兰英深深叹了口气：“这俩孩子怎么就这么不能体谅人啊！”

邱月梅拉起张兰英的手：“英子，甭管是谁提的离婚，总归都是我们中原做得不好。对不起，我们老李家对不起你们啊。”

“不不不，月梅，你千万别这么说。”

两人对着掉眼泪。

过了一会儿，两人的情绪渐渐稳定了。

邱月梅叹了口气：“我这心里啊，总是觉得惶惶的，这事儿早晚瞒不住，我真是不敢想，哪天要是老李知道了得闹成什么样儿？依着他那脾气，他能把房顶给揭喽！到时候还不知道得怎么收拾中原呢。”

张兰英连忙摆手：“不能说！千万不能告诉你们家老李！他那脾气太暴！他要是知道了，那我们家老袁那边儿指定也瞒不住！”

邱月梅点点头：“可不，老李他心里藏不住事儿。”

“尽量瞒着吧，至少也得等我们家老袁做完手术再说。”

邱月梅摇摇头：“不止！手术完了还有恢复期呢，那恢复期中也不能受刺激啊！”

张兰英点点头："对对对，我看啊，等老袁手术一做完，咱们就劝着他俩赶紧回老家，省得他们在这儿整天盯着胜男和中原，保不齐就露馅儿啦！"

"对！我也是这么想的，回去了，咱们再慢慢想办法，找个合适的时机跟他们说。"

张兰英叹了口气，点点头。

第十四章 计策

李中原在花园打了一个电话，然后走进了一家咖啡厅。

十分钟后，一个身材高挑的女子缓步进来。

“胜男！”李中原扬声喊了一下。

袁胜男走过来坐下，看着李中原，勉强笑笑：“咱俩离婚的事儿我妈知道了。”

“我知道了。”

袁胜男惊讶道：“你知道了？”

“袁奋给我发信息了。”

“我也告诉你个事儿吧。”李中原不禁苦笑。

“什么事儿？”

“我妈也知道咱俩离婚的事儿了。”

袁胜男大惊：“啊？真的！”

李中原郁闷地点点头。

两人同病相怜地对望着，久久无言。

“我看袁奋发的信息，说离婚的事儿是你跟妈说的？”

“唉！别提了，倒霉死了！我今儿去袁奋那儿，本来是想跟他要你给他办的那张信用卡的，我就是想告诉他，你现在已经不是他的姐夫了，他没资格再这么折腾你、花你的钱了。谁知道啊，我这话刚一说完，我妈就从洗手间出来了，我当时就傻了，这事儿确实赖我，对不起啊，到底是没瞒住。”

“不怪你，你也是一番好意，我才真的应该说对不起呢，今儿韩雯雯找我妈摊牌了。”

袁胜男又惊又怒：“啊？她怎么能这样呢？她为什么要去摊牌啊？”

“就因为咱俩去情侣餐厅的事儿，吃醋了。”李中原懊恼地叹了口气。这时，李中原手机响了，来电显示：韩雯雯。李中原生气地将电话重重地摔在了桌上。

两人说完回了家。晚上，一家人围坐一桌吃饭。

邱月梅不住给袁胜男夹菜：“胜男，多吃点，你最近都瘦了。”

袁胜男捧着满满一碗菜和饭：“好，我多吃，我吃胖点。”

李中原郁闷地端起一杯酒：“来，爸，咱俩走一个，”语毕咕咚一口全进去了。

李龙生诧异道：“一上来就喝这么猛？”

李中原又给自己倒满：“陪我老爸喝，当然要拿出一百个诚意来。来，老爸，我干了，您随意！”

李龙生还没喝呢，李中原第二杯又全进去了。

“你小子最近酒量见长啊。”

邱月梅和袁胜男知道是怎么回事，也不敢说别的。

袁胜男赶紧劝道：“爸，您别干了呀，您慢慢喝！”

李中原把他爸的酒杯填满，对袁胜男道：“爸高兴，今天可以适当多喝点，我吧，今天借着点酒劲就说两句心里话。”

邱月梅一听开始紧张了，赶紧起身夺儿子手里的酒杯：“说什么呀说，你别喝了，酒量不大，还逞强……”

李中原使劲捏着酒杯，看着邱月梅认真地道：“妈，我心里有数的。”

邱月梅只好松手。

“我啊，不是个好儿子。爸，您一直都对我严格要求，可我就不爱好好学习，吊儿郎当，”李中原继续说道，“从上大学来了北京，就这么一转眼到了今天，三年前和胜男结婚……”

“胜男，我也有心里话跟你说。”李中原又转向了袁胜男。

“说什么呀说，你想说什么我都知道，别废话了啊。”袁胜男有些啼笑皆非，这男人今天怎么这么婆婆妈妈的。

“那不行，你得让我说，我吧，不是个好老公，这点其实我心里跟明镜似的，可我有时候就是控制不了自己，让你受委屈了，媳妇！”

袁胜男赶紧起身，她知道这个男人已经开始神志不清了，他清醒的时候可不会说这么多贴心贴肺的话。

“你喝多了，我去给你冲点蜂蜜……”袁胜男转身离开，眼睛红红的。

邱月梅听了是老泪纵横，李中原醉得扑通一声趴在了桌子上。

袁胜男过来一看李中原这个样子，摇头苦笑。

她好不容易把醉得一塌糊涂的李中原扶上了床，刚给他盖上薄被，李中原突然坐了起来。袁胜男的手臂被他大力地拽住，她一愣，还来不及反应，身子就被紧紧搂着了。

“胜男，你，你别走……我还有话跟你说……”李中原迷迷糊糊地说。

“刚才不是都说了嘛，快睡吧。”

“不行，不行，我得跟你说，我必须得跟你说，我对不起你，我向你道歉，我没当好你的老公……”

袁胜男心里一酸，忍不住回抱住他：“我都知道啦，中原，你就别自责了，我也没当好你的老婆呀。”

李中原依旧摇摇晃晃地说："我是男人，我应该多包容你啊，你再怎么强悍，可你是个女人呐。我之前怎么就没意识到这一点呢……"

袁胜男叹了口气喃喃地说："那我哪知道啊，可能还是因为你不爱我吧，你要是爱我，大概就会包容我了。"

李中原突然用了点力："对不起，对不起……"

晨光透过窗棂懒洋洋洒了进来，屋内是一幅温馨的画面。

李中原抱着袁胜男沉沉睡着。阳光照到李中原的脸上，他稍稍睁开眼睛，怀里此刻正搂着一个芬芳柔软的身体。袁胜男躺在他的怀里，睡得很香。李中原看着她沉睡的容颜，美丽慵懒的小模样儿，心里好温暖，他突然不愿意起来了，又赶紧闭上眼睛，微笑着享受这一刻。

忽然，闹钟响了，袁胜男惊醒，起身。李中原不舍地抬了抬胳膊，心中很失落。袁胜男按了闹钟，回身看着李中原，两个人目光相碰，都有点儿不好意思起来。

上班时间，办公间里一片忙碌。袁胜男拎着包匆匆走过。办公室门口，丝薇蒂从办公椅上站起身："袁总，王子荐在里面等您呐！"

"他怎么来了？"此刻袁胜男有点不乐意见到这个人。

"说是广告样片出来了，着急给您看看！"

办公桌前，看完广告样片的袁胜男若有所思地点点头，说道："这样吧，今儿我就跟我们广告部开个会，让他们也看一下这个样片，然后讨论一下修改意见，下班前让丝薇蒂整理出来，发邮件给你，你再根据意见进行修改，怎么样？"

"没问题！妥妥的！"王子荐高兴地说。

一谈完公事，气氛突然变得尴尬起来。

王子荐一脸热情地凑近袁胜男，深情款款地道："胜男……"

袁胜男下意识地往后躲了躲，小脸不自觉绷起来：“公司里别这么叫！”

王子荐有点尴尬：“瞧你，怕什么啊？我又不是大老虎。”

袁胜男尴尬地笑笑。

“我就是看看你这黑眼圈怎么这么重，昨晚没睡好啊？还在为你爸的事儿担心呢？”

“还好吧。你还有什么事儿吗？没事儿你就先回吧，我准备给他们开会了。”

王子荐有点失落：“胜男啊，走之前扯句工作外的事儿啊！”

袁胜男愣了一下。

王子荐翘了下兰花指，高兴地道：“我已经把你要来我家的事情告诉我爸妈了，他们也已经准备好了，你爱吃什么菜啊？”

袁胜男看着王子荐，突然想起张兰英说的话——你和那个娘娘腔不合适。

王子荐见袁胜男愣在那儿，用手在她眼前晃了晃：“胜男？”

袁胜男回过神来，说道：“子荐，你看我爸眼看就要手术了，而且公司这边儿最近事儿也特多，我，我真是有点儿抽不开身。”

“行，你不用说了，我理解，那就等你忙完这段时间再说吧。”王子荐很大度地说。

袁胜男倒有点不好意思了：“对不起啊。”

王子荐大方地一笑：“没事，我理解你，喜欢一个人就不能让她太为难。”

李中原拎着包匆匆往诊所走去，突然韩雯雯冲了出来挡住他的去路。李中原看见她就气不打一处来。

“李中原！你到底想怎么样啊？昨天为什么又不接我电话？你不知道我最讨厌你不接我电话吗？你非要把我逼疯吗？”韩雯雯生气

地喊道。

李中原冷冷地看着她："我把你逼疯？行了，韩雯雯，我真是懒得跟你废话，我就一句话，你听好了，咱俩完了！"

李中原说完绕过韩雯雯，头也不回地进了诊所。

韩雯雯愣在原地，彻底傻眼了。

李中原刚踏进诊所，她就追了进来。

韩雯雯失态地大喊："李中原你给我站住！你刚才那话到底什么意思？什么叫咱俩完了？"

韩雯雯的叫声镇住了前台的小叶和妙妙，她俩纷纷吃惊地看过来。李中原看也不看身后发疯的女人，对小叶和妙妙说道："你俩给我听好了，她今儿要是踏进我办公室半步，你俩就等着下岗吧。"李中原说完匆匆进了办公室，关上了门。

韩雯雯气得浑身哆嗦，喊道："李中原！你怎么可以这么对我？"说着就要冲进办公室，妙妙和小叶死命拦住了。

"韩小姐，您别这样。"

"就是，韩小姐，您别难为我们了。"

韩雯雯歇斯底里地大吼："李中原，你给我出来！不然我就不走了！"

"韩小姐，李大夫的脾气我们都了解，他最讨厌别人跟他硬来，您听我们一句劝吧，您要是还想和他好，就别这么闹了。"

韩雯雯彻底崩溃，蹲在地上呜呜哭起来："我该怎么办啊？中原从来没这样对过我……"

半小时后，韩雯雯哭哭啼啼地离开诊所，打了电话给阿莲。

咖啡店里，阿莲蓬头垢面地坐在韩雯雯面前。

韩雯雯拿着纸巾擦泪，一边擦一边哭。

阿莲打了个哈欠："到底怎么了？"

“我今天去找李中原，李中原说，我们俩完了！”

“什么完了？说清楚啊。”阿莲吓了一跳。

“就是昨天我给他打电话，他都给按了，发微信也不回，然后今天早上我就去他诊所找他，他看见我就跟我说我们俩完了，我想要跟着他进去问个究竟，他就让那俩女护士拦着不让我进，你说他是有多烦我啊。我不知道我错在哪里了？他为什么这么对我呀？”韩雯雯激动地一口气说完，又开始嘤嘤哭起来。

“雯雯，要我说完了就完了，他一个小诊所的牙医，我真是不看好，我希望我的姐妹能找个更好的。”阿莲一脸不以为然地说。

韩雯雯彻底无语，只能自己琢磨了。

阿莲继续自说自话：“真的，雯雯，我觉得虽然你各方面条件不如我吧，但咱俩情况不一样，我愿意下嫁，你呢，是个愿意拣高枝的人。这次找李中原，我还奇怪你怎么忽然变了风向了，我觉得你还是要坚持之前的高标准，去找更好的男人。现在多少大山里飞出来的凤凰女啊，人家都攀上高枝了，你比她们基础可好多了……”

韩雯雯没心思听阿莲胡言乱语，她暗下决心：不行！我绝对不能让李中原跟我分，我还得去找他。

李中原拿着车钥匙走出诊所门，就看见韩雯雯捧着花站在他的车边，楚楚可怜地望着他。

李中原表情复杂走到车跟前。

韩雯雯把花送到他面前：“中原，你原谅我吧！”

李中原没接韩雯雯的花，开门上了车就走。

韩雯雯捧着花追着跑：“中原，你原谅我吧……”

李中原从反光镜里看到韩雯雯摔倒了，他犹豫地停住车，从反光镜看到她并没有站起来，他心软了，下了车走过去把韩雯雯扶了起来。

韩雯雯哭哭啼啼地道："对不起，中原，我知道我错了，你原谅我吧。"

"雯雯，我前岳父就这几天手术，我最近真是没心情，你先回家吧，回家等我电话！"

"那你原谅我了吗？"

李中原有点烦了："别再问这些话了，没任何实际的意义，先回家吧。"说完他转身上车，韩雯雯捧着花站在原地哭泣。

韩雯雯走后，阿莲溜达着回家，在楼下碰见了袁奋。

袁奋摘下太阳镜，酷酷地说："我有事跟你说。"

阿莲心中兴奋，掏出钥匙道："那走吧，上楼说。"

袁奋跟着阿莲上了楼，阿莲进门后激动地奔洗手间收拾了下自己的头发，抹了两把脸。

袁奋却是满脸郁闷，坐在沙发上就直奔正题："你那个剧本我觉得咱俩还得再谈谈。"

阿莲坐到袁奋对面，高兴地道："袁导，剧本的事儿这两天我也想来的。看在你的面子上，我愿意将就着改一下。"

袁奋松了口气。

"不过，有些生活上的问题，我想你能不能帮我解决下？"

袁奋心里一紧。

阿莲不好意思地笑笑："你能不能预付点儿稿酬给我？只要够交房租就行。"

袁奋沉默着打量了一下屋里，眼底闪过一阵鄙夷，他突然灵机一动："你看这样行不行，你这个剧本，我找个圈里的资深大咖看看，只要大咖说可用我就马上付钱。"

阿莲点头同意。

袁奋真的把剧本送到了评论大咖张老师那里，并约定看完后面谈。

几天后两人约在了咖啡厅见面，袁奋对张老师赔着笑：“张老师，我想听听您对剧本的意见。”

“你要问我意见，我说话比较直啊。”大咖张皱了下眉道。

袁奋点点头。

“我看这个剧本，是捏着鼻子看的，数度看不下去，回回我都有一种自戳双目的冲动。入行以来，我还是头一回看这种剧本，我不知道编剧心里在想什么，我就想问问你哪儿找来这么一奇葩？”

袁奋听了心都凉了，瘫软地靠在椅子上。

“张老师，您给帮帮忙吧，我是特想把这个电影做成。”

张老师没有表示。

“您看我把编剧喊来您给她说说这本子该怎么写，行不行？”

“我给本子挑毛病，是要报酬的。”

“那您怎么收费？”

“一次，六千！”

袁奋咬咬牙：“行！”然后他赶紧给阿莲打了电话。

过了一会，阿莲来了，啥也没说就坐下了。

袁奋尴尬地道：“我来介绍一下，这位是编剧阿莲小姐，这位是张老师。”

“你好，”张老师宽厚地笑笑，“既然编剧来了，咱们节省时间，我就直接说了，阿莲小姐，我觉得你这本子吧，平淡如水，全是人物内心的臆想和一堆不好表现的状态，这些都缺乏执行性，很多描述靠画面是无法完成的。而且，你的男女主人公性格都很灰色，一点正能量没有，最主要的是缺乏行动线。故事就更别说了，什么情节都没有，你的故事里没事件，谁看啊？”

袁奋很认真地拿出纸笔：“那您说说都往哪儿加情节，加什么情节？”

张老师拿出一张纸："我提炼了男女主人公的性格，有了点想法。"

阿莲一直斜眼看着，突然道："这位老师，您懂电影吗？"

袁奋闻言都傻了："阿莲？"

张老师也呆了："你这话什么意思？"

"你看得懂我的剧本吗？"

"说实话我真没看出这是剧本！"

阿莲瞪大了眼睛："你懂什么！中国的电影就是被你们这群俗人给污染啦！我这些深刻的东西你们根本看不懂，咱们根本就不在一个层次上。"

张老师也来气了："阿莲小姐，做人不要太轻狂，你连结构故事的基本常识都没有，你以为堆砌点华而不实的辞藻你就高大上啦？告诉你，即使机场解禁，把你扔跑道上，你也飞不起来！"

阿莲被激怒了，起身哐啷把杯子里的水杯泼了张老师一脸。

阿莲冷着脸泼完水，转身就走。

袁奋懵了，这一切都发生得太突然了，完全来不及阻止。

张老师擦擦脸看看阿莲离开的方向，又看看袁奋："袁奋，你这找的什么人啊？泼妇一枚啊！我这招谁惹谁了？"

袁奋缓过神儿来，一个劲儿地鞠躬作揖："老师，您别生气，我给您赔礼道歉。"

"你赶紧带她去医院看病吧！"

袁奋点头哈腰地送走张老师，立刻跑到了阿莲家。一进门，袁奋就忍不住噼里啪啦地埋怨阿莲："我说姑奶奶，您有多大火也不能动手啊！这好歹是我花钱请来的大卡司啊！"

"什么大卡司啊？你是被人骗了吧？他根本就不懂艺术，听他说话，是对我的侮辱！"阿莲抛来不屑一顾的眼神。

袁奋见她还是冥顽不灵，心里直冒火儿："阿莲，你以前到底干

过编剧没有啊？找人给剧本提意见都是这样。”

“我帮你弄剧本就是因为你是个伯乐，我是委曲求全干了编剧，要不是冲着你的面子我是不接这种活的。”

“你听我说，你这个剧本其实巨牛，只不过我们写这个本子，把它拍成电影是要给大众看，大众需要什么呢？娱乐嘛！是不是？张老师也是一样，俗人一个啊，他能理解得了你的东西吗？不能！不光是张老师，接下来咱们要请的演员、服化道，都是俗人，就更理解不了你的作品啦！”

袁奋见事情已经这样了，总不能半途而废，那他这些天的委屈就白受了，只好一通胡编乱侃来安抚阿莲。

阿莲叹息一声连连摇头：“这就是艺术家的悲哀。”

袁奋忍住要揍她的冲动，继续顺着阿莲瞎说：“所以说啊，既然咱们创作是给这些人看的，那是不是就可以适当地降低点水准，把它改一改，迎合一下这些人。”

这番话说到了阿莲心坎上，她张开双臂扑过来就抱住了袁奋：“袁哥，你真是我的知音啊！”

袁奋还来不及做出反应，阿莲随即舞着双臂在屋内旋转：“我好激动，好激动，现在我诗兴大发，呼之欲出，我现在就要把它念出来！”

袁奋有点被吓住了。

“你是我的蔷薇，带着雨露，开在我的心头；我就是那太阳，要把你照耀。我愿意，一生和你紧紧相拥，哦，我的蔷薇，此生我愿生死相随，只为你日出又日落……”

袁奋吓得捂着嘴巴就往外跑。

阿莲在后面跟着：“袁哥，这辈子只有你最懂我，我唯有以身相许才能报答你啊。”

袁奋逃到门外，回头看看阿莲，吓得说不出话来，一个劲儿地摆手，跑了。

林一龙和郭悦终于拿到了拆迁款。

郭悦举着银行卡乐得合不拢嘴："天呐，真不敢相信，有一天我的卡上竟然也能有这么多钱了。"

林一龙一脸淡定地收好了卡。

郭悦乐滋滋地挽住了林一龙："老公，我刚来的路上就想好了，咱们今儿晚上盘古七星酒店吃自助去吧？你知道那儿的自助多少钱一位么？"

"多少钱也不去啊，别有钱就瞎得瑟！""

"那你说，咱们去哪儿庆祝啊？"

林一龙情绪不高："哪儿也去不了，今儿晚上我值班呢！"

"你不是昨晚值的班儿吗？怎么今儿又值啊？"

"嗯，老郑和我调班儿了。"

两人说话间已经走到停车位，林一龙甩开郭悦的手，上了车。

郭悦扫兴地愣在了那儿。

晚上郭悦打了电话叫袁胜男一起出来吃饭。高级饭店里，桌子上摆着各种西式餐，中间的大盘是龙虾。

"这么大方啊，居然请我吃龙虾。"袁胜男调侃道。

"我郭悦本就是个大方人，以前不都是没钱闹得嘛！再说了，我买车你给我那么大优惠，我怎么着也得请你吃顿好的呀。"

袁胜男笑了下："复婚的事情你得抓紧啊。"

"我知道，你就放心吧，我们家老林飞不出我的手掌心！"

"我是给你提个醒儿，你别不当回事，你们家老林现在拆迁款在手里，也算是个有钱人了，你可得长点心，赶紧复婚，别耽误，以防夜长梦多。"

听了袁胜男这番话，郭悦的表情凝重起来。

林一龙没有去医院值班,而是去请花艳丽吃饭。桌子上摆满了菜,花艳丽开心地拿起筷子:“龙哥,今天怎么有空请我吃饭了?”

“不是一直想感谢你那天帮我送钱包嘛,说过的事儿总要做到吧。”林一龙给花艳丽夹菜,脸上挂着笑。

花艳丽暗暗瞅着林一龙,笑道:“龙哥,我猜你今天指定有喜事。”

“你根据什么猜的?”

“人逢喜事精神爽嘛。”

“呵呵,真是什么也瞒不住你……”

花艳丽往前靠了靠,亲热地说:“龙哥,你刚才说答应的事情就要做到,那你那天答应给袁导的微电影投资,你……”

林一龙打断了她的话:“我一直想问问你,一部微电影投资最少是多少啊?”

“怎么着也得有个五六十万吧。”

林一龙听了不再接茬,只顾吃。

“龙哥,你那拆迁款得了多少钱啊?”花艳丽忍不住问道。

林一龙笑了笑:“没多少。”

花艳丽心知肚明,不再说话,两人安静地吃饭。

吃完饭回了家,林一龙优哉游哉地坐在沙发上听花艳丽的语音微信:“龙哥,什么时候我回请你一顿啊?”

林一龙听了心里乐开了花,回语音:再约可以,请我就算了,还是我请你吧。

微信刚发送出去,就听见门铃响了,林一龙去开了门,是郭悦。

郭悦走到林一龙身边坐下,亲热地挎着他的胳膊,说道:“老公,咱俩现在钱到手了,去把复婚手续办了吧!”说着郭悦把户口本从包里拿了出来。

林一龙被郭悦挎着有点不自在:“不用这么急吧?”

郭悦心慌地看着林一龙："怎么了？"

"你看啊，老婆，我这两天琢磨这事儿，咱们拿到钱了，这第一步算是实现了，可是咱们不能只顾现在不顾将来啊！"林一龙振振有词地说。

"你到底想说什么呀？"

"我的意思是，咱们离了婚，等于有两套房，到时候你住一套，另一套出租，这就是投资，钱生钱啊，你说是不是？"

郭悦被林一龙说动了："这样啊，老公你说得有道理啊。"

林一龙瞅着郭悦那财迷的样子，一脸镇定。

牙科诊所里，李中原正在办公室里坐着，袁奋探进脑袋来："姐夫！"

李中原一看这小子就来气："是谁放你进来的！我没钱啊，我现在可没钱！"

袁奋颠颠儿跑到李中原身边，谄媚地说："姐夫，我在你眼里形象就那么差劲啊。"

"我真没钱了……"李中原郁闷地说。

"你太俗了，脑子里怎么光想着钱呐？我来找你不是钱的事儿。"

"不是钱的事儿，那就是女人的事儿呗。"

"要不说姐夫是天下第一大聪明人呐。姐夫，我想求你帮忙再做一次分手大师。"

李中原快哭了："你这还不如要钱呢。"

袁奋更想哭了："姐夫这回你一定要帮我，搞定了这事儿，我给你钱你都行啊。"

"这回又是哪家的姑娘啊？"

"阿莲！非哭着喊着要跟我一辈子。"

袁奋正说着，阿莲的微信到了，袁奋一看是阿莲把那首诗发过来了。他苦着脸把诗给李中原看:“你看看，你先看，我先哭会儿去。”

李中原看了一眼，把手机撂桌上了:“你呀，真是不让我省心。我现在是自己的事还处理不过来呢，哪有心情去管你的事儿啊。”

袁奋给李中原连连作揖:“姐夫，我求你了，姐夫，你要不帮我，我只能觍着脸去求我老姐啦！”

李中原忙道:“你快得了吧啊！你爸现在住院呢，你姐那就更没心思管这些事了，你可别去折磨她了。”

李中原拉开抽屉拿出一张洗牙卡来给袁奋:“你把这卡给阿莲，让她来洗牙，我找机会劝劝她。”

晚上，袁奋到了阿莲家楼下，阿莲见到他很开心:“袁导。”

袁奋慢悠悠从兜里掏出一张洗牙卡来送到阿莲面前:“这个给你。”

阿莲翻看着洗牙卡:“这什么呀，洗牙卡？”

“嗯，我从我姐夫那儿给你要的，拿着这张卡洗牙免费，但是要提前预约啊。”

阿莲咯咯咯笑起来，然后一把搂住袁奋:“你对我怎么这么好啊！”

袁奋惊得赶紧推开她:“啊？别，别这样。”

阿莲痴痴地笑:“你还蛮害羞的。”

袁奋使劲扒拉开阿莲的胳膊，吓得掉头就跑:“一定记得去啊。”

阿莲站在原地看着袁奋的背影，笑着摇头:“这么害羞肯定没谈过恋爱。哦，我太幸福了！”

深夜，夜店的豪华包间内，袁奋半蹲着给林一龙倒酒。

“龙哥，愉快的夜晚就这样愉快地开始喽。”

林一龙接过酒，懒洋洋和袁奋碰了一下，懒洋洋喝了一口。

袁奋还是半蹲着,他一口干了,又给自己倒上酒,看着林一龙:“一会儿艳丽就来陪您喝，嘿嘿，龙哥，投资那个事儿我还想跟您谈谈。”

林一龙享受着至尊待遇，微笑道：“谈吧。”

“龙哥，你看，现在本子一稿都出来了，正根据知名电影人的意见打磨修改呢。您的投资是不是也该到位了？”

林一龙还是那副不给准话的样子：“我觉得应该等编剧改好了，我再考虑这事儿，本子还没打磨好，我也不太敢轻易往外拿钱呀。”

袁奋听林一龙这么说急得一激动要起身，结果差点跪林一龙面前。

“知名的电影剧本人已经让编剧回去修改了，人家也没说这本子干脆别拍，就证明这本子可以操作，可以操作就意味着您投进去钱就能有回收，您说您还犹豫个啥呀？”

林一龙撇撇嘴，摇摇头：“还是再等等，投资毕竟是个大事嘛。”

袁奋正着急，花艳丽举着一托盘红酒进来了：“龙哥，我来了。”

林一龙一见穿得跟美人鱼似的花艳丽，两眼就开始冒光，情不自禁地露出笑容。

花艳丽坐到林一龙身边开红酒：“龙哥，今天我可是把店里最好的几种红酒都给你拿来了，咱们挨个儿品品味道？”

袁奋被晾在一边，悄悄对她使眼色，做了个胜利的手势，花艳丽会意地笑笑。

袁奋起身道：“龙哥，有艳丽陪你我就放心了，我那儿跟编剧还有点事儿谈，我就先撤了。”

林一龙点点头：“那你就先走吧！”

袁奋走了，林一龙略带心事地问道：“艳丽啊，你说我到底给不给袁奋投这个电影啊？”

花艳丽把酒放到他的唇边，意味深长地说：“哥，投资有风险，花钱需谨慎啊！”

林一龙诧异地看了花艳丽一眼，而后心里豁然明朗："嗯！"

花艳丽又把酒杯递过来："哥，喝酒。"

林一龙喝着花艳丽递来的杯中酒，沉思起来。

第十五章 阿莲

夜已深，阿莲拿着手机一直看着和袁奋的微信对话框，对话停留在自己发出去的那条信息处，袁奋的信息始终没来。

而此刻，袁奋在房间里皱着眉头一脸苦思冥想，想着想着突然计上心来。

第二天，袁奋站在柜台前，左看右看。

售货员过来：“先生，您想买什么价位的手表啊？”

“你帮我参谋参谋，我想买看着很上档次、可价钱又不是太贵的那种。”

售货员从柜台内拿出一块金表来放到袁奋面前：“这款吧，这款玫瑰金色地看着很有贵族气息，价钱还真是这里面最实惠的。”

袁奋拿着手表打量半天：“行，就拿这块吧。”

袁奋看售货员在打包，心里想着：我可是把棺材本都拿出来了，再不给我投资可说不过去了。

想到这儿，他拿出手机调出微博页面，拍了金表的照片，然后编辑了内容：有些事必须要靠自己去争取，没人会帮你！丑媳妇总要见公婆，人必须得有豁出去的心呐！

阿莲正翻看袁奋的微博，正好他新发的微博蹦了上来。

阿莲逐字逐句看着袁奋的微博：有些事必须要靠自己去争取……

阿莲念完袁奋的微博，看着金表的那张照片开始琢磨了：人必须得有豁出去的心呐！丑媳妇总要见公婆？什么意思呢？

阿莲再仔细看看那块表，忽然恍然大悟——这块表代表的是时间啊！丑媳妇总要见公婆，他这意思不就是想让我主动去见一下他爸妈嘛！哎呀，我太笨了，他父母最近正好在北京，他肯定一直都想带我去见未来公婆，又怕我太矜持不肯跟他去，这块表的意思就是让我抓紧时间嘛。哎呀，真是的，这也太纯情了。

阿莲想到这儿，兴奋地起身拉开简易衣橱的门，开始翻找衣服。找了好久，没有一件满意的，于是打了个电话给韩雯雯。

阿莲等在楼下。

韩雯雯从楼内不耐烦地走出来，阿莲迎了上去，表情异常激动。

“雯雯！我太激动了，袁奋让我去见他父母啦！”

“他给你打电话了？”韩雯雯问道。

阿莲摇摇头：“没有，我们俩不用电话沟通。”她拿手机调出袁奋的微博给韩雯雯看，“袁奋知道我不喜欢那些俗气直白的表达方式，就发了这个，他真是太懂我了。”

韩雯雯看了一眼手机里袁奋发的那条励志微博，惊奇道：“就这个啊，就这你能看出他让你去见父母的意思？”

“哎呀，我们这种方式也真不是常人能理解的。”阿莲娇羞道。

韩雯雯哭笑不得：“那我恭喜你喽。”

阿莲挎上韩雯雯，高兴地道：“陪我去逛街吧，媳妇见公婆总要穿得好一点吧？”

韩雯雯没心情逛街，讥讽道：“他们家那么高攀你，你就是披着个麻袋片去，人家也不会低看你一眼的。”

阿莲兴致高涨，还是拽着韩雯雯走了。

在服装批发市场，阿莲盯着一个个服装小摊位看。

韩雯雯看上一件，阿莲就赶紧过去问:“老板，这件怎么卖啊？”

摊位后面正看着平板电脑追剧的小老板抬头瞅瞅阿莲:“两百八不讲价！”

阿莲一寻思:“这么贵啊。”

韩雯雯小声对阿莲说:“看了这么多，也就这件还不错，价钱也不是太贵啊。”

阿莲嗫嚅:“我觉得挺贵的……”

韩雯雯又看了一圈这个摊位的衣服:“那件呢？那件也不错。”

小老板再次抬眼:“那件二百五，也不讲价。”

阿莲一噘嘴:“比刚才那件才便宜三十块钱呀。”

韩雯雯无语了，有心给她两句，又一想，还是算了吧。

阿莲和韩雯雯走出了市场，阿莲一脸郁闷地说:“唉！原来钱这东西有时候还是必不可少的。”

韩雯雯看她有点魔怔了，小心地说道:“这事啊，我刚才也琢磨了一下，感觉你就这样直眉瞪眼地去见家长好像有点莽撞。”

“那你说我该怎么办啊？”

“袁奋有个姐姐，要不你就先去他姐姐那里，这样有个缓冲，见他父母的时候也不会太突兀。”韩雯雯说完眨巴着眼睛看着阿莲。

阿莲想了想说:“我见过他姐姐，他姐姐好厉害的。”

“对啊，所以说要是搞定了他姐，袁奋他爸妈那就更没什么问题了。”

阿莲回身抱住韩雯雯，高兴地道:“哎呀，你这个主意真好！”

韩雯雯微微一笑。

售楼处，林一龙和郭悦两人签好了购房协议，并且付了款。

两人一前一后走出售楼大厅。

郭悦伸了个懒腰，感叹道:“哎，这块石头总算是落地啦！真好！

老公，你高兴不？”

林一龙冷静地说：“高兴。”

“老公，咱们现在房子也买上了，这回可真是没有后顾之忧了！走吧！”

“去哪儿？”

“复婚啊！”郭悦说着拽上林一龙就要走。

林一龙推开郭悦的手，有些慌张地说：“什么？”

“复婚去啊！离婚证和户口本我都拿着呢，我早就打算好了，今儿一买完房咱就去复婚！我可过够这种偷偷摸摸、提心吊胆的日子了！”

“胡闹！现在哪儿能复啊？还是拿了房产证心里才觉得踏实。”

郭悦怀疑地打量着老公：“林一龙，你什么意思啊？你是不是故意拖延呢？你还想不想和我复婚了？”

林一龙不耐烦起来：“我什么时候说不复婚了？我就是想等到房产证下来以后再说。”

突然，林一龙手机响了，他偷看了一眼来电显示是花艳丽，慌忙将手机摁到静音，塞进了裤兜里。

郭悦怀疑地看着林一龙：“谁啊？干吗不接？”

林一龙神色有些慌张：“没，是骚扰电话。”

“你把手机给我看看！你肯定有问题！”郭悦说着就要掏林一龙的兜。

林一龙气急败坏地推开她：“你干什么？你现在有什么权利查我手机啊？咱还没复婚呢！别急着管东管西的！”说完林一龙拂袖而去。

郭悦被噎得眼泪汪汪的，愣在那儿半天。缓过劲来之后，她跑去找李中原。

“中原，你帮我分析分析，你说我们家老林他是不是真变心了？

我觉得他特别不对劲。”

郭悦说着伤心地哭起来。

李中原递上纸巾，安慰道：“郭悦，你先别哭，这也未必就是老林变心了，兴许他就是谨慎呢？他这人办事儿向来小心翼翼地，你又不是不知道。”

“那电话的事怎么解释？他这种情况可不是一回两回了。”

李中原虽然心里也觉得林一龙有问题，表面上却要极力安抚住郭悦：“好了，郭悦，你先别急着胡思乱想的，等我找个时间跟老林好好聊聊，看看他到底什么想法。”

郭悦眼泪汪汪地点点头：“谢谢你，中原！”

“咱们都多少年的朋友了？跟我客套什么呀！”

李中原安抚好郭悦，找了个时间去三院找林一龙。他刚停好车往外走，突然一辆车停在了他跟前，车窗摇下，林一龙乐呵呵地探出脑袋：“中原！”

“你这是要出去？”

“对啊。”

“我还有事儿找你。”

“什么事儿啊？”

“这事儿一两句还说不清楚。”李中原想了下，一脸纠结地道。

“那就改天吧，我这已经跟人家约好了。”林一龙说完，突然兴奋地摁了摁自己新车的喇叭，“中原，看哥们儿这新车怎么样？带劲儿不？”

李中原心不在焉地瞅了一眼：“挺好的，你这是约了谁啊？”

林一龙支吾道：“就是一朋友，聊点正事儿。”

“别是哪个美女吧？看你有钱了，就扑上来了。”

林一龙脸红了：“老爱开我玩笑，我赶时间！咱改天约！”说完绝尘而去。

李中原看着林一龙的车离开，灵机一动，赶忙跳上自己的车追了上去。

咖啡厅门前，林一龙四下张望了一下，走了进去。

离咖啡厅不远的一个隐蔽处，李中原透过落地玻璃观察着林一龙的举动，只见林一龙已经往咖啡厅深处走去。

李中原犹豫了一下，也向咖啡厅走去。

咖啡厅里，林一龙和袁奋面对面坐着。

袁奋满面笑容地将金表推过来："龙哥，这是兄弟的一点点心意。"

林一龙瞅了一眼金表，又看了看袁奋，有些哭笑不得："袁奋，你这是干吗呀？不年不节的，送我东西干什么？"

"没别的意思，就是感谢你，希望我们的合作能够成功。"

林一龙冷笑一声将金表推回到袁奋面前："奋啊，把表收回去，我不要！"

袁奋尴尬地笑着："龙哥，您还是收下吧。"

林一龙态度坚决："袁奋啊，我今儿就实话跟你说了吧，给你投资这事儿吧，我还得再好好调研一下。"

袁奋郁闷地干笑着。

走出咖啡厅，袁奋吐了口唾沫，恼道："白费我这么些日子的工夫！"想了想，他拨通了花艳丽的电话："喂，我说花妹妹，林一龙那铁公鸡我觉得你还是得再加把劲摆平他啊！这钱一到我手，我就立刻给你回扣。"

还没听见那边花艳丽说什么，袁奋就听见一声熟悉的咳嗽，他回头一看，只见李中原正生气地瞪着自己……

袁奋赶紧道："那个，花妹妹，回头再说啊。"挂了电话他转身嘿嘿傻笑着，也不知道说什么好了。

李中原上前就拎住了袁奋："走，进去！我有话跟你说！"

"你哪儿来的钱买金表？你爸生日你送过金表吗？"

袁奋一脸苦相："我这不是为了事业嘛，等我事业有成，我给我爸买一堆金表！"

"你买金表哪来的钱？"

"姐夫，我跟我哥们借的高利贷！"

李中原大惊："你疯了你！"

袁奋快哭了："林一龙是我唯一的希望啊。"

"你简直走火入魔！不可救药！爱军啊，你让我说你什么好，咱能不能踏踏实实的，咱能不能放弃那个不靠谱的梦想？"

袁奋一看李中原动了肝火，懊恼地说："可是我不甘心啊，姐夫，你要是知道几年前我离开家乡的时候，那些人背后是怎么说我的，你就知道我有多不甘心了。所有人都说我的梦想不靠谱，都在背后嘲笑我，还包括我爸我妈，还有我姐，还有你，但是我不想这么轻易放弃啊。"

李中原听了也挺难受，道："要是我说过什么让你伤心的话，你别往心里去，我跟你道歉。"

"哥，你不用跟我道歉，你就给我点儿信心。"

"好，我信你，但是你不能为了梦想孤注一掷，你马上就去把金表退了，把高利贷给还上，多出来的利息我帮你垫上。"

袁奋感动道："哥，我啥也不说了，大恩不言谢，总之，我心里清楚欠你太多了。"

李中原拍拍袁奋的肩膀，笑道："行了，你都喊我哥了，就别说这些见外的话了！"

阿莲的小床上放着一堆不上档次的衣服，一看就是每件都试穿了，又全都不满意扔在床上的。她此刻正站在镜子前，手里拿着衣服比量着。最后终于选定了一件，阿莲对着镜子美美地笑了一下，拎起上次袁奋给买的包，换鞋出了门。

到了袁胜男公司，阿莲环视了一圈办公间，特有皇亲国戚的感觉，趾高气扬地道："有招呼客人的吗？"

茜茜抬起头，看看她，有点懵："您找谁？"

阿莲端起架子道："袁胜男，袁姐在吗？"

茜茜起身微笑道："您找袁总？请问您贵姓？跟袁总有预约吗？"

阿莲从容地一笑："见你们袁总，别人得预约，我是肯定不用的。"

茜茜吃惊地问："您是？"

阿莲一脸自得地说："我是她未来的弟媳妇！"

丝薇蒂离着阿莲最近，好奇地问了一句："你是袁奋的女朋友啊？"

阿莲点点头："我们都快结婚了。"

丝薇蒂打量了一下阿莲，忽然发现了她脖子后边的积垢。

丝薇蒂把椅子滑到安娜身边，耳语道："我的妈，这从哪儿来这么一位，几个月没洗澡了？脖子上一层泥儿，袁奋不至于找这样的吧……"

阿莲以为这是大伙这是在羡慕嫉妒呢，更加得意，问道："你们袁总到底在不在啊？"

茜茜举着手机："袁总她现在不在，我给她发微信说您来了，您再等一会儿？"

阿莲点点头。她优哉游哉地跑到车展大厅，举着手机挨个新车一顿自拍，拍完发了朋友圈。然后她又跑去吃大厅内的免费茶饮。

销售瑞克注意到阿莲，正看着她那边皱眉，丝薇蒂正好下来送文件给瑞克。瑞克问丝薇蒂："那是谁啊？我看是从楼上办公室下来的，好家伙，挨个车自拍，弄得车玻璃上全是指纹印，这会儿又跑休息区又吃又喝的。"

“说是袁总的弟媳妇。”

“什么？”瑞克一脸难以置信的表情。

“反正她是这么自我介绍的，你没看见，脸白脖子黑，估计出门时尽顾着往脸上抹了，忽略了脸部以下。”

“这年月还有这样的女孩？”

瑞克和丝薇蒂看向阿莲那边，阿莲正一手拿着小食品一手举着茶喝呢。

“这也太不讲究了，真不像袁总家的人。”

“听她吹吧，这样的人进袁总家，袁总非给打出来不可。”

袁胜男刚回到办公室，茜茜进来了：“袁总，你未来弟媳来了，要见你！”

袁胜男愣了一下：“谁？”

茜茜笑道：“她自己说的，说是你弟媳妇。”

袁胜男觉得好笑：“我弟媳妇？这个袁爱军，这又是把哪家姑娘给骗了呀，行吧，你让她进来吧，我问问怎么回事。”

一会儿，阿莲进来了。

袁胜男抬头看见阿莲，愣住了：“怎么是你？”

“姐。”阿莲脸自来熟似的叫得亲热。

袁胜男略带戒备地问：“坐吧，找我有事？”

阿莲以自觉最优雅的姿态坐在了袁胜男对面，静静地看着她。

袁胜男被搞糊涂了，再问：“你找我有事吗？”

“是这样的，胜男姐，其实我本来应该先去您家里拜访叔叔和阿姨的，后来我觉得我要是按照袁奋的想法直接去您家里，可能还是有点唐突，所以我就先来见您了。”

“袁奋？”

“是啊，袁奋跟我说丑媳妇总要见公婆，哈哈，虽然我也不丑。”

胜男明白了，笑笑：“阿莲小姐，袁奋说什么话你别往心里去，那小子经常说些不着调的话。”

“我知道他有时说话不着调，但是他对我说话可真了，他在微博上说让我去见父母。他对我一见钟情，我前几天刚刚接受了这份感情。”阿莲认真地说。

袁胜男不知道说什么好，想了想，还是说：“阿莲，我觉得你可能是误会袁奋了，他说什么你千万别当真，那臭小子他不着调、不靠谱的。”

阿莲听了这话心里挺不高兴，摩挲着脸笑了笑：“姐姐，您能不能不这样看袁奋啊？他在我这儿已经收了心了，胜男姐，袁奋已经打定主意这辈子非我不娶，我也决定这辈子非他不嫁。我们俩是真心的，所以他才说让我去见家长的。”

这下子，袁胜男有点搞不清状况了，惊奇地看着阿莲：“他非你不娶，你非他不嫁？”

阿莲郑重地点了点头。

袁胜男送阿莲出门。

“姐你别送了，都是一家人不用这么客气。”阿莲说道。

袁胜男很尴尬：“没事，送送你，你这大老远跑来一趟也不容易，打车回去的钱有没有啊？”

“这个还有……”

袁胜男看着阿莲脖子上的泥儿，忽然想起什么，赶紧从兜里掏出一张美容院的代金券。

“阿莲，我送你一张美容院的代金券吧，这是张充值卡，你可以去做个泡泡浴。”

阿莲看着代金券，喜上眉梢：“那多不好意思啊，姐。”

“没什么不好意思的，不过，这个代金券可是有时间限制的，你最好早点去把它用了。”

阿莲接过代金券：“谢谢你，姐！”

袁胜男看着阿莲一脸满足地捏着代金券走了，拿出手机打给了袁奋。

李中原陪着袁奋把表退了，这时手机响了，一看是袁胜男，袁奋疑惑道：“我老姐？”

“快接吧！”

袁奋接了电话，袁胜男严厉的声音传来：“你在哪儿？我命令你马上过来见我！”

李中原听见袁胜男的怒吼直乐。

袁奋苦着脸：“又干吗啊？老姐。”

“立刻马上，否则后果自负。”

袁胜男挂了电话。

袁奋一副可怜样儿看着李中原：“我又犯啥错误啦，姐夫，是不是你告我状了？”

李中原表示很无辜：“我从早上到现在，都没跟你姐通过电话。”

袁胜男正站在路边等袁奋，袁奋气喘吁吁地赶了过来：“姐，什么事儿啊？这么急非得让我过来！”

“你也太不靠谱了你，什么样的女孩你都敢招啊！”

袁奋一头雾水地看着袁胜男：“什么女孩？”

“你还跟我装糊涂？还玩什么微博传书，你搞不搞笑？”

袁奋彻底懵了。

“这都什么跟什么啊？”

“阿莲！你跟那个叫阿莲的女诗人。”

“阿莲！”袁奋大喊一声。

“是啊，阿莲！她今天到办公室来找我了，说这辈子你非她不娶，她非你不嫁。”

袁奋头摇得像拨浪鼓：“我非她不娶？老天，你杀了我算了！”

“我就知道你这是又玩呢！你说你对人家没意思，你发啥微博暗示人家啊？”

袁奋感觉快要疯了，指着自己道：“我暗示她？”

“她说你在微博里暗示她来见咱爸妈，她害羞就先来见我了。”袁胜男实话实说。

袁奋气得跳脚：“我发啥微博了我？我根本就没有！”

说着打开手机，调出微博来给袁胜男看：“姐，你看看我哪条微博是暗示她去见家长的？简直太搞笑了。”

袁胜男细看过去，袁奋最近发的就是一条“丑媳妇总要见公婆”的励志微博。

袁胜男不解地说：“按说，这是一条普通的微博，没什么特别的暗示呀？”

“我就说句丑媳妇见公婆，她就非往自己身上想，这也太自作多情了吧？这以后谁还敢在微博上说话呀？”

“那要这么说，这女孩脑子是有点问题。爱军，这阿莲是不有什么毛病啊？你以后可得离她远点。”

袁奋还没说话，袁胜男忽然想起那张代金券：“坏了，我当时以为你又骗人家，我看她那样子挺可怜，还给了她一张美容院的代金券，这会不会惹麻烦啊？”

袁奋赶紧说：“得！代金券可是你给的啊，要是惹来麻烦，你可得帮我摆平！”

傍晚，阿莲穿着韩雯雯的一身衣服正站在镜子前左照右照。

韩雯雯从衣橱里又拎出几件自己的衣服：“这几件也行，你试试……”

阿莲拿过韩雯雯手里的一身衣服在自己身上比量：“这个好，还是身上这件好？我是说见家长的话。”

韩雯雯认真地帮忙参谋：“要是说见家长，我觉得还是身上这件更好，显得稳重大方，不事张扬。”

阿莲很开心地道：“那我就穿这个去见公婆，你借我吧。”

韩雯雯很痛快地答应了：“没问题，借给你。”

阿莲高兴地在镜子前手舞足蹈，脸上洋溢着幸福的笑，自语道：“稳重大方不事张扬，嗯，我未来婆婆一定喜欢。”

“那当然了，他们家找了你那就是祖坟冒青烟了，不喜欢你就是脑子秀逗了，你就等着袁奋八抬大轿把你娶回家吧。”

阿莲听了这话更开心了：“我今天就去他家。”

“我看行！一个是非你不娶，一个是非他不嫁，还拖什么呀拖？赶紧定了得了，你现在就可以让你妈给你寄户口本了，见完家长，赶紧领证。”韩雯雯在一旁作死地煽风点火。

阿莲羞涩地笑：“嗯，到时候你给我当伴娘。”

韩雯雯假装兴奋：“那当然了，谁也别跟我抢！”

阿莲抱住好友，开心极了：“我太幸福了，你说袁奋是爱我的吧？”

韩雯雯继续点火：“我确定、一定以及肯定。”

阿莲激动得眼泪汪汪：“他是爱我的。”

韩雯雯幸灾乐祸地想：哼，袁胜男，我看你这回怎么收拾残局。

袁胜男拿着文件夹一脸喜悦地走进办公室，她刚一落座就拿出手机，拨通了王子荐的电话：“喂，小贱啊。”

“哟，女神，好久没听到你这么亲切地称呼我了。”

“好好说话，别臭贫！”

“遵命！女神今儿有什么指示啊？”

“你那广告片子我们老总审过了！还给你点了个赞，挺满意你那创意的！”

“哎哟，真的呀！那太好了！这算是给你长脸了么？”

“算是吧，总之，恭喜你了啊！不过你也别翘尾巴，还得再接再厉、再创辉煌啊。”

下班时间，袁胜男刚从公司出来，就看见王子荐捧着鲜花等在门口。

“女神，今晚约么？”王子荐笑盈盈地问。

袁胜男无奈地笑笑，接过鲜花：“看在广告片儿通过的份儿上，约呗！去哪儿啊？”

“太好了，您终于给我面儿了！我已经在一家超牛的私房菜馆订好位子了！”

“这么奢侈呐！”

“必须奢侈啊！今儿是个好日子嘛！广告片总算是过了，不得好好庆祝庆祝啊！”

“走吧！”

袁胜男欣然跟着王子荐上了车。

王子荐领着袁胜男进了菜馆。

领位员迎上前：“先生，请问有预订么？”

王子荐点点头：“锦绣阁。”

“哦，您是王总吧？二位里面请。”

领位员领着王子荐和袁胜男往包房走去。

袁胜男有点儿吃惊：“你还订的包房啊？就咱们两个人，就不用进包房了吧。”

“走吧，我这都订好了！”王子荐说着拉着袁胜男进了包房。

落座后，袁胜男打量着包房内的豪华陈设，看着餐桌上的四副餐具，不禁心中犯了嘀咕。

王子荐却是一脸的兴奋："怎么样？这儿的环境还不错吧？"

袁胜男疑惑道："挺好的，子荐，今晚这顿饭，还有别人么？"说完指了下那四套餐具。

王子荐支吾道："没啊，就咱俩。"

服务员敲了敲门进屋："打扰了，王总，我想问您一下，咱们的凉菜都已经备好了，您看是现在上呢？还是等人到齐了再上？"

袁胜男一听这话，瞬间变了脸。

王子荐慌张地说："现在就上吧。"

袁胜男一脸严肃："你不说就我们两人吗？"

王子荐赔笑着："胜男，我……"

"赶紧告诉我实话，不然这饭我不吃了！"袁胜男说着起身就要走。

王子荐慌忙拦住："别啊，胜男！你先别生气，其实倒也不是外人，就是我爸我妈，他们已经在来的路上了……"

袁胜男得知王子荐骗自己来见家长，很气愤，起身就要走人。

王子荐慌忙拦住："别走啊，胜男。"

"你这回也太过分了！我真的很生气，王子荐，没你这么办事儿的！见家长这么大的事儿你怎么能瞒着我呢？"袁胜男说着又要走。

王子荐狠命地拉住她手臂："别别别！胜男，你别生气。我承认我错了！我要知道会惹你生这么大的气，我指定不这么干了。你看我爸妈他们都已经在来的路上了，你肯定也不忍心让他们扑个空不是？"

王子荐说完满脸哀求地看着她。

袁胜男心软了，郁闷地叹了口气："总之这事儿你办得太草率！"

"是是是，只要咱们顺利度过今晚，你明天想怎么罚我就怎么罚我，我绝对乖乖听候发落，这还不行吗？"

王子荐边说边将袁胜男摁回了座位，又给她斟满了茶。

“来吧，女神，现在咱们先喝点儿茶，败败火。”

袁胜男无奈地瞪了王子荐一眼：“别叫我女神，没你这么骗女神的。”

李中原正坐在工作台前修理牙模具，韩雯雯推门进来了。

李中原平静地看了她一眼。

韩雯雯冲李中原亮了亮手里的袋子，笑盈盈地说：“你先别生气啊！我就是来给你送晚饭的，放下我就走。”

李中原如今面对她，不知说什么好。

韩雯雯从袋子里掏出饭盒摆到办公桌上：“你不是爱吃豆角焖面吗？以前你嫌我做得不好吃，今天再尝尝，我在家里跟着度娘都练习好几天了。这个焖面吃着太干，我还给你做了个紫菜蛋花汤，你趁热吃吧，免得凉了吃伤胃。”

李中原的心逐渐软了。

韩雯雯将袋子收好，恋恋不舍地说：“那你慢慢吃吧，我走了。”说完见李中原没反应，韩雯雯失落地往门口走去。

李中原突然叫了一声：“雯雯。”

韩雯雯立刻转过身：“嗯？怎么了？”

“你也还没吃呢吧？”

韩雯雯点点头。

“要不留下来一块儿吃吧，你做这么多，我一个人也吃不完啊。”

韩雯雯抿嘴一笑：“好呀，那我先去洗个手。”说完美滋滋地进了洗手间。

袁胜男家楼下，一辆出租车停在了楼对面的小路上。

阿莲从车上下来，她抬头望了一眼面前这栋高大漂亮的楼房。

“天呐，这就要见未来的公公和婆婆啦？还真是有点儿紧张呢。”阿莲说着掏出手机，站在楼门前咔嚓来了张自拍。

阿莲看着自拍照满意地点点头："不错不错，雯雯这身衣服和我的斯文气质倒还挺相衬。"

阿莲将图片发给了韩雯雯，并附上了信息：亲爱的，谢谢你的裙子哦。我已经到袁奋他们家楼下啦，这就准备上楼见我未来的公婆喽，祝我好运吧！

阿莲发完信息，最后整理了下衣服，自信满满地跨进了楼门。

李中原办公室里，桌上韩雯雯的手机突然响了，蹦出一条微信。李中原下意识地扫了一眼，发现来信人是阿莲，便又忍不住多看了一下。

阿莲：亲爱的，谢谢你的裙子哦，我已经到袁奋他们家楼下啦……

李中原愣了一下，忍不住拿起手机仔细看起来，一看图片不由大惊："坏了！这姑奶奶怎么跑我们家去啦？"

李中原扔下韩雯雯的手机，抓起包，对着洗手间道："雯雯，我临时有点儿急事儿，先走了啊，面你自己慢慢吃吧！"

"中原……"洗手间里韩雯雯的声音隐隐传来。

李中原根本顾不上听，夺门而去。

韩雯雯从洗手间跑出来时，办公室内已不见李中原身影。

马路上，李中原开着车一路疾驰。路上他拨通了"典狱长"的号码。

电话那头，嘟嘟嘟地响着，却没人接听。李中原焦急地道："赶紧接电话啊，我的姑奶奶。"

袁胜男还在餐厅包间里紧张地等着王子荐父母的到来。突然电话响了，显示是"不靠谱"。袁胜男接起电话："喂，怎么了？"

"胜男！快，赶紧回家！坏事儿了，阿莲到咱们家啦！"

"啊？谁？"

"阿莲！就是给你弟写剧本那神叨叨的姑娘，她现在到咱家门口啦！说是要认公婆！"

“可我爸妈不在家啊。”

“这个时间我爸在家啊！”

袁胜男变了脸色。

“你赶紧回来吧！我现在也往家赶呢！但是我怕我一个人搞不定那姑奶奶啊！”

“好好好，那我现在就回！”

袁胜男已经慌了神，她挂了电话，拿起包就往外走。

王子荐一头雾水：“怎么了，胜男？你要去哪儿啊？”

袁胜男脸色很难看：“对不起，我们家出了点儿状况，我得赶紧回去。”说着就冲出了包间。

阿莲此时已经登堂入室了，她进了门径自走到沙发那里，上宾一样坐了下来。

李龙生看她那副不认生的样子，有些反感：“姑娘，你到底找谁啊？”

阿莲优雅地坐着道：“伯父，我是袁奋的女朋友。”

李龙生打量着阿莲：“谁？袁奋？你说的爱军吧。”

“爱军？爱军是谁？”

“爱军是我儿媳妇袁胜男的弟弟啊。”

“那就对了，就是袁奋。原来您是李大夫的父亲呀？我跟李大夫也很熟的，他前两天刚给我洗过牙。”

李龙生心中疑惑：“你说你是爱军的女朋友？”

阿莲放松下来，笑道：“是啊，您没听他说起我吗？”

李龙生觉得有点莫名其妙：“没有啊，我没听亲家说爱军交了女朋友啊。”

阿莲不介意地笑了笑：“那是因为我一直都没答应他。袁奋可能觉得有点高攀我了，一直没敢跟家里说。两位老人今天不在家？”

“你还不知道啊？你是爱军的女朋友，他都没告诉你？”

阿莲摇摇头：“没有，他没说什么，就是让我来拜见他父母。”

“那你俩在一起都说啥啊？我亲家住院好几天了，等着做手术呢。”

“啊？做手术？伯父住在哪家医院啊？”

“三院。”

阿莲面露难色，起身告辞：“那我得去医院看看，按理讲是应该去看看，以后都是一家人了。”

李龙生点点头，心里却总觉得有点不踏实。

第十六章 爆发

袁胜男家楼下社区小路上，一辆出租车缓缓停下，袁胜男从车上匆匆下来，往家奔去。

突然她背后传来一个声音："胜男！"袁胜男回头一看，李中原正气喘吁吁地跑过来。两人边说边往家走。

"中原，到底是怎么回事啊？那个阿莲怎么会突然跑来我家？"

"我也不知道具体怎么回事，就是她给韩雯雯发微信说要来拜见未来公婆，赶巧被我看到了。"

"未来公婆？这人也太自以为是了。不过这事儿也没什么大不了的！她要见就见，我爸妈认不认她，那还两说呢！"

"没什么大不了的？这阿莲对咱俩的情况可是知根知底儿的！"李中原担忧地说。

"我知道！可她不是来找我爸妈的吗？我爸妈他们现在又不在家，在医院呢。她压根就见不着。"

李中原急了："你爸妈不在，可我爸在家啊，就她那神神道道的样子，万一哪根神经搭错了，把咱俩离婚的事情说出去……"

袁胜男心里一惊："哎呀，赶紧走吧，先控制住局面再说。"

李中原拉上袁胜男加快了步伐，两人匆匆进了楼门。

推门进屋。"爸？"两人边叫人边四下张望着。

李龙生看了一眼墙上的钟表:“你俩今儿怎么回来这么早?不过来得正好,我这正要给你俩打电话呢!”

李中原和袁胜男不禁互相看看。

“刚刚就你们回来之前,来了个姑娘,她说她叫阿莲。”

李中原和袁胜男又相互对视了一眼。

“这姑娘真是爱军的女朋友啊?”

“她和您怎么说的?”李中原问道。

“到底是不是啊?”

袁胜男支吾着不知怎么回答:“也算吧。”

“胜男,我怎么觉得这姑娘有点神神道道的呢?”

袁胜男忍不住了:“爸,那她现在人呢?”

“去医院啦!”

两人一听顿时大惊失色。

李中原急得直埋怨:“我的亲爸啊,您说您平时挺精明一个人,今儿咋这么大意呢?她说她是爱军女朋友,您就真信啊?您就随随便便让她去见我岳父岳母啦?”

李龙生也急了:“你啥意思?难道她不是爱军的女朋友?”

“她和袁奋,情况有点复杂。”

李龙生大惊:“什么叫情况有点复杂?到底怎么回事儿啊?”

“总之这姑娘,那就是一个祸篓子!谁沾上她谁麻烦!您说您让她去医院,这不就是给胜男她爸妈添乱嘛!”

“行了,咱们也别在这儿说些没用的了!还是赶紧去医院吧!说不定能拦住她!”袁胜男打断两人的对话。

李龙生赶紧奔到门口换起鞋来。

王子荐开着车,越想越郁闷,拿起手机,把耳机挂耳朵上,拨通了韩雯雯的电话。

韩雯雯情绪正低落："喂，干吗啊？"

"我说亲，你那姐妹儿，那个叫阿莲的还行不行啊？我这好不容易辗转腾挪地让袁胜男都快跟我爸妈见面了，结果她就出来搅局。"

"阿莲？她去搅你的局？"

"可不是嘛，我今天好不容易把胜男说通了，在这儿等着见我父母，好家伙，她那前夫李中原一个电话打过来，说是阿莲奔她家去了，要去见袁家二老，袁胜男一听就跑啦。"

"阿莲去袁胜男家，肯定是见不到袁家父母的，我估计她知道了袁胜男她爸住院的事儿，指定是要奔医院探望的，这个时间，李中原和袁胜男肯定堵不着她，也得奔医院，咱俩去看看？要是我那傻姐妹真闹出点什么事儿来，你可以帮帮你的女汉子，我也可以帮帮我们家中原，不趁着这样的机会增强感情，等什么时候啊？咱们不能让机会从指缝中溜走啊。"

王子荐一拍大腿："雯雯，你绝对是女中诸葛，知道抓住时机该出手时就出手啊。"

"三院见！"韩雯雯冷静的声音传来。

王子荐挂了电话，直奔三院去了。

阿莲到三院打听好了袁保国的病房位置，就过去了。

袁奋和袁胜男，李龙生三人也已经奔进了医院大厅。

袁胜男又掏出手机赶紧给袁奋打了个电话。

"袁爱军，你赶紧来趟医院。现在、马上！你那大诗人阿莲来医院啦，要见咱爸妈呢！要来认未来公公婆婆！"

袁奋急了："这个疯女人。"挂了电话，他迅速冲出了门。

病房里，张兰英正在给袁保国削水果，邱月梅坐在旁边。阿莲推开门，探头探脑地往里看。邱月梅看见门口站了个人，站起身来问道："你找谁啊？"阿莲却一眼瞅见了张兰英："阿姨，我没找错……"

张兰英一看阿莲愣了下，仔细回忆了一下，说道："是阿莲姑娘吧？"

"是我，阿姨。"阿莲开门走了进来。

"叔叔阿姨好，我叫阿莲，我是个诗人。是袁奋让我来的，我今天来就是跟您二老正式见个面。"

三个老人听了这段不伦不类的自我介绍，都有点摸不着头脑。

阿莲脸色自如地坐下，看到老人们疑惑的表情，笑道："袁奋没跟你们说过吗？"

袁保国和张兰英又对视一眼。

袁保国直起身子，问道："没有啊，什么事儿啊？"

"我和袁奋打算结婚了。"阿莲说完腼腆地笑了。

张兰英惊得差点坐地上："结婚？我们没听他说过啊！"

阿莲羞涩地笑笑道："我知道他可能没说，但是他让我来见你们是确有其事的。不过你们别怪他，袁奋不说是因为他觉得有点高攀我了，他一直都没有勇气面对这段姻缘，就连想跟我谈恋爱、结婚，都不敢直接跟我说。"

袁保国和张兰英吃惊地看着阿莲。

"我不在乎那些门第观念，我愿意下嫁，所以您二老千万别有心理顾虑。"阿莲大方地表明心意。

这话邱月梅不爱听了，她讥讽道："下嫁？这位姑娘，您是哪家的千金呐？"

"我的身价，并不是靠父母的名望，我是个诗人！"阿莲一脸自豪地说。

三人听了，面面相觑后禁不住哑然失笑。

"哦，阿莲姑娘啊，既然你身价这么高，怎么会看得上我们家爱军啊？"张兰英好笑地问道。

“因为我不是个世俗之人啊，所以和常人的眼光不一样。”阿莲竟然听不出话里的刺。

张兰英早不待见她了：“哟，那我们家爱军他可是常人。”

“阿姨，没关系，我已经憧憬好了我们未来的婚姻生活，我继续写诗，他做家务……”

袁保国听不下去了，重重咳了一下，就要说话。

张兰英怕袁保国说出不好听的话来，赶紧抢话：“阿莲啊，你这话我听明白了，你的意思是将来要是和我们爱军做了夫妻，这洗衣、做饭、带孩子的活都得是爱军干喽，你就只管写诗，是吧？”

阿莲点点头，以理所当然的语气说：“是啊，我是个超然的人，俗务我干不了，也干不好。”

张兰英和邱月梅哭笑不得地对视一眼。

袁保国脸色沉下来，下了逐客令：“姑娘，我们家爱军他配不上你，你可以走了！”

张兰英也不客气地说：“要没什么事儿，你就回去吧。”

阿莲急了：“那我再说一句行吗？你们说袁奋配不上我，可我都没嫌弃他，你们干吗自轻自贱呀？你们应该鼓励袁奋！”

袁保国急了，坐起来，喘着粗气道：“婚姻大事，怎么能儿戏呢？”

阿莲叹了口气：“你们这些陈旧的思想害人啊。我大姑子就是听了你们的话，和一个没感情的人结婚了，结果怎么样啊，他们两个人过得并不幸福，最终还不是离了！”

袁保国没听明白：“你大姑子？”

邱月梅和张兰英反应快，两人一块推着阿莲往外走：“你快别说了，赶紧走吧！”

“对啊，我大姑子、就是你闺女袁胜男啊……”阿莲边走边回头解释。

袁保国急得一捂胸口："你说什么？胜男离婚了？"

邱月梅拉开病房门，张兰英对阿莲吼道："你赶紧给我走！"

这时李龙生忽然一步跨进来："你刚才说什么？谁离婚了？"

李中原和袁胜男也紧跟着冲进门，但是已经晚了。

阿莲还没意识到事情的严重性，直不愣登地道："我说李中原和袁胜男已经离婚了呀！"

李中原冲过来对阿莲低吼道："你是不是有病啊？胡说八道些什么！"

阿莲看着众人，继续直言："我不过是说了实话嘛！你们老这么藏着掖着，根本就不对嘛！再说这年头，离婚也不是丢人的事儿啦。"

这番话的威力着实不小，不啻在袁李两家扔了个炸弹。

李龙生奔着李中原就去了："你个混蛋！你真和胜男离婚了？"

袁保国坐在床头傻了眼。

邱月梅和张兰英更是不知所措。

李龙生一把揪住了李中原："这到底是怎么回事？你赶紧给我如实交代！否则我要了你的命！"

袁胜男上前只顾保护李中原："爸！您先别激动！不干中原的事儿！"

袁保国也急了："不干中原的事儿？那就是干你的事儿了？胜男，这到底是怎么回事啊！"说完激动得手捂胸口，大口地喘气。

李龙生又顾不上责骂儿子了，赶紧去看袁保国："老袁，你怎么样？"

袁胜男和李中原也急得不行，上前扶着老人道："爸，您怎么了？"

张兰英赶紧走到床边，紧张道："老袁，你别听那丫头瞎说八道的！没有的事儿，孩子们这不是都好好的！"

李中原也赶紧解释："爸，您别听她瞎说，没有的事儿，你们来这段时间不是都看到了吗？我和胜男一直都挺好的。"

张兰英看阿莲还愣在那里，怒道："你快走吧！你哪儿冒出来的？到我们这儿进门就瞎说八道。"

"我没瞎说八道！你们这些人真是好怪，为什么不敢承认现实呢？"阿莲依然是理直气壮。

李龙生一把抓住李中原："你给我说实话！"

"李大夫你得勇敢面对现实，要不雯雯怎么办啊？"阿莲还在一边煽风点火。

李龙生暴跳如雷："看样子是真离了！李中原你个混蛋，当年我们兄弟的誓约就让你这小子给毁了。我们怎么对得起袁家救命之恩！我一枪崩了你！"

李龙生掏枪，可是摸到腰间才想起退休后不带配枪好多年了。他顺手又拿起折叠椅就要打儿子："我今天非打断你的腿不可！"

邱月梅死死地拦住丈夫，张兰英也过来劝阻道："你别打坏了孩子啊，亲家！"

袁胜男索性挡在李中原身前："爸，您要打就打我吧！离婚是我先提出来的！"

这时，王子荐和韩雯雯俩人也赶了过来。

韩雯雯一看这架势，就尖叫一声："啊！这是要家庭暴力吗？"

王子荐也喊了一声："胜男！你快躲开！"

袁胜男顾不上许多，一下子跪倒在李龙生面前："爸，您相信我，我说的都是真的。离婚真的是我先提出来的！跟中原没有关系，您要打就打我吧，对不起你们的是我！"说完就哭了。

袁保国一脸绝望地跌坐在床上："胜男呐，你还是我闺女么？你这是要了我的老命啊……"

李中原心疼地赶紧把袁胜男扶起来："你别替我说话……虽然是

你提的，我要不答应，我要不拿话挤对你，咱俩能真去离了吗？说来说去就是我混蛋……”

“你别把错都揽自己头上，从结婚到离婚，每次吵架，都是我拿离婚吓唬你。我知道，夫妻吵架不该老把离婚俩字挂嘴边，终于也是把你逼急啦。咱俩就这么离啦！爸，您要怪我就怪我，您别打中原！”袁胜男边说哭。

忽然，张兰英一声凄厉地惨叫：“老袁！”

众人回过神来，只见袁保国已经晕倒在病床上。

李中原跳起来冲出了病房找大夫。

护士、大夫推着袁保国奔抢救室，所有人都紧张地跟着。

李龙生帮着推担架车，焦急地呼唤：“老袁，老袁，你别吓我啊！”

袁胜男哭着跟着急救车跑，嘴里重复着：“爸，爸，您别有事啊……”

袁保国虚弱地念叨：“爱军，爱军，爱军……”

“爸，爱军马上就到，马上就到……”

李中原搀扶着袁胜男。张兰英和邱月梅互相搀扶着跟着急救车跑。王子荐、韩雯雯、阿莲一行人也在后面跟着。

袁保国被推进了抢救室，抢救室的灯亮了起来。

张兰英扶着抢救室的门泣不成声：“老袁，你可一定要挺过来啊，我在外面等着你……”

袁胜男上前抱住张兰英：“妈，对不起，都是我不好！”

李龙生暴跳如雷上前拎着李中原：“要是今天你岳父有个三长两短，我就宰了你！”

李中原伤心至极：“爸，不用您杀我，今儿胜男爸要真有事儿，我陪着一起……”

邱月梅伤心地掉眼泪。

远远地，韩雯雯和王子荐躲在角落观察，阿莲却冷眼看着，没事人一样，拽拽韩雯雯道：“没事我就先走了。”

韩雯雯诧异道：“你走？现在这个时候你怎么能走呢？”

阿莲更诧异：“我不走我在这儿干吗呀？这些生老病死的事儿多俗呀！我受不了为这些事哭天抹泪的，我就不参与了。”

阿莲刚说完，张兰英忽然冲过来对着阿莲一声大吼：“你还杵在这儿干什么？还不快滚！我再也不想看见你！”

阿莲见如此，竟然对韩雯雯说道：“看来这媳妇还真是不好当啊，我这第一次上门就把婆婆给得罪了。婆婆要是真生我气了，我还真不能走呢。”

韩雯雯无语地看看阿莲。

王子荐对韩雯雯耳语：“亲，您这姐妹儿简直太奇葩了。”

袁奋正在往医院赶，路上堵得厉害，他急得没办法，只好下了车，一路往三院狂奔。

众人都在抢救室门前等着，时间一分一秒地流逝。

忽然指示灯灭，李龙生、袁胜男、李中原冲到门前等着。

抢救室的门打开了，周主任从里面走了出来。

“病人已经抢救过来了，家属都在吧？”

“我们是家属！”

“我得交代一下，是这样，目前人是抢救过来了，但是要马上做手术。这个手术原定是明天做的，现在看来必须要提前做了。这个我跟中原早也交代过了，袁老的病情本来就比较严重，现在形势就更严峻了。即便是明天按部就班地进行手术，这个手术也存在较大的风险，更何况在这种突发状况下，所以家属一定要做好心理准备！我现在去准备手术。”

周主任走了，李龙生、张兰英都沉默着。

袁胜男看看李中原，悲痛地说：“周主任跟你交代过我爸的心脏病到了很严重的地步，我怎么不知道？你为什么不跟我说？”

“不是，我一直想告诉你，就是没找到机会！”

袁胜男啪地打了他一巴掌：“从我爸来检查到今天，这么长时间你没找到机会？这么大的事儿，你找不到时间说？”

韩雯雯不干了，过来挡着她的欧巴，瞪视袁胜男：“袁胜男，你们已经离婚了，你凭什么打他，你再动手我跟你没完！”

李中原一把推开韩雯雯：“你躲开，现在有你什么事儿？”

李龙生看了一眼韩雯雯，一脸的不待见，对邱月梅道：“她算哪路角色？月梅，赶紧让她走人！轰走轰走！”

韩雯雯委屈极了，看着李中原，希望他为自己说句话。

李中原一脸的烦：“你快走吧。”

李中原此刻根本就不看韩雯雯，只是心疼地劝哭泣的袁胜男：“胜男，对不起，我是不忍心跟你说。”

说完抬手给袁胜男擦眼泪，袁胜男此时快崩溃了，哭倒在李中原的臂弯里。

韩雯雯绝望地看着眼前的这一对。

这边，张兰英也过来对王子荐道：“你也走吧，这个时候，你在这儿合适吗？”

王子荐见势不妙，走过去拉起韩雯雯：“咱们快走吧。”

张兰英又朝阿莲看去，阿莲立刻做出一副懂事的样子，笑着说：“我在这儿陪着您。”

“呸——你真让我恶心，我用你陪啊？你给我滚！”张兰英的火气忍不住了。

“您虽然是我未来婆婆，可您也不应该随便骂人啊！”阿莲也生气了。

韩雯雯赶紧过来把阿莲拉走了：“哎呀，你快走吧，都是你闹的。”

三院大厅门口，郭悦焦急地向远处张望着，突然她看见不远处，袁奋正拼命跑来。

郭悦冲袁奋着挥挥手："袁奋！快点儿！"

袁奋三步并作两步跑到了郭悦跟前，累得呼哧带喘："郭姐，什么情况啦？"

"你爸进手术室啦！"

袁奋顿时大惊："我爸他怎么了？"

"还不是你那奇葩女朋友闹的！她把你姐离婚的事儿告诉你爸妈啦！"

袁奋禁不住眼泛泪光："郭姐，我爸他，他不会真有事儿吧？"

"唉！我也不好说，现在医生正准备给他手术呢。你快上去吧，你姐他们都在那儿等着呢！"

袁奋抹了把眼泪往电梯跑去。

郭悦看着袁奋上了电梯，掏出手机琢磨着，终于她鼓起勇气拨通了林一龙的电话。

电话那头嘟嘟嘟响了半天，无人应答。郭悦又不甘心地拿起手机发起信息来：一龙，胜男爸爸发病进了抢救室，要提前手术，你快来看看能帮上什么忙不？

手术室外，所有人都在焦灼地等待着。

袁奋气喘吁吁地跑过来："妈，姐。"

张兰英一见是袁奋，噌地站起身冲到袁奋跟前，啪啪就是俩耳光。

张兰英边哭边捶打着袁奋："你个熊孩子！都是你惹的祸啊！你说你这招了些什么不三不四的人！你爸这次要是有个三长两短，你让我怎么过啊？"

袁胜男和李中原赶忙上前来拉开了张兰英。

张兰英靠在袁胜男的怀里呜呜地哭起来。

李龙生和邱月梅见了也忍不住伤心落泪，袁奋更是痛哭流涕。

郭悦匆匆赶到坐在袁胜男身边，搂着袁胜男的肩膀安慰道：“胜男，袁叔不会有事的。”

郭悦不时地给林一龙打电话。

“你别给他打了。”袁胜男劝道。

“我就是希望他过来帮点忙，毕竟周主任是他的学长，这么关键的时刻他干吗呢！”

郭悦着急地继续拨号，这次林一龙的手机里传出：你所拨打的电话已关机。

郭悦气得把手机扔在一边，侧头看看袁胜男，她的眼泪滑落下来。

“都是我不好，要是我不提离婚，也不会闹到今天这样的结果。”袁胜男又哭起来。

郭悦想着自己的伤心事也跟着落泪。

阿莲被韩雯雯拉出医院，心里很郁闷，抱怨道：“你干吗要拉我出来？”

韩雯雯一副看神经病的表情，惊奇道：“今天都是你闯的祸，你都把他们两家闹成这样了，还好意思待在那里找骂？”

“我怎么闯祸了？一会儿袁奋来了，我要去找他。”

韩雯雯无可奈何：“行，你去找袁奋吧，你看袁奋对你什么态度。”

袁奋跪在张兰英身边，头伏在母亲的腿上痛哭不止，阿莲颠颠儿地跑过来，看到袁奋，伸手就拉他：“你别这么跪着了，人生在世，生老病死是谁也逃不过的，你再难过也没有用，还不如平常心对待……”

袁奋抬起头，突然嗷的一声跳起来，把阿莲推倒在地：“你干吗跑医院来闹我爸妈？你马上从我眼前消失！我再也不想见到你！你再在我面前出现，我跟你拼命！”

阿莲还来不及做出反应，袁奋揪住阿莲又打又骂："你个疯子、神经病，我爸要是有事我饶不了你！"

阿莲捂着脑袋躲避："天呐，袁奋，你冷静点，冷静点好吗？你不要当着这么多人的面这样失控！有什么事咱们私下里说好吗？"

邱月梅和李中原都上前想要拉开袁奋。

袁奋却不管，继续挣扎着要打那个疯女人。

"袁爱军！还嫌不够乱啊你？就别闹了！"袁胜男吼道。

果然袁胜男说话好使，袁奋停住了手。

阿莲终于不用捂着脑袋了，她抬头吃惊地看着袁奋。

袁胜男虽然对阿莲厌恶至极，但也得问问："没打坏你吧？"

阿莲只是定定地瞅着袁奋，那眼神就是和男朋友吵架时很委屈的样子："你脾气也真够大的，我知道你现在心情不好，我不跟你计较，我先走了。"

袁胜男被整懵了，和李中原、郭悦对视一眼。

阿莲还是瞅着袁奋，要走不走的。

袁奋一挥拳头："你还不滚！"

阿莲惊慌失措地跑了："好！我走我走！"

袁奋还在后面咒骂："滚！别再让我看见你！"

阿莲跑出医院，还不时地回头看看，看到没有人追出来，开始放慢脚步，眼泪汪汪起来……

她坐在医院前的马路牙子上，自语："他一会儿会不会后悔了追出来呢？一般电视剧里男女朋友吵了架，女的跑了，男的不都得追出来吗？"

阿莲这么想着，又回头看看，此刻夜深，医院门口并没有什么人出入。

阿莲委屈的泪眼看着天空：他就是再气也不应该当着这么多人

的面这么对我啊！不过，他爸爸都进手术室了，他心理一时失控应该也是正常的吧？这种时候我作为他的未婚妻，应该多包容、体谅他的。

阿莲想到这儿，不委屈了，笑了一下，然后回头看看大门口，心想：明后天这事儿过去，他想明白了会找我道歉的。想到这儿，她步履轻快地离开。

已是深夜，众人都安静地等待着，李龙生始终盯着门上的指示灯。

忽然，指示灯灭。

坐在门前的李龙生霍地站起身，众人都凑到门前。

抢救室的门打开了，周主任疲倦地从里面走了出来。

众人将周主任围住。

李龙生的泪水在眼眶里转悠，话都问不出口。

李中原紧张地开口道："怎么样？周主任。"

周主任点点头："手术很成功，病人暂时脱离了危险。"

众人都松了一口气，袁胜男激动地握住了母亲的手。

李龙生松了一口气，差点坐在地上，扶着墙暗自庆幸。他握住周主任的手，一连地道谢："谢谢您啊！"

"先别急着谢我，你们还是得做好心理准备。虽然手术很成功，但是，前景并不是很乐观，病人千万不能再有情绪的波动，这些对于术后的恢复都很不利，一旦再出现状况，就是神医也回天无力啊。"

张兰英听了这话，眼泪再次落下来，邱月梅抱住了张兰英安慰着她。

手术室外走廊深处，王子荐躲在暗处，偷偷看着远处袁胜男等人将袁保国推进了电梯间，不禁长长地舒了一口气，他掏出手机，拨通了韩雯雯的电话。

"喂，雯雯妹妹，谢天谢地，胜男他爸手术成功了，现在已经转到重症监护病房了……对呀，总的来说情况还不算太糟糕，咱俩还有希望。”

李龙生疲倦地坐在椅子上，抬头看着天花板长吁短叹。

邱月梅坐在李龙生身边，握着丈夫的手安慰道：“老李，老袁不会有事的，别担心了。”

李龙生态度坚决地说：“必须得让这俩孩子赶紧复婚，决不能再让老袁伤心了。”

李中原站在交费窗口，拿出银行卡递到窗口内，一会儿，收费员将一堆单子和银行卡交还给李中原，他拿起就奔取药的窗口。

天快亮了。

李龙生和邱月梅都趴在窗户上看着监护室内的袁保国。

李中原忙活一圈从走廊那边过来：“爸，妈，我岳父怎么样？”

“还没醒过来，可能是麻药劲还没过去。”

李龙生对儿子道：“手续、交费啥的都办好了？”

李中原点点头：“嗯，我又跟周主任沟通了一下。周主任说等我岳父醒过来，还是要进行一次专家会诊。”

这时，袁胜男、张兰英、袁奋从监护室内出来，大伙儿既伤心又疲倦。

李龙生对张兰英道：“亲家母，忙活了一宿，回去休息休息吧，我在这儿守着。”

“您也跟着忙乎了一宿，你回去吧，月梅，你也回去吧，你们别再累趴下了。”张兰英不肯走，反过来劝道。

“爸，妈，你们都回去，我在这儿守着。”李中原说道。

袁奋伤心地说：“不，这儿我守着，我对不起我爸，我要看着我爸醒过来。”

李龙生拍拍袁奋的肩膀：“我和你一起等着，老袁醒过来的第一眼一定要看见我，他心里才能踏实。谁都别和我争啦，战场上多少次出生入死，好几回我差点丢了命，都是老袁救了我。我昏迷了几天几夜，老袁一直守着我，我醒来后的第一眼看见的就是老袁。这一次，守护他的人就该是我！你们都走吧。”

李龙生忍着眼泪，转过脸去看着监护室内的袁保国：“老袁，兄弟我就在这儿等着你睁开眼睛啊！”

大伙儿又都哭了。

李中原看着袁胜男，关切地说：“胜男，你陪妈回去吧，让妈好好休息休息，这个时候大家都要保持体力。”

袁胜男点点头对张兰英说道：“妈，走吧，我陪你回去。”

袁胜男和李中原搀扶着各自的老妈离开了。

李龙生趴在窗户上就那样看着袁保国，袁奋在一旁又是热泪盈眶。

几个人回到了家里。

张兰英突然想起什么似的：“哎，你俩往后就别挤一屋啦！这离婚的事儿大家也都知道了，还挤在一屋演什么戏啊！”

李中原和袁胜男尴尬地对视一眼。

“中原，你去小房子那边睡吧，这会儿可以躺在床上踏踏实实睡个觉了。”

“不用，我睡书房就行。”李中原心情异样地看了一眼袁胜男，往书房走去。

袁胜男也掩饰着自己内心的失落：“妈，那你跟我睡一屋吧！”

“行！月梅，你也快歇着吧！”

邱月梅点点头，三人也都各自回了屋。

袁胜男和张兰英并排躺在床上，各怀心事地思索着。

袁胜男侧过头看一眼神色黯然的老人：“妈，快睡吧！”

张兰英叹了口气道：“岁数大了，不禁事儿啦，心里有点儿愁事儿就睡不着。”

“妈，别愁了啊，不管怎么说，我爸手术这关算是顺利熬过去了，往后咱们再悉心给他调养着，他这身体会慢慢恢复好的。”

张兰英点点头：“这我知道。”

“那您还愁什么呢？”

张兰英疼惜地看着女儿：“愁你，愁你的终身大事啊。”

袁胜男无奈道：“您怎么又愁起这个来了？”

“我瞅着中原和那个小韩的感情好像是越来越稳定了，你呢？你怎么打算的啊，胜男？”

袁胜男摇摇头：“我现在一门心思就只想让我爸的病赶紧康复，别的事情我一律都不想想。”

“哎哟，我的闺女呀。”

袁胜男抱着张兰英：“妈，以后我就想好好地孝顺你和我爸，等我爸恢复好了，我也请个长假带你们出去玩玩，其他的事儿再说吧。妈，我困了！咱们快睡吧，再不睡天就亮了。”

袁胜男说着假装睡了，张兰英无可奈何地叹了口气，也闭上眼睛休息了。

李龙生和袁奋穿着隔离衣坐在袁保国床边看着，李龙生的手始终握着袁保国的手。忽然袁保国的眼皮动了动，李龙生惊喜道：“老袁。”

“爸！”袁奋也惊喜地探过头去。

袁保国嗓子里呼噜了一声，缓慢地睁开了眼睛。

“老袁，你醒啦，你快看看我，我是老李啊。”

“爸！我是爱军啊。”

袁保国艰难地转动一下头，看着李龙生和袁奋，眼角有泪滑落。

“老李，爱军，我还活着？”

李龙生激动地点点头：“活着，老袁，有我在，阎王不敢收你！”

一边激动地对袁奋道，“快，快去找医生！”

袁奋擦擦眼泪赶紧奔了出去。

得知袁保国醒来的消息，袁胜男等人立即赶到了医院。

李中原和袁胜男换好了衣服，进了重症监护室，站在袁保国面前。其他的人都透过窗户看着里面。

袁保国伸出手，两人忙伸手握住了老人的手。

“跟爸说，离婚到底是怎么回事？”袁保国最放心不下的就是这件事。

袁胜男哭了：“爸，你别生我的气，离婚是我提出来的，我那时真觉得跟他实在过不下去了。”

袁保国转过脸看李中原。

“虽然是胜男提出来的，但是责任在我，我没照顾好她，要是胜男觉得我是个好老公，就不会提出离婚。爸，你要怪就怪我，别怪胜男！”李中原难过地说。

袁保国掉了眼泪：“我听明白了，你们说了这一大通，不都是些鸡毛蒜皮的小事吗？不也没有什么原则性的问题吗？”

李中原和袁胜男点点头。

“你们离了婚还能为对方开脱，这感情就真的走到底儿了？”

李中原和袁胜男对视一眼，没有说话。

袁胜男眼泪滑落，李中原赶紧拿纸给袁胜男擦泪。

袁胜男从男子手里拿过纸来自己擦泪：“不要你管。”

“你看看你这脾气，中原，胜男，我不是个老封建，非得包办儿女的婚姻，我绝不逼着你们非得做夫妻，一会儿老李进来我也会劝老李，让他不逼着你们，一定不能强制。”

说了这一段话，袁保国停顿了一下，有些喘，他又道：“可我就是希望你们两个能好好想一想，这个婚离得是不是值得，有个理智的判断，该怎么做，相信你们自己能解决好。你们俩出去吧，把老李和月梅叫进来。”

李龙生和邱月梅坐在了袁保国面前。

窗户外，李中原和袁胜男拿着电话听着里面的对话。

“老李，我刚才说的话你也都听见了，别逼孩子们了，他们大了，有自己选择的权利。”

李龙生叹口气：“唉，就是辜负了我对你的誓言。”

袁保国笑一笑：“你呀，就是这样，啥事儿都认死理，你自己的誓言干吗非得让孩子们来承担啊？再者说了，中原和胜男即便做不成夫妻，也可以是兄妹，咱们两家也可以世代交好嘛。”

李龙生眼泪打转，委屈道：“他们要是坚持不做夫妻，也只能这样了。”

“那你可算是答应我了，绝不为难孩子，尊重他们的选择。”

李龙生握住老友的手，点头道：“好，我答应你，不为难他们！从今天起，我不再说这件事！”

袁保国对邱月梅道：“月梅，你也得保证这件事。”

邱月梅含着泪点点头。

屋外，袁胜男举着电话哭成了个泪人，李中原搂着她的肩膀安慰着。

大家都站在监护室外，周主任做完检查从里面出来，交代道：“目前看，袁老的病情暂时趋于稳定，这段时间只要不受刺激就没有大碍，你们和病人接触时一定注意不能再让他有大的情绪波动。”

众人都点点头。

第十七章 去世

袁胜男的家里，一群人正在商量如何去照顾袁保国，争论个不休。袁奋突然站出来道："你们该上班上班，我最近反正没什么事情，我来照顾爸。"袁胜男和张兰英听袁奋这么说，很是欣慰。

李中原回了小房子，疲惫地倒在了床上，他掏出手机定了个闹铃，翻身准备睡去。

突然门铃响了，李中原强打精神起身下了床。开了门，只见韩雯雯可怜巴巴地站在门口。

李中原立刻垮了脸："你怎么来了？"

"中原，我心里憋了好多话，今儿必须跟你说清楚。"韩雯雯说完径直进了屋。

李中原无奈地关了门，他不耐烦地说："我现在很累，一会还要去陪床，有什么事非得现在说啊？"

"我知道，可我打从医院回来，心里就一直乱糟糟的，没办法安静。我今儿要是不跟你说清楚了，我会疯掉的。"

李中原懒得听韩雯雯这些矫情的话："有什么话赶紧说，我们长话短说好吧。"

"中原，你以前说过，等胜男她爸的手术成功了，就说咱俩的事儿。你跟我说说，现在打算怎么办？"

李中原一听这个问题不禁头大："对不起啊，咱俩的事情我现在还没有精力想。"

韩雯雯不高兴了："你要等到什么时候才有精力想想我和你的事儿？"

"胜男她爸这不昨天才刚做完手术吗？你说说我这会儿哪有时间和精力来考虑咱俩的事儿？"

"那行，那你现在考虑吧，现在你不就有时间嘛！"

李中原无奈极了："雯雯啊，我得睡觉！昨儿晚上你也知道，我们都一宿没睡。今儿早晨回来睡了不到仨小时，就又起来奔医院了，现在好不容易能有时间回来补个觉，你就别折磨我了，行吗？"

"不行，你现在就考虑！考虑好了，给我个答复，我就让你睡觉！"

李中原看着韩雯雯蛮不讲理的样子，最后一点好感也消失了："行！你要答复是吧？那我就给你个答复，我觉得咱俩还是算了吧。真的，我跟你真是不合适。"

韩雯雯惊呆了："你说什么？"

李中原以更加坚定的态度道："我说咱们分手吧。"

韩雯雯的大眼睛瞬间含满了泪水："李中原，你竟然跟我提分手？你真的要和我分手？"

李中原点点头："分吧，不然再这样下去，你累我也累。"

韩雯雯突然猛地抱住李中原："不！中原！我不能和你分手！你要真跟我分手，那我就只能去死了。"说完狠命抱着李中原痛哭起来。

李中原不为所动。

"那我现在就死给你看！我要让你眼睁睁地看着我死去，我要让你记我一辈子！"韩雯雯说着就往窗口冲去。

李中原眼明手快一个箭步冲上去，将韩雯雯拦下："你疯啦！你还真要往下跳啊？"

韩雯雯还在哭着往窗口挣扎：“我就是不想活了！跟你分手了，我活着还有什么意思！你别拦着我，你拦得了我一时，你拦不了我一辈子！总之，没了你，我不能活。”

李中原筋疲力尽，只得暂时服软：“好了好了，我收回我刚才说的话，行不行？我不和你分手了。”

韩雯雯瞬间安静下来，破涕为笑：“我就知道你是在乎我的。”

韩雯雯正紧紧抱着李中原，门锁转动起来，李中原赶紧推开她。门打开了，李龙生和邱月梅拎着菜进了门。

李中原赶紧领着韩雯雯出去了。

屋内，李龙生坐在桌前直生气：“什么人这是，她不知道家里这两天出了一堆事儿啊？就这么迫不及待地上门来了！真不懂事！”

“老李啊，我觉得你是对人家姑娘有偏见，她正跟中原谈恋爱，几天不见，过来问问情况什么的，这不是很正常嘛。”

“哼，正常？我看是你有问题，你是不是心里已经认下这个姑娘给咱当儿媳妇啦！”

“没有，老李，你这样可不好啊，中原和胜男离婚我也很难过，可是再难过，这日子总要过下去不是？你总不能为了还老袁家的救命之恩，就让中原一辈子不再娶了吧？”

李龙生叹了口气：“反正中原和胜男这么着，我就是觉得咱们对不起老袁家！”

“你今天不是答应老袁了嘛，老袁的那些话白说了？”

“那是老袁不想为难两个孩子，不想叫我心里难受，这么多年的老战友了，我不了解他吗？什么事儿他都先考虑别人！反正我心里就是过不去这个坎儿！”

袁奋回到家，鞋也没心思换，呆坐在沙发里，满心难过。过了一会儿，袁奋拿起手机调出阿莲的微信，把她加入了黑名单，然后点击删除。弄完微信，袁奋又上微博，他找到阿莲的微博，点击了拉黑，最后剩下电话本，袁奋将阿莲的电话设定为：屏蔽此联络人。做完这些，袁奋松了一口气，然后开始收拾洗漱用品，准备去医院陪床。

时近黄昏，小区里，韩雯雯撒娇地靠在李中原的肩膀上，两人各怀心事地沉默着。

李中原看了一眼手表："好了，这觉彻底不用睡了，我得走了！"

韩雯雯不情愿地问道："去医院啊？"

李中原点点头，站起身。

"中原，你今儿就不能不去吗？我的心情还没完全平复呢。"

"不行，我今儿晚上必须得去，不然老爷子没人照顾！"

"袁胜男呢？那是她的亲爸，她怎么不去照顾啊？"韩雯雯抱怨道。

"她当然也去啦！可她一个人忙不过来啊！我得过去给她搭把手。"

韩雯雯又不高兴了，发嗲道："啊？今儿晚上你又是和袁胜男一起啊？"

"对啊。"

"那不行！那你坚决不能去！"

"为什么呀？"李中原无奈问道。

"你明知故问！你明知道我不喜欢你和袁胜男单独接触，你还偏要跟她搭伴儿，你这不就是给我添堵吗？"

李中原气得不知说什么好。

"总之我不同意！你今天晚上哪儿都不许去！"韩雯雯说着挡在了李中原面前。

李中原这回真的生气了："你够了吧，韩雯雯！你已经折腾我一下午了，我也答应你不分手了，你还要怎么样？你不要太过分了，知道吗？"

韩雯雯眼泪又落了下来："每次都是为了袁胜男凶我，怎么一牵扯到她的事情，你就对我这么不耐烦了呢，为什么啊？"

"我真是没法跟你说了。"李中原说着推开韩雯雯，坚持要走。

韩雯雯拉住李中原，抽泣着："中原，你别走，真的，你给袁胜男打个电话，说你今晚有事儿去不了了。"

李中原挣脱开韩雯雯的手："那不可能！韩雯雯，你要愿意继续哭，我也没意见，总之，我要走了。"

李中原说完不由分说地走了。

马路上，李中原哈欠连天地开着车，载着袁胜男奔往医院。

袁胜男侧头打量着李中原："你怎么脸色那么憔悴，下午没睡好啊？"

李中原苦笑着说："睡了，可能睡得不沉，所以还是有点儿累。"

袁胜男心疼地看着他："你能行吗？要是太累，就回去歇着吧，我自己去医院照顾我爸。"

"没事儿，我能行。"

"谢谢你，中原，这段时间真是辛苦你了，为了我爸的病，跑前跑后没少忙活。"袁胜男感激地说。

"又跟我见外，我不是跟你说过了嘛，不管咱俩的关系变成什么样了，你爸也永远都是我爸，我为他做什么那都是应该的！"

袁胜男很感动。

"别用这种感激的眼神儿看着我行吗？你要再跟我这么客气，我可真不高兴了啊！"

"好，我不跟你客气！我就是担心你的身体。"

李中原有苦难言，只能勉强一笑："我知道，你放心吧。"

闹哄哄的职工食堂，排队打饭时，林一龙看见了郭悦，郭悦也看见了他，但是这一次，郭悦没搭理他。林一龙挺尴尬，走过来打招呼：

“悦儿。”郭悦像没听见一样，冷着脸端着打好的饭转身走开。林一龙愣在了那里。

郭悦坐在一个角落吃着饭，林一龙端着打好的饭往郭悦这边走过来。郭悦看见他要过来，立刻冷着脸起身离开了。

林一龙无奈地独自坐下，看着郭悦冷冷的背影，心里有点慌张，这时桌上的手机响了，来电显示：花艳丽。林一龙不敢随便接。他走出食堂，兜里电话又响了一声，拿出手机一看，是花艳丽的一条语音。林一龙刚要打开听，还是谨慎地看了看四周，改变主意，索性按掉不听，然后将手机收好离开了。

花艳丽很郁闷，林一龙居然不接她的电话！

阿莲这时给花艳丽出了个主意。

一辆布置得很抢眼的小面包车，彩旗招招地奔着三院大门开来，引得无数路人观看。车身插着几面彩旗，每个彩旗上一个字，连起来是：林一龙我爱你。

车内，阿莲坐在副驾上，花艳丽坐在后座上，猫着腰让阿莲挡着。

阿莲指挥着司机：“对，就从那个医院大门进去。”

“你这一不来看病，二不来探视，人家能让进吗？”司机怀疑地说。

阿莲一脸骄傲：“我未婚夫的好朋友是这医院的大夫，谁敢不让我进，我跟他急！开进去，围着门诊楼转三圈！”

车开到三院门前，引得很多人跑出来看热闹，面包车被人群挡在了门口。

郭悦正在值班台里对着电脑发愣，忽然有俩小护士跑了过来。

“护士长，出大事了！”

郭悦沉稳地抬头看着小护士：“急诊室什么阵仗没见过？还这么慌里慌张的！”

“不是有病人，护士长您可要挺住啊！是林大夫出事了！”

郭悦噌地起身："什么？老林怎么了？"

"您快去看看吧，有人公然在咱院门口跟林大夫示爱呢！"

郭悦脸色变了，飞跑出了值班台。

小面包车被人群堵在医院门口，造成了交通堵塞，一堆人在围观。

阿莲手里挥舞着小彩旗，还拿个小喇叭对着医院喊："林一龙！花艳丽爱你！"

花艳丽躲在车里，一张脸上有点挂不住，暗道："妈呀，她太能整了！"

人群一顿骚动，林一龙穿着白大褂从门诊楼匆匆赶来。看到阿莲，他火冒三丈："你这是在发什么疯？"

阿莲笑道："你终于出来了，林大夫，艳丽在车上呢，我是来向你转达她的心意！"

林一龙看向车内，果然是花艳丽，他急得满头汗道："艳丽，你们这不是胡闹吗！"

花艳丽对林一龙一噘嘴："谁让你不接我电话的！"

人群中有人起哄打趣林一龙："老林，爱得够疯狂啊！从哪儿认识这么一辣妹啊！"

林一龙焦急地对花艳丽说："你赶紧走，这不是给我找麻烦吗？"

阿莲却转脸鼓励道："艳丽，勇敢地上！"

花艳丽索性一把抱住林一龙的手臂："龙哥，那你说你喜不喜欢我！想不想跟我好，想不想娶我？你说了我才走！"

林一龙被逼得直冒火："你要是不立刻离开，咱俩就算了！"

花艳丽生怕真惹恼了他，弄个鸡飞蛋打，于是可怜巴巴地说："那好吧，我这就走，可你不许再不接我电话。"

花艳丽正要走，人群中突然蹦出一个愤怒的女高音："你给我站住！林一龙，这回你给我讲清楚，到底是怎么回事？这不就是你外面勾搭的那个小妖精嘛！你现在真是胆儿肥了，本事大了啊，一边哄着我要跟我复婚，一边都把小妖精勾搭到医院来了。”

林一龙吓坏了，扯着郭悦道：“走走走，咱们有话一边说去！”

花艳丽这时候爆发了，对郭悦吼道：“你说谁是小妖精啊？我是小妖精，你就是黄脸婆，你们都离婚了，还充什么一品夫人在这儿教训人啊！”

阿莲看这架势赶紧躲上了车。

医院里认识林一龙和郭悦的同事赶过来劝架。

“老林，赶紧收场吧，这要是让院长知道了，你吃不了兜着走。”

小护士过来拽着郭悦：“走吧，郭姐，咱要闹，也别在这儿闹，回头找个清静地儿，你怎么闹都行啊。非在这儿丢人现眼的，你今年那职称还要不要了？”

林一龙对郭悦就差磕头作揖了：“我求你了悦儿，咱先打住，回头再吵成不？”

这时一个院办的领导从人群中挤进来：“林一龙、郭悦，你们闹够没有？”

两人吓得脸变了脸色。

“还不赶紧散了，嫌咱们院名气不够大是吧？你们俩一会儿到院长办公室来一趟！真是丢人！”

院领导一甩手走了，林一龙和郭悦也只好跟了过去。

花艳丽一跺脚对着车里的阿莲生气地说：“都是你出的馊主意！害我挨一顿骂，这叫什么事儿啊！”

几分钟后，林一龙和郭悦都站在赵院长面前，两人心里窝着火。

赵院长拍着桌子教训道：“你们这是搞的什么景儿！丢不丢人呐？都是老大不小该有孩子的人了，还在这儿搞三角恋、玩儿争风吃醋那一套！你俩啊，一个内科的副主任医师，一个急诊室的护士长，都是该为人表率的，怎么能闹出这么低级的事儿来？还怎么树立医者形象？让大伙儿瞅瞅，咱们三院的大夫护士就是这素质啊！林一龙，我原本还打算过了今年提拔提拔你，你这算什么？你让我怎么跟上面汇报你的品德操守！”

林一龙悔得肠子都青了，一个劲儿地承认错误：“对不起，赵院！我以后……”

“对不起有什么用！你们留着这话去跟全院领导职工说吧。”

“赵院长，您手下留情，原谅我们一次，以后这种事儿不会再发生了。”

“还有以后？我跟你们说，你们做好思想准备，这次的事儿是必须要处分的。林一龙，你记大过处分是必需的，郭悦，你的护士长职务先交出来，等院办最后的决定！”

林一龙好像全身被抽光了力气。

郭悦哭了：“赵院长……”

赵院长将转椅一转，背对着二位一扬手，不再说话。林一龙和郭悦只好垂头丧气地离开了院长办公室。

李中原正看电脑上病人的档案呢，办公室的门哐当一声被推开了。

他抬头一看，是郭悦满面怒容地站在面前。

“你这又是哪来这么大火气？”

郭悦把包往椅子上一扔：“李中原，今天这事你必须得给我个说法！”

李中原一头雾水：“什么事儿啊，没头没脑的！”

“你小舅子为了骗我们家老林那点拆迁款，是什么招都用上了，美人计他也敢使啊！我们家老林平时多老实一个人啊，你这小舅子够有本事的啊，偏让那小妖精都杀到医院大门口来示爱了！”

李中原还是不明所以：“郭悦，你先别激动。什么示爱啊？”

郭悦坐下来，恨恨地道："好，那我就坐下跟你好好说道说道，那个叫花艳丽的小妖精，是你小舅子介绍给老林的吧？"

"好像是有这么一个人。"

"你别好像，你小舅子为了从老林那儿弄拆迁款，都让这个女的勾搭老林不知多少回了。三勾搭两勾搭，不就是想着勾搭上了能让老林中美人计，好拿钱嘛，我们老林一直都没掏这钱，他们就狗急跳墙了。袁爱军直接让那小妖精到医院门口来公然嚷嚷什么'林一龙我爱你'，还又是标语又是彩旗的！他这么做让我们两口子还在医院怎么待下去啊？老林被记大过处分,我的护士长也被免了。李中原，我不管，你让你小舅子还我的护士长职位！"

李中原毛了爪了："这事儿真是袁奋干的？不能啊，郭悦，你好好想想，袁奋这两天光忙活他爸的病就够他受的了。他哪还有心思干这些啊？"

"我们家老林说就是他！"

李中原苦笑一下："你们家老林，那说的话也……"

"你什么意思李中原！"郭悦一脸横眉怒目。

李中原继续苦笑："这样行不行，你等我问问袁奋，你总得让我把事弄清楚再说吧？"

郭悦起身指着李中原："好，李中原，你要是不把这事儿给我弄清楚了，不让院里还我和老林一个清白，我跟你没完！"

郭悦转身气冲冲走了。

李中原崩溃地坐下来，这都什么事儿啊？

袁奋正给袁保国喂水喝，一抬头忽然看见监护室的探视窗外，阿莲正举着水果示意他。

袁奋气得把水搁一边，起身就出了监护室。

他来到监护室窗外，脸色铁青道："你来干吗？"

阿莲举了举水果，微笑：“我来看看你爸，不来不合适。”

袁奋气得上前就往外拽她，他把阿莲拉到走廊一头，确定袁保国看不到这边了，就无所顾忌了。他推搡着说：“你赶紧走！再别来了，别再让我看见你！”

“袁奋，因为你爸爸生病，你上火、你生气、你对我发脾气，这都没关系，可是我给你打电话怎么就打不通呢，你把我拉黑了吗？”

袁奋此时也不再演戏了：“对，你说对了，我不想再看见你，也不想再接到你的电话，更不想再跟你有任何联系。”

“你也不要我给你写剧本了吗？”

袁奋冷笑：“剧本？你别侮辱编剧这个职业了好吗？你写的那算什么剧本？你又算哪门子诗人？”

阿莲听了这话很受不了：“袁奋，你不可以这么说我的！”

“那你让我怎么说你啊？你觉得你自己很不错是吧？还要来见家长，见过自作多情的，我没见过你这么不知羞的！你以为我看上了你，那纯粹是对我的侮辱！”

阿莲惊呆了：“你看不上我，那你让我给你写剧本的时候……”

“对，我今天就告诉你，我找你就是想骗你不要钱给我写剧本！你个白痴，我给你送洗牙卡就是想让我姐夫告诉你，我压根就不喜欢你！你算老几啊，还一天到晚我高攀你……”

阿莲发疯了：“袁奋，你王八蛋！你不可以这样侮辱我！你不要以为你喜欢我，你就可以这样肆无忌惮地伤害我！”

袁奋气极反笑：“天呐，这么骂你还是认准我喜欢你？你神经病啊！”

两个保安跑了过来：“怎么回事啊？这儿不能大声喧哗。”

“她来闹事，你们赶紧把她带走。”袁奋说道。

阿莲大嚷：“我不是来闹事的，我是来看我未来公公的！袁奋，你要是用这种惨烈的手段来试探我对你的真心，你就太残忍了！”

“她是精神病科跑出来的，我爸刚做完手术需要安静，赶紧给她弄走，不然我投诉你们医院。”

两个保安赶紧把阿莲架走了。

阿莲一路还嚷着：“袁奋，你太残忍了！”

袁奋回到监护室内，袁保国勉强睁开眼睛，看着儿子，轻唤道：“爱军……”袁保国伸出手握着儿子的手。

袁奋也握住父亲的手：“爸，你想说什么？”

“做点事情不容易是不是？”

“没事，爸，我以后再也不搞什么影视啦！我就伺候您，等您病好了，我陪您回家，然后我再找个工作。以后我就伺候您和我妈。这回我说到做到，爸，你相信我，相信你儿子以后会踏踏实实地走好每一步！”

袁保国欣慰地点点头，摸索着袁奋的手：“爱军啊，以后我要是不在了，你就是袁家唯一的男人了。你得为你姐、你妈把咱们老袁家撑起来啊。”

袁奋哭着点头：“我知道了，爸！”

袁保国看着儿子，眼神里都是疼爱，他脸上露出安详的微笑。

突然袁保国慢慢地阖上了眼睛，手一沉！

袁奋感觉不祥，大喊道：“爸！爸！大夫！大夫！快来人救救我爸啊！”

一袭白布单盖在了袁保国身上。

邱月梅扶着张兰英哭泣着，李龙生呆呆地伫立着。

袁奋跪在老爸病床前猛抽自己的嘴巴：“爸，我对不起你，我对不起你啊！”

李龙生忽然扑到袁保国的遗体上，痛哭道：“老袁，你也带着我一起走得了，我们曾在战场上盟誓，不求同年同月同日生、但求同年同月同日死。你这样就走了，我都没好好和你说句话。你等着，我跟你走！”

邱月梅和李中原急忙上前拉住了李龙生。

李中原泪流满面，袁胜男哭着摇晃着他的肩膀：“都怪你，我爸病得这么重你就该早告诉我的……我没想到啊，爸，你就这么走了，我还没来得及好好孝顺你啊爸……”

袁胜男哭得撕心裂肺，李中原心疼地抱着她，袁胜男索性扑在李中原怀里哭得天昏地暗。

一个护士走进来，说道：“人已经走了，请家属节哀。请问，谁负责料理后事啊？”

李中原抬起布满血丝的眼睛，强撑着精神道：“我。”

李中原站在登记缴费处，办事员正在看医院死亡证明、袁保国的证件。袁奋跟在李中原身边。李中原拿出银行卡刷卡交了相关费用，然后拿着收据带着袁奋离开了登记处。

两人往大厅走去，火葬场长从后面过来叫住了他：“李先生，请留步。”

李中原回头问道：“您是？”

场长几步走过来递上自己的名片，然后握住李中原的手：“我是这儿的场长，李先生，登记处的人跟我说了袁老要在我们这儿办追悼会。请问您是袁老的……？”

“我是他女婿，这是他儿子。”李中原指了一下袁奋。

“我就是想跟你们说，袁政委是对国家有贡献的人，他的后事你们就放心，我都会亲力亲为安排好，追悼会肯定要办得风风光光的，请家属节哀。”

李中原和袁奋都握住了场长的手：“谢谢！”

门锁转动，门打开，李中原和袁奋进了门。

袁胜男、李龙生、邱月梅哭成一团，张兰英独坐餐桌旁流泪。

李中原一看这个情况，内心一沉，两眼也微微泛酸。他喊了一句："爸！"

"怎么样？"李龙生抹掉眼泪抬头问道。

"都办好啦！"

袁奋走到张兰英身边坐下。

李中原对袁胜男道："爸的后事我都安排好了，我们刚从火葬场回来。"

袁胜男闻言点点头："谢谢你！"

"你谢他干什么？这些都是他应该做的！要是没有你爸的救命之恩能有他吗？这么大的恩情，他不记着，一天净想着跟你闹离婚，我们老李家对不起你啊，老袁！"

那边，袁奋抱着母亲："妈，你别难过了，爸走了，你还有我呢。"

"你现在说这些还有什么用？你要是早点成器，你爸也不至于临死前还操着你的心。"

张兰英说着哭着起身进了屋。

袁奋既难过又惭愧。邱月梅过来安慰袁奋："去，多说几句好话，劝劝你妈，这个时候她最难熬，也只有你最能安慰她。"

袁奋点点头，起身进了母亲的卧室，邱月梅叹口气擦擦眼泪。

袁胜男正坐在贵妃榻上整理孝箍，李中原进门，默默走到袁胜男面前。

袁胜男抬头看着他，二人相对无言。

李中原拿起其中一个孝箍戴在胳膊上。

袁胜男看轻轻说了一句："那是姑爷的！"

"对啊，姑爷的！我就是袁家的姑爷。"李中原一脸郑重地答道。

袁胜男的泪水又滑落下来。

李中原把袁胜男轻轻揽入怀中，柔声道：“别难过了，万事有我呢。”

八宝山袁保国墓前，除了袁李两家的人，还有李龙生和袁保国的几个老战友也来了。众人轮流给袁保国的墓前敬了鲜花，张兰英和邱月梅摆好了酒菜等祭品。

李龙生拿起一杯酒洒在地上：“老袁，你记着，以后每年的这个时候我都来找你喝酒，咱哥俩聊聊天、下盘棋，说说心里话，我知道你一定惦记英子，惦记孩子们，你放心，有我呢，只要有我这把老骨头在，我就不会让胜男、爱军受委屈！”

李龙生说完，墓前一片抽泣声。

祭拜完袁保国，众人回了家。张兰英换下鞋子踉跄着往客卧走去，邱月梅上前扶住了张兰英。

袁奋追过去：“邱姨，您去歇着吧，我陪着我妈。”

张兰英语调凄厉地推开袁奋：“我不用你陪！”

“妈，您别生气了，我知道我错了，我是个不孝子，我对不起我爸，我对不起您。”

张兰英心痛地道：“现在说这些还有什么用？你就是说一万句我错了，你爸他也听不见啦！你爸他是临了临了，也没看见你成器呀！你爸就因为你，他是死不瞑目啊。”

张兰英越说越伤心，又痛哭起来。

邱月梅上前搀住张兰英：“英子，你别激动，慢慢说。”

“爱军啊爱军，你这一句‘以后改’，我和你爸都听了多少遍了？你哪回真的改了？你爸的这颗心完全就是为你操碎的，他的身体都那样了，心里最放心不下的还是你！你知不知道他托付我们，不论到了什么时候，不管你怎么折腾，都要我们不放弃你。你这孩子，真是太不成器了。”

袁奋泣不成声：“爸，爸呀，我后悔死了，我后悔死了呀！”

“现在知道后悔啦？晚啦！说什么都晚了。”张兰英哭地直倒腾气儿。

“好了好了，英子，咱不说了啊，咱先进屋躺会儿去啊。”

“走吧,妈,您可不能再激动了,我陪您进屋躺着。”袁胜男接着说。

邱月梅和袁胜男搀着张兰英进了卧室。

李中原走到还在痛哭的袁奋跟前，拍了拍他的肩膀：“别难过了，你要真心觉得后悔,就从此改好了吧,那你爸在九泉之下也能瞑目了。”

袁奋抹了一把眼泪，用力地点点头：“改！必须得改！我要再不改，我还算个人吗？我知道我爸一定会在天上看着我的。”

李中原鼓励道：“姐夫这回信你！”

一边一直沉默着的李龙生深深地叹了一口气，默默地进了书房。

李龙生一个人坐在椅子上愣神。

李中原走进去，关切地问：“爸，您不回屋躺会儿去？”

李龙生摇了摇头：“我躺不住啊，袁奋呢？”

“我让他先回去歇着了。”

“唉，这孩子，早知今日，何必当初啊。”

李中原也点点头：“人非得经历一些事情，才能成长啊。”

李龙生看着儿子若有所思道：“中原，你坐下，爸有几句话想跟你唠唠。”

李中原坐到了老爸对面，问道：“什么事儿啊，爸？”

“中原，你说你跟胜男就真的准备就这样了？”

李中原沉默了一下,叹了口气:“还能怎么样了,都已经离了……”

“形式不重要，我知道你们已经领了离婚证，可是在我心里，胜男还是我的儿媳妇。”

“爸，对不起，我让你失望了。”

李龙生一摆手：“父子间，不说这些啦。我的意思是，中原，我不想逼你，更不想逼胜男，你们俩要是真没感情了，我绝不会为了我的那点心愿，逼着你们凑合过，一辈子都不幸福。我自己的儿子我就不说了，我最不愿意胜男不幸福，要是她真的觉得跟你在一起不开心，我还逼着你们复婚，那我就太自私了，更对不起老袁。”

李中原感动地点点头。

“不过，这阵子，我看得出来，胜男对你还是有感情的，你对她也是有感情的，你看你们，还能不能再走到一块儿？”

李中原看看父亲，又低头想了下，再抬头，脸上仿佛有了主意：“爸，我会认真考虑您的话！”

李龙生叹气：“好！好好想想这事儿，我再说一遍，想让你们在一起，这就是我的愿望………我不会再强逼你，你也别有压力，这些话，你也告诉胜男，以后，你们的事儿你们就自己做主吧！”

第十八章 折磨

李中原回到小房子，一开门愣住了，门口地板上有一双女人的高跟鞋，客厅里堆着两个行李箱，厨房里的油烟机正嗡嗡作响。

他纳闷地走进厨房，只见韩雯雯正在做饭。

“你怎么在这儿？”

“中原，这两天你很辛苦，而且袁胜男的爸也去世了，我们的关系不用再瞒着了，我打算搬过来照顾你。”

“雯雯，这不太好吧？”李中原苦笑着说。

韩雯雯接着说：“我的行李都搬过来了，房子也退租了。”

李中原震惊得不知道说什么好。

这时，李龙生和邱月梅也回来了，看见韩雯雯在这儿很吃惊。

李龙生板着脸地问道：“这是怎么回事？”

“叔叔，阿姨，我搬过来跟中原住。”

李龙生冷着脸道：“不太好吧？你一个女孩儿家。”

“我不跟中原住一起，我睡沙发。叔叔，阿姨，中原你们饿了吧？我做了饭，你们赶紧过来吃。”说着进了厨房。

李中原没有办法，只好让韩雯雯住下了。她每天早上都把家里擦得干干净净的，邱月梅想要上去搭把手，都被她挡了回来。

韩雯雯这会儿正在擦洗手间，李龙生刚上完洗手间，她就赶紧进去拿酒精擦来擦去消毒。

李龙生对着邱月梅皱眉道:“她这是嫌我脏啊?”

“老李，别多想，小韩姑娘这是有洁癖。”

一会儿，邱月梅咳嗽了两声。

韩雯雯听见了，立刻过来打开了空气净化器，说道:“阿姨，这喷嚏里面有细菌。”

邱月梅有点哭笑不得，自言自语地说:“我这也没病啊。”

中午，韩雯雯端上做的饭菜，全是绿色的蔬菜，没有一点油水，量也少得可怜。

“就这些，还有吗?”李龙生诧异道。

“叔叔，就这么多，这可是我专门为叔叔阿姨做的，营养健康的午餐。”

老夫妻俩无奈地吃了这顿寡淡的“营养餐”。

吃完饭没一会儿，李龙生嚷嚷着直喊饿。

邱月梅忍不住过去问韩雯雯:“雯雯啊，以后你给中原做饭，也是这样的做法?”

“肯定的呀，这才是健康食品嘛!”

邱月梅气得说不出话来。

韩雯雯收拾完厨房，就开始收拾卧室。她把一些李中原的衣物收拾出来装进了垃圾袋。

邱月梅看了看垃圾袋里的衣物，吃惊地问:“雯雯，这些东西都很新，怎么要扔啊?”

韩雯雯一边收拾，一边说:“这都是以前袁胜男给买的，我看着不太好了，我过几天再给买新的。”

“好好的东西就这么扔了，太浪费了，雯雯。”

韩雯雯有些不耐烦了:“阿姨，我自己收拾就行，这些东西都不适合中原了，就应该随时换新的啊。”

邱月梅不说话了，默默地回了屋。

晚上李中原回来，李龙生拉着儿子说话：“中原啊，我看你和胜男还有感情，能在一起不容易，要互相体谅。”

李中原点了点头，心里有点动容。

“爸，其实我心里很后悔，当初不应该那么任性。”

“中原，有机会去跟胜男好好谈谈。”

“哎呀！”韩雯雯突然大叫了一声，“中原。”

李中原赶紧起身过去：“怎么了？”

韩雯雯楚楚可怜地说：“没事，我刚刚不小心扭到脚了，我去旁边坐会儿。”

李龙生看见两人在心里很不舒服，索性回到自己卧室。

“中原，你爸妈在这儿，我们俩根本就没独处的时间，我想你了呀，欧巴。”

李中原没有说话。

“你爸妈什么时候走啊？”韩雯雯索性问出心里的话来。

李龙生出来拿水杯，正好听到了这句话，心里气得不行。

第二天早上，李龙生来到客厅，板着脸对韩雯雯说：“姑娘，我觉得你住在这儿不太合适，你还是搬出去吧。”

“叔叔，我和中原正在交往，住他这里很正常啊。”

李龙生态度强硬：“你搬出去吧，是我不想让你在这里住。”

韩雯雯很委屈，但也没有办法，只好搬了出去。出了门，韩雯雯哭着给李中原打电话。

“中原，我被你爸赶出来了，我没有地方住了。”

李中原没有办法，只能带韩雯雯去酒店住。

“雯雯，你先在酒店住几天，抓紧时间找房子。我先走了。”

“你别走，中原，你留下来陪我好不好？”

李中原皱了皱眉：“不行，我得回去，我一会儿还有事。”

韩雯雯上前拉着李中原，执拗道：“我不准你走。”

“你别闹了好不好？”李中原甩开了韩雯雯的手。

“中原，你要是走了，我就从这里跳下去。”

李中原很恼火，但也没有办法，只得暂时屈服：“行，我不走！”

韩雯雯发了条朋友圈，并且设置了权限，只让袁胜男一个人看到。

“和心爱的人在五星酒店，二人世界。”

袁胜男家里，张兰英正在劝她：“胜男啊，我今天听月梅过来跟我说，中原想要复婚。你怎么想的？要我说啊，你们之间还有感情，这次你爸的事情，他做了那么多。”

“妈，我知道……”

袁胜男红了眼眶，担心妈妈看到担心，故意低下头，手指随意地手机上点着。

突然，她看到了韩雯雯发的朋友圈信息，瞬间冷了脸。

“妈，算了吧，我们俩不可能了，只能做朋友。”

张兰英叹了口气。

过后张兰英把女儿的想法告诉了李龙生，李龙生深深叹了口气，又想起李中原对韩雯雯不明不白的态度，更是火大。眼不见心不烦，李龙生不想待着这儿了，跟老伴儿说道：“月梅，过两天我们回老家吧。”

张兰英不让袁奋进家门，袁奋无奈去找袁胜男，哭丧着脸说：“姐，妈不让我进门了。”

袁胜男白了袁奋一眼：“你还好意思说，我也不待见你。”

袁奋掉了眼泪：“姐，我真的知道错了。我一定以后好好做人，踏实工作。姐，你原谅我吧，你帮帮我。”

袁胜男的心软了下来。

“好、好，你先把欠李中原的钱还了。”

“行，姐，我把欠姐夫的钱都列出来。”

然后袁奋就开始列清单，袁胜男在一旁心中欣慰。

第二天，袁胜男去诊所找李中原。

“这个钱给你，昨天袁奋算出来欠了你多少钱，我先替他还了。”

“别啊，袁奋怎么说也是我小舅子，就算不是小舅子也是我看着长大的，算了。”

“不行，还是得还你，”袁胜男说完又犹豫着问了一句，“你昨天和韩雯雯在一起？”

“你怎么知道？”李中原愣住了。

“我看她发了一条朋友圈。”

“什么朋友圈，我怎么没看到？”李中原说着掏出了手机，袁胜男也掏出手机，打开朋友圈递给了李中原。

“我天，把我屏蔽了，只有你能看见，这不是故意制造误会吗？”李中原非常气愤，跟袁胜男解释道，“不是过什么二人世界，是她没地方住了，我只好暂时把她送到了宾馆。”

袁胜男离开后，李中原暗下决心，一定要和韩雯雯分手。正想着这事儿，郭悦哭哭啼啼来了。

“中原，老林已经好几天晚上没有回来了，他这是铁定不想和我复婚了。”

“郭悦，你别着急，我去找一下他。”

“中原，麻烦你了。”

李中原立刻起身，去医院找林一龙。

一进办公室，李中原看见林一龙正在笑着聊微信。

“一龙！”李中原叫了一声。

“中原，你来了啊。”

“你是不是好几天都没回家了？真不打算复婚了？”

林一龙不说话。

“那个花艳丽跟你提什么要求了？结婚？”

“哎呀，是个女人肯定都会提的。”

“一龙，反正你也离婚了，别的事情我管不着。但是你一定要把持住，不能这么草率就跟她去领证。”

“为什么？”林一龙不解。

“你还当我是兄弟，你就听我的。”李中原严肃地说。

邱月梅和张兰英在楼下遇见了。

“英子，我和老李打算回家了。”邱月梅说道。

“怎么不再多住两天？”

“哎，老李说想回去。我和老李还是牵挂着中原和胜男复婚的事情，那天跟中原聊过，中原还是很想复婚的。”

“随孩子们去吧，这两天子荐老来我们家，我觉得子荐这人真不错，对胜男是真体贴。”

邱月梅没有话说了。

李中原回到家，李龙生坐在沙发上道：“中原，我和你妈回去了，你和胜男的事儿我也不想逼你了，总之，儿媳妇不是胜男，你往后也别想再见到我们了。”

李中原也跟父亲说了心里话：“爸，我也很后悔，之前在婚姻里，我可能太自私、太幼稚了。”

“既然这样，你就把胜男追回来。”

“这样，我先把韩雯雯这边的事解决了，才有资格再找胜男说复婚的事儿。”

李龙生听了李中原的话很满意，邱月梅却坐不住了：“等你把事儿处理完就晚了，胜男说不定都跟了王子荐了。”

“什么意思啊，妈？”

“我今天遇见你岳母，说王子荐天天往胜男家里跑，她也认可王子荐了。”

李中原非常郁闷。

李龙生和邱月梅要走，袁胜男也来车站送两位老人。

“胜男，我让你带的东西带来了吗？”

“爸，带来了。”

袁胜男说着把户口本递给了李龙生。

“中原，你的我也带走了。”

“爸，你为啥要拿走我俩的户口本？”

“胜男啊，你既然还叫我一声爸，我也就替你做个主，不管以后你们是想复婚，还是想要跟别人结婚，都需要过我这一关，我同意了，再去领证。胜男，你同意吗？”

“爸，我同意。”

两位老人安心地上了车。

李中原回了家，就先把家里的锁换了，然后打定主意去胜男公司找她说复婚的事儿。

草稿打了一路，还写在了纸上，看见胜男从公司出来，李中原又磨不开面儿，站在车前不敢往前走。

袁胜男看见李中原站在那儿，走过去，疑惑道：“有事啊？”

李中原刚鼓起勇气要说，看见王小贱来了，又改口说道：“你那驾驶本上的分每次到了这会儿都是借我的，你的开车技术我知道，估摸这会儿还得借我的吧？”

王子荐接话道：“我都已经给胜男弄好了，就不用你操心了。”

李中原看着两人一起离开，心里的滋味难以形容。

袁奋的手机一直打不通，阿莲找不到袁奋在哪儿，也不敢去袁家。

阿莲想着袁奋肯定也思念自己，但是慑于母威不敢和自己联络，还臆想袁母之所以不让袁奋和自己来往，就是觉得儿子配不上自己，这样想着心情就好了起来。

袁奋想找一份工作，但是怎么找也找不到合适的，于是来找李中原帮忙。

“姐夫，我现在就想踏踏实实找份工作，从底层开始，一步步地前走。”

“哥支持你，”李中原说着掏出一个信封，“上次你姐来还钱，我本来就不打算要，你把他当成创业基金吧。”

袁奋把钱推回给李中原：“姐夫，这钱我不能要。”

这可出乎李中原的意料之外。

“奋啊，姐夫一定帮你……”

李中原想起自己曾经的一个病人是剧组管事的，就约了他和袁奋见面。

“杨主任，这是我弟弟，一直喜欢影视方面的工作，你看能不能帮个忙，给介绍个工作机会？”

“小伙子会干什么啊？”

袁奋赶忙说：“我什么都能做，我从最底层开始做起就行，我不怕辛苦。”

“那正好有一个组，在海南，缺一个剧务，行吗？”

袁奋兴奋地答应下来。

袁奋去跟姐姐和妈妈告别：“妈，姐，我要去海南拍戏了。”

张兰英听了袁奋的话不太相信，袁奋无奈把李中原找来作证。

张兰英得知袁奋真的要去海南那么远的地方拍戏，心里也难受，掉了眼泪。

李中原劝道：“妈，袁奋也不小了，要是不出去磨炼磨炼，怎么能长大啊？”

袁母点点头，心里好受了些。袁胜男在一边看着，觉得关键时刻还是李中原成熟稳重靠得住。

袁奋要跟组走了，李中原和袁胜男去送他。

阿莲猫在袁家附近等袁奋好几天了，终于看见了他，她要过来跟心爱的人说话，却看见李中原和袁胜男也去送袁奋。

阿莲不敢上前，只能偷偷打车跟着，结果还跟丢了。

李中原和袁胜男把袁奋送到了机场。

“姐，姐夫，这次是新的开始。”

“行，出去好好照顾自己。”袁胜男说着红了眼眶。

送走了袁奋，两人上了车。

“中原，谢谢你帮袁奋。”

“我从小看着袁奋长大，我早就拿袁奋当亲弟弟了。”

返回小区停好车，两人一起往外走。

沉默了一会儿，李中原忽然开口：“胜男，咱俩复婚吧。”

“凭什么你要离就离，现在想复就复？”说完袁胜男赌气走了。

李中原站在原地纳闷：“不对啊，当初先提离婚的是你呀！”

韩雯雯听阿莲说李中原和袁胜男一起去送袁奋，妒火攻心，气冲冲去诊所找李中原。

还没进办公室，就被妙妙和小叶拦下了：“韩小姐，李大夫不在。”

韩雯雯又气冲冲地跑到李中原家，发现打不开门，韩雯雯崩溃了，于是跑到袁胜男家。

张兰英一开门，就看见韩雯雯气势汹汹地站在门口。

张兰英还没开口，韩雯雯冷声道：“袁胜男和我们中原都离婚了，孤男寡女还在一起不大好吧？”

张兰英气坏了，怒道：“什么孤男寡女？就算是他俩离婚了，我们两家的情分还在，轮得到你说三道四吗？你赶紧走！”说着轰走了韩雯雯。

韩雯雯崩溃了，又回李中原家门口等着。

李中原回到家，看见韩雯雯坐在门口。

“你怎么在这儿？”李中原惊讶地问。

“中原，你怎么换锁了？”韩雯雯哭着问道。

李中原怕韩雯雯一闹邻居出来看热闹，赶紧她进了门。

“雯雯，我觉得我们不太合适，我们还是分手吧。”

“你说什么，李中原，你要和我分手？”韩雯雯开始歇斯底里。

“这样我们都很累，还是分手吧。”

“我不要和你分手！”

“雯雯，你别闹了。”李中原开始头疼。

“行，李中原，你要和我分手，我就去死，我现在就去死！”韩雯雯说着就要往外走。

李中原拦住了韩雯雯。

“你别闹了，行吗？”

“中原，我们结婚吧，我们马上结婚。”韩雯雯疯了一样翻箱倒柜找户口本。

李中原看着她撒泼，冷冷地说：“我爸把户口本拿走了。”

“那你身份证呢？你拿身份证回老家补办一个户口本就行了。”

李中原彻底无语了。

王子荐陪着袁胜男回到家，张兰英还在气头上。袁胜男一进门，张兰英就过来气呼呼地说：“今天那个姓韩的姑娘来闹，真是不要脸啊。”

“什么？”袁胜男很吃惊。

王子荐赶忙问道：“阿姨，您没事吧？”

“没事没事，让我给赶出去了。”

“胜男，你什么时候去见一下我的父母啊？上次都没见到，我父母一直催我呢。”

张兰英听了，立刻说：“胜男，你就去嘛，应该去拜访一下小王的父母。”

袁胜男低头不语。

阿莲一直回想那天自己亲眼看见袁奋被姐姐姐夫“劫持走”的情景，于是作诗一首，表达了她想象中的袁奋离开自己时的无奈和悲壮。诗作发到了网上，点击率是零。

阿莲决定探听袁奋的去处，开始给李中原打电话。

“李大夫，袁奋去哪了？”

“那个，那个他去出差了，具体去哪儿我也不知道！”李中原紧张地说完，挂了电话。

李中原不知道该怎么应对阿莲，于是微信问袁奋。

袁奋很快回了消息：姐夫，你再帮我最后一个忙，帮我打发了阿莲，让她死心。”

李中原下了班，却不能回家，只好在诊所里住了好几晚上。

韩雯雯看李中原不回家，有点抓狂，于是发了消息给李中原：李中原，你再不回家，我就马上跳楼。

李中原心烦意乱，一不留神给病人邹健开错了药。

邹健吃了李中原的药起了一身的红疙瘩，李中原赶紧带邹健去医院检查。

“没事，是过敏，先住院观察几天。”大夫检查后说道。

“邹老板，不好意思啊，医药费什么的都由我来出。”李中原抱歉地说。

邹老板正好分派在郭悦的护理组里，李中原赶紧去找郭悦：“郭悦，我这开药开错了，害得人家过敏住院了，你帮我多照顾一下。”

郭悦点头答应。她进了病房，邹健一直说痒，郭悦没办法只能戴上手套给他挠。之后又嘱咐他：“您别用手抓，稍微忍着点。”

过了一会儿，邹健又按了铃，郭悦有点不耐烦了。

“护士长，你别走了，你晚上走了，我会睡不着的。”邹健哀求道。

“您好好休息，我还有其他的病人。”郭悦说完就走了。

郭悦和林一龙毕竟在一个医院，低头不见抬头见，医院里也是议论纷纷。

这天郭悦堵着林一龙，直截了当问道：“你到底还想不想和我复婚了？”

林一龙拿着拆迁款，底气也足了，敢正面回答了：“其实之前我就觉得这段婚姻挺压抑啊，离婚的这段日子，我觉得很自由、很开心，我希望能够给彼此一段时间冷静一下。”

郭悦心灰意冷，告诉林一龙：“行，这年头谁离开谁都活，咱俩算彻底完了！”

郭悦跑出去喝酒，大醉一场，打了个电话给李中原，李中原赶紧跑了来。

“郭悦，我也没想到最后会发生这种事情，我对不起你俩。”

“其实这就是命。”

“我再去劝劝一龙，他肯定是没想明白。”

“我不怪你，中原！我想得开，以后我也是自由身，我还是个小富婆，我活得肯定比以前好。”

李中原看着郭悦明明心痛得要命却还嘴硬的样子，心里更加不好受了。

袁胜男终于决定要跟王子荐去见父母了，张兰英冷静下来，有点儿后悔，就故意把这事透露给了李中原，她想看看李中原作何反应。

李中原闻讯大惊，去追袁胜男。

袁胜男和王子荐的父母在咖啡厅见面，李中原就在隔壁卡座偷听。

这次会面异常尴尬。王家父母本来心里就不乐意袁胜男离过婚，王母冷眼上下打量袁胜男，弄得她很不自在。最后，王家父母给出的结论是不同意儿子和胜男好。

袁胜男却松了口气，心里暗暗高兴有人帮她解决了难题。

李中原一直在偷听这边的谈话，听到王母数落袁胜男配不上自己儿子，忍不住从旁边跳了出来，怒道："谁说胜男这不好，那不好？看你儿子男不男、女不女的，我们胜男还看不上你们家这个娘娘腔呢！"

王家父母以为李中原是袁胜男的娘家人。

王母问道："你是？"

"我是胜男的前夫。"

王母心里明镜似的，但看到傻儿子一脸呆愣，故意问了一句："我说小伙子，你怎么这么关心你前妻啊？"

李中原不知道说什么好了。

王母笑道："看来你还是很惦记你前妻的，那我们看不上胜男，这不是正好吗？你干吗还指责我们呐？"

李中原无言以对，人家说得对啊。他索性拉起袁胜男就走。

王子荐在后面急得直喊，却被双亲拦在那里动弹不得。

走出餐厅，李中原对袁胜男一脸深情道："咱俩复婚吧？"

"韩雯雯怎么办？她不得闹死你啊？"袁胜男心中甜蜜，嘴上却没正面回答。

"韩雯雯辞职了，现在整天住在我那小房子里不肯走。我真怀疑她脑袋有问题，我快给她折磨疯了。"

袁胜男有点同情李中原。

第二天王子荐一大早就来找袁胜男。

“胜男，我保证会做我父母的工作，让他们接受你。”

“算了，其实我早就想告诉你，你们家就是答应让我当儿媳妇，我都没有户口本跟你结婚呢。”袁胜男一脸神清气爽，丝毫不见伤心的神色。

王子荐郁闷坏了，在小区里碰见了韩雯雯。

韩雯雯得知李中原昨天的举动，心里暗恨，就给王子荐出了个主意：“你让胜男回家自己办，能补办。”

李中原接到电话，到医院给邹老板交住院费。

不料韩雯雯气冲冲地追到了医院，质问道：“你去破坏袁胜男和王子荐见家长，是不是想和袁胜男复婚？”

邹健看见韩雯雯就钻到床底下。

李中原几乎崩溃。

“雯雯，能不在这儿闹吗？”

“好啊，那你今天晚上必须回家。”韩雯雯一字一句说完，转身愤愤离开。

邹健从床下钻出来说：“哥们儿，她是你女朋友？”

“怎么，你认识韩雯雯？”

“她以前是我女朋友。”

“你就是那前男友啊，你忒不地道，有老婆还勾搭人家？害得她要死要活。”

“我没结婚，我是骗她的。哥们儿，你觉得她正常吗？”

然后邹健开始历数韩雯雯的“作”，李中原听了深有同感。

邹健笑道：“哥们，我祝你快乐并且安全！我的医药费不用你付了，权当慰问金了，你能和韩雯雯处半年，你也不是凡人！”

李中原哭笑不得。

郭悦缓了几天，心情平复了，又回去上班。

邹健跑过来告状："护士长，你们这儿的小护士都太不懂事了，我一直说我痒，她们都不管我，就这么对待病人啊？"

"邹老板，你怎么事儿这么多啊！是你先为难她的，现在还来告状，别以为你有点钱就可以为所欲为，我可不吃你这一套。"郭悦说完酷酷地走了。

邹健挨了郭悦这顿骂，心里还挺得劲。多少年了，自从子承父业继承了这偌大的家业，谁也不敢跟自己这么说话。

这个郭悦特辣！

他笑着问小护士："你们护士长脾气一直这么大？"

"她最近闹离婚心情不太好。"

邹健愣了一会儿神，然后打了个电话给助理。

中午袁胜男和李中原约了郭悦吃饭，想安慰一下她。

郭悦喝多了，郁闷道："这婚它怎么就复不了呢？"

李中原和袁胜男也深有感触：这婚说离容易，说复怎么就这么难呢？

这时小护士给郭悦打电话："不好了，郭姐，邹健说要找人去教训林一龙呢。"

李中原和袁胜男两人一听不好，连忙赶去找林一龙。

郭悦回病房找到邹健，怒道："你是谁啊？凭什么管我的私事？"

"我是东北大汉，就是好打个抱不平。"

郭悦无奈道："我说你就别掺和了，越裹越乱，让我自己来处理吧！"

李中原想了想，对袁胜男说："如今林一龙是有钱任性、人浑胆大、智商归零，干脆我去会会那个花艳丽吧！"

"那我也一起去，去会会她。"袁胜男道。

某酒吧里，两人逮到了花艳丽。

看到两人同时出现，花艳丽意味深长地笑了笑。

“花小姐，请你不要破坏别人的家庭。”李中原开门见山地说。

“破坏别人的家庭？明明林一龙已经离婚了，我和他是你情我愿。”花艳丽态度嚣张。

“你情我愿？笑话，你敢保证你不是对他另有所图？”李中原冷笑着说。

“我爱林一龙，这就是目的。”花艳丽看起来毫不心虚。

袁胜男听着两人的对话，觉着花艳丽不是个好惹的主儿。

阿莲苦等袁奋的电话，她想袁奋离开北京身边没人管着了，总该会给自己打电话了吧？可是依旧没有消息。于是她成天盯着微博胡思乱想，觉得袁奋一定是迫于家庭的压力不能和自己好。

阿莲半夜给李中原打电话。

“李大夫，袁奋到底在哪儿？我和袁奋是真心相爱的，你们不能拆散我和袁奋啊。”

李中原快被逼疯了。

“阿莲姑娘，你和袁奋真的不合适。你听我的劝，别想着他了。”

“李大夫，我知道你们家不同意，但是袁奋他对我那么好，他是不会愿意放弃我的。”

李中原直接挂断了电话。

阿莲又壮着胆子给袁胜男打电话。

袁胜男接了电话很气愤，“你气死我爸还好意思纠缠我弟？”

“我知道袁奋是迫于家庭的压力不理我的，你们不能这样破坏我们之间的感情。”

袁胜男几乎要崩溃，就要挂电话。

阿莲赶紧道：“你挂了电话，我都活不过今晚……”

“你跟韩雯雯真不愧是闺密啊，一路货色。”袁胜男说完砰地挂了电话。

阿莲骚扰完了袁胜男又接着去骚扰李中原。

花艳丽去找林一龙，说了李中原来找过她的事情：“你那个朋友过来找我，说你怎么怎么不好，我不应该跟你在一起。”

林一龙皱了皱眉：“他也太多管闲事了吧？”

“对啊，龙哥，我就是爱你啊，他还觉得你配不上我呢！”花艳丽颠倒黑白胡编一通。

林一龙气冲冲地去找李中原。

“你是不是嫉妒花艳丽喜欢我啊？”

“就那个花艳丽？我会喜欢她？”李中原一副难以置信的表情。

“怎么着，我喜欢的人你还瞧不上？”林一龙生气地说。

“一龙，你喜欢花艳丽这样的女人什么？”

“我也说不清，反正她崇拜我、尊重我，在她面前我觉得我是天，我是她的唯一，这是我这辈子没有过的感觉。”

李中原冷静地说：“她崇拜的是你的钱，你没钱了再试试？你这个‘唯一’马上就变得啥都不是，你信吗？”

“你离婚能找个年轻漂亮、小鸟依人的，我怎么就不能？”林一龙听不进去，反驳道。

李中原有苦难言：“我最后悔的就是答应和韩雯雯处对象，现在想分手这么难。”

以前袁胜男虽然管着他，但起码的隐私还有，韩雯雯呢，连起码的隐私都不给他保留！

林一龙还觍着脸给李中原出主意：“你要是真心不想跟韩雯雯好了，你就把那小房子卖了，然后和胜男复婚不就得了？”

李中原觉得这主意有点损。

邹健这会儿在医院里老老实实的，也不烦郭悦了，也不为难小护士了。

“郭护士长！”邹健笑嘻嘻地跟郭悦打招呼。

郭悦没给他好脸色，邹健也不在乎，整天追着郭悦。

李中原回到诊所，阿莲等在那里。阿莲一见到他，就生气地质问道：“我说袁奋不搭理我，原来都是因为你。”

李中原莫名其妙。

阿莲翻出袁奋刚发的一条微博指给他看：我心甘情愿地支持你，姐夫。

“还不是因为你喜欢我，所以他主动退出了。”阿莲说道。

李中原看了袁奋的微博，啼笑皆非：“你是不是理解能力有问题啊？这哪跟哪儿啊，我就喜欢你？”

“你要是不喜欢我，干吗跟我讲电话讲那么长时间？还劝我不要想着袁奋了？”

李中原还没反应过来，阿莲倒越说越生气了：“你最好赶紧跟袁奋解释清楚，别破坏我跟袁奋的感情，我对你根本就没意思。”

李中原哭笑不得：“你是不是有病啊？”

郭悦虽然总和邹健打嘴架，但经过她的亲手护理，邹健身上的红疙瘩真的少多了。两人吵出了感情，成了很好的朋友。一天邹健劝郭悦道：“你条件这么好，何必非要吊死在一棵树上呢？”

郭悦默默不语。

郭悦来找李中原说林一龙的事情。

李中原劝道：“郭悦，何必执着呢，重新开始吧。”

“哎，我自己难过了几天，发现生活也没啥变化，不还是每天朝九晚五、三饱一倒吗？”

“你听说过那样一句话吗？有一种后退叫前进。”

郭悦笑了：“你看《潜伏》看迷了吧？”

"为今只有一计：你和林一龙能不能好下去，你都要重整旗鼓，改变自己，提高自己，能唤回林一龙固然好；唤不回，你也能找到自己的幸福，让他后悔。报复敌人最好的办法不是毁灭他，而是让他后悔。那鸡汤怎么说的来着：今天你对我爱搭不理，明儿我叫你高攀不起。"

郭悦笑着点点头。

林一龙和李中原虽然话不投机，但这一次他还是采纳了李中原的建议，他知道大方向上听李中原的没错。

花艳丽现在几乎每天都跟林一龙在一起，每次都要说到结婚上，但是林一龙一直没有回应。这次花艳丽干脆直接说道："龙哥，我们什么时候去领证啊？"

"不着急，艳丽。"

花艳丽属于没脑子的主儿，又跑去找韩雯雯寻求办法。韩雯雯让花艳丽装怀孕。

袁奋一高兴，发了条微博：剧组开机了，新的开始。

阿莲却认为那是袁奋对自己的暗示，暗示和自己开始恋爱的新历程。她以为这是自己跟李中原的谈话起了作用，李中原退出了，袁奋和她之间没了障碍。她内心很激动。

第十九章 圆满

李中原回到家，韩雯雯站在门口，晃悠着手里的户口本，对他说："户口本我妈寄过来了，我们马上回老家见你爸妈，要是他们不同意，你就拿你的身份证回去补办户口本，我们马上去领证。"

李中原再次摊牌："我们还是分手吧。"

"什么？你又要跟我分手？"

"这几天闹得还不够吗？"李中原生气地说。

"行，李中原，那我就在这住下了，你能拿我怎么样？"

"好，你愿意住，你就住，我明天就去中介把房子卖了，到时候就不是我赶你走了。"李中原见她一味耍赖，忍无可忍使出杀招。

韩雯雯伤心至极转身离开，临走歇斯底里道："我会让你觉得这辈子都离不开我。"

李中原想：你爱怎样就怎样。

王小贱又来找袁胜男，兴奋地说："胜男，我妈松口了，她同意让我们在一起了！"

袁胜男看着消瘦的王小贱，心里有些不自在，她要和李中原复婚的事怎么也说不出口。

袁奋惬意地躺在新房间的床上望着天花板出神儿，然后打了电话给袁胜男："喂，老姐。"

“爱军，这会儿怎么有空给我打电话，不用去拍摄现场么？”

“哎，姐，我有个想法，我们这戏不是快杀青了嘛，最近拍摄进度也没那么紧了，因为我表现好，组里还给我分了个单间儿。所以我就想着把妈接过来玩两天，海南这边气候风景都不错，让她老人家也跟着我享受享受！”

袁胜男欣慰地说：“嗯，别说，你这出去锻炼了一阵子还真是懂事儿了不少啊，我回头跟咱妈说！”

袁胜男高兴地挂了电话，长长地舒了一口气。

袁胜男满脸喜气地回到家，一进门就喊：“妈！”

张兰英从厨房迎出来：“回来啦？今天遇上什么高兴事儿啦，这么乐呵？”

“妈，您就要跟着您儿子享福去啦！爱军今儿给我来电话啦，说要接您去海南玩几天！他们的戏快要杀青啦，趁着他还在那儿，要接您过去吹吹海风，散散心呢！”

张兰英有些犹豫道：“去海南啊，这合适吗？不打扰他工作吗？”

“合适，不打扰！”

张兰英还是有些拿不定主意。

“妈，您还犹豫什么呀？人家爱军好不容易懂得献个孝心了，您可别打击他的积极性啊！我看他是很盼望你去的，你要不去，他会很失望的。”袁胜男鼓励道。

张兰英下定决心道：“行，我去！我儿子终于懂事儿了，懂得给妈献孝心了，不能让他失望。”

花艳丽想要通过假怀孕，让林一龙跟她结婚。

听到门铃响，花艳丽知道是林一龙来了。她皱着眉头捂着肚子去打开了门。

林一龙进来了，花艳丽仍然捂着肚子做出一副痛苦的样子，虚弱地说："龙哥，我从昨晚上回来就吐，今早上从医院回来又吐。"说着又作干呕状。

林一龙上前扶住了花艳丽，担心地问："这是怎么了？是不是吃得不合适了？"

"不是，龙哥，我怀孕了。"

林一龙大吃一惊："怀孕了？"

花艳丽从包里拿出化验单递给他："你看嘛。"

林一龙接过来看了一下，冷笑着说："这个化验单是真的吗？我也看得出来你的确是去做了检查，可是你改了两处，落了一处没改啊，这个化验单上没有妊娠二字啊。"

花艳丽懵了。

林一龙脸色瞬间沉了下来："为什么要骗我？"

花艳丽索性直说了："我就是想跟你结婚！"

"那就能用这种摆不上台面的办法来逼我！你怎么想的？你要是这样，这个证我决不能跟你去领！"

林一龙说完摔门而去。

花艳丽气得拿起化验单撕得粉碎，发狠道："姓林的，你敢玩老娘，老娘让你身败名裂！"

郭悦想通了，去找袁胜男帮忙："胜男，我想从外到内改变一番，能不能让王小贱帮我打造一下？"

"悦悦，你能这么想简直太好了，你等会儿，我马上打电话让王小贱过来。"

王子荐高兴地过来了，他以为女神改变主意了，结果是给他派任务。

"小贱，我好朋友想请你帮忙给改变一下形象。"袁胜男指了指郭悦。

郭悦笑道：“我现在不差钱，怎么洋气时尚怎么来。”

“好嘞，那跟我走吧。”王子荐爽快地答应了。

一路上，郭悦都在想怎么劝王子荐放弃胜男。

“小贱，你喜欢胜男什么啊？”

“又漂亮又能干，大方，有魄力……”

“我感觉胜男这种性格不适合你啊，脾气比较急做事说一不二的，你能受得了吗？”

“哎呀，我就喜欢这种脾气，两人在一起就应该互补啊。”

郭悦还想再说什么，王子荐换了话题。他带着郭悦各种买买买：衣服、鞋子、包包、化妆品……然后又去做美容，做发型……最后，郭悦成了一个既不失白衣天使端庄，又不失小女人妩媚的女子。

晚上郭悦请王子荐和袁胜男吃饭。袁胜男上下打量着好友，赞道：“真不错啊！”

“我也觉得挺好的，王小贱这人真不错，做男闺密一级棒。”

王子荐在旁边有点尴尬，袁胜男听了直乐。

袁胜男去机场送张兰英。登机前，张兰英嘱咐道：“胜男啊，你要是想和中原复婚，就抓紧时间，尽快和王小贱说清楚。”

“知道了，妈，你去海南好好玩，不用操心我这边。”

“好好，我说的事情你别忘了。”

“知道了，妈。”

这天，王子荐从家拿了户口本，就赶紧跑去找袁胜男。

“胜男，户口本我拿出来了，我们去领证吧。”

“小贱，这是不是有点太着急了？再说我户口本也不在，我妈也不知道。”

“你给阿姨打个电话，然后回家去拿户口本，阿姨不会拒绝的。”王子荐说得斩钉截铁。

袁胜男没有办法，只好对王子荐坦白："小贱，我不能和你结婚，对不起啊。"

"为什么？"

"我……我可能要跟李中原复婚……"

王子荐听了这话很伤心，开车离去。

一路上，王子荐注意力很不集中，一门心思还想着刚才的事，结果没有看到对面有车，直接撞了上去。

"喂，你是袁胜男么？王子荐现在正在三院治疗。我们是通过他的最近通话记录找到你的，麻烦你通知他家人吧。"

袁胜男正在办公，突然接到这通电话，吓得立刻起身，跑到了医院。

阿莲又去看袁奋的微博，发现袁奋的微博有更新：我这里很好啊，相约海南。

阿莲以为这是袁奋向自己发出了去海南的邀请，开始四处借路费。

阿莲给韩雯雯打电话："雯雯，你能不能借我点钱？我要去海南找袁奋。"

"阿莲，我要死了，你要记得想我。"韩雯雯悲痛的声音传来。

阿莲一门心思要借钱去海南，也顾不上管她了，说道："雯雯啊，你不要想不开啊，你没钱我再跟别人借好了。"然后就挂了电话。

韩雯雯挂断电话后，就给李中原打了个电话。

"中原，我要走了，我爱你。"

"雯雯，你在哪儿？"

"我在你诊所旁边的桥上，别了，中原。"

李中原吓得连忙起身跑出去。这时阿莲正厚着脸皮来找李中原借钱，结果两人在门口撞上了。

"李大夫，你要去哪儿？"

"韩雯雯要跳桥。"李中原边跑边说。

阿莲吃了一惊，也跟着跑了过去。

李中原在路上给袁胜男打电话："胜男，韩雯雯要跳桥，你能不能过来一趟？"

袁胜男正在医院照顾王子荐。

"好，我立刻过去。"袁胜男挂了电话，对王子荐说："小贱，我有点事，我得先走了，我拜托郭悦照顾你，有什么事情你就喊她。"说着就起身走了。

王子荐还没来得及说话，袁胜男已经走得没影了，他郁闷地待在病房里。

三人先后来到桥下，韩雯雯站在桥上，周围围了好多看热闹的人。

韩雯雯看李中原来了，对着他大声喊："中原，我要走了，永别了，欧巴……"

李中原吓得腿都快软了。

"雯雯，别跳！"

阿莲想把韩雯雯劝下来，于是大喊："雯雯，都是我不好，李中原爱上了我，所以不想跟你结婚了。"

李中原和袁胜男愣住了，韩雯雯也愣住了。

阿莲又对李中原开火："李中原，你见异思迁，你已经和韩雯雯在一起了，怎么又爱上我了呢？我是不会爱你的，你死了这条心吧！"

因为阿莲破口大骂，围观群众更多了，场面更加混乱。

袁胜男赶紧上去拉住阿莲，让她闭嘴，然后对李中原道："你赶紧答应韩雯雯的条件，让她先下来吧，这样也不是办法。"

李中原没有办法，只能上了桥。

他哄道："雯雯，我答应你，我们立刻结婚，你先下来好不好？"

韩雯雯见李中原同意结婚，一扫戚容，立刻答应下来。

李中原把韩雯雯接回了家，阿莲也跟在后面。李中原看见阿莲，眉毛皱了起来：“你找我什么事情？”

“李大夫，想跟你借点钱。”

李中原顾不上跟她计较，赶紧掏钱把她打发走了。

阿莲走了，韩雯雯马上跟李中原说：“中原，我们赶紧回老家把户口本拿回来，抓紧时间登记。”

李中原敷衍道：“好，好。”

郭悦在医院里替胜男照顾王小贱，邹健发现之后，跑去质问她：“这男的是谁？”

“这我的一个……关你什么事啊？”

“怎么不关我的事？就关我的事！”

郭悦翻了一个白眼，没有搭理他。

邹健突然说：“我喜欢你，郭悦。”

郭悦愣住了，突然就羞红了脸，跑开了。

袁胜男处理好事情，又来医院里照顾王小贱。

袁胜男发现王子荐没有吃药，她疑惑地问：“小贱，你怎么不吃药？”

“没什么，不想吃。”王子荐一副生无可恋的样子。

“你不吃药，这伤什么时候能好？”

“胜男，我们俩结婚吧！你不跟我结婚，我吃药有什么意义？我还不如这样一直瘸着。”王子荐突然抬起头，满脸期待地看着她。

袁胜男想起王子荐对自己种种的好，看着他现在的样子实在不忍心拒绝。

她想了想，心里有了主意，说道：“行，小贱，你好好吃药，等你腿好了，我们立刻结婚。”

王子荐立刻就精神百倍了。

李中原安顿好了韩雯雯，就跑去找袁胜男。两人约在公司附近见面。

“胜男，我们复婚吧。”李中原直截了当地说。

“算了，中原，你还是回到韩雯雯身边吧，我也打算和小贱结婚了。”袁胜男脸上露出凄然的表情，低低地说道。

李中原听了这话立刻慌了，眼圈儿也红了:“胜男，我好后悔，我当初怎么那么混账……”

袁胜男忍不住低头抽泣;“中原，我当时怎么会为一点小事就跟你提离婚呢？”

两个人情不自禁抱在了一起，难舍难分。

韩雯雯一转身发现李中原不见了，知道他一定是去找袁胜男了，她想了下，打了个电话给王子荐。

韩雯雯在王子荐搀扶下出现在袁胜男公司门口，正看见两人难分难舍的那一幕。

“李中原！”

“胜男！”韩雯雯和王子荐各自叫了一声。

袁胜男吃了一惊，赶紧跟李中原分开。

“中原，我也不逼你，你给我写一份保证书，跟我结婚，不纠缠袁胜男就行。否则，我就和王子荐一起去跳河。”韩雯雯威逼道。

李中原心里厌烦至极，但是又没有别的办法，只好再行权宜之计，写下了保证书。

林一龙因为花艳丽骗他的事情意志消沉，结果做手术时分了心，造成了病人大出血。

下了手术台，林一龙就被主任叫了过去:“你最近是怎么回事？上次在医院闹那么一出，现在做手术也不好好做了，怎么，不想干了？”

“对不起，主任。”

“行了，这几天别来上班了，回去反省反省吧。”

林一龙心情很烦躁，这时花艳丽又打来电话：“龙哥。”

“你没什么事情别给我打电话,我烦着呢。”说着林一龙挂了电话。

花艳丽恨恨地想：结婚证领不到就算了，你的钱我必须得拿到！

这时，酒吧老板找到她，问道：“我看你和这个林一龙交往也很久了，你现在跟他是什么情况啊？”

“他就是一土鳖加窝囊废！”

“那你怎么看上他了？”

“还不是因为他有北京户口。”

“户口不好弄，结婚八年才能转过来，到那时你就老了，你还不如弄他点钱。”

“这主意好，怎么弄啊？”花艳丽两眼放光。

“我帮你。”酒吧老板拍拍胸脯道。

邹健出院后开始公开追求郭悦，每天给她送花，开着豪车来接她上下班。

林一龙听说有个姓邹的大老板在追求郭悦，很是不屑，心想这个邹老板指不定多大岁数了呢。虽然这么想，他还是想一看究竟，结果跟到门口看见邹老板居然是个同龄人，人还长得挺精神，开着宝马来接郭悦，这让林一龙很不舒服。

阿莲到了海南，但是没有去找袁奋，她一直觉得，她成天盯着袁奋的微博，袁奋也会盯着她的微博。她发了一条微博：已到海南。结果等了一整天，袁奋根本没有动静。

韩雯雯看李中原没有行动，继续逼他：“你赶紧关了诊所，回老家拿户口本，我们抓紧时间登记。”

李中原很不耐烦地说："我那么多病人呢，治病都是有疗程的，我怎么可能关了诊所？"

韩雯雯不淡定了，她给邱月梅打了电话："阿姨，我要和中原登记了，这不是他忙嘛，没时间回家拿户口本，您给寄过来行吗？"

邱月梅搞不清状况，只能先答应下来。

韩雯雯开心地挂了电话。

邱月梅不敢告诉李龙生这个消息，只能瞒着李龙生偷着给李中原打电话问情况。

"中原，怎么回事，你要跟韩雯雯结婚？"

"妈，根本没有的事情，但她要死要活的，说要是不结婚，就要自杀，我没招了，只能暂时安抚她一下。"

邱月梅急了："这可怎么办？这不是逼婚吗？"

"唉，妈，走一步算一步吧，反正我绝不会跟她结婚的。"

韩雯雯又开始变得神经质，把李中原看得很紧，上班、上厕所、接电话什么都跟着，一时一刻都不离开。

李中原觉得几乎快要窒息，而此时，他又收到老爸的短信，一个月内不能复婚，就断绝父子关系！

李中原心力交瘁，几乎快要到崩溃的边缘，李中原自己开始吃"百忧解"了。

袁奋压根不知道阿莲来海南的事儿，他每天打理剧组事务、照顾老妈、还和剧组的化妆师小白谈起了恋爱。

阿莲独自住在酒店，眼看钱就要花光了，袁奋还没来找她。

阿莲给袁胜男打电话："姐，我的失言导致您父亲的离世，是不是我应该主动求得您母亲的谅解啊？"

"啊？"袁胜男有点懵。

"姐，我现在在海南呢。"

“什么，你在海南？阿莲，你先别着急，我先跟袁奋说。你这样突然过去了，我妈看见你也不太好。”

“好的，胜男姐。”阿莲在袁胜男面前倒是很客气。

袁胜男这边稳住了阿莲，马上给袁奋打电话。

“阿莲来海南找你了。”

袁奋快哭了：“她怎么阴魂不散呢？”

“你赶紧想办法吧！”

“行，姐。”

袁奋怕母亲知道了上火，就没敢告诉她。

花艳丽对林一龙突然改变战术，不再逼他结婚。找了一个机会，花艳丽对他说：“目前有一个商机，我认识了一个老板，他有一个大买卖，龙哥，你要不要去见一下他？”

花艳丽带着林一龙去见了这位大老板，场面很是气派，商业前景被描绘得一片光明，林一龙被说动了，答应投资。

林一龙不知是局，还幻想着自己将来也成了大老板，坐拥豪车美女。

林一龙把钱给花艳丽，高兴地说：“我马上就可以不当医生了。”

“龙哥，你都要当大老板了，还当什么医生啊。”花艳丽娇媚地说。

林一龙听着很是受用。

李中原听说林一龙打算辞职，很是着急，下班的时候，在医院门口看见林一龙，于是拦下了他。

“一龙，辞职的事你可要慎重啊！”李中原恳切地说。

“你是不是嫉妒我马上要成为老板了啊？”林一龙很不屑。

邱月梅给袁胜男打电话：“胜男啊，在忙吗？”

“没有，妈，什么事啊？”

“也没什么事，就是想问问中原和那个韩雯雯到底是什么情况。”

“妈，那个韩雯雯一直缠着中原，如果中原跟她分手，她就要去自杀。”

邱月梅听了很是心烦。她担心儿子，不得不将实情告诉李龙生：“老李，中原这回是决定不和韩雯雯好了，可是甩不开。”

“这事他自己解决，他自己惹的事没人给他擦屁股。”李龙生淡然地说。

话是这么说，但李龙生还是决定亲自来北京震慑一下韩雯雯这个“妖孽”。

海南那边，阿莲找到袁奋的剧组，正好剧组换了另一个场景，搬走了。

阿莲悲情万分，实在缺钱，又想起了李中原，于是给他打电话：“喂，李大夫。”

结果电话是韩雯雯接的：“阿莲，你是不是有病啊？你老给李中原打电话干吗？”说完就挂了电话，阿莲欲哭无泪。

李中原晚上看手机知道阿莲曾经来过电话。他给袁奋发消息：奋啊，你要勇敢面对阿莲这件事，与其躲着，不如讲清楚。

袁奋很快回了消息：我知道了，姐夫。

袁奋正打算去找阿莲，结果阿莲却四处打听着居然找到剧组来了。

阿莲按了门铃，开门的是张兰英。

张兰英看见她就来气，但还是耐着性子跟她解释：“爱军已经有了女朋友，请你自重，别再骚扰我们了。”说完就关上了门。

阿莲觉得袁母这是把自己当儿媳妇进行考验，于是在楼下大堂等袁奋。

“阿莲，我真的不喜欢你，你别来找我了行不行？”袁奋看到她，马上表明态度。

“我知道是你妈不准我们在一起。”阿莲仍然沉浸在自己的幻想中。

袁奋实在没办法了，只好叫来酒店的保安把阿莲轰走了。

林一龙突然找不到花艳丽了，意识到大事不妙，他这时才想起来仔细翻看当初的入股合同，发现合同做得滴水不漏，想打官司都没得打。

林一龙万念俱灰，这时候才明白，还是郭悦对自己好。

情人节到了，邹老板到医院来给郭悦送礼物，这事又让医院的人热络地议论了一阵子。林一龙这时候想复婚，却没脸跟郭悦说，只能厚着脸皮来求李中原了。

李中原刚把父母从车站接回来，林一龙厚着脸皮来找李中原支招。

“中原，经过这些事，我才意识到郭悦的好。我就是一个混蛋，但自己不想后悔一辈子，我现在就是想复婚。”

李中原正自顾不暇：“唉，一龙，我现在都不知道怎么办，我爸妈来了，不知道韩雯雯见到我爸会是什么状况呢？”

“那我的事……干脆，我去报案吧。”

“哎，算了，我找个人帮你摆平吧。”李中原叹了一口气。

“中原，你一直在帮我，这回韩雯雯的事儿我帮你。”

当下，林一龙就把李中原的父母接到了自己的新家里，由他来对付韩雯雯。

李中原去找邹健，问道：“你现在追郭悦是真的假的啊？”

“废话，不是真的，我花那么多时间干吗？我有病啊？”

李中原又去试探郭悦：“郭悦，你对邹健的追求怎么想的啊？”

“我并不排斥开始新的人生。”郭悦回答得干脆。

李中原犯了难，这可麻烦了。

阿莲猫在酒店外，看到袁奋和小白在一起，她认为一定是小白在勾引袁奋，于是跑去剧组。

在片场，阿莲当着全剧组人的面找到小白，义正词严地指责道：“你就是个狐狸精，你为什么要勾引袁奋？”

张兰英这时正在剧组，听见阿莲骂小白，立刻跑过来，怒斥她：“你在那边闹得还不够，现在又要来这里闹，你还要脸吗？”

“我怎么了？要不是你不让我和袁奋在一起，我能跑过来吗？”阿莲委屈地说。

张兰英气得不行，袁奋跑过去要揍阿莲：“我说让你走，你还来闹，你是不是找打呢？”

说完就要动手，小白赶紧上去拉住：“袁奋，别冲动。”

“快滚！”袁奋对着阿莲喊道。

阿莲灰溜溜回到酒店，钱快用光了，只能返回北京。

林一龙在李中原家等着韩雯雯。

韩雯雯回来看到李中原的东西都没了，自己的东西都被收拾到了行李箱里。

“这是什么情况？你算老几？”

“李中原不住这儿了！”

“逃得了和尚逃不了庙。”

“这回庙也逃了，这个房子李中原卖给我了，你走吧。”

韩雯雯只好气愤地拿着自己的东西走了。

林一龙以为自己成功了，去诊所找李中原，没想到，韩雯雯拎着东西也去了李中原的诊所。

林一龙看到她就开骂了：“韩雯雯，你不知廉耻，我都说了，李中原不想再见你，你怎么还好意思来呢？”

韩雯雯刚要说话，突然晕倒在地，昏迷不醒。

林一龙吓坏了，立刻叫了李中原一起把韩雯雯送到了医院。

郭悦听说了林一龙被骗钱的事儿，在医院碰到了他，安慰道："一龙，我听说你的事了，钱没有了还可以赚，幸好及时看清了她的真面目了。"

结果林一龙厚着脸皮道："悦儿，我们复婚吧。"

"我已经喜欢上邹健了。"郭悦微微一笑。

林一龙尴尬地愣在了那里。

邹健来找林一龙："林大夫，花艳丽和酒吧老板已经被抓了。"

"怎么回事？"

"我一早就派人盯着他俩了，他俩前脚跑路，后脚盯梢的人就报了警，警察赶到抓了个正着。"

"你怎么知道要盯着他们的？"

"我一早就调查过花艳丽，这女的就是冲着你的钱来的！"

林一龙恍然大悟。

"你为什么要帮我？"林一龙对于这个情敌，感受十分复杂。

"是李中原过来找了我。"

林一龙十分感动，跑去找李中原，差点给李中原磕头。

韩雯雯一天到晚装难受，李中原只好带她去看病。

林一龙悄悄地跟李中原说："韩雯雯是装的。"

"我知道，她这是想缠着我。哎，我不能没有胜男，我必须尽快解决这个问题。一龙，如果你真的爱一个女人，离不开她，就要放下自尊追回她，婚姻可是一辈子的事。"

"我知道，我会追回郭悦的。"林一龙信心满满地说。

早上，袁胜男正要出门，李中原突然出现，一脸郑重地说："胜男，我想跟你复婚。"

"你什么时候和韩雯雯利落了，什么时候再来找我。要不算怎么回事啊？”袁胜男想了想，实话实说。

“那你一定等我，可千万别……”

袁胜男白了李中原一眼。

阿莲辗转回到北京，她仍然坚持认为袁奋是爱着自己的，现在之所以这样对自己，都是因为他父亲去世的事情心中纠结。

她去找每一个人讲述自己这段爱情，半夜里依旧给李中原、袁胜男打电话，硬要他们承认袁奋是喜欢她的才罢。

韩雯雯在一边看着阿莲的一言一行，觉得她很可笑：“阿莲这就是有病！”

李中原忽然灵机一动，希望借机能点醒韩雯雯：“你要是不改变的话，阿莲的今天就是你的明天。”

韩雯雯闻言，突然不寒而栗。

终于这一天，阿莲看到了袁奋新发的一条微博：和老妈回京啦，准备先去姐夫家，有很多话要和姐夫聊，不聊不快！

于是她想象袁奋为情所困和李中原争斗，她想象着电影中的画面，竟然打电话报了警。

然后又给袁胜男打电话：“你快去劝劝你的前夫，不要因为我伤害你弟弟啊。”

袁胜男听了莫名其妙，但还是去了李中原那儿。

过了一会儿，警察也到了。

李中原这边正跟袁奋喝酒谈心。

“李中原，你是不是喜欢我，是不是要杀了袁奋？”阿莲突然冲过来，直截了当地问道。

李中原哭笑不得：“我什么时候喜欢你了？我怎么可能跟袁奋动刀子？”

袁奋也烦得要命：“你赶紧走吧，我看见你就烦，我和小白都订婚啦。”

阿莲却觉得这是爱情考验，抓着袁奋来了一通抒情：“我们可以从此不见面，谁让我们在上演着罗密欧和朱丽叶的故事。袁奋，你只要说你爱我，我愿为你付出一切。”

袁奋急了：“你再不走，我和你同归于尽！”

此时，张兰英带着小白赶来。

袁奋大骂阿莲：“你要不要脸啊，我都说了我不爱你，我有女朋友了，你怎么还缠着我啊？”

阿莲已经失去了理智：“我知道，不是你的错，是她的错，是这个狐狸精的错。”

说着抓起菜刀朝小白砍去。

警察冲上来，阿莲已经彻底疯狂了，她居然拿着菜刀挟持了韩雯雯：“袁奋，你必须说‘我爱你’！”

“阿莲，你疯了？”韩雯雯在那里叫喊着。

“冷静，阿莲，你冷静，有什么话我们好好说。”袁奋安抚着阿莲。

李中原趁着阿莲不注意，立刻冲过去，夺下了她手里的刀。

警察也连忙上去帮忙，控制住了阿莲。

阿莲被带走了，全家人一场虚惊！

韩雯雯看到阿莲的样子，突然有点儿恐惧。

晚上，她和李中原说出了自己的想法：“中原，今天我看见阿莲，突然发现我的爱跟阿莲的爱很相似。其实，我还是活在自己的世界里，喜欢韩剧里的那样的爱情，我突然发现那一点也不现实。”韩雯雯说着流下了眼泪。

“你能醒悟过来，还能勇敢地说出来，证明你比阿莲好得多，你还有救。”李中原诚恳地说。

“中原，我们分手吧，我真的很不懂事，给你造成这么多困扰我很抱歉。”

“雯雯，你别这么说，你是一个好女孩。”

“放心，中原，我一定会让自己成熟起来。”

李中原保释了阿莲，给她找了一个心理科的医生。

经过这次阿莲的事情，袁奋知道小白是真的对他好，于是两人闪电领证结婚，准备一起开个广告公司。

林一龙想要挽回郭悦的心，每天都去找她。

“一龙，以后别特意来找我了，我要和邹健去环游世界了。”

“悦儿，你答应邹健的追求了？”

郭悦没有说话。

“悦儿，我错了，我一时鬼迷心窍，我是爱你的，原谅我，给我一次机会。”

郭悦没有理林一龙。

郭悦在去机场的路上发现自己心里其实还是放不下林一龙，于是发信息给他：你能赶在我上飞机前拦住我，就再给你一次机会！

林一龙赶紧驱车赶往机场，不料遇上高速路大堵车，等林一龙赶到机场，已经比预计时间晚了俩小时！

林一龙站在机场大厅里哭得稀里哗啦，那感觉好像自己已经被全世界抛弃了，再也没有活下去的盼头！

谁料，他准备离开的时候，隔着安检口，看到了蹲在地上吃泡面的郭悦。

“悦儿，你怎么没走？”林一龙欣喜若狂。

“我飞机晚点了。”

林一龙哭着说：“悦儿，我对不起你，复婚后我一定好好对你。”

郭悦嘴硬道：“邹健临时回去处理点生意上的事，我现在不能答应你，这样吧，你和邹健公平竞争吧。复婚前，我要考察你。”

“没问题，一点问题都没有，想怎么考察就怎么考察。”林一龙满口答应。

李中原把所有事情都处理清爽了，然后跑去见袁胜男。

威驰公司门口，李中原打扮得焕然一新，俨然一个高大上的帅哥！

早有人告知袁胜男，有一个大帅哥在门口等她。

袁胜男其实心里早已有谱，但还得端着女儿家的矜持，故意若无其事地出现在李中原面前。

“我和韩雯雯分啦！”李中原兴奋地说。

袁胜男正等着他往下说，王子荐突然衣冠楚楚地出现在两人视线里。

“胜男，我们去领证吧。”王子荐认真地说。

李中原被这个突发情况憋得说不出话来，最后说了一句：“祝你幸福！”

袁胜男以为李中原会拦住她和王子荐领证，但李中原却没开口，于是她赌气上了王子荐的车。

“小贱，我想了很久，我真的不能欺骗你的感情，我们还是算了。”

“你放不下李中原？”

袁胜男点了点头。

“胜男，我知道强扭的瓜不甜，但你还是要跟我去一趟登记处。”

李中原失魂落魄地开着车，脑海里不断闪现他跟胜男相处的画面。突然觉得自己不能再犹豫了，再这么憋下去胜男就真的是别人的了。

李中原冲到婚姻登记处，却只看到王子荐一个人站在那里。

“今儿说什么也不能让你俩领证，我还没放弃！”

王子荐晃着手里的红证，挑衅道：“你来晚啦！”

李中原再次失落地回到医院，连就诊的患者也顾不上了。

他的助手看了一眼诊疗室里面的情况，摇了摇头。

“下一位。”助手喊道。

李中原强打精神抬起头，两眼却瞪直了。

下一位患者竟是袁胜男！

李中原急得站起身问道：“你到底嫁没嫁给王小贱？”

袁胜男嫣然一笑：“李大夫，复婚需要规则吗？”